吴金梅 李淑艳／主编

笔尖墨池

大连大学文学院
互联网+新文艺 智匠创意写作课（2020）

中国青年出版社

图书在版编目（ＣＩＰ）数据

笔尖墨池：大连大学文学院互联网+新文艺智匠创意写作课：2020 / 吴金梅，李淑艳主编. -- 北京：中国青年出版社，2024.12
ISBN 978-7-5153-7073-6

Ⅰ. ①笔… Ⅱ. ①吴… ②李… Ⅲ. ①中国文学－当代文学－作品综合集 Ⅳ. ①I217.1

中国国家版本馆CIP数据核字(2023)第209072号

书　　名：	笔尖墨池：大连大学文学院互联网＋新文艺智匠创意写作课(2020)
主　　编：	吴金梅　李淑艳
责任编辑：	陈静
出版发行：	中国青年出版社
社　　址：	北京市东城区东四十二条21号
邮　　编：	100708
网　　址：	www.cyp.com.cn
门 市 部：	(010) 57350370
印　　刷：	三河市君旺印务有限公司
经　　销：	新华书店
开　　本：	787mm×1092mm　1/16
印　　张：	27
字　　数：	500千字
版　　次：	2024年12月北京第1版
印　　次：	2024年12月河北第1次印刷
印　　数：	0,001~3,000册
定　　价：	98.00元

本图书如有印装质量问题，请凭购书发票与质检部联系调换。

联系电话：(010) 57350337

序　笔尖墨池，智匠创意

笔尖墨池，青春脑洞，智创未来。

互联网＋新时代，校园中的莘莘学子，正值青春，思绪丰盈，思虑翩跹，满怀真挚情感，笔尖流淌着一行行灵动的文字，或感伤，或欣羡，或追忆，或坚定前行，和着青年的忧患和奋斗的执着……这一群思绪飞扬的青年，他们或安静地沉浸在自己静谧的情感世界，或奋力奔跑在追梦向前的坎坷征途，笔尖翰墨，乾坤心间。

互联网＋时代的一代青年，既重任在肩，也生逢其时；既要做奋斗的追梦者，也要做新时代的圆梦人。如何勤学苦练，成为有理想、有抱负的社会主义新时代的建设者和卓越人才，"立时代之潮头、通古今之变化、发思想之先声"？"文脉与国脉相牵，文运与国运相连"，如何以"智匠创意写作"来书写自己的"第二人生"，以"作品为时代立法"，创造"美丽新世界"，重建"世界新秩序"，从而为自己、为中国、为全球、为人类书写出一个更好的未来？

互联网＋新文艺智匠创意写作课，就是要直接面向中国青年，培养"下一代中国智慧，下一个全球大脑"的智识阶层，从中国国家治理体系现代化到全球治理体系变革，"作品为世界立法"，重建

"世界新秩序"。① 智匠创作，如何探求"爆款创作秘籍"？如何精致入微地发掘超级 IP "好故事密码"？如何全方位思考互联网＋新时代全球—中国青年"故事革命"新时代？如何探索建构从新主流文学到新主流文艺的精品力作理念与生态系统？这就需要永字八法的"智匠创作"金三角：

第一，以智匠创意写作"讲好故事"（把一个"好故事"讲"好"和讲"好看"）的操作技术、技能和技法为切入点，以小见大，学习互联网＋时代标杆性作品，学会讲故事，把好故事讲好看。当下的网络文学率先恢复讲故事的传统、本能和冲动，并迈上从"故事学徒"到"故事工匠"进化、进取和进击的引领型之路，从而表明：讲故事也是一门技术活，需要技能训练，需要技巧、技术和艺术的结合，需要"熟技"和"优术"。

第二，当下互联网＋超级 IP 时代，需要梳理"从好网文到好故事"的优秀作品创作和内容生产机制体制，探求优秀作家作品群的转场（从故事场转到人生新场景）、升维（从生活维度升至时代新维度）和跨界（跨越产业和时代新界域）的"好故事密码"。

智匠创意写作如何映照、重组和建构现实？

从小说到影视，再到泛文化娱乐全产业链，如何"王者归来"？

从穿越"她世纪"到草根写史和全民造史，女性如何寻梦、奋斗和追爱？

从《扶摇皇后》到日剧《高校教师》，女汉子潮流中的

---

① 参见吴金梅、庄庸：《互联网＋新文艺创意写作理论与实践——作品为世界立法》，中国广播电视出版社，2017 年版。

两性差异、性别革命和女性自我意识与身份重塑，何以成为畅销驱动力？

如何创作优秀的"讲故事的社会教科书"？

从"把老公当老板"到"追求势均力敌的爱情"，从自我PK世界，如何洞悉人心、人性、人际关系和人际伦理，到掌控整个世界的方圆和规矩……

如何在时代潮流中，在不同场景之中把好故事讲好看，在不同维度中把好故事讲好，在不同跨界之中讲一个好故事？

讲故事也需要精益求精的工匠精神——优秀文艺"作品"的精品化（思想精深、艺术精湛、制作精良），IP产品从转型升级到迭代更新和跨界衍生，年轻主流新受众和新需求"三品"〔品质（讲究品质）、品味（审美格调）、品格（思想内涵）〕审美消费升维……新场景、新维度、新跨界需要新物种，网络文学亟须解构和重构"好故事密码"。

第三，以全球—中国故事革命"从网络青年到中国好故事"的新文艺潮流、新文创集群、新文化运动为"大格局"，如何全方位思考和挖掘在全球新一轮故事革命、中国新时代、新主流文艺发展趋势之中，贯通泛文化娱乐全产业链、新文创集群全平台链、网络青年全价值链讲故事的核心能力建设？如何建构现实主义和新时代感？

从"主角为王"到"配角经济"，重塑泛文娱带货力指数和粉丝经济；

从穿越"她世纪"到重生"第二人生"，"W概念股"引爆新潮流；

从争爱到争宠到争自我的独立与梦想，从不婚到不爱等

"否爱论"回归"女性之所以为女性的本质",重塑"三有"(有爱、有信、有希望)……情感潮流的一波三折之中,隐藏着争权、确权和平权等女性核心权益的诉求与运动;

从"货币战争阴谋论"到"国家核心利益链",从"意见领袖"到"文化领导权之争"……重构知识谱系、中国话语体系运动席卷而来;

从"人情练达、世事洞明之'知否知否'",到"规矩人心",小说映照现实,"作品为世界立法",成为社群自治/社会治理体系创新、国家治理体系现代化、全球治理体系变革的隐喻、象征和先兆……

故事革命,需要从"术"到"道"的变革与创新;从精益工匠到思想巨匠,"智匠时代"未来已来;从大神到大师,智匠创意写作直面"中国故事家"的全新时代理念、创作哲学和生态系统。

我们在创意写作课中研讨互联网＋新文艺潮流中的中国文艺智匠时代的元概念、根命题、树逻辑,并将其提炼和命名为"智匠创作":明道(如时代感),取势(如IP化),乘时(如W概念股),优术(如性别革命),熟技(如技术活),微雕(如人性细胞)……以及"人、事、钱"和"气运"(个运与时运,文运与国运)——文运同国运相牵,文脉同国脉相连。这便是新时代迎接全球故事革命、讲好中国故事、重塑中国青年的"永字八法"。

明道、取势、乘时,此为培养"智"(智慧);

人、事、钱、运等,此为培育"创"(创意力、创造力、创新力);

优术、熟技、微雕、深耕,此为培训"匠"(工匠技能)。

以上三个层面合为一体，便为"智匠精神"。

以此为出发点，我们将编撰互联网＋新文艺智匠创意写作课系列作品，持续深入地进行"华语网络文学智匠创作"理论和实践研究，本部即为其中之一。基于智匠创意写作的创作实践、创新风潮、创生机制体制、重大理论和评论评价体系建构等时代土壤和内生能量，以智匠之"创"为关键词，在创意力、创造力、创新力等方面增强实训，希望从实践到理论，再从理论到实践，与中国青年创意写作者同频共振、同情共理、共生共融，培育和创作真正无愧于这个伟大的时代、无愧于这个伟大的民族、无愧于伟大中国的"高水平创作人才"和"精品力作"。[①]

这部大连大学文学院汉语言文学及汉语国际教育专业学生的创意写作课作品集，字里行间跳宕着大黑山下这群莘莘学子泛舟学海的文心和追求。一颗文心，一双文瞳，花开花落，四年匆促，岁月倏忽。这些文字，是一群大学生生活与生命的印记，也是一部激发当代青年创新创意与展现文采和情怀的创意写作实践指南：

一、借大连大学文学院青年学子的智匠创意写作文字，展示一代青年的情感世界与精神面貌，使广大师长了解当代青年大学生的思想情愫、激扬理想，增强青年一代的信心和希望。

二、借这些洋溢着青春况味的文字，寻找智匠创作与创新创意的星星之火。期待在这本文集的青年创作者与读者身上，点燃互联网＋新时代青年世代智匠创意写作的星星之

---

① 参见吴金梅、庄庸：《华语网络文学智匠创作研究》，吉林大学出版社，2020年版。

火，进而形成燎原之势，抒写生命思索、生活印迹、奋斗身影、生命之美。

三、将智匠创作融入青春创新创意，以此提升青年一代的创新、创业、创意实践能力，能够在互联网+新时代中，成为具有智匠创作意识的卓越人才，书写美好未来。

正因这些具有强国心态、时代共振、科学情怀、切问力行、理性思考、互联网精神、重塑偶像等特点的"强国一代"，中国的时运和文运可待，世界的未来可期。

笔尖墨池，翰墨心意，青春脑洞，书写第二人生，作品为世界立法，当代中国青年应当向世界"讲好中国故事，发出中国声音"，这是当下互联网+新时代赋予"强国一代"青年的重要使命。

以智匠创意写作，爆燃"强国一代"中国青年的巨大潜能，让他们懂得：我愿！我能！做一匹驰骋大地的骏马和一只翱翔长空的雄鹰，创造美好新世界。

文心有智，创新青春，智匠创意，无限脑洞，飘摇知识的海洋，怀一颗创新的青春文心，立足新时代，智创人生，创新世界，创意未来！

目录

上篇　非虚构

我们的故事
彩色夏天 / 003
守护与分别，都弥足珍贵 / 005
老韩 / 008
母亲 / 011
三尺讲台奉献，一支粉笔耕耘 / 014
我们的故事 / 017
我怀念的 / 023
毕业季，别行时 / 025

那年，正青春
致青春 / 029
致最亲爱的你 / 032
献给每一个昨天 / 035
我有故事，你有酒吗？ / 038
微光 / 040
如果路的尽头是你 / 045
我的男孩 / 048

漫时光
时光 / 052
漫时光 / 055
一场美梦 / 058
人生的思考 / 061

生活中的仪式感 / 064

五色陶·人文情 / 067

一生一事 / 070

是什么让我们成为沉默的大多数 / 073

红尘渡情

让我不敢呼吸的瞬间 / 077

他 / 078

你越是靠近，我越是逃离 / 079

红尘·渡情 / 083

全部都是你 / 087

一张刻在心里的老相片 / 089

野渡无人舟自横

桂花 / 092

秋日随笔 / 093

秋忆 / 094

叶落之秋 / 096

又一岁深秋 / 097

野渡无人舟自横 / 100

野渡无人舟自横 / 101

野渡无人舟自横 / 101

逆光前行

心有斑斓景自春 / 104

人应该都是有梦想的 / 107

旅行，在路上 / 109

忘记时间 / 114

人生三宝 / 116

逆光前行 / 118

另一个自己 / 121
星空下的神往 / 124

缘分与遇见
文人不待千年雨歇 / 128
对的时间点 / 131
缘分与遇见 / 133
念 / 136
伪 / 141
把守情绪之堤为心适时泄洪 / 144

下篇　虚构

古韵咏怀
思 / 149
咏怀 / 150
月亮河 / 151
异乡提笔 / 152
故宫 / 153
无题 / 153
无题 / 154

地球的颜色
起风 / 157
金秋银杏 / 158
雪 / 159
雪落是喜 / 160
红 / 161

地球的颜色 / 162

飞鸟游鱼 / 163

光与色 / 164

血与火 / 165

致祖国的赞歌 / 166

我们的七十年 / 167

穿越荆棘

随想 / 170

随笔 / 171

忆 / 171

一直在，一直爱 / 172

满载，一宿好梦 / 173

待昼至黎明 / 177

穿越荆棘 / 179

线 / 180

友 / 182

一小时 / 184

一只芭蕾舞鞋 / 186

天堂地狱，一念之间 / 187

最爱的地方

对故乡的爱 / 191

最爱的地方 / 192

日思归 / 193

念 / 194

我们俩 / 195

味道 / 196

从前的人 / 197

背上的行囊 / 199

长长念旧岁 / 200
岁月神偷 / 201

问亲寻爱
希望 / 204
遗失 / 206
妮儿 / 219
玉镯 / 222
原谅 / 226
送殡 / 228
冰糖葫芦 / 233

少年心事
盛夏裙摆打动的 / 239
夜奔 / 247
那年夏天 / 250
眷恋你的温柔 / 255
忧伤的天使 / 257

风烛摇曳
他曾想过一了百了 / 262
漆黑的海上 / 267
你们别想杀了我 / 271
我的"高"爷爷 / 274
"大哥"老沈 / 277
下河 / 283
响声 / 286

古意新情
弥生 / 290

独活 / 293

英雄长逝，梦终醒 / 299

湘夫人 / 303

痴 / 307

大梦初醒 / 311

相濡江湖 / 314

为谁流下潇湘去 / 320

逆龙鳞 / 325

小镇酒香 / 331

亦幻亦真

铁柱的故事 / 334

最后一日的烟火 / 338

画中人 / 342

千秋岁 / 351

门 / 365

桃子 / 373

溘然长逝 / 379

无尽 / 384

英雄 / 389

多面水下

双生花 / 406

天水各一方 / 410

恶意 / 412

上篇

非虚构

情感、青春、时光、岁月、追求、缘分,人生的每一种情愫、每一段时光、每一个场景与瞬间,都可思、可念、可追、可忆,犹如「绿蚁新醅酒,红泥小火炉」。故事与酒,在人生与岁月中延展,在生命与情意间弥散。

我们的故事

虽终有一日人散尽；但，不负相逢满欢颜。愿每一个踏入大学的孩子都有骄傲与想象，愿每一个踏出大学的人都坚持自己的追求与梦想。

彩色夏天

汉外181班　谢凤仪

记忆里，我的夏天都有你的陪伴、念叨、宠溺，每天都是彩色的。你给我买的冰棍是彩色的；你特制的泡泡水吹出来是彩色的；你也是彩色的。

夏天总是特别闷热，偏又容易停电，很不幸，停电总是买一送一——我长了痱子。梦里我掉进了仙人掌丛，浑身被扎满了刺，好不容易走了出去，又踢到了马蜂窝。我跳进了小池塘，把头冒出水面，躲过了马蜂，又吹来了一阵清风，是花露水的味道。我从梦中醒来，你手里的蒲叶扇还呼哧呼哧地扇个不停。半梦半醒间，我乘着彩色的风飘摇在花丛里，凉凉的，你站在花丛里向我招手。

夏天绝对不能没有甜甜的果汁冰棍，正巧你很懂我，总喜欢给我买喜欢的冰棍吃，这样我才能成为同龄孩子的嫉妒对象。我总是被你的冰棍收买，变得言听计从，你也总会乐此不疲地作势要抢走我的冰棍，看我气得直跺脚你就会仰天大笑。你对我说："喜欢的东西要自己争取哦，不可以总是爷爷送到你手边啊！"甜甜的冰棍，你的后槽牙，还有我们的欢声笑语，都成了我期待夏天的理由。我的整个童年，都在你用爱筑成的童话城堡里。

可是冰棍融化了，城堡关门了，花丛凋谢了，你也变成黑白色了。

今年的夏天，我有些手足无措。我的彩色泡泡飞上天之后没了踪影，没有果汁冰棍收买的我也很乖巧安静。你只是沉默地待在相框里对着我笑，却没有了任何言语，冰凉凉的没有温度。

我想，我的夏天再也没有颜色了。

可是人生的夏天还会回来。也许你留给我的夏天不只有泡泡水和冰棍，还有对待这个世界明朗开阔的心境——像憧憬夏天那样对跨过忧伤之后的生活充满期待。也许我的快乐、我的憧憬，都被封锁在了童话城堡里，那我为何不把它们装进行囊带出来呢？也许以后的夏天没有了你的陪伴，但我依旧记得那个清凉的梦，依旧会把我们的记忆放在最深处，就好像我们不曾分离。

我一时不知该如何找回和你共度夏天的感觉，但我依旧对夏天充满期待，就像你从未离开。

师评·智匠创作微论

夏日璀璨，只因有你！生命中每一个至亲至爱的人的离开，都是难以割舍的至情至痛，成就了我们生命的意义，让我们变得深情。夏日轮回，亲情心间永驻，就像你，从未离开，不会与我分离。

"喜欢的东西要自己争取哦，不可以总是爷爷送到你手边啊！"那些看似无心却充满深意的话语，是生命中那些重要的人的音容笑貌在心间的时常闪现与回响。"我们的欢声笑语，都成了我期待夏天的理由。我的整个童年，都在你用爱筑成的童话城堡里。"每个孩子都会长大。在一个个夏天的轮回间，每个让人疼爱的孩子，是不是都拥有一个爷爷带来的彩色夏天？欢乐童年，一生眷恋。莘子脑洞，是你我心中不一样的彩色夏日。

守护与分别，都弥足珍贵

中文182班　姜宁燕

我的一小方天地里，依旧有您的温暖与爱。

——题记

我三岁那年，爸妈去外地打工，把我交给爷爷奶奶带，我也就成了"留守儿童"。爷爷奶奶恰巧也做了很多年的"空巢老人"，祖孙三人正好凑成日子。

那时候我总爱乱跑，有时跑到别人家玩儿累了，便倒头睡到天黑，醒来听见爷爷大声喊我名字。我揉着眼睛慢腾腾地从邻居奶奶家走出来，爷爷就会一把抱住我，一边掐我脸，说我不听话，一边又宠溺地揉我头，抱着我回家。

爷爷不会做菜，只会做炒饭。遇上奶奶不在家的时候，就得吃爷爷那一碗汪着半碗油的炒饭。我问他为什么放那么多油，爷爷反手就敲了一下我的脑袋，说道："我还不是看你太瘦了。"说完，我俩一起低头看了看我鼓鼓的小肚子，然后哈哈大笑起来。后来我学会了做饭，爷爷那油腻腻的炒饭也变成了记忆里的味道。

后来我去市里读了高中，很少回家，爷爷的身体也每况愈下。但每次我回家，他都和以前一样，像个孩子般和我闹、逗我笑。我读书的地方越来越远，爷爷的年纪也越来越大。我来大学的当天，爷爷竟然难过地躲了起来，我到出发也没有见到他。后来我打电话问他为什么躲起来，他也只是笑笑说，他只是碰巧要出门办事。

最近我总是感到不安，便想给爷爷打个电话撒娇，但总是没人接。刚开始我并没在意，但接连几天都是这样，便隐隐地感到不对劲，便打电话给奶奶。电话终于通了，奶奶说："爷爷在家呢。"我刚松了口气，就听到后面一句话："爷爷睡着了，再也接不了电话了。"

我从来没想过死亡离我这样近，也从来没想过有一天我爱的家人会离开。我听着电话那头奶奶的哭泣声，任凭自己泪如雨下。

"别哭，你要记住，我们家的女孩子不能那么爱哭，不能那么软弱。"恍惚中记起爷爷的这句话，那一刻我好像突然明白了什么是成长。

时光从来没有给我们留出任何余地，生活也总是给我们留下些许遗憾。我们无法长久地守在长辈身边陪伴，长辈们也无法时时刻刻在我们身边呵护我们成长。但是爱从未被我们抛弃，惦念也从未停止。珍惜在一起的时光，坦然接受成长带来的分别。守护让我们勇敢前行，分别让我们愈发坚强。我依然带着爷爷的爱努力生活，爷爷也依旧是我温暖的来源，向上生长，爱愈发深厚。

师评·智匠创作微论

相聚总是太短，分别总是悠远。从三岁的宠溺，到十八岁的远行，不期然，便有永别猝然而至。"别哭，你要记住，我们家的女孩子不能那么爱哭，不能那么软弱。"那些语重心长的话，总是在心间悄然永驻。我们的长大，是亲人的变老。珍惜每一个相聚和相伴，爱和温暖，是彼此的给予，是彼此的牵念。"我依然带着爷爷的爱努力生活，爷爷也依旧是我温暖的来源，向上生长，爱愈发深厚。""一碗汪着半碗油的炒饭"，有着爷爷做的炒饭的独特味道，是因为"我还不是看你太瘦了"。"我俩一起低头看了看我鼓鼓的小肚子，然后哈哈大笑起来。"疼爱自己的爷爷奶奶、爸爸妈妈，总会唠叨正在偷偷减肥的你："多吃点啊，总是那么瘦！"哎，怎么总是这句话？这句话里，有一座高高的山，有一片浩瀚的海。莘莘学子，慈亲为念。

老韩

<small>中文172班　韩欣蓉</small>

　　从我有记忆开始，老韩就一直在我身边。

　　据我奶奶说，婴儿时期的我常常一天五顿饭。把一个出生六斤多的正常小女孩喂成小区里最壮的丫头，这里面多半是老韩的功劳。儿时和他的记忆都已经有些斑驳了，模糊地记得他曾追着我满屋子喂饭，等我放学后会买一袋子猪蹄给我吃之类的。印象深刻的都是些零碎的小事：他给我买男孩子气十足的汽车模型；夏天太热就和我一起躺在客厅的地板上睡觉；推着坐在自行车上嘻嘻哈哈的我直到我学会骑车；发了饮料海鲜水果后小家子气地护着直到我第一个吃；酷暑天能扇一晚上风好让我睡觉；拿铁圈做乾坤圈让我跟朋友们炫耀……回忆起来记得的真的有很多。现在的它们不再只是记忆，那些欢笑都在我成长的时候融进了生命里，不起眼却不可或缺，是它们组成了今天的我。

　　老韩一直是把我当作小孩子看待的，现在觉得他性格多少有点幼稚。直到我高中的时候，如果他下班回家遇到我还是会隔着老远拿出零钱来挥着给我，这个在大庭广众之下也太羞耻了吧！所以多半我会逃跑着避开。有时候我看电视看到或者随口说出的菜，他一定会记得，明后天必定会出现在饭桌上。跟补课老师有冲突时，他也会不分青红皂白地站在我这边，只是因为他觉得在我初中时处理我跟班主任关系的时候对我有所亏欠。听说我要跟男同学出门玩，就把我的钱包藏起来，然后坐在门槛上不让我出去，哼哼唧唧地喊着女大不中留，还执着于吓唬每一个他认识的我的闺蜜，让我哭笑不得。他一直都爱跟我妈叫嚣，说他是最了解我的人。其实与其说是最了解，不如说老韩一直是我最依赖的人，从小就是。但我也不是一直都喜欢他，他蛮不讲理凶我的时候我还是想跟他打架。他也会因为学习问题揍我，说很多伤人的话，但每次跟他吵架之后，一定是他会先来别扭地破冰，我也就顺着台阶下原谅他。总的来说，这热热闹闹的二十年里，老韩一直是很好的老韩。

长大了一点的我，其实有一点不知道怎么面对这个颇为感性的他。我对待亲情有些冷淡，思念对我来说是很陌生的情感，也不会直率地讲我有多爱他之类的。在机场告别时，我都是云淡风轻地离开，平日里也不打电话不聊天，这一点他一直颇有微词。感觉上了大学之后，我比较显著的变化就是泪点变低了，可能是在离开老韩之后，我才意识到我之前是如何被宠着的。每次我都下决心要好好跟老韩讲话，可每次聊天时又变得不耐烦。我不是不知道，他在送我去大学的时候偷偷抹眼泪，临行前一直婆婆妈妈地叮嘱衣食住行的事情，在餐桌上看着我吃饭，偷偷地发红包给我，这些都是爱我的意思。我只是怕面对，怕看到那个记忆中无所不能的老韩现在已经青春不再，有了白发。或许现在，是时候换他来依赖我了，就像小时候我依赖他一样。

老韩，你在看的吧？现在的我多少可以懂得你之前藏起来没让我看到的生活的无奈了，所以要谢谢你这么多年来一直照顾我。我知道你很爱我，下次见你一定会光明正大地给你一个拥抱。别为我担心，我会一个人好好长大，去追寻自己的人生，所以你要好好照顾身体，因为我永远都需要你。

《请回答1988》里说："时间会流逝，会带来离别，因此时间会给人们留下遗憾。若爱一个人，现在就说吧。在忙碌的这个瞬间，在变成遗憾之前说出口，或许时间给我们最大的礼物就是爱过的记忆。"这是我第一次写关于老韩的事，或许还是不够坦诚。好不容易到了能够体谅老韩的年纪，我都已经懂事了，真的不好意思开口说些肉麻的话，所以这是我送给老韩最直白的礼物啦。父亲节快乐！老韩是我最棒最帅最厉害的老爹，我永远爱你！

师评·智匠创作微论

你有老韩，我有老张，她有老王。每个被疼爱的女儿，都会依赖着那个为自己撑起一片天、遮挡风雨的父亲。他们常常静默，爱却在眼神中流淌。"时间会流逝，会带来离别，因此时间会给人们留下遗憾。若爱一个人，现在就说吧。在忙碌的这个瞬间，在变成遗憾之前说出口，或许时间给我们最大的礼物就是爱过的记忆。""父亲节快乐！老韩是我最棒最帅最厉害的老爹，我永远爱你！"爱要说出口，更要珍藏心间，付诸行动。

父爱如山，或沉默，或善谈。他们总是那个最爱你最宠你的人，用行动诠释着爱。"那些欢笑都在我成长的时候融进了生命里，不起眼却不可或缺，是它们组成了今天的我。""别为我担心，我会一个人好好长大，去追寻自己的人生，所以你要好好照顾身体，因为我永远都需要你。"每个女儿，一定也是被"老韩"需要的那个人。镌刻脑海，深深情怀。

母亲

中文182班　宋雅琪

我的母亲，那个赋予我骨肉身躯的女人，住在滔滔流逝的时光里。望着自己的孩子一点点长高，也看着自己慢慢变老……因为付出太多，以至于认为她所做的一切都理所当然。我对她有说不尽的感恩，却连一纸像样的书信都没写过。

其实，我曾有很多机会可以表达，却都以各种理由逃避了。记得小时候，老师给了全班每人一张印着康乃馨的明信片，说要在上面写上祝福，作为母亲节的礼物送给母亲。那时候，我对母亲节的记忆，仅仅是记住它是在哪个月的第几周，自然对礼物也不上心。于是我在上面写上"母亲节快乐"就草草结束，像是上交作业一样递给母亲，并且还不忘补一句："这是老师让做的。"母亲啊，你当时肯定既无奈又好笑吧，这个孩子还没有长大。

可你还是将它收藏，泛黄的边边角角挡不住康乃馨散发出来的清香，字里行间映衬出你流泉似的目光。

去年夏天，蝉鸣诵离别，我经历了人生的第一件大事——高考。

你和千万家长一样，和自己的孩子一起体会荣辱。当合上笔盖，我以为心中会是期待中的如释重负，没想到却如同套上更沉的枷锁。我恍恍惚惚地走出考场，阳光晒得我睁不开眼。人群中，你很快找到我，亲子的默契让你瞬间明白发生了什么。你牵着我，我跟在你后面。我一向以为自己无所畏惧，可是随后却发现，原来世上不只有冷暖自知，有一个人会跟你感同身受。吃完晚饭，我借口困了，回到房间躲在被窝里泣不成声。一会儿，你敲了敲门，也进来了。你拍了拍被子，我慢慢地把头伸出来，就看见你顺着眼角皱纹流下的泪水，半是温柔，半是心疼。

因为担心，你和我睡在一起。那一晚，月光洒落在床头，你紧拥着我。我多想淡忘那些难过，不复记忆那些悲伤，只想停留在这美好的画面中。

人们经常会问，你和母亲在一起印象最深刻的事是什么。我想说没有，因为和她在一起的每一件事都历历在目，值得珍藏心底。

后来，我来到外地上大学，只能通过电话寄托相思。突然有一天，爸爸告诉我你手受伤了，还打了绷带。都说父母对子女是报喜不报忧，母亲啊，你还有多少事情是我不知道的。打电话过去，电话那头传来的依然是你慈祥的声音。

"手没多大事儿，过几天就好了。对了，妈妈手受伤了，这学期就不能帮你打扫房间了。"有时候我总会想，母亲啊，你不会自私一点吗？

我曾经多次梦到你老去，茫茫人海稀释了你的身影，想要抓住却又转瞬消逝。于是我在恐惧中醒来，但只要想到你还在的事实，就有一种无法言喻的幸福感。

记得曾经翻过你年轻时的相册，照片上的你身穿一袭碎花长裙，乌黑的头发自然地散落在两肩，脸上化了一点淡妆，摆着俏皮可爱的姿势，完全一副少女的模样。你说这是那个时代最洋气的打扮。我问你为什么会把头发烫卷染黄，你说怀我的时候发量慢慢变少，掉得厉害，干脆烫了省心。

此刻，我脑海里又浮现出那句"女子本弱，为母则刚"。想你的一生轨迹也是如此，柔弱如软泥，不执着于什么，却有着惊人的韧劲；温暖如月光，不光芒万丈，却照亮黑暗中的方向。人的一世，曾经惊过、喜过、哀过、怒过，可我看到的你，却永远将爱毫无保留地给子女。其他的滋味，恐怕只有自己才能知晓。

时光如白驹过隙，万物不停生长，当初那个懵懂无知的小孩也终于长大成人。我们一起度过的漫长岁月，每一个日子都是美丽的。希望有一天，你能看夕阳西下，享人世繁华。而我，则在你的怀抱中，忘却生死。

师评·智匠创作微论

你是否也同"我"一样，"我一向以为自己无所畏惧，可是随后却发现，原来世上不只有冷暖自知，有一个人会跟你感同身受"。每个母亲，都是如此。"'女子本弱，为母则刚'。想你的一生轨迹也是如此，柔弱如软泥，不执着于什么，却有着惊人的韧劲；温暖如月光，不光芒万丈，却照亮黑暗中的方向。人的一世，曾经惊过、喜过、哀过、怒过，可我看到的你，却永远将爱毫无保留地给子女。"

母爱如水，涓涓细流，润物无声。点点滴滴，都是爱的印痕。光阴流逝中，我们长大，母亲变老。"我们一起度过的漫长岁月，每一个日子都是美丽的。希望有一天，你能看夕阳西下，享人世繁华。而我，则在你的怀抱中，忘却生死。"缱绻流年，恩在，情在，爱在……

三尺讲台奉献，一支粉笔耕耘

中文172班　罗雅钦

"我们把这道题讲完就下课。"
"体育老师有事请假，这节课我来上。"
"上了大学就轻松了。"
这些老师常挂在嘴边的话，以前总不爱听。
如今再没有谁整天在耳边唠叨，反而常常回忆起。

每天俩腿支个肚子，一天三饱一个倒。（@杨Vv）

我们高中班主任就不一样了。"我用我宽广的胸怀、菩萨的心肠来感化你们，可是你们是怎么对我的？"（@7654321）

高中数学老师趴在黑板上说："看！快看！我要变形了！"（@罗仙女）

那是七年前的一个上午，老师在黑板上给懵懂无知的我们写下这句话："冬天到了，春天还会远吗？"我一直把他当成我唯一的偶像，他一直在记忆的深处给我力量。（@果果）

优秀是一种习惯。世界以痛吻我，要我报之以歌。Nothing is impossible.

(@孔孟荀老庄韩晏)

整个走廊就咱们班最乱!我在走廊那头都听到了!(@初礼)

上了大学你们就轻松了。老师,上大学一点都不轻松,反正我想你了。(@joker yang)

高温铸就坚韧,百炼成钢;汗水见证成长,一鸣惊人。这是六月份高温时班主任鼓励我们的话。(@Anew~*·_·)

"XXX,你干啥呢?""没干啥呀。""你能不能干点啥?""……"(@小佳子)

也许是年少轻狂,那时的我们把不听老师话当作张扬个性。

时间逐渐敛去了我们的锋芒,无声息地化为浅浅刻痕留在老师们的眼角。

如今我们终于读懂老师们的良苦用心。那些他们反复叮咛的话,以前只当是轻如落叶,回想起来才发现重如巨石,支撑着我们往前走。

师恩似海,如海般广阔无私。

若少年为花,老师们则以责任为皿,以知识为土壤,以关怀浇灌。他日桃李满天下,春晖遍四方。

就在今天,让我们一起说出那句:

"老师,谢谢您,节日快乐!"

师评·智匠创作微论

那时,我们每个人都很希望能逃离那些碎碎念,妈妈的,或老师的。而今,又很怀念那些"岁岁念"。"也许是年少轻狂,那时的我们把不听老师话当作张扬个性。"听话,抑或不听话,老师或父母挂在嘴边的唠叨，却是每个少年最不想听的词语。岁月倏忽，无论你想不想长大，那些唠叨、那些岁岁念，却越来越远，越来越让人怀念。因为，我们长大了，"如今我们终于读懂老师们的良苦用心"。

是不是我们总会在离开父母后才知道父母的恩情，来到中学就会怀念小学老师，上了大学又会记起中学老师的点点滴滴，走上社会才知道大学老师一句话的深意？抑或是从不会记起？蜡烛、园丁、人类灵魂的工程师，无数个赞誉，传道授业解惑，才是每个教师的使命所期！你会不会记得？会不会念起？那些默默的身影，那些殷殷的目光……成为莘莘学子破浪前行的力量。

我们的故事

中文171班　谢晶梅

叮叮叮……叮叮……我一把按了闹铃，掀开被子，迅速爬起来。今天开学报名可不能迟到了。一晚上想着第二天要开学了，我激动得都没有睡着。

"哎呀，我妈怎么还不起啊？都7:30了，一会儿迟到了怎么办！"

"不行，我先去。"我拿着书包和通知书飞快夺门而出，朝着新学校出发！

一路上心情都无比激动和紧张：一会儿我要怎么和新同学打招呼，见到老师怎么办。我的大脑被这些担忧充斥着。当站在教室门口的时候，我犹豫了：哇，不行了，好紧张！紧张到搓着手，我慢慢进入教室，老师还没来，有一些家长和学生在教室里坐着。大家脸上都是稚气的模样，毕竟刚从小学升上来，身上依然带着那份不成熟。我找了一个没有人的位置坐下，没有父母，稍微显得那么一点孤单和不知所措，也不好意思和别人聊天，就一直傻傻地坐着，看着前面。

"你好！请问这里有人吗？""没有，你可以坐。"我往旁边挪了一个位置，让她坐下来。"谢谢你。"

我们两个谁都不说话，就是一直坐着。怎么办，我要不要和她聊天啊？可是我不好意思。我低着头，抠着手指头。"你家长也没有来吗？""啊啊，嗯，我妈还没来，不过她一会儿就来了。""哦，你好，我叫赵紫楠，从连然小学来的，我是浙江人。""你好，我叫XX，从安宁一小来的，我是贵州人。我们两个都是外地人，哈哈。"

简单的对话后，气氛又陷入了尴尬，我们两个谁也不说话，又各自发呆。

老师来了。同学和家长们都坐到了位置上，看着老师。

"大家好，我是你们的班主任。欢迎各位同学和家长们，同时也恭喜同学们进入这里学习。今天我们只是简单地报名，等会儿领一下书，大家就可以回去了。我们从明天开始正式上课。等会儿我念到名字的同学来前面报名就可以了，把你们的通知书拿着。这里还有一张表你们先填着，等会儿一起拿着上来。"

我没有带笔，于是东张西望，想找同学借笔。发现旁边这个同学有笔，有一点犹豫，最后还是厚着脸皮去了。"同学，可以借我一支笔吗？我忘记带了。""好的，等我拿给你。""谢谢你。"

拿到笔后我认真地填着表。"那个，你知道这里要怎么填吗？""我看看，要这样填，你看看我填的吧。""哦，好的，谢谢。"

一个小时后，老师说："好了，所有人都登记完了，现在找一个人去领书。那个XX，你暂时担任我们班的班长，等会儿我叫几个男生和你一起去拿书。"我很惊讶，一脸的不敢相信，慢慢地点点头。我转过身去问赵紫楠："你可以和我一起去吗？""没问题，走吧。"

就是这样，简单的对话，一个小小的邀请，让我和赵紫楠种下了友情的种子，结下了永远都不会分散的情分。也是从那时起，她成了我的"小跟班"，我去哪里都带上她。通过她，我结识了马娴和胡慧敏，我们的友情一直保持到了现在。初中时和她们一起疯狂了两年；中间缺失了一年，我希望以后再也不会缺失。

第一次进KTV

在上初中之前，我从来没有进过KTV，也没想过自己会进这个地方。在我遇到她们之后，这一切都变了。一个周五，胡慧敏对我说："周六我们一起去KTV唱歌吧，好久都没去了，叫上赵紫楠和马娴，去不去？"我有些犹豫，因为我之前没去过，怕我妈不让，而且感觉我们还那么小，去KTV不太好。"哎呀，没事的，我们就是去唱歌，你和你妈说我们去外面玩就好了。""嗯嗯……好吧，我回去和我妈说一下。"

周六，我和我妈说和朋友去外面玩，都没敢说去KTV，就这样稀里糊涂地和她们去唱歌了。看着她们有条不紊地坐电梯，推开KTV的门，才发现原来她们对这一切是如此熟悉，而自己就是一个小白，什么都不知道。大家唱了一首又一首，我比较害羞，全程就看着她们玩，在一旁研究各种东西，仿佛打开了一扇新的大门。

其实迈出第一步很难，但是一旦迈出后就一发不可收拾。去KTV就是，去过一次后，就爱上了，KTV便成了我们每次过生日必去的地方。在这里，不管音调全不全，我们可以放声吼，放声叫。

其实不只去KTV是她们给我带来的第一次，有很多东西都是她们让我了解到的。小学的生活太过安稳，太过乖巧，所以许多事情我都是不知道的。胡慧敏的出现让我原本平凡的生活，多了一笔彩色。

军训

初二的时候，学校要求我们必须去学校封闭军训一个星期，我们都没想到可以分到一个宿舍，可把我们高兴坏了，这回有机会可以一起畅谈了。

第一天晚上，教官来检查宿舍。因为我们在家习惯了，鞋子在宿舍里丢得到处都是，教官一进门就说："给你们十秒钟，把你们的鞋子收好。"教官把门关上，站在门外开始数数。我在床上都来不及下去，只好叫赵紫楠："快帮我把拖鞋放好！"因为鞋子太多，时间根本不够，赵紫楠掀开被子，把床边的所有鞋子丢到了床上，然后盖好被子。教官推开门，看了一眼："下次别再让我看到。"然后他就走了。"哈哈哈哈，你要笑死我了，你竟然把鞋藏到被子里，你是傻吧。""我这不是没有办法嘛，根本都来不及。""你真的是要笑死我了。"

第一晚，我们太过兴奋，聊到了很晚。没想到第二天要起得很早，6点就被叫醒，都没时间擦防晒霜就去晨跑了。每天早上我要叫她们起床，她们在埋怨中慢慢爬起来，我还要一个又一个地催，这样持续了一个星期。因为有之前学姐们的忠告，知道晚上会有突袭，所以我们每天都是洗好脚就把袜子穿好，鞋子放床前，衣服也穿好。终于在第三天晚上，大家都睡着了，我还没睡着，听到响起了警报声。我赶紧爬起来，穿好鞋，一个个把她们叫醒。"快点起床，紧急集合了！"马娴突然惊醒："什么，咋了？""紧急集合，快点！要不等会儿就迟到了！"我们赶快穿好鞋子，跑去操场集合。因为刚洗过头，所以我和赵紫楠没扎头发，教官站我们面前说："看看你们的样子，披头散发的，要是打仗的时候你们都已经被炸死了。"我们只能低着头，她还偷偷地从背后掐了我一把。我不敢做太大的动作，只能偷偷瞅她一眼。最后所有人全部到齐，被总教官训了一顿，然后我们就被放回去了。我们都以为这一关过了，没想到第二天深夜又来了一次。这次我们都睡着了，直到教官在楼下用喇叭大喊，我们才全部起来，手忙脚乱地跑出宿舍。我还踩空了，崴了脚，最后被她们扶着去了操场。

一个星期的军训，虽然很累，但总是有快乐相随。这一段时间内，我们互相照顾，给了彼此最好的关心。

每天都会做的事

其实很多时候，友情和爱情一样，不需要太多的告白，也不需要太多的仪式，更不需要让对方知道自己有多在意她，只需要那么一点点陪伴与等候就好。

因为我和马娴的家离得很近，所以我们两个每天都是一起上学。可是每天早上她都会出来很晚，然后我就很可怜地一个人站在公交车站，看着她家小区的门，祈祷着她的身影快快出现，同时还要很无奈地看着公交车从眼前停下，开走。无论是夏天，还是冬天，似乎这样的模式从来都没有改变过。我永远是站在公交车站等的那个人，她永远是慢慢从家里出来的那个人。她走到公交车站后的第一件事就是上来拉着我的手撒娇，抖抖我的手，嘴上还要说着："哎呀，人家今天起晚了，下次不会了，不要生气了嘛。"虽然我每次真的很想生气，可我还是会忍住，谁叫我交了她这个朋友呢。我也是很没有出息，每次都被她随便哄一哄就好了，真的是对她太好了。

每天放学后，我总是等她慢慢把东西收拾好，一起玩得差不多了才回家。有的时候还要陪着她去学校门口买点东西吃，再慢慢回家。

"3"这个数字，或许对很多人来说真的只是一个数字，但对我们来说却是每天回家的公交车的线路。两年的时间，记录了我们许多小小的故事。

吵架

人和人之间相处，总是避免不了争吵。之前我们也有过争吵，但是基本第二天就会和好。我们也不曾想过有一天我们会因为一点事情，一年没有说过话，没有联系，没有关心。

其实这原本只是一件很小的事，而我却把它放得很大。她们只是为了我好说了我一句，可我却很不高兴。不满的情绪彻底爆发，把之前的所有委屈全部在这一次倾泻。当马娴拉着我的手和我说对不起的时候，我却狠狠地甩开她的手，自己一个人走了，头都没有回。因为我知道她哭了，我不想让自己也哭，所以我选择了狠心。到了放暑假的时候，我们都没有说过话。我们四个人变成了三派，赵紫楠处在中间，马娴和胡慧敏一起，而我是一个人。我选择了逃避这个问题，因为之后我发现其实是自己错了。我伤害了马娴，又放不下面子去找她们，刚好又因为转回老家读书，所以这一年我没和她们联系。但是我却总是偷偷看她们的动态，看她们在一起玩的照片，开心的同时也带着伤心。赵紫楠有时会对我说："马娴一提你的名字就会哭，你们两个真的不要说说话吗？"每当这个时候我都会选择沉默。

还好，终于在初中毕业时，我选择为自己的错道歉。我花了一个晚上写了一封信给她们，告诉她们我心里想说的话。当时马娴说了一句话，我一直记在心里:"我以为你真的不理我了,我很怕失去你这个朋友,我不希望我们就这样散了。"我很感谢她们原谅我的任性,接受我的小脾气,在我伤害了她们时,还能接受我。

我们的故事还有很多,还有很长的时间是未知的,我们也不知道会发生什么,但我相信会是美好的。我无法将全部的故事分享给每个人,可是我希望有更多的好朋友看到我们的故事,希望他们能守护、珍惜自己的友情。

几多痛苦,几多烦恼,几多欢乐,几多幸福。庆幸能够遇见你们!

师评·智匠创作微论

我们,是一同成长、朝夕相伴的同龄人,从初相识的羞涩,到一起玩、一起学,一起嬉笑玩闹的分分合合。"我们的故事还有很多,还有很长的时间是未知的,我们也不知道会发生什么,但我相信会是美好的。我无法将全部的故事分享给每个人,可是我希望有更多的好朋友看到我们的故事,希望他们能守护、珍惜自己的友情。几多痛苦,几多烦恼,几多欢乐,几多幸福。庆幸能够遇见你们!"

走过岁月,终于明白,"其实很多时候,友情和爱情一样,不需要太多的告白,也不需要太多的仪式,更不需要让对方知道自己有多在意她,只需要那么一点点陪伴与等候就好"。真挚的友谊,是陪伴,是等待,是包容,是勇于承认和改正自己的过错。珍惜,才会久远。每一个校园,每一段求学时光,都有那同样青春身影的陪伴,值得铭记,值得怀念。

我怀念的

中文172班　郭娉如

最近看了几部校园青春剧，才发现那无比纯真的青葱岁月离我越来越远了。我用尽全力，想要伸手去抓住它，不让它消失，可恍惚间却意识到它的尾巴早已从我的手中溜走，剩下的只有回忆了。

前几天，在教室上课，夕阳的余晖从窗户里打进来，映在课桌上。猛然间，我的思绪又回到了那明媚的青葱岁月。

还是孩童的时候，我便对高中生活充满了向往与憧憬，因为高中是小说与影视剧描写得最多最美好的一段时光。我也想自己的高中像小说中描写的那样，有伸手可触的梦想，有漂亮优雅的校服，有让我一见倾心的少年，还有数不清的疯狂与激情。可当我真正踏进高中才发现，我的高中似乎只有平淡。然而，这些平淡里也隐藏着无数的惊喜与疯狂。

高一，遭遇了学习上的滑铁卢。我已经记不清有多个夜晚，在台灯下边做物理题边流泪，泪水几次打湿了试卷。我从没有懈怠过对物理的学习，可就算这样，物理也没有用笑脸回报我。无奈，我选择了文科，放弃了与物理死缠烂打。

高二，是我高中三年中最快乐最轻松的一年。学习压力减少了许多，没有再为学习而感到压抑，每天只有轻松与快乐。

高三，是我最充实最忙碌的一年。我至今还记得，黑板上高考倒计时的时间一天天减少。印象最深刻的是晚自习时偷偷看过的小说、课堂上偷偷吃过的零食，还有来自四面八方的纸条，这些都是我青春的回忆。

那时，每天披星戴月，两点一线。那时，有很坚定的目标，有在深夜点亮的灯盏，还有对未来的无限憧憬。

记忆里散发着阳光味道的青葱岁月，是我怀念的。现在的生活，我同样热爱。把自己所怀念的美好铭记于心，感受其中的温暖。既然回不去，那就留在回忆里吧！

师评·智匠创作微论

"记忆里散发着阳光味道的青葱岁月，是我怀念的。现在的生活，我同样热爱。把自己所怀念的美好铭记于心，感受其中的温暖。既然回不去，那就留在回忆里吧！"或许，更应该说，既然回不去，那就快乐而坚定地向前吧。还有，如果你愿意，每一个当下，都是刹那芳华。

怀念的，是已经逝去的岁月与年华。岁月不居，而年华或许还在。或许，我们应该做的，不只是怀念，更应该是去追寻。那时的梦，或许还在路上；那时的憧憬，依然还在前方。疯狂与激情，是少年，是青年，何尝不可以是中年、老年？怀念一段时光，怀念一个人，或美好，或感伤，都可以是一段唯美的动人文字，从心头，流向笔尖，流向你我的人生、你我的心间。脑洞，是一个故事，是一份心情。

毕业季，别行时

中文172班　赵瑄琳

很多人说这次离别后，可能一辈子就再也见不到了。因为高考，我们有缘能从天南海北来到这个不大的寝室，开始四年甚至更长时间的"爱恨情仇"。

大学四年没什么后悔的，就是可惜了还没跟暗恋多年的某个仁兄表白……唉，还没来得及拱一下，以后也没有机会了啊……啊，给小学妹们点经验之谈，看上了千万别不好意思下手。不然啊，等着后悔的吧……

——来自某错失机会的学姐的侃侃而谈

舍不得宿舍这几只猪啊。你看A吧，一看脸就知道是个脑残的姑娘，平时没少吃亏，得亏都不算啥事。再看B吧，算了，别看了，这姑娘太二了，碰到多low的事找她准没错。最后就C了吧，我最怀念的就是她的笔记了，期末的学习都靠她了，知性美女啊，尤其是平时写点小词小曲什么的，那叫一个淑女。马上就快散了……怎么就这么快呢……太快了吧……

——来自某吐槽完舍友开始偷偷抹泪的学姐……

可算走了，终于不用忍受他们的袜子的味道了！

不是我说，一个个有了女朋友，那叫一个嘚瑟！

就是吧，以后再也找不到踢球这么菜的来凸显我的优秀了。

走走走走，晚上再约一波，昨天喝得太没出息了……

——来自某匆匆忙忙的学长

当年立下雄心壮志要考研，但是现在才发现，我最后悔的就是光打游戏了，把谈恋爱这个事给忘了。这么重要的事我竟然都忽略掉了，难受啊……

学弟学妹们啊，你们可以遇到考试失败等各种挫折，但是如果连个小姑娘或者小伙子的手都没牵过，你可就是大学生里"真正败了的"啊。

——来自背手摇头的"老先生"的叮嘱

大学，是一个人真正青春的开始，也是成熟的开始。踏入校园时，从曾经"鲜衣怒马少年时，一日看尽长安花"的年少轻狂，逐渐变得成熟稳健；从曾经"大鹏一日同风起，扶摇直上九万里"的豪迈磅礴，逐渐变得低调内敛。我们逐渐明白了自己的追求，也不再沉溺于曾经的想象，我们终于踏出这最后的校园，也开始怀念这最后的狂欢。

虽，终有一日人散尽；但，不负相逢满欢颜。愿每一个踏入大学的孩子都有骄傲与想象，愿每一个踏出大学的人都坚持自己的追求与梦想。

师评·智匠创作微论

大学，青春韶华，每一个人从这里走向成熟、睿智、沉稳，成就优秀的自我。或许，每个人"逐渐明白了自己的追求，也不再沉溺于曾经的想象",可终有一天会"踏出这最后的校园,也开始怀念这最后的狂欢"。

"虽,终有一日人散尽;但,不负相逢满欢颜。愿每一个踏入大学的孩子都有骄傲与想象,愿每一个踏出大学的人都坚持自己的追求与梦想。"每年的毕业季,每一个不同的人,在不同的学校,演绎着无数的"别行时"。这无数的"经验"是每个毕业的人最深的感触和感慨,却也常常是毕业尚未到来的许多人的"耳旁风"。你的毕业季,你的别行时,那时那景,那情何许?阔别校园,阔别同行同伴的同学,青春追梦,继续向前。

那年，正青春

青春是一首诗，纵使时光匆匆，也永不褪色。青春的号角已经吹响，属于你们的时代已经降临。希望四年甚至很多年后，当你看到青春这个字眼时，仍会怀念那段激情燃烧的岁月！

致青春

中文172班　李晶晶

千百年来，青春是个不朽的话题。冰心说："青春活泼的心，决不作悲哀的留滞。"席慕蓉道："青春是一本仓促的书，我们含着泪，一读再读。"青春究竟是什么，竟引无数人遐想。

太阳收起最后一缕霞光，月亮从空中升起，月光似淘气的孩童，跃过门栏，照在一张暗黄的老照片上。在月光的洗礼下，照片显得格外耀眼，不禁吸引着我的目光。我缓缓向那光团走去，伫立着，凝望着。那是两张略显稚嫩的脸，虽然站在一起有些拘束，但仍能看出他们眼中的情意。我发现照片的底角印着日期：1987年10月28日。看着模糊的照片，脑中忽然显现出母亲和我说起的故事。20世纪80年代，自由婚恋的观点尚未吹进乡村的大街小巷。在夕阳西下、金秋送爽的傍晚，母亲在家人的安排下来到既定地点。她慢慢走着，心中很是不快。她站在桃树下踌躇着是否要进去，万般纠结之后，还是走了进去。而当她看到身穿蓝色衬衫的少年时，门外那棵桃树，花儿开得正艳。

直至今日，我才明白原来母亲口中的少年就是父亲，而父亲也一如既往地保持着他年少时的羞涩。或许是过分沉浸于父母爱情，我竟未听到手机铃声响起……"你还好吗？"一个熟悉的声音将我带回现实。看着陌生的号码，听着熟悉的声音，我的心中五味杂陈。人生总是充满遗憾，一阵凉风徐来，才知已是"三秋一觉庄生梦，满地新霜月乍寒"。都说秋是个悲伤的季节，可盛夏又何尝不是呢？夏天以后，我再也没有看到过他的背影，再也没有听到过他的消息。

一声"再见"，这其中又隐含着怎样的深意？青春的我们，常怀想着西子湖畔，君子弹琴，伊人起舞的美好，常感动于我遇见你就像找到真正的自己的话语。可我们是否想过，现实中没有梦境的美好，没有缠绵的话语，有的只是课本、作业和老师的谆谆教诲。似乎每天都在等待，等待梦中的他，直至明白——我一直活着，是为等你年暮，等人群散尽，等你灵魂的火焰变成灰烬。

青春的我们，像孤岛，孤寂迷茫；像孩童，天真活泼。在青春的路程中，幻想着，挣扎着，但我们真的读懂青春了吗？都说青春是一首诗，其中总有一些篇章，翻过去，又翻过来。但无论如何，我们总要不负青春理想，不失青春情怀。现在，让我们乘理想之马，挥鞭直指前程吧。愿有一天我们都能对站在骄阳下最绚烂的自己说：青春，无悔。

师评·智匠创作微论

"青春的我们，像孤岛，孤寂迷茫；像孩童，天真活泼。"青春，就是这样五味杂陈，青春的心被梦幻与迷茫时时冲击。但无论如何，青春的底色，都应该是奋斗的，正如"青春是用来奋斗的"。不负韶华，也是每个年轻人对自己的期许。不负韶华，才可以不失青春情怀，才能青春无悔。

青春是永恒的话题，每个人的青春又有各自的斑斓，所以成就了年轻人的世界的斑斓多姿。青春有青春共同的迷茫和无奈，青春又有青春不同的理想和憧憬，这就是不同的人生，也是世界的缤纷五彩。你的青春，有怎样的迷茫与憧憬，又有怎样的理想与奋斗？笔下文字，皆是心中情怀。分享自我，带给他人一个世界。青年是你，青春在心。

致最亲爱的你

中文172班　周璇

亲爱的，也许是因为窗外阳光正好，花开正茂，当我再一次漫步在校园，感受那阳光与微风时，内心突然感慨万千：当真是时光易老，青春易逝。于是，在窗外蓝天与绿叶的见证下，我为你写下了这封信。也请你一定要耐心看下去。

——周璇

亲爱的，四年前，当你第一次踏上这块土地时，内心肯定充满了迷茫与不舍。因为这里没有绵延不断的大山，没有小桥流水的柔情，更少了父母温柔注视着你的眼眸。你来到北方——一个与家相隔千里的地方。是的，北方，多么陌生的字眼！望着父母离开的背影，那一刻你多么想跟随他们的脚步。但是你更清楚，从你站在这儿的那一刻起，你就没有了任性的理由，正像那句：没有梦想，又何必远方。

就像一朵被保护很好的小花突然被暴露在风雨下一样，你很恐惧，很担忧，更想重回到温室中。但亲爱的，很高兴你没那么做，你做了人生中最为重要的一个选择，并且在四年后为你的选择交上了一份满意的答卷。而这将是你青春之旅的第一步，也是最重要的一步。

于是，你开始改变，不为别的，就为自己心中那一份想要成功的欲望。抛弃了惰性，你开始了三点一线的生活。课堂—图书馆—寝室，生活很规律，却缺少了你这个年纪应有的色彩。当黑夜降临，我想问你一句：不累吗？这就是你一直所期待的大学生活吗？你想要骑着自行车穿梭于校园之中，让一路洒满你的欢笑；你也想要跟同学一块去看蔚蓝的大海，踩着细腻的白沙，沉醉在微湿的海风之中。你总认为自己不够优秀，所以想努力努力再努力。但亲爱的，这样的话，你将只活在自己的世界里，领会不到那种肆意张扬的快乐。所谓大学，所谓青春，并不是只有学习而已，你更要学会生活。多看看校园吧，红的鲜花、绿的草地、蓝的天空、青的大山，这是生命的颜色，也是青春的颜色。希望你不要为了每一分钟的忙碌，而错过了一生的风景。

亲爱的，好好珍惜这四年时光吧。即使它只是你人生中许许多多个四年中的一个，但它也许就会变成你生命中最精彩的一段时光。

亲爱的，你有理想，有抱负，但你有时也会很迷茫。因为你不确信，你每一天的勤奋，最终是否会有回报。因为你知道，你并没有过人的天赋，没有骄人的容貌，你就是一个平凡人。而你最害怕的就是那些没有你努力的人最终却比你优秀。是的，上帝从来就是不公平的，所以才分出了聪明和愚笨、漂亮和丑陋。但是，亲爱的，你更要相信呀，天赋从来不能决定一切，你的选择、你的毅力、你的信念，才是决定你未来的根本。去努力吧，去奋斗吧，去相信吧，去干一切你想干的事吧！这将是一个漫长而又曲折的过程，但就像小苗长成大树一样，就让时间来证明吧，努力的生命才称得上是美丽的生命。

青春是一首诗，纵使时光匆匆，也永不褪色。青春的号角已经吹响，属于你们的时代已经降临。希望四年甚至很多年后，当你看到青春这个字眼时，仍会怀念那段激情燃烧的岁月！

亲爱的，窗外阳光正好，窗前你的青春正妙。

——来自四年后的你

师评·智匠创作微论

"亲爱的，你更要相信呀，天赋从来不能决定一切，你的选择、你的毅力、你的信念，才是决定你未来的根本。去努力吧，去奋斗吧，去相信吧，去干一切你想干的事吧！这将是一个漫长而又曲折的过程，但就像小苗长成大树一样，就让时间来证明吧，努力的生命才称得上是美丽的生命。"亲爱的，自信、毅力、奋斗、努力，是自己为自己描绘的青春的样子。青春正妙，阳光正好，恰好在奔跑。

"亲爱的"，是你爱的那个人，是父母，是好友，更是自己。给自己一封短短的信笺，是一份鼓励、一份希冀、一个瑰丽的明天的画卷，更是一个长长的未来。而毅力、信念，可以帮你赢得未来。写一封信，是鼓励，是期许，是鞭策。写给自己，写给当下，写给未来抑或是过去那个最亲切、最知心的自己。脑洞，为这个世界，也为自己。

献给每一个昨天

中文172班　汪鹏

　　总是有这样的时刻，觉得眼前的一切事物，总有一天会变成历史，而且是无迹可循、无证可考的历史。这一切，包括当下的时间，都在一点一点地消耗着。这些画面，从此就这样默默地掉进时间的海洋中去了，这是多么令人悲伤！

　　尽管我现在的生活是这么单调苍白，但我还是为这件事而悲痛。我想明白，冥冥之中，到底是谁的力量如此强大。

　　原来，我所存在的这个地方，不仅是空间的角落，也是时间的角落。过了这一秒，这角落就被我无情地遗忘了。这是我自己的东西，我都不去记忆，别人就更不会多管闲事了！

　　在家里，这件事在我脑海中总是会更加明显而突出。它像是在一直提醒着我什么，可我并不明白它的意思。

　　我坐在我的房间里，不管是黑夜还是白天，不管开不开灯，我总会想起这件事。我仿佛听到一种水流声，仿佛我正在深海中潜水。

　　在学校里，有时会因为日子的枯燥而忘记时间，变得头脑不清，从而引发不了那个感觉，但有时也会想起。我看到不远处那棵颓废、布满灰尘的松树，它的枝被风吹动。那个微微的颤动，总像是在告诉我，从此以后，它将永远不再如这般颤动了。就算下一秒它就又貌似如这般地动了，但这一次绝对与刚才那个动作是不一样的。

就算我像这样把它写下来，我也还是写了一个"有时"或者"那天"；就算拿一个相机把它拍成视频，它也只显示一个具体时间。

而这样的时刻，是如此之多！

究竟是宇宙中哪一股力量？它究竟穿越了多少次元？它究竟忽略了多少伟大与渺小？它究竟经历了多少次重生、轮回？它究竟烦扰了多少如我一般的困惑的灵魂？这些，又究竟有没有答案？

当我再重新回到这真真切切的现实，来活这一个目前还是十九岁的生命，来处理这所有有意义或没有意义的事情时，我知道我不必也不能再去为其纠结。

只随意写下某一个今天，等它们都变成一个个昨天，再拿去祭奠它们。

师评·智匠创作微论

"我看到不远处那棵颓废、布满灰尘的松树，它的枝被风吹动。那个微微的颤动，总像是在告诉我，从此以后，它将永远不再如这般颤动了。就算下一秒它就又貌似如这般地动了，但这一次绝对与刚才那个动作是不一样的。"每一个昨天，逝者如斯，不可握持，会伤感，会无奈叹惋。但青春的颜色，不应只是哀时伤逝，更应该面向明天，朝阳升起，前程灿烂。也因为昨天，更珍惜今天和明天。

献给每一个昨天，无论是过往、当下还是未来，都是匆匆的时光如梭飞逝。写下叹惋，也是写下珍惜和不舍，是告诉自己，每一个昨天都弥足珍贵，每一个明天都会如期而至。善待岁月，也是善待自己。将每天的每一个闪念写下来，不论一切有没有答案，都是自己生命中真切的时刻，值得记忆，值得书写。

我有故事，你有酒吗？

中文172班　张朕

大冰，现在，讲讲我们的故事吧。

我从高三的时候才开始喜欢你。喜欢你的侠气，喜欢你的仗义，喜欢你所倡导的生活方式，既可以朝九晚五，又能够浪迹天涯。这是我最开始读的你的文字。

说来搞笑，在高三那样的日子里，你的"毒鸡汤"竟然成了激励我的能量。你让我突然有了种追求，突然多了一个喜欢的东西，让我真正能够静下心来，去看书，去畅想另外一个世界。我不喜欢读厚本书籍，但对你写的东西却念念不忘，上课看，无聊看，下课看，挤时间看，看你的书是少数能让我沉静下来的事。

感谢你给我的精神支柱，它让我在奋斗的日子里不孤单，它给我打开了幻想的新大门。原来世界上真的有人是如你所写的那般活着，惜缘随缘不攀缘。你会在大冰的小屋等着我吧？今生定会与你赴次约。

不知道你的族人们还好吗？你的故事是否还在继续……

门打开了，门外是一个白衣少年。没等你开口，少年便问道：我有故事，你有酒吗？

师评·智匠创作微论

喜欢一个人的文字，一个熟悉的陌生人，他在文字中透露出来的侠气，他的仗义，他的生活方式，他的朝九晚五，他的浪迹天涯，是不期而遇的心灵契合和碰撞，是向往和欣赏。"原来世界上真的有人是如你所写的那般活着，惜缘随缘不攀缘。你会在大冰的小屋等着我吧？今生定会与你赴次约。""我有故事，你有酒吗？"每一个人生的希冀，都可以让自己更勇敢地向前，都可以让自己的每一个日子充满喜悦和美丽。

读一本喜欢的书，是偶然邂逅的欣喜。读一本书，是读一个人的言行、心灵、思想。那些跳宕的句子，是从另一个人的心里流淌出的音符，因共振、共鸣而满心欢喜。不知哪一本书、哪一段文字，会蓦然走进一个人心里。开卷有益，读你，像春风拂面，像小溪潺潺，像轻云舒卷，像飞雪轻舞。愿意读你，是愿意写下与你的无声交谈。寻找契合自己心灵的文字，写下那份欣喜，是结识一个新友，不期而遇。

微光

中文171班　杨垚垚

L君回来了。

他在一个星期前就在微信里把我"安排"得明明白白，让我接驾。可我这个人看了消息后就不由自主地脑电波回复了，再加上我又是鱼的记忆，只有七秒，于是这件事便被我抛之脑后了。

那天我洗完澡出来，顺手拿起手机解锁，看到11个他的未接来电，手一抖，差点把刚换的新手机摔了，心里只剩两个字——凉了，凉得透透的那种。

我深吸了好几口气，安慰自己没事，才颤抖着回拨了他的电话。

"我在XX机场。"说完他便挂断了电话，我一句话都来不及说。

于是我顶着未干的头发屁颠屁颠地去机场接驾。哦，不，接L君。

当我赶到XX机场时，L君已经等我等得没脾气了。他看到我向他跑来，起身说了声"走"，然后头也不回地走了。

那一刻我感觉，这个祖宗出去一趟回来怎么变得更难伺候了呢！

L君行李都懒得放，直接拉着我去吃火锅。这厮爱火锅爱到了极点，我们那儿大大小小的火锅店就没有他没有去过的。他出国时，行李箱里放了十好几包火锅底料，还让我给他再寄点。我才懒得干这个差事，我又不傻，给他今天拖明天，明天拖后天地给拖过去了。

我带着他去了最近新开的一家超好吃的火锅店。那家只有一层的小店被强行改造成了两层。这样一来，无论是一楼还是二楼的空间都很狭小。尽管如此，每天来吃的人依旧络绎不绝。

我和L君在二楼坐定。我把菜单递给L君，他唰唰几下点好交给服务员。这是我和他出来吃饭的常态，因为要是让我点单，两个小时都不一定能点完。他也每回都点我爱吃的。

我这个人特挑食，不吃内脏，不吃葱姜蒜，不吃鸭子，不吃折耳根，不吃蘑菇……而L君几乎什么都吃，除了不吃蚝油，不吃亏。

然后菜上来，我就傻眼了。

毛肚，鸭肠，脑花……全是他吃我不吃的。哦，对了，还有一盘大白菜是我能吃的。

谁来吃重庆火锅只吃大白菜啊！

我能这么算了吗？当然不能！

我死缠烂打，撒泼打滚，就差没直接抱大腿了，要他去买对面奶茶店的奶茶，他拗不过我只得去买。我趁这个时候在他的蘸水碟里放了很多蚝油，然后迅速搅拌均匀，坐回自己的位置。

L君很快回来了，他把奶茶给我，然后就开始愉快地吃火锅。

他的第一片毛肚下锅啦！

毛肚熟了后，他蘸了蘸小料，然后放到嘴里，嚼了两口，立马发现不对，抬头看了我一眼。我正在十分淡定地往锅里下白菜。他啥也没说，特艰难地咽下了这片毛肚。之后，他再也没蘸过小料。

天知道我憋笑憋得多辛苦。

我吃饭时喜欢观察别人，说白了就是喜欢东张西望。就在我又一次开始东张西望的时候，L君突然叫了我一声。

"啊？"我下意识地回答。

就在这时，一片毛肚塞进了我的嘴里，然后 L 君迅速捂住我的嘴，也不管我一嘴油，捂得紧紧的，生怕我吐出来。

我瞪大眼睛。

L 君笑着说："快吃下去，不然我一直捂着。"

我在心里文明地问候了 L 君的十八代祖宗，却也怕他真的这样一直捂着我，要知道他真的做得到。这样的话我连白菜都吃不成了！

于是我抱着杀敌一千自损一千二的心情，一狠心吃了。

不难吃欸。

在他的逼迫及我的半推半就下，我又尝试了鸭肠。

这个也不难吃，我看向 L 君。

L 君的眼睛亮晶晶的，里面盈满了笑意。

后来，那顿火锅我依然没有吃饱，L 君又和我去吃了烤串、冰浆……我们还买了炒田螺回家再战。

L 君的一家都移民了，所以他暂住我家。他只是回来玩的，用他的话说就是，回来看看我这个"智障"还活着没。

拉倒吧，这货明明是回来耍我的。

在他凌晨四点硬拉我去操场看星星的时候，我愈加确定我的想法。

L 君拽着根本睁不开眼的我去了楼下操场。刚一下楼，一阵妖风就吹得我狠狠哆嗦了一下，瞬间我就清醒了，然后才反应过来自己还穿着睡衣，连件外套都没有。

L 君拉着我躺在了操场旁的小草地里。我正要开口歌颂他时，他示意我抬头。

群星璀璨。

我一下子被造物主的神奇震惊了。

这样的小城，工业虽不够发达，却也多多少少地受到了污染。况且平日里大家匆匆穿梭于人海之中忙于生计，哪里会停下脚步抬头看看天空呢？

"很久没有看星星了吧？"L君轻轻地说，递给我一罐啤酒。

我也轻轻地嗯了一声，接过了啤酒。

L君只有在不开心的时候才会喝酒。

从他回来我就猜到，他可能遇上了什么不开心的事，不然怎么会突然回来？

我没有说话，和他静静地"举罐对繁星"。

我和L君有一搭没一搭地喝着啤酒。

"我前段时间去看了一整夜的海。"L君轻轻地说，似乎说大声些，就会惊扰到谁的梦。

"我看着日薄西山，看着涨潮的海水吞噬了礁石，淹上了海滩，看着一轮孤月悬挂在空中，看着退潮后露出来的礁石和沙滩，看着朝歌微露，看着黑色的海水渐渐被曦光染成金色，最后变成最初的蓝色，然后新的一天就这样开始了。生命似乎就是这样周而复始，没有尽头。那我们倾尽全力苦苦追寻的东西又是什么呢？我们这样真的值得吗？我们现在所做的一切都是正确的吗？"

"你知道吗？"我开口道，"星星其实会说话的。"

"但是只有仙女才听得见！"我和L君同时说出这句话。

我们大笑，L君笑着说："那么仙女，星星说了什么呢？"

"星星说啊，只要你的心是善良的，对错都是别人的事儿。"我看着L君，说道。

这是我很喜欢的一句台词。

L君沉默良久，然后笑了，笑得很开心。他灿烂的笑容，像极了苍穹里那一颗颗闪烁的星星。

突然，L君拍拍我的肩膀："你看！"

我顺着他手指的方向看去，那里的石榴树结了很多红色的花骨朵，在浓如墨的夜色里依旧不逊色。

来日绽放那天，会更加绚烂吧。

L君之后又逗留了几天，便回去了。他走的那天，我没有去送他。因为我和他都知道，我们会再见，而我只需迎接他的到来。

你要相信，石榴会开花，星星会说话，汹涌的海水会爬上沙滩也会退去，曦光和黎明会冲破黑暗降临到人间，未来的美好都在前方。你要相信。

我抬头看向窗外，窗外的阳光正好，蔚蓝的天空晴朗无云。树影斑驳的绿色在半透明的窗叶上影影绰绰，攀上喧嚣的人声，宁静而悄然。

A beautiful day.

师评·智匠创作微论

"我看着日薄西山，看着涨潮的海水吞噬了礁石，淹上了海滩，看着一轮孤月悬挂在空中，看着退潮后露出来的礁石和沙滩，看着朝歌微露，看着黑色的海水渐渐被曦光染成金色，最后变成最初的蓝色，然后新的一天就这样开始了。生命似乎就是这样周而复始，没有尽头。那我们倾尽全力苦苦追寻的东西又是什么呢？我们这样真的值得吗？我们现在所做的一切都是正确的吗？"这是一个人的困惑，或许也是很多人的困惑，而无论如何困惑，人总要前行。微光，在此间。

生活中有一个老友，彼此熟稔，可以嬉笑玩闹，也可以默默相对，这是难得的最温馨的陪伴。你可以告诉一个困惑的人，"你要相信，石榴会开花，星星会说话，汹涌的海水会爬上沙滩也会退去，曦光和黎明会冲破黑暗降临到人间，未来的美好都在前方，你要相信。我抬头看向窗外，窗外的阳光正好，蔚蓝的天空晴朗无云。树影斑驳的绿色在半透明的窗叶上影影绰绰，攀上喧嚣的人声，宁静而悄然"。告诉好友，也是告诉自己，相信那些属于你的"A beautiful day"。

如果路的尽头是你

中文173班　夏文清

　　看到一句话：我一个人走了这么长的路，不为别的，就为路的尽头是你。

　　在我心底，如果路的尽头是你，那一定是这样一个景象：

　　一个小别墅，明亮的落地窗，轻薄的白纱窗帘。春天，看着浆果的红一点点在草坪里显露，因为潮湿而微微张开的松果落在窗台上，泥土的印记像极了未干的油画。当那抹嫩绿渐渐变深，树木葱郁到遮住投影到地板上的阳光时，夏日来了。你在那个并不炎热并不干燥的午后，认真清洗着新鲜的覆盆子，柔软的果实在你修长的指尖转动，然后你轻轻擦拭盘子边缘的水珠。我们一起坐在地毯上看书。后来，你拿起一个靠垫塞进我的胳膊下。

　　秋日某个微凉的清晨，你把旅行箱拉到门口。我们穿着同款防风衣，一起研究地图，轮流开车休息。夜里我裹着毯子浅睡，微弱的黄色车灯穿过黑暗，整个世界寂静一片，只听见你轻轻的鼻息。曙色微明时，车里洋溢着红茶的香气，我们停下来并肩看粉色的朝霞在山谷那边升起。冬天，风笛声随风飘荡，紫色的苔原与墨绿的密林接壤，积雪因冰川呈现出温柔的曲线，覆盖了山脉嶙峋的棱角。屋里，壁炉里发出嗞嗞的响声，我们裹着毯子一起看《王尔德》，窗外已是大雪覆盖。

不工作时，我们让自己放松下来，远离纷扰，远离琐事，一起去旅行。工作很忙时，我们也依然会在傍晚回到家里，炒几个清淡的菜，聊聊生活琐事。就这样过了很多年，我还是会在你下班走到家门口掏出钥匙之前为你开开门，然后给你一个大大的拥抱。你也还是会在某个节日，悄悄藏个小礼物在我包里。你也许是个寡言的人，但你的沉默让我觉得沉稳，让我觉得可以紧紧握住你的手，埋头安心过一生。

或者再过许多年，我仍旧会在夕阳余晖下打理我们的花花草草。素净的花已经长出花苞，鲜艳的花开得正好。和你在一起，我能够听到外面的车水马龙、人声喧嚣，我也能听到外面的阳光流淌、微风荡漾。所有事物，因为有你，那么静谧美好。

是你让我觉得这个世界上还有那么多值得珍惜的景致，我或许会厌倦地平线上的一切，但我永远眷恋你眼中的小宇宙。

我明白你不只是拂晓的一场梦，你正在穿越人海，向我走来。所以，我会等。我已经和生活妥协了那么多，剩下的，我不愿将就了。

师评·智匠创作微论

人生的缘分，是不是已经注定？有一天，在雨巷，在路的远方，有你，我会义无反顾，我会勇敢向前。当你我相遇，无论是今天还是明天，都会是美丽的岁月。光阴流转，岁岁年年，有你的陪伴，温馨且不孤单。"我明白你不只是拂晓的一场梦，你正在穿越人海，向我走来。"那一个人，是你的等待，也是你的未来。

> "或者再过许多年，我仍旧会在夕阳余晖下打理我们的花花草草。素净的花已经长出花苞，鲜艳的花开得正好。和你在一起，我能够听到外面的车水马龙、人声喧嚣，我也能听到外面的阳光流淌、微风荡漾。所有事物，因为有你，那么静谧美好。"从少年，到白头，春秋荏苒，变换的光阴，不变的你，岁月不居，红尘有你。你便是我文字的主角，是心头的暖阳一缕。

我的男孩

中文172班 苏丹

一直都想写一写我的男孩啊。

H是在我刚上大学的第二天认识的，不是电影桥段里繁华街头的偶遇，亦非惊险剧情里英雄救美后的一见钟情，而是在新生老乡会时认识的。当时他是上一届老乡会的负责人，在座的都是老生，新生就到了我一个。坐了一小会儿，大家都没和我讲话，气氛一度很尴尬。而他的话就没断过，他一直在说，当时觉得这个学长可真能说。他肯定是发现我的尴尬了，也和我聊了起来。寒暄了几句话，后来慢慢地来了几位他认识的学长学姐，大家就坐在一起聊天。其实我当时觉得他油嘴滑舌，因为他话太多了，跟谁都能聊得很好。在离开时，一圈人互加了微信好友，就这样为我们后来的感情发展埋下了伏笔。

我觉得感情中最让人心动的就是那段暧昧期吧。之后我们在微信上聊了一段时间，他忙着找工作，我忙着军训。我军训结束时，他也找到了工作。为了庆祝要一起出去吃饭时，我担心坏了。刚军训完，我真的超级黑，恨不得可以一键美白。折腾了好几天，不但没白，脸上反而长了几颗痘，只能硬着头皮赴约。那天吃饭很开心，我们聊了很多，整个过程中并没有一点尴尬，似乎话题一直未曾断过。回学校的车上，我们越聊越投入。回到学校后，他说我们去操场散步，而消食这个烂借口此时却像抓住我的腿不放一样。似乎一切都是安排好了的，在这样的氛围中，他牵起了我的手，我的心脏似乎出了故障，怦怦地跳个不停。可一切好像都是顺其自然，没有一点牵强，我们就这样很开心很幸福地在一起了。

一开始的时候，我的朋友们对这段感情都不是很看好。在慢慢的接触中，我发现这个男孩和我认识的男孩都不太一样，我一直都觉得他是个很完美的人。今年六月，H毕业了，我们也正式开始了异地恋。大半年过去了，我们的感情一直都挺好，我们都在很努力地完善自己，也慢慢把对方介绍给父母。我们在努力地经营我们的感情，我们懂得珍惜。

一段好的感情不是说要为对方付出多少，而是两个人能够共同进步、共同成长。我很庆幸能够遇到我的男孩，并且能够和他坚持到现在，甚至走到未来。因为有了他，我的生活多了一种可能性。也正是因为有了他，我有了进步的动力。我也不知道我们能在一起多久，但是我会珍惜和他在一起的每一天每一秒。明天的我还是会依然爱他。

现在的很多"爱情"掺杂了越来越多的东西，背叛、自私更是比比皆是。我希望我们的爱情就这样平平淡淡、细水长流，我们就这样平淡地厮守到白头。我的男孩，很感谢你在我需要你的时候一直陪着我。

师评·智匠创作微论

"一段好的感情不是说要为对方付出多少，而是两个人能够共同进步、共同成长。我很庆幸能够遇到我的男孩，并且能够和他坚持到现在，甚至走到未来。因为有了他，我的生活多了一种可能性。也正是因为有了他，我有了进步的动力。我也不知道我们能在一起多久，但是我会珍惜和他在一起的每一天每一秒。明天的我还是会依然爱他。"在对的时间，遇见对的人，是彼此的幸福和幸运。爱，是彼此珍惜，是相随相伴，是携手同行。

每一个男孩，每一个女孩，想起心中的那个 ta，总是会感觉到温馨美好。写一段文字，给你最想念的、最喜欢的，抑或最惦记的那个人。这会是明媚时光中温暖的文字，留给岁月，留给 ta，也留给自己。问世间情为何物？直教人生死相许。珍惜遇见，珍惜相爱，珍惜彼此。

漫时光

不久,极光开始肆意地布满整片夜空,展现出它本来的妖娆,绿色、红色、蓝色、黄色、紫色……我数不清有多少颜色。

时光

中文172班 苏欢

日落黄昏,日出清晨。
日月对望,星月相伴。
温柔的黎明拥抱广袤的土地,
清薄的烟雾笼罩壮美的土原。

纵横的沟壑诉说几载时光流转,
粗壮的树枝聆听几多风雨来回。
小犬狂吠,小猫侧目。
清风拂面,泥土甘纯。
风聚云散,梁燕呢喃。

周而复始光阴百代,
都是过客。

总是习惯用一种旁观者的身份去感受一些事情，坐在略高处，清风拂面，天朗气清……这样的景色用美形容真是太简单了。偶尔有小狗会在有来客或入侵者时狂吠；小猫会在蛐蛐儿的叫声中频频倾耳转头，直勾勾地盯着声源处，时时变换位置，以求将其作为美味佳肴；燕子会衔来食物哺育小燕，并且不时在空中低回盘旋，留下看不见的痕迹；养羊人赶着洁白肥硕的羊群在一片绿地中奔走呼喊……在之前的岁月里，有人有过这样的感觉吗？之后呢？还是在数百代的光阴里每个人都有自己独特的感受？

怎样才算是活着呢？怎样才算是好好地活着呢？

感恩地活着？感恩山河草木、草兽虫鱼、日月星河，感恩每一个为生活而努力的生命？

付出地活着？为世界？为国家？为小家？为自己？

我想答案很多，需要用很久去追寻……

师评·智匠创作微论

"怎样才算是活着呢？怎样才算是好好地活着呢？感恩地活着？感恩山河草木、草兽虫鱼、日月星河？感恩每一个为生活而努力的生命？付出地活着？为世界？为国家？为小家？为自己？"或许，很多问题，是求不到答案的。但每一天，或许都会有很多疑问，关于生命，关于岁月，关于未来，关于生活，关于自然，百思不得其解，而后豁然开朗。这才是真切的人生，伴着叩问，伴着追寻。

时光属于每个人，又不属于每个人。当你感受到它的存在，你也会感觉到自己的存在。当你浑然不觉，那是沉浸在你自己的世界，俯仰万里，一瞬千年。记下岁月里那些凌乱的碎碎念，是成长的印痕，是岁月的波影，是流年的倏忽，是心灵的沉静或翩跹。

漫时光

中文172班　胡天水

我不像那个从小就很喜欢看书的室友，也不像那个上课会有选择地听课、期末复习会很认真、有着较深写作功底的室友，更不像那个从很久之前就开始在网络上发表小说、写作功底很好的室友。我和她们生活在一起，觉得自己不堪一击。

我总是很美好地幻想着我未来会做的事情。比如说学中文，可以让我有动力去看书，去弥补以前不爱看书的坏习惯。我还买了电子阅读器，信誓旦旦地说要多看些书。刚买来那时候还好，会下载喜欢的书，会摘抄自己喜欢的句子。可是后来，阅读器静静地躺在我的书架上，没有充足的电量可以让它开机，它也找不到充足的理由一直保持电量。我的生活总是被自己以各种理由弄得一团糟，仿佛这个世界对我来说其实就是一片空白。

今天是考研的第一天，昨晚我花了一个多小时，终于在十二点之前，把给小导的剪的视频发了出去。成果出来的那一瞬间，我感觉眼泪都要出来了。虽然视频十分简陋，但希望他能够带着我们的祝福走向考场，希望这能够带给他一份幸运。两年后的我大概也会和他一样，走上考研的道路。本来想着去考学前教育专业研究生，可现在又觉得我不适合。我没有那么多的花样去和小孩子相处，他们哭时我可能会束手无策，我没有办法去关照好每一个小孩子。小学老师我又不愿意当，因为妈妈是小学老师，我不想跟妈妈在某种意义上同级。初中老师我是愿意去试一试的，可是又不知道能不能行。高中老师我也很愿意去试一试，虽然可能会很累，但那是一份我很向往的工作。某天我在想，要不然去考酒店管理专业吧。我幻想着未来我会在一个大酒店工作，很优秀，很知性。可是……也只是想想罢了。

　　室友刚才发出一声感叹：怎么一不注意就写到了七千多字？不知道在看这篇文字时，老师会不会觉得我就是在很随便地写一些应付老师的东西。我好像不愿意去思考，不愿意去动脑子，只愿意写一些手到擒来的东西。小学时候我去参加作文补习课，老师在结课的时候让我们写一篇小说交上去。当时的我可能因为贪玩，又或者因为不知道写什么，最后草草编了一千多字上去。那篇文章没有任何亮点，最后还是被老师刊登在作文班的小杂志上。我拿到那本杂志的时候，感觉很羞愧。大部分人都很认真地对待这件事，可我却没有。那时我就在想，为什么当时自己不好好对待这件事呢？后来的我，没有吸取教训，一次次犯着同样的错误。从一次简单的思维导图整理，到一场需要自己协助的活动，我都没有做得很好。

　　时间在一点一点过去，我的人生走到今天已经过了差不多四分之一了。在这四分之一里，我好像没有一件事能够让父母和我都感到特别高兴，没有哪件事是可以让别人赞赏或者学习的。这四分之一的人生，我过得碌碌无为，平静得如死火山口的一池湖水。即使身处在火山口，内心翻涌，可偶尔一块石头掉落，也不会泛起涟漪。虽然不甘心，可是也没办法改变。我怎会如此堕落？

　　我以为我是个很爱笑的姑娘，我的笑可以感染别人。可事实却是，我爱笑，却不能够感染别人，我只是傻傻地笑着。我的高中班主任曾经以为我是一个没心没肺的女孩子。

　　可能活该我就这么平淡。我觉得我的未来就会很平淡：平淡地拥有一份工作，平淡地拥有一个家庭，平淡的生活平淡地过。我曾经还梦想过自己以后要做一名很知性的家庭主妇，觉得这样的梦想很简单就可以实现。可是后来我发现，所谓梦想，都不是那么容易实现的。成为想象中那样的家庭主妇，前提是你得有高薪又自由的工作，或者庸俗一点说，你得有一个很有钱的老公。但这背后更多的是，我需要成为一个很优秀的人才会有那样的生活。

我们总是想在平淡中追求一点刺激，可当刺激来临时，我们又害怕它，紧紧地把自己包裹在金属钢盔里，生怕自己受到一丁点的伤害。我只希望每天的加油能让自己每天都多一点警醒，不再浑浑噩噩地过着明明努力就可以过得很精彩的生活。美好的未来也需要努力去实现。

师评·智匠创作微论

每个人都有自己的小小愿望，可即使很小的愿望的实现也要一个人去付出，去行动。漫时光，虽然看似漫不经心，却是时时在思考和追问：追问自己的每一天，每一件事，每一个小小心愿；追问自己做了什么，成果如何，是否实现了。慢慢向前，抑或漫漫向前，抑或被岁月推到每一件事的近前，只要去做，时光就是你的宝盒，有旖旎五彩，有缤纷夺目，有深邃可期，有绚丽未来。

当你对自己的生活、学习或任何一件事产生疑惑时，可以停下来，去细细想想，去用心回顾。尽管每个人都是沧海一粟，每个人却又是不可替代的自己。相信自己，也要给自己坚定的期许、坚定的心动，才能有确定的未来。"我只希望每天的加油能让自己每天都多一点警醒，不再浑浑噩噩地过着明明努力就可以过得很精彩的生活。美好的未来也需要努力去实现。"

一场美梦

中文171班　史方圆

自从我意识到自己爱做梦之后，我就爱上了这种感觉。我会梦见自己突然长高，突然变帅，突然和班上那个头发浅黄的漂亮女孩牵手。日夜、春秋的交替是那样快，小时候的梦大多是长大之后的自己，现在我已经长到了那个我曾梦到的年纪。我没能遇见梦里的自己，反而变得更加平凡。我没能变高变帅，没能学成一件乐器，甚至没能做成一件让自己回想起来就感到骄傲的事情。令人庆幸的是，我依然没有放弃做梦的习惯。

昨晚是我最近一次做梦。十几年后的一天，我流浪到北极，决定在冰川之上定居一段时间，于是我在峡湾的崖壁之上盖了一座红色木屋。我在屋子的南面装了一个很大的落地窗，透过窗，我可以看到冰川和瀑布。每天清晨，我从微弱的阳光里醒来。吃过早饭后，我坐在悬崖上晒太阳。我没有固定的工作，我以为人们渡船和写东西为生。我准备在新家里做一顿大餐，邀请陌生人来大快朵颐。我学会了一件乐器，吉他或是钢琴，休息时弹给孩子们听，弹给牛羊听，弹给花花草草听。下午，我会采几朵清新却不娇媚的小花摆在书桌前，泡一杯不加糖和奶的咖啡，然后开始读书一直到傍晚。日落之后，我决定写一点东西，写下一天的平淡与惊喜，不为给任何人看，只为抓住生命中的点点诗意。夜深了，我就踏上我的小船，载着我的灰色喵喵，在冰河中徜徉。我想等一场我在梦中都做梦想要看到的极光。

看到过这样的一个故事，一个男青年在失恋之后，内心伤痛欲绝，决定自杀，却记起他的朋友说过极光很美，于是他决定去看看极光，然后再走上死亡。最后男青年去了北极。他很幸运，没过几天就看到了极光。黄绿色的极光在星空上跳舞，神奇的造化让他忘却了自己。男青年流下泪来，他想起家乡冬天的飘雪、夏天的大雨、春天的柳树、秋天的落叶都是那么美。美好的景色甚至可以挽救死亡，就像我此时梦里的极光。

之前，我的快乐的梦做到最后往往都会以寂寞的眼泪收场。可是如果这次梦里我等到了极光，也许这会是一次不一样的梦。我和小灰喵一起等，我没睡着，它也没睡着，我们等到了后半夜。每当我困的时候，小喵就抓抓我的手心。它比我更懂，很多美丽的事物都在不经意间逃得飞快。等待的时间过得十分漫长，每一秒的溜走都像花瓣从水面上慢慢沉入水底。当梦里的我准备睡觉再做一个梦的时候，肥肥的小喵跳上我的头，用它的小爪子轻轻抓我。我看到了极光！毫无征兆，天边就像点燃了一团绿色的火苗，像是慢慢出现的，也像是突然地迸发，闪耀的星星和月亮在此刻瞬间黯然。不久，极光开始肆意地布满整片夜空，展现出它本来的妖娆，绿色、红色、蓝色、黄色、紫色……我数不清有多少颜色。它美丽得不像人间的事物，我像是走丢在了神明的花园里。我和小喵开心地打滚、跳舞。我要诚挚地感谢梦神，他总是照顾我这样一个平凡的人，让我遇上最美的梦境。

极光来得悄悄，走得依然悄悄，我这次奇妙的梦之旅也到此完结了。醒来后，我的眼角依然流出了泪，很咸，我却笑得很甜。打开记事本，我又在心愿清单上加了一条。

师评·智匠创作微论

有人说，梦是愿望的真实再现。或许，很多时候，梦和现实有着天壤之别。或许，有时候却又可以梦想成真。这是天意？还是因为自己？美好的梦，都期待成真。美好的梦，如何成真？美梦醒来，如何行动？"醒来后，我的眼角依然流出了泪，很咸，我却笑得很甜。打开记事本，我又在心愿清单上加了一条。"戛然而止，却又不言自明，期待着心愿清单——实现。

给自己一个梦，就是给自己一个未来，给自己一场奇妙而真切的旅行。或许有坎坷，或许有挫折，但如果不前行，怎么会遇到千姿百态的风景？怎么会知道风雨之后的绚丽是七彩长虹？"之前，我的快乐的梦做到最后往往都会以寂寞的眼泪收场。可是如果这次梦里我等到了极光，也许这会是一次不一样的梦。"就像文中所说，"美好的景色甚至可以挽救死亡，就像我此时梦里的极光"。

人生的思考

中文172班　宋玉新

清晨，当第一声闹铃响起时，这一天的忙碌便开始了。当我依依不舍地告别周公，艰难地从床上爬起时，发现窗外的天空才蒙蒙亮，原来天渐渐短了。过了秋分，冬天就不远了。我顶着睡眼惺忪的太阳公公，以这一天的第一份工作为起始，开始了虽疲惫却充实的一天。从未想过我可以这样忙碌，只要有一分钟的闲暇就感到幸福。我想，每个大学生的新学期的开端都忙碌如此吧。

结束一天的"战争"后，虽身心俱疲，却分外满足。我为这样忙碌的自己感到庆幸，忙碌说明我在实现我本身的价值。

人生本就不是完美的。生活总会时不时与你开开玩笑，喜欢看你忧虑失意的样子。但是你千万不要怕它，因为不好的事情总会过去。

生活似水，平淡无味，然而这种无味是在等待着你去调味，你可以让它浓甜似蜜，也可以让它巨苦无比。然而无论哪种滋味，都是生命不可缺少的部分。

人生的乐趣可以在作品中寻找，好的作品是人们的良师益友，它会激发人们内心深处的情感，唤起人们的共鸣，使人仿佛身临其境。余华的《第七日》以一个死人的视角展示死者的世界，揭示的却是生者的现实生活。他以离奇怪诞的手法讽刺这个追名逐利、捧高踩低、虚情假意的世俗社会，诉说底层平民的苦难悲哀。我暗自庆幸自己所处的地方虽有黑暗，但更多的是阳光，而那仅有的黑暗也是阳光背后的影子。所以当你看到生活中阴暗的一面时，在它的背面一定就是美好的阳光。

"人生的旅途就是这样，用大把时间迷茫，在几个瞬间成长。"成长是人逃不脱的话题。人为什么活着？是为了看青青草地轻吐绿芽，芬芳花朵欢快绽放？是为了看波涛大海翻滚浪花，浩瀚蓝天拨弄浮云？抑或是为了爱我之人或我爱之人？生而为人，虽有诸多不易，却在这酸甜苦辣中觅到了甜。或许在某个时刻我身心俱疲，但当次日的第一缕阳光照亮天际时亦点燃了我的世界。风雨之后是彩虹，或许我们就是为了这仅一瞬的美景而坚持到底。当你透过风雨看见了彩虹，那一刻你就有所成长。

人生就是永远解不完的数学题，这一生的习题，总是由少到多，从易至难，最终再由复杂化为一个简单明了的答案而已。看似简单的过程，却是何其漫长且艰辛。许多时候我们为了解开一道谜题，付诸所有努力，或许最终换来的终是一场空。但我们却仍旧要不断努力去寻找真相，寻求真理，寻求智慧，寻求得到自己周遭的人对自己的理解和信赖。

人的一生那么长久，不应该只"囚困"在一个地方。"江山如此多娇，引无数英雄竞折腰。"世界那么大，应该多走走、多看看。数不胜数的美景奇遇引人遐想，令人神往。长江大河、峻岭高峰组合而成的壮阔江山令我向往，只需一眼便可让我心灵解放。心之所向，我之理想。我是一只自由的鸟，翱翔天际，与日比肩；毗邻高山，与云为伴；纵横海洋，与浪花寻欢。在这广袤的大千世界，我与万物同生长、共悲伤。

生而为人，虽诸多不易，却总能找到生活中的点点乐趣。但愿，"繁花似锦觅安宁，淡云流水度此生"。

师评·智匠创作微论

"人生的思考",从一天的生活开始。人生,是生命和生活中每一天的延续。"结束一天的'战争'后,虽身心俱疲,却分外满足。我为这样忙碌的自己感到庆幸,忙碌说明我在实现我本身的价值。"每天的点点滴滴,汇聚成生命的长河,而每天的一点点努力,会成就前行的坦途。人生的喜怒哀乐,人生的跌宕起伏,都是从脚下的一步步开始的,而如何走得更好、走得更远,就是人生的思考。"生而为人,虽诸多不易,却在这酸甜苦辣中觅到了甜。"这就是最真、最深的自己的哲思。

"心之所向,我之理想。我是一只自由的鸟,翱翔天际,与日比肩;毗邻高山,与云为伴;纵横海洋,与浪花寻欢。在这广袤的大千世界,我与万物同生长、共悲伤。生而为人,虽诸多不易,却总能找到生活中的点点乐趣。但愿,'繁花似锦觅安宁,淡云流水度此生'。"但愿每个青春韶华,都有这样的思考,也都在这样的思考下,翱翔天际,搏击长空。

生活中的仪式感

中文172班 牛冰倩

海子的《日记》中有这样一句话："姐姐，今夜我不关心人类，我只想你。"这表达了他对精神生活的告别，对世俗生活的渴望。用诗歌表达情感，是他的仪式感。仪式感让生活变得特别起来，是更加浓烈的情感表达。用隆重认真的态度对待生活，会发现更多容易忽视的乐趣。

仪式感源于我们情感的表达。古人举行祭祀仪式，表达对神明的敬畏，祈求神明保佑。我们把特殊的日子定为节日，用特定的方式庆祝。在中秋节表达对亲人的眷念，在清明节表达对已逝之人的追思，在春节辞旧迎新，给旧的一年写上句号。我们多种多样的情感表达需求促成了更多仪式感的形成。喜欢吃甜点，穿上得体的衣服去甜品店，伴着音乐，更隆重地享用它。喜欢看电影，叫上好友去电影院，享受大屏幕的快感。喜欢一个人，给她送漂亮鲜花，写长长的书信，在亲朋好友的见证下举行婚礼。仪式感是浪漫的，源于美好的情感。

仪式感使情感更好地宣泄。正如"葬礼不仅是为了缅怀逝者，还给亲人提供了大声哭泣的场合"，在生活中，有时我们没办法全然不顾地去宣泄。我们羞于表达爱意，愧于称赞自己，甚至不能真诚地面对自己，而仪式感给了我们机会。我们通过拥抱、情书、求婚来表达爱意。在庆祝生日时，我们可以为自己的人生喝彩。仪式感使我们更加真诚地面对自己。很多时候，生活的忙碌使我们没有空闲去观察生活，我们忽视了对所爱之人的思念，忽视了重要的告别，忽视了亲人眼中浓浓的爱意。我们需要仪式感，让我们的心变得柔软，细心地关注这个世界。

仪式感让我们更好铭记与发现生活的乐趣。在电影院看的电影，我们会记得更长久。从了解电影要上映，提前邀约好友安排好时间，抢到最佳观影位置，到去看那天精心打扮，看完与朋友感慨一番，整个过程充满期待与喜悦、新鲜与满足。我们不仅会记得电影的内容，还记得友人的笑容，甚至记得那天透过公交车窗看到的蓝天白云，这就是仪式感的魅力。有了仪式感，等待变为期待，期待又变为幸福。仪式感使我们的感情更加浓烈，记忆更加清晰。仪式不断，我们就长久铭记。

我们可以让自己的生活更有仪式感，更浓烈地表达感性，更真诚地面对自己，更诚挚地热爱生活。

师评·智匠创作微论

"仪式感让生活变得特别起来，是更加浓烈的情感表达。用隆重认真的态度对待生活，会发现更多容易忽视的乐趣。"这是笔者心中的仪式感。过一次生日，过一个节日，每一个日常行为的仪式化，都有特殊的意义。生活中的仪式感，让我们有自己独特的认知和思想，而且也会给人带来难以把握和发现的乐趣。生活的点点滴滴，皆可入文入思。一个隆重的仪式，抑或一个小小的仪式，会让生活更加旖旎五彩，会让我们拥有一个别样年华。

"我们可以让自己的生活更有仪式感，更浓烈地表达感性，更真诚地面对自己，更诚挚地热爱生活。"这是笔者对于自己的期待，也是对于每一个读者的期待。相聚时的欢宴，别离时的送行，一个看似普通简单的仪式，却又有一种不言自明的深深情意。仪式感让等待变为期待，让期待变为幸福，而幸福又何尝不是一种美好的感觉。给自己、给亲朋一种仪式感，是给自己和亲朋一种期待、一种美好的情愫。

五色陶·人文情

中文172班　喻律贤

仿佛是被松软的云泥团团包裹，抓一把它就轻快地从手心逃窜溜走，把双手放鼻尖一嗅，是书墨的淡雅清香，再嗅，怎的又是家那头建水陶泥的恬静馨香，我到底在哪儿？

是我的梦境？不，是我祈盼现实的情与梦以及热爱被似泥如云的幻灭和升华物包裹，在融合，在发酵，它要变成什么样啊？我紧张着，期待着。

眼底最近的一团红色五花云泥，热烈又跳跃地在我身旁推推搡搡，不知道它们要邀我去哪儿。是云霞吧？可它们又翻滚得那么快那么烈，我颤颤巍巍地拨开红色五花云泥，十二个女子叽叽喳喳，一头吟诗作画，一头谈天说地。一边是阆月仙葩的她，一边又是美玉无瑕的他。细看才信，原是来到了荣国府。霎时间，红色五花云泥一过，《红楼梦》里的金陵十二钗和宝玉竟混着云泥变成壶身画、画中人，还是那样温婉轻盈，惹人痴醉。

黄色云泥接替了成形的红色五花云泥。这云泥竟混着淡淡菩提清香，然后飘动变换成我夜晚临摹《般若波罗蜜多心经》的背影模样。敬书完帖后我大大地伸了个懒腰，就在这时，近三百个金黄色的经字——飞落，印实到那个黄色云泥裹促而成的细嘴紫陶花瓶的瓶身上。我顺手将两只亲手晾干的枯莲蓬插入瓶中，点上一丝檀香就准备安然睡去。

青烟色的云泥，伴着一丝一缕的古琴音，袅袅悠悠，思女吟唱着"青青子衿，悠悠我心。纵我不往，子宁不嗣音？青青子佩，悠悠我思。纵我不往，子宁不来？挑兮达兮，在城阙兮。一日不见，如三月兮"。高高的城楼，远远地眺望，却盼不来心上人的归往。滴滴柔软的苦泪飘落，化作绿绮旁的一对主人杯，将经典相思曲《诗经·郑风·子衿》永永镌刻在陶身。

瞬间开始风云变幻，沙茫四起后褐色云泥开始沉降，眼前已成无边无垠的沙漠。三毛穿着一袭红褐色的细麻长袍，背着一身行囊在沙漠上漫无目的地走着。她好像在找寻着什么，是在找她的所爱她的荷西吧。突然她停下了脚步，伸出右手去接那几粒还未落定的沙泥。"每想你一次，天上飘落一粒沙，从此形成了撒哈拉。"可能思念太浓，一团褐色云泥猛烈翻滚了几下，化作一个写有《撒哈拉的故事》的紫陶罐，给三毛捧在手里，收集思念的沙。

沙雾被一阵清风吹散开来，柔柔的白色云泥旁，伉俪情深的沈复和芸娘在田藤架下烹茶品茗，打趣说笑。另一头，是三白在给芸娘讲述儿时闲情记趣的画面，云帐中夏蚊成雷，喷烟驱蚊却如群鹤舞于空中；又见小草丛杂处，蹲其身，捉蛤蟆、斗虫蚁、摔跟头，惹得芸娘扑哧大笑，果真是相爱甚笃的夫妻，田间地头欢忆童趣让人羡。这《浮生六记》中的一记图，便这样烙在了沈复椅垫旁的紫陶茶缸上。

熏香偶一呛鼻，一觉醒来却还在巍巍大黑山脚下，梦中却怀着建水五彩山山头的五色情。

心却好想快回到建水五彩山头，看看五龙湖全景，可以亲手捧起红黄青褐白的五色泥，闻一闻这些有着无限可能性的故乡的泥，把所有的情感和热爱包裹在泥中，静待它发酵。再经一个个匠人之手，将轻盈的笔触、灵巧的刻刀，落在陶器优美曲弧的身躯上，而后用五色泥阳填饱满，温润轻柔地打磨光亮，再经烈火滚烫其心，最后就待时间平息热烈，使其渐渐沉静出芬芳，完美地将人文情怀悄然存留于这个质朴又真实的静态世界中。

这是他物所不可能给予我的情与思。

是陶也是文，因此我愿将它们久久珍爱典藏。

师评·智匠创作微论

大黑山下，是学苑；五彩山头，是故乡。梦酣梦醒，魂牵梦萦，是五色陶缘。清香陶泥，可以成就金陵十二钗，可以巧塑人生一梦境。无论是眼底最近的一团红色五花云泥，还是接替红色五花云泥的黄色云泥，抑或是伴着一丝一缕的古琴音，袅袅悠悠的青烟色的云泥，风云变幻的褐色云泥，柔柔的白色云泥，无不是一颗匠心、一抔热土、一个旖旎五彩的梦想。中国非遗，紫陶绚丽，携一个梦，走出国门，走向缤纷的世界，让世界看见华夏民族的璀璨文明，让民族匠艺能够流播海外。

"亲手捧起红黄青褐白的五色泥，闻一闻这些有着无限可能性的故乡的泥，把所有的情感和热爱包裹在泥中，静待它发酵。再经一个个匠人之手，将轻盈的笔触、灵巧的刻刀，落在陶器优美曲弧的身躯上，而后用五色泥阳填饱满，温润轻柔地打磨光亮，再经烈火滚烫其心，最后就待时间平息热烈，使其渐渐沉静出芬芳，完美地将人文情怀悄然存留于这个质朴又真实的静态世界中。"是的，是陶也是文，值得我们每个人久久珍爱典藏。

一生一事

中文171班　王雨琳

人应该怎样选择自己的一生？人应当如何活着？

孔子曰："朝闻道，夕死可矣。"我们每个人最初都有梦想，或大或小，我们也曾为它努力奋斗过，但在这个世界上，只有少数人最终成了自己最想成为的模样。这些人能够实现自己最初的梦想，不是因为他们有什么过人的本领或天赋，他们拥有的只不过是对梦想的坚守。

纪录片《寻找手艺》的开篇有这样一段话："为什么会有这段纪录片？设想一下，你在北京有两套房，两辆车，两个可爱的女儿，一个幸福的家庭，年收入三四十万，这，算不算完美呢？而事实的体会是——自己如同一只松松垮垮的拖鞋，每天承受着生活的压力，还要接受与现实的摩擦，唯有深夜入眠，才有片段属于自己的幻想。"关于梦想，我们到底还剩余多少？小时候我会有许多大胆的梦想，当科学家、当宇航员、当飞行员、环游世界等等。而今，在经历了人世间的种种苦难和现实的折磨后，幼时的梦想大抵都成了酒后娱乐的谈资，于是我终究变成了一个不断对命运妥协的普通人。成长总是让人学会妥协，在人生路上走走停停，总会在无意间怀念起曾经。那时眼里有光，那时还能诗酒乘年华，而那些在前行路上被我们抛弃和遗忘的单纯的梦，注定是我们一生美丽而忧伤的结。

很多时候，梦想是注定孤独的旅行，伟大的梦想更是如此。导演卖房出走为的是一部梦想的电影，诗人再穷困潦倒也永远不会放弃深夜里的笔，歌者即使无人倾听也想尽情地弹唱，而传统老手艺人最令人动容的就是一份对事业的认真和对初心的坚守。记得以前，我小学的校门口有一个画糖画的摊位，每天放学买糖画就是我童年美好的回忆之一。如今长大，再路过门口时那个摊位，它依然"屹立"，价格也不曾改变，画也是一样的精美，只是做糖画的师傅已经满头白发，但他依然坚持着，坚持我童年的那一嘴香甜。如今因为市场的因素，许多手艺渐渐变成了文化遗产。随着"工匠精神"一词的兴起，大家越来越关注一些传统的手艺人。但森林里的一棵树，不需要知道自己是一棵树。手艺人们从来不会和别人讨论什么叫"工匠精神"，更不会和别人讨论"执着""文化"这些词。他们只是在做，在默默无闻中承载着这个国家的温度。"不忘初心"这个词说来容易，做起来难，做一辈子更难，但那些手艺人不仅做到了，而且一直在坚持。他们没有傲人的成绩，也没有荣耀的头衔，他们有的只不过是做了一辈子的手艺和一份对传统手艺的坚守。他们坚守着初心，即使没有鲜花和掌声，即使明天天寒地冻，路遥马亡。

四季更迭，新旧交替，很多时候我们没有导演张景放弃安逸生活去追寻梦想的果敢，没有海子为了理想而赴死的决心，没有三毛出走漂泊四方的勇气，没有匠人尽一生做一事的坚守。我们常常为自己找许多借口，用来逃避无法实现梦想的怯懦。的确，实现梦想是有代价和风险的，你可能拥有一切，也可能一无所有。梦想本身就是一场没有输赢的豪赌，而大部分的人选择放弃而甘于平庸。诚然，现实中的确有许多东西羁绊着我们，使我们成为世故的俗人，但作为年轻一代，我们拥有时间和年华。因为年轻，所以拼搏，十年饮冰，难凉热血，向着梦想前进吧！就如大冰所言："请相信这个世界上真的有人在过着你想要的生活：既可以朝九晚五，又能够浪迹天涯。"

只愿你我鼓起勇气：选一城，爱一事；择一事，终一生；用一生，做一梦。

师评·智匠创作微论

一生一事，其实很难。一事，是最想做的那件，还是最喜欢的那件，还是最擅长的那件？是做好一件事，还是只做一件事？那些为了梦想而坚持的人，或者那些为了生活而坚持的人，甚至只是在坚持的人，都是值得尊敬的。因为，梦想、坚持，都并不容易实现。

正如文中所说，"实现梦想是有代价和风险的，你可能拥有一切，也可能一无所有"，这场豪赌的结局，并未可知。所以"大部分的人选择放弃而甘于平庸"。青年人，如何摆脱现实中的羁绊，不为尘俗所束缚，以自己的锦绣年华，拼搏，向着梦想前进，朝九晚五，抑或浪迹天涯，只需要"你我鼓起勇气：选一城，爱一事；择一事，终一生；用一生，做一梦"。

是什么让我们成为沉默的大多数

中文171班　高梓文

"我年轻时所见的人，只掌握了一些粗浅的原则，就以为无所不知，对世界妄加判断，结果整个世界都深受其害。"

王小波的《沉默的大多数》是为数不多令我感触很多的作品，他真诚地记录下了对于生活千姿百态的真知灼见，于细微之处见精神。读书时思考的时间实际会大于阅读的时间，而本书不需要热闹的读者。不敢说我自己有什么深刻的见解，但以下都是如作者一样怀着真诚记录下来的一些简单的感受。

首先是"有与无"。泛泛而谈什么样的生活叫作"有"，什么样的生活叫作"无"。不管我们做什么职业、生活在什么环境，总有一些约定俗成是大家必须遵守的东西。它在不同的地方有着不同的效果，有时候起好的作用，而有的时候却是相当丑恶。王小波夫妻曾调查妇女的感情与性：有些女性除了遵守自己的规则就说不出什么，仿佛自己的感情婚姻生活是一片荒芜。而也有一些女性有自己的故事，每个爱情故事也都有特殊的意义，"过正常的性生活"和"爱上某人"是截然不同的事情。王小波本人是在四十岁时才开始写作，他说：我做这件事情，纯粹是因为，这是我爱的事业。是我要做，不是我必须做。所谓的约定俗成不过是我们限制自己的阻碍。每个人都有自己的价值观，价值观是我们成长过程中与社会打交道的产物。选择也是有限的，并非提前安于现状。每个人都应该在可以触及的范围内尽可能地尝试探索，只有理解了选择，才能从"假如我考上了另一个专业""假如我是个富二代"的想法中脱离出来。记得有一个在国外上学的同学跟我讲，国外的家长、老师最大的不同就是无论学生有什么稀奇古怪不切实际的想法，他们都会去帮助你完成而不是去阻止你，而我们做事情之前总是冒出：我的父母认为……这难免使我们困在所谓的规则里面出不来。很多人陷在这种套里，慢慢也就丧失了审美观和理想。从规则里面看人生，只是一片虚无。有一种说法是：人在年轻的时候，心气总是很高的，最后总要向现实投降。不管在什么年龄，给自己下结论都为时尚早，可能会向现实投降，但绝不要向虚无投降。

其次是关于"沉默"。有位西方发展学者说：贫穷是一种生活方式。言下之意是说，有些人受穷，是因为他不想富裕。任何人都是站在自己的角度讲话，王小波在书中讲，有一件事大多数人都知道：我们可以在沉默和话语两种文化中选择。周围的世界太过荒诞，所以暗下决心保持沉默。为什么现在会出现越来越多的被动沉默者？生命的重要动力是渴望被理解，渴望表达互动，这在动物身上都表达得如此明显，何况是会语言的人类。一些社会研究对于所谓的"社会弱势群体"做出解释。所谓的弱势群体，就是有些话没有说出来的人。因为不说，所以很多人认为他们不存在或者很遥远。不管是哪种沉默，有时候都是不同环境对我们造成的不同影响。

"我活在世上，无非要明白些道理，遇见些有趣的事，倘若能如我所愿，我的一生就算成功。"人的成就、过失，都不应该用他的特殊来解释。你很特别，只适合对爱的人讲。无论何时，都不存在绝对的对错。但凡我们还能感受到世界的善意，就也应该成为一个善良的人。

师评·智匠创作微论

好的阅读，就是与智者的一场对话，正如这《沉默的大多数》。王小波在思考，跟随王小波的文字与思想，每个读者也不由得去思考。是什么，使我们成了沉默的大多数？关于有无，关于沉默，种种问题，需要认真去思考。每个人或许都有自己的答案，而每个人的答案又或不尽相同。

"我活在世上，无非要明白些道理，遇见些有趣的事，倘若能如我所愿，我的一生就算成功。"明白多少个道理才算明白道理，一生是否可以到达，如何才能遇见有趣的事，或许，更取决于一个有趣的灵魂与另一个有趣的灵魂的相遇。王小波的成功，未必就是你我的成功。你我的成功，又是什么？关于沉默的思考、关于善意的思考、关于人生的思考，可能是一本好书、一次阅读、一场心灵的对话。感受世界的善意，成为善良的人。是否也有一本书、一句话、一段文字，让你念念不忘？念念不忘处，便是最值得的分享。

红尘渡情

一花一世界,一叶一追寻,一曲一场叹,一生为一人。这是什么?这是爱呀。爱是人类永恒的主题,古往今来述说不尽的主题。

让我不敢呼吸的瞬间

汉外 1B1 班　李晴晴

让我最难以忘怀的瞬间莫过于他的回眸一笑。他那乌黑浓密的眉毛下，两只炯炯有神的大眼睛，时不时地放光。翘翘的鼻子，性感的嘴唇，连他的黑眼圈和带着血丝的眼睛都帅得惊心动魄。喜欢看他阳光灿烂的笑容，暖得似乎可以融化所有寒冰，直射到心里。或许他的五官不是个个精致，但他的五官组合到一起才构成了他这独特的帅气脸庞。

身穿黑色西装，搭配一双小白鞋，这是一种独有的搭配审美。西装下包裹着挺拔笔直的身躯，裤脚微微挽起，露出白皙的脚踝，这种穿搭设计也只有他可以驾驭得了。

他

汉外 181 班　石芳赫

我曾不止一次地调侃他的单薄，尤其是在大连多风的冬天。好多次远远看到他，单薄的身板儿，高高的个头儿，染了黄色的头发在风中无依无靠，整个人看上去就像一棵蒲苇草。他真是瘦，浑身上下不见一丝肥肉，更不用说他的面孔了，坚挺的眉骨和下颚骨，下巴上也是干干净净的，没有赘肉。一双眼藏在深深的眼窝里，亮亮的。每次我一说他瘦，他就会咧开嘴笑，眼神也变得温柔了。

师评·智匠创作微论

千人千面，却又各有神采。或如他"让我不敢呼吸的瞬间"，或如瘦瘦的他一笑时温柔的眉眼。"喜欢看他阳光灿烂的笑容，暖得似乎可以融化所有寒冰，直射到心里。""一双眼藏在深深的眼窝里，亮亮的。每次我一说他瘦，他就会咧开嘴笑，眼神也变得温柔了。"笑，总是如此神奇，让人生动而亲切，亦如那些奇妙的缘，相遇、相识、相随、相伴，抑或再各奔东西，相隔天涯。生活中每一次相遇的美丽，是每个人一生中无数次的值得珍惜。无论是帅到让你无法呼吸，还是眼眉中的温柔笑意……描述一下那些熟悉的身边人、那些陌生的擦肩者，沧海一粟，莞尔一笑，阳光一米……所以，你生命中那些让你无法呼吸的瞬间，那些特别的人，那些温暖的笑，是心底的美好，也是世间的美丽，可以描绘，可以带给世界诸多的美丽与难忘。

你越是靠近，我越是逃离

中文1B1班　边倩

人是会变的，这是我现在越来越认定的不变的道理。我现在，二十岁，我不太懂在这个年龄段该做什么。有人说这是一个人价值观形成的重要时期，有人说这是一个该脱贫而不是脱单的年纪，有人说这个年龄的人早该长大，自己撑起一片天空……而有的人，还找不到自己的目标，看着身边的人各执己见，各做各的事，无人理会自己，于是渐渐地固执己见，将自己封闭起来，想断掉与这个世界的一切联系。但我好像一直都很容易沉溺于这世间的温柔，讨厌交相利，但又沦陷于人体的三十七摄氏度；对你们的虚假嗤之以鼻，但又沉沦于你们每一个脸上最开心的笑容；渴望你们能靠近我，但我却会本能逃离。

每个人应该都有那个惊艳了你平淡生活的人吧。日子本无波澜，如同黑夜的大海般死寂。可当我遇到你的那一刻，犹如晴天霹雳，又如云开日出，更似骄阳高照。你看我的眼神与看别人的眼神无异，可我却自以为我也是那个惊艳了你平淡生活的人。但想想也是，我那么普通、平凡，又有什么理由让你就在那一刻想要靠近我、了解我呢？如果我不能让你一见钟情，那便日久生情好了。都说爱情会冲昏人的头脑，我之前还不太相信，自以为随性自由，但遇见你之后，我知道了，其实有很多事都是我们自以为的。

　　我开始看你喜欢的视频，打你喜欢的游戏，说你爱听的话，穿你喜欢看的衣服，化别的女孩子也化的妆，从不相信星座的我试图通过它来了解你，用你喜欢的方式跟你交流……我开始期待再次遇见你，期待微信左下角出现红色圆圈，期待你也像我期待你那样期待我，好像阳光每天温暖照耀我一般。渐渐地，我走近了你，你没有拒绝。你靠近了我，我没有闪躲，并把你的这份靠近当作上天对自己走近你的馈赠。我深深地明白，自己一想到初见你的样子就心动不已，那一刻好像从未远去过。还记得有一次，你跟我说现在谈的恋爱都不算恋爱，我说那什么时候才算啊，你说等我长大以后像你一样步入社会谈的恋爱才算恋爱。我在那一秒虽然嘴上应和了你，但心里却不以为然。心理年龄从来不与实际年龄挂钩，渐渐地我开始思考，这个人到底是不是我想要的那个人。你比我小，可是想的问题怎么会那么现实？为什么你身上没有我认为这个年纪该有的幻想纯真？我也是后来才慢慢明白你为什么那样讲，似懂非懂，但我知道我无法否认这个观点。

　　我有从你身上感受到我遐想的三十七摄氏度，有看到过阳光下你笑得像个孩子一样，也看到了你小心翼翼地继续靠近我。这下我有些紧张了，我怕我不是你期待的那个人。我突然也没有信心能做好自己了，我承认我在这一刻胆小了。我想走进迷幻森林，钻进泥沼，让你找不到我，也许你根本不会来找我吧，那样我就放心了。

　　在想要逃离之前，我把自己伪装成自以为你喜欢的样子，学着自己去看电影，自己去吃饭，告诉自己已经是一个大人了。这些事对别人来说也许是实在不值得一提的事，可是这对我来说，真的是需要去努力尝试的啊。我也是那个拉着小姐妹的手央求一起去上厕所的小姑娘啊，从来都不是个大人，也一点都不独立，可是我不想你担心，不想麻烦你，不想你觉得我与其他女生无异……我想做那个懂事的特别的女孩子。也是因为这样，我变了，这一点挺让我懊恼。我气自己改变了，我好像不是那个独特的自己了，这一层面是讲给自己听的。你看到的不是那个最真实的我，我难过了，难过你喜欢的是伪装出来的我。可当你责怪我自己去看电影的时候，心脏它又悸动了。你喜欢的不是那个假装独立的我，可能看到真实的我，你会比现在更欣喜吧。可是我又胆小了，我又逃离了，我不敢让你了解那个最最深处的幼稚的我，我怕你不想靠近那样的我。

我终究还是跳进了沼泽，深陷其中，孤立无援。我挣扎我反复，但都无济于事，相反只会让我更加疲惫，陷得更深。我想错了，你来找我了。可是你找不到我，还继续在迷雾里呼唤我的名字。我想大声回应你，但又怕你看到泥沼里想要躲起来的我，那该有多狼狈啊！听着你的声音越来越近，我就越是想要逃离。可是这一次，我逃不掉了，你将看到那个最真实的困在泥潭里的我。你带我出来了，你满脸紧张，分不清那是汗还是泪。你为我洗去身上的泥垢，换上干净的衣服，然后告诉我说："以后不要自作主张离开了。"

我相信的，一定会的，我会面对。

你越是靠近，我越是抱紧不逃离，以后再也不害怕了。

（关于你的，都是唯一的，值得用我这三言两语记录下来。）

师评·智匠创作微论

对于"人是会变的"这个越来越让自己深信不疑的道理，二十岁的自己，有无数的迷茫和困惑，以至于"不太懂在这个年龄段该做什么"，因为无数个人有无数的说法："有人说这是一个人价值观形成的重要时期，有人说这是一个该脱贫而不是脱单的年纪，有人说这个年龄的人早该长大，自己撑起一片天空……"何去何从？

"而有的人，还找不到自己的目标，看着身边的人各执己见，各做各的事，无人理会自己，于是渐渐地固执己见，将自己封闭起来，想断掉与这个世界的一切联系。但我好像一直都很容易沉溺于这世间的温柔，讨厌交相利，但又沦陷于人体的三十七摄氏度；对你们的虚假嗤之以鼻，但又沉沦于你们每一个脸上最开心的笑容；渴望你们能靠近我，但我却会本能逃离。"如此，最终，是让自己沦陷。是啊，不如面对，找回那个自信的你。生活中常会有退缩，但退无可退，也必须面对，或许那一个才是真正的自己，所以，勇敢些，相信自己。

红尘·渡情
——情书至今犹还在，不见当年写信人

中文1B1班　谯子春

一花一世界，一叶一追寻，一曲一场叹，一生为一人。这是什么？这是爱呀。爱是人类永恒的主题，古往今来述说不尽的主题。眼睛为她下着雨，心却为她打着伞，这便是爱情。我爱你，没有因为，没有所以，爱了就是爱了。她值得我们用一生做赌注，去赌一个不确定的未来。爱情就像一杯酒，不知醉倒了多少才子佳人。每个人都以为他们已经投入了爱情的怀抱，却不知道那只是婚姻，而不是爱。爱仿佛特别深奥，如同丁香一样的姑娘，我看见了她，但她始终是朦胧的。你们知道爱情吗？你们懂爱情吗？看你们那懵懂的小眼神，就知道你们不懂。但有一个人懂，她就是张爱玲。"爱情应当山盟海誓，只有专一的、忠贞不渝的爱情，才是真正的爱情。"张爱玲用340余字来诠释这句话，仅仅340余字，却将爱情娓娓道来，语言洗尽铅华，单纯干净，全然没有她惯有的华丽绚烂。然而，一种不动声色的人生苦难和沧桑已被她轻轻地触及，一份爱的无奈和哀痛也被她暗暗地激起，让人想想就忍不住要心酸落泪。

为什么爱情的花朵能在这一篇文章中盛开，只因为四个字——这是真的。这不是小说，更不是传奇。这是真的——这是一个真的、美的、纯的，同时又是那么虚的、淡的、凄凉的关于"爱"的故事。

"桃之夭夭，灼灼其华。之子于归，宜其室家。"春天的晚上，桃树底下，着月白衫子的十五六岁的少女，正是青春如花、做梦怀春的豆蔻年华，对爱可以说有无数的美好憧憬。正当此际，那个对门的他，从来没有打过招呼的他，走了过来，对她说了一声："噢，你也在这里吗？"然后，"她没有说什么，他也没有再说什么，站了一会，各自走开了"。平平淡淡，仿佛要发生点什么，却什么也没发生。"初时初见，烟花一世繁，舞影乱，花落残，伊人浅笑定安然。"我们以为这一世，他们会青春年少，风华正茂，相伴红尘花月娇。这一世他们会情深不倦，生死缠绵，一世沧桑度流年。可是没有，没有"待我长发及腰，尔来寻吾可好"的海誓，也没有"待我富贵荣华，许你十里桃花"的山盟，就这样完了。

往事难堪回首，时光的流逝，留下岁月的痕迹，沉积着过往的年华。时光匆匆，后来这女子被亲眷拐子卖到他乡外县去做妾，又几次三番地被转卖。经过无数惊险的风波，她如大海里航行的一叶孤舟，历经千辛万苦，只为找到心的归属。当她欣喜若狂地认为，男子温暖的胸膛是她栖息的地方时，她拼命地向男子张望，可惜男子却做不了她的船帆。她不服，一个人来到了嵩山，问大雄宝殿的菩提，何为郎情妾意。方丈说：人生如戏。木鱼声声起，关于七情六欲闭口不提。是你入戏太深，而他却始终不是戏中人。她哭了，跑出了大雄宝殿。她终于明白，不是所有的擦肩而过都会相识，不是所有的人来人往都会刻骨。她下山了，于繁华尽处，寻一处无人山谷，建一木质小屋，铺一青石小路，晨钟暮鼓，安之若素。

人们总说："岁月静好，夜色温柔。你还没来，我怎敢老去？"女子等待的人没来，可她还是老了。她还记得从前那一回事，常常说起在那春天的晚上，后门口的桃树下的那年轻人。唉！谁解相思味，谁盼良人归，谁捧胭脂泪，谁描柳月眉，谁将曲中情怨，谁思红袖轮回，谁一腔相思错付，皆成断肠人。尘缘从来都如水，罕须泪，何尽一生情？莫多情，情伤己，也伤人呀。

女子死去了，他将她埋在了村口那一片桃花林下，墓碑前铺满了桃花，如一条道路通向远方，尽头是那男子的家。她的墓碑上雕刻了这么一段话：如果有如果，我宁愿错过那美丽遇见，永留遗憾。这样就不会相恋，也胜过朝朝暮暮对你的思念牵绊，不必承受日思夜想的折磨。

三月桃红点案前，为卿一赋鹧鸪天。成双新燕梁间绕，几对鸳鸯戏水眠。春色好，意阑珊，才知绕指是情缠。一朝初见浮生暖，恍若星桥几世缘。桃花见证了他们的相识，却没能见证他们的相爱。我不知道当男子在奈何桥上见到她时，会不会说一句："佳人如莲，掩笑清清浅。你的弱水三千，可许我一瓢饮断？"

一曰，一见钟情，两情相悦。再曰，媒妁之言，父母之命，情由久生。三曰，痛饮狂歌，悠闲过日，诗酒天涯，尽随吾心，灯火阑珊，孑然一身。四曰，清淡如水，来去如风，缥缥缈缈，若即若离，相忘于江湖。五曰，潇洒不再，回头望，思念常在。相知、相恋、相离、相忘、相思，这就是情。情不知所起，一往而深，生者可以死，死可以生。

爱是什么？弟子问佛，世间最珍贵的是否为"已失去"和"得不到"？佛不语。数年过去，弟子垂暮，见佛，说：我知道了，世间最珍贵的是"正拥有"。珍惜正拥有的，那便是爱。

师评·智匠创作微论

情书，为情而书，因情而书，念情而书，万千红尘，情不能已，"一曰，一见钟情，两情相悦。再曰，媒妁之言，父母之命，情由久生。三曰，痛饮狂歌，悠闲过日，诗酒天涯，尽随吾心，灯火阑珊，孑然一身。四曰，清淡如水，来去如风，缥缥缈缈，若即若离，相忘于江湖。五曰，潇洒不再，回头望，思念常在。相知、相恋、相离、相忘、相思,这就是情。情不知所起,一往而深,生者可以死,死可以生。"因汤显祖之至情而有杜丽娘,因张爱玲之理性而有"原来你也在这里吗"。情深不永,真情难渡,却又问世间情为何物,直教人生死相许。世间最珍贵的是"已失去""得不到"还是"正拥有"?珍惜正拥有的,那便是爱。红尘有情不渡,红尘有情可渡。

全部都是你

中文181班 吴霞

  沈从文说："在春天，去看一个人。愿你在历经过所有的世事沧桑之后，忍受了所有的孤苦无依之后，挨过了无数个泪往肚里流的夜晚之后，内心仍然充满积极向上的希望，依旧拥有疯狂爱一个人的力量。"爱情也一样。我们固然憧憬和歌颂永恒的爱情，但也应当坦然接受，不是每一个爱人，都值得你坚持到最后。早点发现爱情变质的开头，挽回一段爱情就有可能。爱情有时候就像过山车，起起落落是常事，但是你要学会在低谷时为爱情加油，才能动力十足地奔向爱情的高峰。

  我是个俗气至极的人，见山是山，见海是海，唯独见了你后，云海开始翻涌，江潮开始澎湃。你无须开口，我和天地万物便通通奔向你。

  因为喜欢，所以你是格外特别的那一个。我突然想起《心动的信号》里嘉宾曾抛出的一个问题："在感情里，你会选择让你开心的人，还是让你感动的人？"其中有个令我印象很深的回答："感动的方式可以学来，但让一个人开心的方式是学不来的。让我开心的人，他只要站在那儿什么也不做，我就很开心了。"感情真的有时候就是这么不讲道理，你在我眼里能闪闪发光这件事，别人无论如何也学不来。我超级超级想见的那个人，也是我超级超级喜欢的那个人。我想快点见到的那个人，也是我一直都特别想念的那个人。

和你在一起的时候是人间值得，就算心如死灰我也愿意把一个毫无知觉的自己送给你。我需要你，所以我三番五次地找你，就是害怕我这一生都要和你错过了。我会对你很好的，要是我们再分开，我们这辈子就别见了。但是，若你能回忆起以前我最爱你的时候，可千万别生我的气呀。

师评·智匠创作微论

沈从文期待，"在春天，去看一个人。愿你在历经过所有的世事沧桑之后，忍受了所有的孤苦无依之后，挨过了无数个泪往肚里流的夜晚之后，内心仍然充满积极向上的希望，依旧拥有疯狂爱一个人的力量"。或可说，在饱经沧桑之后，依然有爱的力量，依然心头充满希望，就是最为宝贵的初心所在。

对一个人，倾己所有。为一个人，可以跋山涉水，不为阻隔。这是世人期待的爱恋。但爱一个人，也是山水重重的双向奔赴。"感情真的有时候就是这么不讲道理，你在我眼里能闪闪发光这件事，别人无论如何也学不来。我超级超级想见的那个人，也是我超级超级喜欢的那个人。我想快点见到的那个人，也是我一直都特别想念的那个人。"若心同情同，此生便足矣。每一个爱的故事，都一定烂漫至极，又平淡如常。

一张刻在心里的老相片

中文181班　苑绍东

青春是一首书不尽的诗，也是一首乐不完的歌。在那些青葱岁月里，总会有一些经历让人刻骨铭心，永世不忘。这些经历化作回忆，谱成了一首诗歌，一首还在继续，不会完结的乐曲……

那日下午，窗外艳阳天，炽光洒阶沿。天空那样蔚蓝，仿若从未相见。不知觉间，流连忘返。

黄昏之夏，晚霞相衬，清风阵阵，花香袭人。

在我身前的你，仿若幽夜之皎月，明亮照人。听说，喜欢一个人的时候，你能看到他的眼里是泛着光的。我也不曾知晓，你，是否见到过我眼中的光？

作为一个相信缘分的存在，当见到你的那一刻时，我就知道，你就是我一直在等的人。

黑白相衬恰到好处的校服，单马尾的黑色长发，总是溢满笑容的脸，在那个特殊的时间、特定的地点，你转过身子对我微笑的时候，我就知道了心动的感觉。那个时候的你，全身都好像散发着一种金黄色的光芒，那样夺人目光。有人说，你喜欢的那个人不过只是个普通人，是你的喜欢为她镀上金身。也不知道，我算不算呢？

"那个，同学，你的衣服这块有点脏了。"

"啊，是吗？"

"呐，你看。"

"真的哎，谢谢你啊！"

我和她的开始，仅此而已。不像电视剧里那些惊艳的桥段，最后都已沦为老生常谈，一切都那样平淡且真实。

后来啊，时间过得久了，久到之后和她的故事记得都不是那么清晰了。只有这个最初相遇的场景化作了一张老相片，刻在了心里面，久久不散……

师评·智匠创作微论

"黄昏之夏，晚霞相衬，清风阵阵，花香袭人。在我身前的你，仿若幽夜之皎月，明亮照人。听说，喜欢一个人的时候，你能看到他的眼里是泛着光的。我也不曾知晓，你，是否见到过我眼中的光？"美景如斯，美丽如你，最好的遇见，惊心动魄，又风轻云淡。那个黄昏，那片晚霞，那缕清风，那阵花香，一切，都是刚刚好的模样，是缘分的时刻。"作为一个相信缘分的存在，当见到你的那一刻时，我就知道，你就是我一直在等的人。"在青葱岁月里，那些刻骨铭心谱成了一首诗歌，一首还在继续、不会完结的乐曲……悠扬在心间。

野渡无人舟自横

一叶孤舟静横在溪水中央，
任凭雨水淅淅沥沥地拍打，
就是静静地横斜着。
没有人知道它从何处来，
也没有人知道它要去哪里。
它只是徜徉在山水之间，
怡然自得，忘记了归途……

桂花

中文182班　霍珍珍

大连没有桂花。

我犹记得我第一次闻到桂花香的景象。那时的天气已经不再炎热，而秋凉尚未到来，有一阵扑鼻的香萦绕在教室里许久许久。那香落在成堆的书上，于是读书成了一件浪漫的事；时而又飞在天上，散作满室的精灵，于是呼吸成了一种愉悦的享受。

于是画面定格，有一帧画面停留在我最深的脑海里。

那时，午后温暖金黄的阳光穿过干净的玻璃窗，落在一间小小的教室里。不知谁的可乐没有喝完，放在窗台上，在窗下的桌面上映出一道七色的彩虹桥。讲台上有个女生拿着黑板擦，跳起来去够她擦不到的地方，彩色的粉尘在阳光中纷纷扬扬。一张张凌乱的课桌上丢着各种千奇百怪的小玩意，上面趴着几个流着口水的人。窗边的女孩子伸出手，刚好能折到一枝桂花，小心翼翼地夹在不知要送给谁的信里，嘴角含羞，笑脸盈盈。被风吹起的窗帘放肆乖张，裹住盯着女孩发呆的无辜少年，引发一群群欢笑。

不知是谁的心脏不合时宜地声声跳动着。

"扑通——"

"扑通——"

那是十四岁时的我的年华，每一帧回忆都萦绕着甜丝丝的桂花香气。

后来，我们就走散了。

连带着那抹甜甜的桂花香，也逐渐消失在了我的生活里。

那之后啊，我遇见了很多人，闻过很多种花的香气，皆不胜从前。

就像我写过很多篇文章，却只喜欢这篇。

其实我爱的哪里是桂花呢？我爱的从来都不是那树花开，我爱的是那群陪我看过一树一树花开的人。

很多人说：人生何必如初见？

我微笑点头答道：是了。

可倘若你问我："假若故事从头……"

我隐约闻到了那年的桂花香。

"若故事从头，我待他们依旧。"

秋日随笔

汉外1B1班　黄竞

"光阴似箭，日月如梭。"相对于往年中秋时的淡然，今年的中秋却让我有些感叹，也多了些忧愁。

也许是长大了，思考的事情越来越多，人就变得越感性。我闭着眼睛，躺在宿舍的小床上静静地思考着。

今年中秋还是一个人在外，总觉得被一点淡淡的伤感萦绕着，说不清缘由。回想奶奶去世前的那年中秋，我的学业还算轻松，父母也还未变得忙碌。一家人在一块儿，烧一桌热腾腾的饭菜，在饭桌上聊家长里短，不亦乐乎。夜深时跟着大人们出门散步、赏月，平凡而幸福。"人有悲欢离合，月有阴晴圆缺。"同样的时间，同样的景物，不同的人却有不同的感觉。就如同今晚，有人欢喜有人愁。月圆之时并不一定是欢乐之时，残缺的也不一定都是遗憾，人世间的一切谁又能解释得清楚？

我走到窗边，直愣愣地望着那轮散发着黄色光晕的圆月，想从中看到偷了长生药的嫦娥、捣药的玉兔、砍桂树的吴刚，看看他们此时此刻都在做什么，是不是也在吃月饼、赏桂花、饮桂花酒，抑或像我一样独自不清不楚地感伤着什么。眼睛忽有些发涩，不得不收回目光，低下头，正看到脚下踩着的孤影，又勾起了心中那抹纤细的忧愁与感伤。

秋风渐起，一阵寒意向我袭来，催我入眠。回到床上，已是凌晨。月光透过玻璃洒在屋里，躺在床上的我无心睡眠，索性起来，写下这篇随笔。

秋忆

汉外181班 李璐

那年秋天，似乎与以往的每个秋天没有什么不同。因为是开学季，早晨的我迎着黎明前的第一丝曙光，揉着充满倦态的眼睛，呼吸着最清新纯净的空气，坐在少年的单车后座，听着读书声、广播声、跑步声，一切都很简单美好，连带着忙碌的秋天也变得可爱起来。

妈妈温热的牛奶很好，老爷爷新摘的石榴很好，街头巷尾铺满的枫叶很好，小溪里泛起的点点波光很好，和少年一起在屋檐下躲雨很好，想见就能见最好。秋天很好，他比秋天更好。

曾经想过要在金黄的秋天酿最澄澈的酒，留待来年夏天听少年唱我们的歌。当时年少，总以为时光漫长，没想过分离的可能，也不敢想。

大概我所有的运气都用来交换与少年相伴的岁月了，所以伤心的事情一件一件慢慢来了，但这些都不及他的离开。

又是一年秋夜晚风凉，斜阳渐矮只影长。可能人生确实如梦，那些美好也如过往云烟，但有些记忆却不会磨灭。在那个秋风徐徐的早晨，少年穿着干净的衬衫，一脚踏在单车踏板上。许是他嘴角勾起的弧度正好，许是阳光的照耀，那确乎是每个秋日清晨我最珍视的风景。

他喜欢吃辣，口味重一点；他喜欢艺术，舞台感特别好；他喜欢真实，厌恶阿谀奉承的人。原来一切都是有预兆的，他的离开也是一种必然。过了这么多年，关于他的喜厌好恶我仍记得十分清晰。你也不必十分惊讶，毕竟他之于我就像艺术之于他。

真的很不容易，他在好远的地方啊。活在我努力里的少年，虽然可能再也见不到，但如果可以，还是祝他前程似锦。

他的出现让我觉得秋天是所有快乐的开始。虽然现在没有了他，但我依然热爱秋天。在枫叶林里独行，给人间的街灯撒上细盐。灯火朗照，盐粒里藏着我酿了一秋的甜。

又是一年秋天，我来到遥远的北方。温柔又孤独的风啊，你好。

叶落之秋

汉外181班　郑佳慧

那年秋天，仿若与往常的秋天如出一辙。而仔细思来，那年的秋天却又始终笼罩着氤氲的雾气。雾气里的每一个小水珠都有着淡淡的哀愁，绵延的哀愁似江南的梅雨，贯穿了那年的秋天。

秋天，落叶归根的季节。南方的秋天，能宣告它的到来的，似乎便只有人们一件一件加上的外衣。放眼望去，依旧是一片绿色，只是在那之中散布着一种枯败的寂寥。纵是难得一见的银杏，也在风中彰显它的顽强，迟迟不肯飘落。

老家的小院里有棵不知名的树，一年四季不变地繁茂生长。直至那年秋天，我偶然驻足发现，原来秋天也是它的终点啊！紧张的高三生活，假期成了难得的奢望，我几经周折回到老家。而仅仅几个月过去，它似乎已是满目苍凉，新积的灰尘悄无声息地传达着物是人非的事实。涓涓的细流完成了它的浇灌使命，如今也只剩些水洼；小院的树木也完成了它的陪伴使命，如今叶落归根；那般静谧的老屋，如今也只剩下空壳。简单收拾东西后，我便逃离了老屋。那般低沉的压迫无声靠近且又挥之不去，往昔的日子、琐碎的回忆，化作秋间的晨雾。迷失方向的我，看看四周白茫茫的一片，原来有时悲伤比痛心疾首来得更透彻。忽然之间，终于发现，这种悲伤如同秋日的寒凉，已经穿透身上的每个角落；终于发现，以为待在原地便能长长久久的人会真真切切地永远消失，意识到以后在我的生活里，她再也不会出现。

那年秋天，叶落归根的秋天。

又一岁深秋

中文182班 程帆

说起深秋,人们的第一印象大都是"寒冷""肃杀"一类的词语,而事实上也大抵如此。

深秋不同于金秋。从时间上来看,深秋在金秋之后,大约是在十月末十一月初。也正是此,造就了它的深沉与内敛。

深秋的深沉、内敛体现在它褪去了金秋的艳丽色彩,告别了那一阵又一阵丰收时欢乐的话语,也送走了一缕又一缕在寒蝉哀鸣中的无数人或哀怨或悲苦的情思。

深秋在一场场秋雨中,洗去了它那美丽的金色颜料,褪尽铅华。它于寒风中矗立,静默地俯视众生,无悲无喜;它于深夜中沉思,以最理性的思维分析这世间种种,因果循环。

深秋是一个利于人们思考的季节,它没有春日万物复苏的骚动,没有夏日骄阳下冲昏人们头脑的热情,亦没有冬日里那令人畏缩不前的严寒。在深秋的清晨外出散步,哈一口气,看着小水珠在空气中凝结,抬头仰望天空,看太阳慢慢地从地平线上向上爬,缓缓地走在小路上,仿佛这一方天地完全属于你。你可以在这静谧中自由地思考,无拘亦无束。偶有微寒的风吹过,却也只会扫走身体中的浊气,让你的头脑更加清醒,让你的思维更加敏锐。在深秋的午后,坐在庭院中,饮一杯热茶,听着风抽过树叶时簌簌的声响,于万物萧索中体味人生。而深秋的夜,则更令人向往。站在窗边,看着窗外那明亮的、高垂在空中的月,无数情思、感慨、体悟便不自觉地涌上心头,成为写作的最佳素材。

我喜欢秋,尤其是深秋。我虽爱秋,却从未有过"我言秋日胜春朝"的冲动之情。四时各有其美,每个季节都有其独到之处,不能也不应把它们相互比较。

深秋的一切都是我喜欢、我热爱的，它独特、深沉的韵味让人上瘾，使我沉沦。何不在秋日来一次远足，静静地体味深秋的魅力呢？

师评·智匠创作微论

八月桂花香，是桂花香中关于秋的记忆，更是关于一群少年人的故事和记忆。"其实我爱的哪里是桂花呢？我爱的从来都不是那树花开，我爱的是那群陪我看过一树一树花开的人。"因为岁月从来都在匆促中催散了很多人，"那是十四岁时的我的年华，每一帧回忆都萦绕着甜丝丝的桂花香气。后来，我们就走散了。连带着那抹甜甜的桂花香，也逐渐消失在了我的生活里"。

无论是少年的从前，还是去年的亲人，"同样的时间，同样的景物，不同的人却有不同的感觉。就如同今晚，有人欢喜有人愁。月圆之时并不一定是欢乐之时，残缺的也不一定都是遗憾，人世间的一切谁又能解释得清楚"？所以，"人有悲欢离合，月有阴晴圆缺，此事古难全"。正因如此，我们才更珍惜月圆。

因此，秋天除了桂花香，除了月圆夜，还有关于他的故事。"他的出现让我觉得秋天是所有快乐的开始。虽然现在没有了他，但我依然热爱秋天。在枫叶林里独行，给人间的街灯撒上细盐。灯火朗照，盐粒里藏着我酿了一秋的甜。"他给了曾经的自己力量和信念。

一叶知秋，秋是成熟，亦是飘零。"迷失方向的我，看看四周白茫茫的一片，原来有时悲伤比痛心疾首来得更透彻。忽然之间，终于发现，这种悲伤如同秋日的寒凉，已经穿透身上的每个角落；终于发现，以为待在原地便能长长久久的人会真真切切地永远消失，意识到以后在我的生活里，她再也不会出现。"

最后终于明白，人生一世，草木一秋，仅此而已。虽然"深秋的一切都是我喜欢、我热爱的，它独特、深沉的韵味让人上瘾，使我沉沦"，但"四时各有其美，每个季节都有其独到之处"。或许，一岁芳华，一世何尝不是如此。春夏秋冬，归于寰宇，时空无涯。无数人的眼中秋、心中秋，即是无数个秋。秋之美，秋之凉，天道自然。

野渡无人舟自横

汉外191班　朱晓妤

　　暮色傍晚，因为下了一天的毛毛细雨，天空灰蒙蒙的，空气中氤氲着淡淡的雾霭，笼罩在山间，带来阵阵湿气。我穿着蓑衣，头戴斗笠，独自在这雨中漫步，感受春雨带来的丝丝凉意。正是因为小雨，山上空无一人，我刚好可以独自享受这清新的空气和山间的美景。眼看着暮色越来越沉重，我加快了步伐，要赶在天黑之前下山。我正往山下走去，突然停住了脚步。放眼望去，河面因为春雨的降临而涨潮，溪水填满了小河，气势徐缓，顺流而下。溪水流过一处郊野渡口，那里早已空无一人。摆渡人早已收起船篙，进入船舱，悠然而卧。静看云卷云舒，聆听风雨击打的澎湃之声。一叶孤舟静横在溪水中央，任凭雨水淅淅沥沥地拍打，就是静静地横斜着。没有人知道它从何处来，也没有人知道它要去哪里。它只是徜徉在山水之间，怡然自得，忘记了归途……

野渡无人舟自横

　　　　汉外1B1班　李胜男

　　许是今年的雨下得有些早了，春天的气息还没有那么浓烈，湖面上就已被雨花击得淅淅沥沥。一条小船在湖中心毫无方向地飘着，船夫也不握桨，独自将那草帽遮了脸，跷着腿睡了。也罢，这种天气也不会有人来乘船吧。在这荒郊野渡，或许这船夫早已与船融为一体，不知向什么美丽的地方飘去了。也许他在思考明天的早饭，也许在思考些更加深奥的别的什么，但此时此刻，一舟一人，早已进入那无物的天地了。

野渡无人舟自横

　　　　汉外1B1班　江纳川

　　傍晚时分，乡间的一条小河边。天空中乌云密布，蒙蒙细雨如薄幕般盖了下来，空气中混杂着泥土和雨水潮湿的气味。一阵凉风吹过，吹得河边的小树不住地摇晃起来。这附近没有一个人，只听到湍湍的水流声和树叶簌簌的响声。或许人们都急着避雨去了吧，就连河中的渡船都忘了拴上，让它孤零零地横在岸边，任凭风吹雨打。

师评·智匠创作微论

"野渡无人舟自横",一句古诗,一幅画面,却可以深藏无数个故事、无数颗心灵,正如"在这荒郊野渡,或许这船夫早已与船融为一体,不知向什么美丽的地方飘去了",或如"摆渡人早已收起船篙,进入船舱,悠然而卧。静看云卷云舒,聆听风雨击打的澎湃之声。一叶孤舟静横在溪水中央,任凭雨水淅淅沥沥地拍打,就是静静地横斜着",还是"这附近没有一个人,只听到湍湍的水流声和树叶簌簌的响声。或许人们都急着避雨去了吧,就连河中的渡船都忘了拴上,让它孤零零地横在岸边,任凭风吹雨打"。无人?人又无处不在。野渡不野,无人人在,舟横舟摇,泼墨山水……

逆光前行

你总会为一些梦年少轻狂，
总会为一些愿望奋不顾身，
总会为一些美好心甘情愿，
总会为一些人红了眼眶。
总会有相知的人，相遇在
最好的时光。

心有斑斓景自春

中文1B1班 时新宇

年轻人，你的职责是平整土地，而非焦虑时光。你做三四月的事，在八九月自有答案。

——余世存《时间之书》

你总会为一些梦年少轻狂，总会为一些愿望奋不顾身，总会为一些美好心甘情愿，总会为一些人红了眼眶。总会有相知的人，相遇在最好的时光。

还记得高三时对大学的向往吗？现实和理想之间总会有一些差距，我觉得很简单，适应、成长。高中的时间大都在上课，大学里的我们有更多的空余时间；高中的同学多数在同一城市，大学的朋友遍布五湖四海；高中的班级像个大家庭，大学后都有了各自的圈子。都说大学就是一个小社会，说得真对。我们不再像以前一样心直口快，我们学会了察言观色，知道了什么是人情世故。我们开始打磨自己，让自己变得更圆润、更精致。我们开始寻觅爱情，为了让自己的另一半开心而绞尽脑汁，吵架时的无奈和愤怒也让我们难以平和。我们仿佛成长了很多，但同时也压抑了天性。我们，毕竟只是二十来岁的年轻人而已，不要让自己太累了。

无论怎样在工作上拼命得身心俱疲，怎样在酒局里觥筹交错得耳热脸酣，怎样情场失意得泪眼滂沱，怎样在考试结束后睥睨群雄，戴上耳机，闭上眼睛，弦乐一响，眼前嘈杂便慢慢消退，宁静如同月光，从心底里渐渐升起。淡退了炫耀的朱红，散落了雕栏玉砌的荒凉古园，爱的是里面生得茂盛、活得坦荡的野草荒藤。久违的轻松驾风而来，给灵魂洗上一次澡，尘垢已去，光华自生。

我们成熟了，想得也多了。当面对他人提供给你的意见时，你不只是在乎这件事的结果了。你会按二人的关系，揣测他人的目的。这味道变了，不再像曾经那么真实，每个人都蒙着一层纱，早已没了单纯的爱。

时间流转，岁月更迭，世间的一切都在匆匆老去，而美好的事物尤甚，稍纵即逝。然而爱是永恒的，我们从未失去它。用充满爱的心灵感受世界，就能将生活中所有的美好都收入一颗爱心之中。因为爱，万般景色都是暖暖的温柔。轻轻抚平每一抹来不及遮掩的伤痕，在你人生的旅途中，美丽永不凋零。

不要让身体还在，灵魂却已经不见了。二者哪一个才更重要？行走在尘世间，见识了风，亲历了雨，渐渐成熟和坚韧，心中坚守一份清澈和诗意，生活如美丽绽放的花朵。

愿你历尽千帆，归来仍是少年。

晚安！

师评·智匠创作微论

"弦乐一响，眼前嘈杂便慢慢消退，宁静如同月光，从心底里渐渐升起。淡退了炫耀的朱红，散落了雕栏玉砌的荒凉古园，爱的是里面生得茂盛、活得坦荡的野草荒藤。久违的轻松驾风而来，给灵魂洗上一次澡，尘垢已去，光华自生。"或许，很多时候，那份嘈杂，那份纷扰，更多的是来自一个人的内心。愿意放下一切身外的喧嚣，便会回归心灵的宁静。一束阳光，一朵轻云，一缕清风，它们一直在。只要你的心中有一份斑斓五彩，春的绚烂和缤纷便会蓦然出现在眼前。既然明了"行走在尘世间，见识了风，亲历了雨，渐渐成熟和坚韧，心中坚守一份清澈和诗意，生活如美丽绽放的花朵"，所以，那个少年，历尽千帆，归来，是你，依然。

人应该都是有梦想的

汉外１８１班　王喆

　　人应心怀梦想，没有梦想地活着实在是很痛苦，我一直坚信这一点。我在知乎上看过数不胜数的段子，也在诸多名品佳作里读过不少感人肺腑的心灵鸡汤。巴别塔后的人类似乎对这点达成了共识，道理层出不穷，滔滔不绝。可当真正到了让我们为了自己的梦想付诸实践的时候呢？一切可以为我们狡辩的理由就开始变得强大起来，就连下雨天都成了今天休息的借口。仔细一想，这样拥有着梦想的我们又何尝不痛苦？每日都看着自己和自己的理想之国背道而驰，循环往复，渐行渐远。曾经想去布拉格打喷嚏的你也只能停留在被子里盯着一闪一闪的光屏，透过电子网络嗅一嗅理想的余香，多可悲啊！

　　可普通人终究只是普通人，我们只是缥缈星河里用亿万分之微米来计量的单位，我们当中的绝大多数人究其一生都有可能无法实现自己的梦想。我们还有许多理想状态外的因素要去面对、要去挑战，我们大多数人都将败给残酷无情的现实，我们这些野心家最后几乎都会沦为平凡无趣的普通人。

　　人是经验导向型的动物，一代又一代血的教训把年轻后生们吓得不敢相信梦想，使它从所有人类的必需品退化到成功人士才敢挂在嘴边的奢侈品。但是成功者们就都是实现了梦想的吗？真的未必。我知道很多人和我一样，不是不能为自己的梦想去付出，仅是在犹豫。如果我们义无反顾地放手一搏，失败了，下场大概是我们无法承受之重，介于现实和精神之间的痛苦压得我们喘不过气来。因此，既然在准备开始的时候就能够大概预测出自己的结果，又有多少人愿意为了自己的那一腔热血去赌上自己的一生呢？这是我自己的见解，也许我的这种想法就使我注定无法成为实现梦想的少数人中的一个。我也能想象到，等我步入暮年，再无半点可能实现自己这一生都在渴望的东西的时候，我的不甘和懊悔会有多么强烈。

挣扎在现实与梦想的裂缝中，举步维艰，孤立无援，无懈可击的悲恸和懊悔从四面八方涌来。往前一步是万丈深崖，后退一步则永远留下。我若原地不动，生命将得以喘息延伸，不过从此——我将知道，有些事情再也改变不了了，固定了，连自己也赎不回了。

师评·智匠创作微论

人应该都是有梦想的。是啊，谁没有自己梦中的缤纷春色、秋日硕果？每一个节日，每一次祝福，梦想如何成真？这是萦绕在每个追梦人心头的疑惑。"既然在准备开始的时候就能够大概预测出自己的结果，又有多少人愿意为了自己的那一腔热血去赌上自己的一生呢？"或许，每个不同的回答，每个不同的行动，就是每个梦未来的样子。"挣扎在现实与梦想的裂缝中，举步维艰，孤立无援，无懈可击的悲恸和懊悔从四面八方涌来。往前一步是万丈深崖，后退一步则永远留下。"若从现在已看到了未来，你又想要怎样的未来？

旅行，在路上

中文182班　包海荣

> 我去旅行，是因为我决定了要去，并不是因为对风景的兴趣。
> ——马尔克斯《霍乱时期的爱情》

记不清这样的我已经如此过了多久了，作为一个成熟的现代人，每天穿衣洗漱，辗转奔波。要活得精致，我把自己装进他们的模板；要紧随潮流，我握紧手机却也总是拿起了又放下，放下又拿起；要驱逐寂寞，我这颗微弱光亮的渺小行星学着靠近，却总是因为微弱的引力被庞大的星系相互推搡，在银河间无垠漫游。

从什么时候开始，我不再掌控自己的生活？

我愤怒，惆怅，迷茫，渴求从这一切中抽离。撕碎了面具，关掉了手机，不再维持虚伪的交际。可即便没有了面具，我也不再懂得真实。关掉了社交网络，即使面对彼此，于我也是遥不可及。学着享受孤独，却总回望人间烟火。

我的生活好像什么也没有留下，剩下的只有一张张永远完成不了的计划表，驮着日复一日疲累困顿的灵魂。是否，我的人生从未上路？是否，我的生活从未真正开启过？是否，我要越过层层灰尘，找回当年的记忆，翻起曾经的风景？

不如，去旅行吧！或者，去看看那些已经在路上的人。就像华兹华斯的喃喃细语从寂静中飘向远处：

> 我孤独地漫游，
> 像一朵云在山丘和谷地上飘荡。
> 忽然间我看见一群金色的水仙花迎春开放，
> 在树荫下，在湖水边，
> 迎着微风起舞翩翩。
> 连绵不绝，如繁星灿烂，
> 在银河里闪闪发光。

这让我突然想到了远方的诗，我要去看看你。但这一次，我不想只在夜里与远隔万里的你隔着手机屏幕交谈，我要代替那些飞舞的4G讯息，穿过一路的山川森林、湖海月色，开启一场旅行，真正地去靠向你、走近你。

同样，我也喜欢旅行的电影。在还未上路之前，不如暂且让我漫步在光影长廊下，找寻影像里暗藏的那些没有期限、永远会有新目的地的旅行。

我想去日本东京开启一场为期半年的旅行。旅行是孤独地上路，然后黯然离场。东京的夜晚灯红酒绿，霓虹喧闹，人群川流不息，拉扯着两个失落他乡的美国男女。

没有浪漫的罗马假日，只有东京的萍水相逢。风华已逝，门可罗雀，他踏入异国。陷入爱情困境，年轻的容颜也会沾染哀愁。但这寂寞的旅行却在两人心中燃起未点燃的火，那是朦胧不灭的烟。即便终将擦身而过，火光划过的瞬间也是彼此生命中最好的旅行。

我想去意大利托斯卡纳，开启一场三十多岁至后半生的旅行。旅行是等待一场不期而至的幸福。托斯卡纳的乡村左边是山，右边是海。失去了房子、婚姻的中年女作家在好友邀请下开启了一场疗伤的旅行。

意大利小镇的艳阳下，日子静谧温润，那些恰巧经过的满怀幸福的人们唤醒了这个来自美国的被生活所困的女人。一幢古老如昏睡不醒的祖母般的建筑和那些珍藏在费里尼电影中安然流淌的时光，都在托斯卡纳的和煦阳光下升腾，蒸发了忧伤，远离了阴霾。这一切让我们坚信，旅行就是在等待一场不期而至的幸福。

我想去美国加利福尼亚开启一场为期三个月的旅行。旅行是去追逐荒唐梦想，也有家人相伴。加州有阳光海滩，有各色美女，也有我记忆中最美好的旅行。

那年我七岁，戴着一副大眼镜，还有一个小肚腩，坐在电视机前，幻想夺冠美国小姐选美大赛。在我不由自主地张大嘴巴发出令人侧目的高分贝惊叫后，迫不得已的妈妈、爸爸、哥哥、舅舅、爷爷开着一辆小黄破巴士，载着我踏上去加州的选美之旅。或许我们一家人都很失败：老嬉皮士的荒唐爷爷，谈成功学的失败爸爸，想成为飞行员的色盲哥哥，在失业边缘的舅舅，还有在无望生活中挣扎的妈妈。我们一起踏上了这趟旅途，一路上我们争吵欢笑继而紧密相拥。或许残酷现实击打着每一个曾经拥有梦想的人，即使被定义成他人口中的失败，可那又怎样？他们依旧会为我不合规矩的幼稚脱衣舞欢呼雀跃，与我一同起舞。

我想去拉丁美洲开启一场四个月走八千公里的旅行。旅行中，年轻的心渴望改变世界。拉丁美洲有一切神秘莫测的事物。

那年的格瓦拉二十三岁，在医学院读书。对于年轻的心，冒险、奇遇、探险总是充满诱惑的。在和好朋友艾伯特列下疯狂的旅行计划后，他们告别亲人、远离家乡，踏上了拉丁美洲的长长旅程中。如果顺应生活的节奏，他们一定前途无量，但他们选择奔驰在崎岖的公路上，跟随逐渐宽广的视野历练出成熟的意志。见识过壮丽世界的面容，游历过拉丁美洲古老的文明遗迹，他们疾驰，他们呼喊，拉美各国的大街小巷中有他们穿梭的身影，各色人群中能寻见他们年轻的面庞。在智利，遇到被剥削的贫穷流浪者；在亚马孙河流域，与麻风病人相处，还有那些被野蛮蚕食遗留下来的矿工。至此，这场旅行不再只是年轻的心渴望看看世界，留下行走至此的脚印。为什么现实总是如此不幸，人们总是受难？更加宏大而又深奥的主题——人类、社会、经济、文明、生命——在他们的脑中苦苦盘旋，萦绕不绝。是的，那终会变成一场足以改变世界的浪漫行动！真实迷人而又鼓舞人心。

我想深潜回忆的深海，开启一场一辈子的旅行。旅行是我年老之时深潜入你我的生命之海。时光深海，关于你的记忆如潮水袭来。

亲爱的，你看！那些海水是我们的往昔时光，家里被岁月的记忆淹没了，我只能每天眺望水的边际，看着白鸟、轮渡的炊烟。没有能去环游旅行的飞屋，我只是个不停堆砌积木小屋的倔老头，而你已不在我身边。所以我深潜入海，开启了一个人的旅行。但我并不孤单，泛黄的情感堆叠在地平面的一墙相片上，没有浓重的痕迹，就像你轻轻为我捡起的烟斗，永远跌落进了我的心里。对你的爱是一辈子的旅行。

我关掉电影，背起行囊，到站的播报声响起。走吧！让我们去旅行。

师评·智匠创作微论

"是否，我的人生从未上路？是否，我的生活从未真正开启过？是否，我要越过层层灰尘，找回当年的记忆，翻起曾经的风景？不如，去旅行吧！或者，去看看那些已经在路上的人。"像是青春的宣言，更像是人生的幡然。山川秀色，他乡异国，无论哪里，无论多少个梦想的地方，总要背起行囊，总要在路上，才可以抵达。那么，就开始"那终会变成一场足以改变世界的浪漫行动！真实迷人而又鼓舞人心"。走吧！让我们去旅行。如果你深信，"一幢古老如昏睡不醒的祖母般的建筑和那些珍藏在费里尼电影中安然流淌的时光,都在托斯卡纳的和煦阳光下升腾,蒸发了忧伤,远离了阴霾。这一切让我们坚信,旅行就是在等待一场不期而至的幸福"。

忘记时间

中文182班　齐丹

有人说，透过一双手，能看出一个人的一切，手可抵心。摊开双手，能够想起自己过往经历的种种。密布于掌间，所有看得见的纹路，都是由看不见的故事和经历构成。

年少时我就决定要成为一个更好的人，只是，随着时间的推移，感受到的世事无常，想成为的更好的人也随之变更。我这个人很慢热，所以时间对我来说很重要。当然，时间也会给人截然不同的答案，推动着我去探索更多的东西。直到现在，我才觉得自己长大了，对生活又有了新的理解。手和心是相连的，如果手上偷了懒，时间里面都知道。

回到自己，比成为别人更重要，这双手也就更清楚如何驾驭方向，知道哪里要松一些，哪里要握紧。现在，我把这双手摊开给你看。你能看懂关于我的一切吗？

师评·智匠创作微论

"忘记",或许,有时想要记起却杳无踪迹,有时想要忘记却清晰历历。生活中总有许多无可把握,却也常有小小的确幸带来一抹欣喜。一双手,一双眸,一脸风尘与沧桑,总是岁月的印痕、心灵的过往。"年少时我就决定要成为一个更好的人,只是,随着时间的推移,感受到的世事无常,想成为的更好的人也随之变更。"或许某一刻,你依然会回到自己,因为你懂得这"比成为别人更重要"。当我们对生活有了新的理解,自己的双手就是自己生活的主宰。忘记时间,不忘自己;忘记自己,不忘心意。时间总会缓缓流淌或匆匆而逝,只要做自己,在时间里就是真实的人生、真实的历程。

人生三宝

中文 181 班　何斌

独木桥终会辜负大半的千军万马，你我都不曾例外。

在这条孤独的路上，总有三件至宝伴你身旁形影不离。

生活本没有对错，错的只是我们选择将昨天的遗憾用明天的希望来弥补，以至于辜负了今天。我们生活的意义是为了生活得更加美好，但生活的暴雨总是来得猝不及防，像台阶上突兀的新绿，渲染着生活的滋味，又好似隔岸离火，就在那幽暗又无名的地方跃动着。你惊扰了我的梦，又撕裂了我的心尖，不曾给我一副完整的躯壳，却又给我无尽的希望。昨天的昨天还拥有希望，今天的今天就要开始放下，明天的明天又要向前出发。生活从来没有强加给任何人他所不想要的，但是一旦选择了道路，你又有什么办法逆天改命。

爱情本没有真假，假的只是我们不愿一成不变地宠爱，所以爱情只剩煎熬。也许多熬一会儿就是对的人，可是那如同清晨中第一缕阳光的爱情就不会带来黑暗么？时间可以证明爱情，同样也可以败坏和推翻爱情。我所给予，是为爱情；我所不及，也为爱情。如同晨光中的露珠，凝聚了一夜的期盼，敢于直面阳光，仿佛在诉说世间最自不量力的抗争。那份执着也算爱情，我并不恨她，因为她了结了我的遗憾。所以衡量爱情的标准并不是爱时有多爱，而是不爱的时候有多爱。

知识本不存在有无，有即是无，无即是有，有的只是我们每天恒河沙数的求知欲，无的是我们敝帚自珍的钻营。知识最狭隘的定义是：被验证的正确的，是人们相信的。最简单的便是让人们相信，所以我们有越来越多的人不再验证，不再寻求正确，匆忙地转化成一个说客。这种骨子里的感觉又有谁知道呢？所以，今天的知识越来越无从质疑，也无处推敲。

很多时候，你心中还留着最初的美丽，却永远也回不到那绽放的瞬间。

过去和未来这一对恋人，一个只能看到太阳，一个只能看到月亮。

师评·智匠创作微论

人生三宝，今天，爱情，知识？"我们选择将昨天的遗憾用明天的希望来弥补，以至于辜负了今天。我们生活的意义是为了生活得更加美好，但生活的暴雨总是来得猝不及防，像台阶上突兀的新绿，渲染着生活的滋味，又好似隔岸离火，就在那幽暗又无名的地方跃动着。""爱情本没有真假，假的只是我们不愿一成不变地宠爱，所以爱情只剩煎熬。也许多熬一会儿就是对的人。""很多时候，你心中还留着最初的美丽，却永远也回不到那绽放的瞬间。"这心头的点点滴滴，是青春心事，是青年心意，是永远在的自己。或许，人生不止三宝，只要心在，便有宝藏无限。

逆光前行

中文181班　尹月

许达然在《失去的森林》中写了一只叫阿山的猴子，它总是被一根铁链束缚着，它听不懂人们在交谈什么，听不懂那所谓的文明，只能静静地待在角落里，看着那些人在做奇怪的事、说奇怪的话。后来有段时间，阿山开始不理睬任何人，独自静坐在角落中。没人知道它在想什么，同样，也没人管它在想什么。直到要给它洗澡时才发现那束缚着它的铁链已融进它的颈中，而当铁链被拿出时，血从那瘦弱的猴颈里喷薄而出。

阿山是无可奈何的，是寂寞的。对于它的生活、它的生命，它是没有自主权的。它被养到家中，人们想起它，便同它逗乐玩耍；没人想起它，它只会被嫌弃。那时它只能与自己玩，或者与铁链玩。它也想挣脱那铁链，回到属于自己的世界，寻求自由，但它越挣脱就越痛苦。当它嚎叫时，人们会觉得它烦，就骂它，但它也听不懂人的语言啊！看到人类不管它，它就只能独自忍受，忍受那渴望自由却疼痛至死的感觉。

我想，我们或许就是阿山，被生活这条铁链所束缚着。刚开始的时候不断反抗，就算一次次地失败也不放弃。但随着时间，我们发现反抗并没有什么用，于是便向生活妥协，最终成为被铁链束缚着的对生活失去希望的一具尸体。

可是我们终究也是和猴子阿山不一样的。它被迫来到这个不属于它的地方，被厚重的铁链禁锢，反抗了却无力改变什么，最后妥协，默默忍受。

我们呢？是在人类生活的环境啊！我们没有被强迫套上枷锁吧？所有的无奈与忍受，难道不是我们自己选择的吗？想要的太多，追求太多不属于自己的东西，既想要大观园的名利繁华又憧憬桃花源的淡泊安逸，就像用黛玉的花锄来耕地，能不有心无力、无可奈何吗？

生活，生而为活着。为了活着，注定不可能事事顺心。事事都能如意的生活还叫作生活吗？我们现在这个时代和以前不一样了，有很多种选择、很多种活法。既然改变不了大时代，那就改变自己，顺应它。我们都是在跌跌撞撞中碰到意想不到的惊喜的。看生活要看两面，不要只看令我们悲伤无奈的一面。

先做不喜欢但是必须去做的事情，学会接受，与自己、与生活和解，然后就有能力去做喜欢的事情。少点抱怨，多点乐观，生活糟糕到一定程度就不会继续坏下去了，坚持坚持就过来了。

要明白，我们始终握着自主权，有能力选择自己改变什么，这是我们和猴子最大的不同。

师评·智匠创作微论

逆光前行，是青春的样子吗？青春的我们和被锁住的阿山，我们是阿山吗？被铁链锁住，无人理睬和关注，无奈、寂寞，没有生活和生命的自主权，被人遗忘，只能自己和自己玩。"它也想挣脱那铁链，回到属于自己的世界，寻求自由，但它越挣脱就越痛苦。当它嚎叫时，人们会觉得它烦，就骂它，但它也听不懂人的语言啊！看到人类不管它，它就只能独自忍受，忍受那渴望自由却疼痛至死的感觉。""可是我们终究也是和猴子阿山不一样的……所有的无奈与忍受，难道不是我们自己选择的吗？想要的太多，追求太多不属于自己的东西，既想要大观园的名利繁华又憧憬桃花源的淡泊安逸"，所以，想明白了一切，行动起来，就会有不一样的未来……

另一个自己

中文181班　仝纤卉

你相信世界上还有另一个自己吗？她就像是影子，无论走到哪里，一回首，她就在离你最近的地方；她就像是星辰，在浓稠的黑暗中，一抬头，她指引你前进的方向；她就像是童话中有魔法的仙子，总有一种让你在她面前无所顾忌做自己的魔力，一如你们童年那样，像个永远也不需要长大的小朋友。她就像是另一个自己，一个眼神，便能诉尽千言万语。

我深信这一点，因为我已找到了这个影子，这片星辰，这个拥有魔力的小仙女，我生命中的另一个自己。

从七岁起，纵使那时的我还不能体会到友谊的珍贵和来之不易，我就幸运地拥有了这份到今天还是和那时一样单纯、一样美好、胜过友情更似亲情的浓浓爱意。这份爱，是在我赢得成功的喜悦时，她们像自己获得荣誉般开心、激动，给我一个拥抱，说："你永远是我心中的第一名！"明媚的笑容映在彼此的脸上以及心底那份美好的回忆里。

这份爱，是在我遭遇失败的打击时，她们及时帮我分析原因，找到问题，在我最需要的时候给我支持，给我鼓励，给我一个在大雪纷飞的寒冬里的温暖拥抱。

  这份爱，是在我面临人生的选择时，她们给我建议，能使我不忘初心，继续前行。在所有人都劝我放弃梦想，放弃我一直以来为之奋斗的目标的时候，她们给我信心，给我力量，帮我驱散眼前和心头的迷雾，使我看清楚自己真正想要的是什么。

  这份爱，是我每个人生阶段、每次重要开始的见证者。无论过程如何艰辛、结果如何不遂人愿，只要有这份爱陪伴，我就能永远沉溺于这人世间的温柔，拥有一颗柔软却又坚定的心，无畏向前。

  这份爱，不论我走多远、飞多高，它会始终在我身边，在我骄傲时提醒我，在我难过时安慰我，在我迷茫时敲醒我。我坚信，这份爱永远也不会离开。这份情谊，已融进了骨髓，不能分离。多庆幸，我那么早就找到了世界上的另一个自己。

  你总要相信，你终会找到世界上的另一个自己，不过是时间早晚的问题。都说人生得一知己足矣，何其幸运，我得到的不只是"一"。

  一个春日，风和日丽，我们走在路上，感受着大自然带来的春的气息。我身旁的声音忽然响起："你说，我们可以这样一直关系好下去多久啊？"从七岁到二十岁，这十多年的光阴如此美好，却也如此短暂。"如果十年都不算长，那我们就这样一直好到八十岁，你说好不好呀？"她背着光，我看不清她的表情，但我知道她一定和我一样，笑得如同那天明媚的太阳。

  与君初相识，犹如故人归。

  愿岁月如海，友谊如歌。

师评·智匠创作微论

　　"你相信世界上还有另一个自己吗？她就像是影子，无论走到哪里，一回首，她就在离你最近的地方；她就像是星辰，在浓稠的黑暗中，一抬头，她指引你前进的方向；她就像是童话中有魔法的仙子，总有一种让你在她面前无所顾忌做自己的魔力，一如你们童年那样，像个永远也不需要长大的小朋友。她就像是另一个自己，一个眼神，便能诉尽千言万语。"在成功时分享喜悦，在遇到挫折时互相鼓励，在选择时一同思考抉择，那些最温暖的陪伴，是生命中明媚的光源。"与君初相识，犹如故人归。愿岁月如海，友谊如歌。"就像人生得一知己足矣的心愿，彼此是对方的另一个自己。你的那个自己，会不会成为你笔下的"仙女"？

星空下的神往

中文1B2班 刘乔哲

这是一幅梵高的《星夜》油画。这是一件仿制品，新的人，用新的颜料，在新的时间画出的作品。重新演绎了这幅画，却完整地保留了该有的笔触。

梵高描绘的是金星，在夜晚，明闪着。他说："比白天还要活，还要热烈。"

梵高是热爱生活的，有着自己的想法和打算。现实和梦境相反，无奈，他只得把情感寄托在生活中的美好事物上，用颜料写意生活，而注视星星，则成了他进入梦境的方式。他说："看星，总使我神驰……我问自己：我们摊开地图，指着其上一个小黑点，然后就可以搭乘火车到那个点去，为什么我们到不了那颗星呢？我们难道不可以搭乘'死亡'到星星那一站？"于是，梵高购买了一张死亡的单程票，去往了他内心中幻想着的最美好真切的世界。

我喜欢星星，在孤独压抑的时候，夜晚在阳台仰望，总是有一颗星在固定的位置，也就是在鱼鳞状砖瓦上面的那颗星，每夜出现在那里，最明亮、最温暖。我注视着她，她也注视着我。我们之间没有话语，距离透过未知的光年不断拉近，直到在一起，有时会不能自已地吐出一两句呓语。我离开阳台，像吃了仙药的嫦娥一样飘飘欲仙，身心是畅快的轻盈，把沉重的思想包袱都扔在银河隧道中了。我生活在两个世界：真实世界和第二世界。每天我都在两个世界之间辗转奔波，白天在真实世界劳作，夜晚去第二世界——星星。那是我的星球、我的世界。所有感动、所有想法，我脑海里的一切都在那里绽放，我感到欣慰。她，是我的精神世界，是我所有美好储存的地方。

搬家了，新家没有阳台，我不再找寻她的踪迹，但她一直在我心里，心意相通，从未中断。

有星星的地方是我追求的地方。我不喜欢城市——城市没有星星，真正的星星都在真正属于它们的地方，直到我去了木垒县的菜籽沟村。

菜籽沟村的农民以种小麦为主，鹰嘴豆为辅，一路上的山坡生长出片片金灿的麦田和墨绿的鹰嘴豆。我不顾麦芒的尖锐，不顾脚下的泥泞，不顾未挽起的裤子，毅然向麦田进发，直到我的眼里只有麦子。世界被分为两层：上层湛蓝的天，下层金黄的麦，没有引擎声，没有喧哗声。所有的声音，就是一种声音：风拂过麦田的轻击声，一切是如此真切自然。

已是黄昏，我在洗漱，不经意地抬头发现天已近黑，在地平线的远处是太阳和黑夜的摩擦、暗黑色与金黄色的碰撞，美得让人不敢直视。换件衣服的工夫，黑夜就占领了整个天空。在这里，夜空是深蓝色的，并不是真正的黑。我抬头仰望夜空，惊愕了：在这寰宇苍穹间，深蓝色的夜空中，挂满了无数明星，那么闪亮耀眼又是那么真实。我才明白儿歌不是编的，原来"一闪一闪亮晶晶"是真的，雨果的"当一切入睡，我常兴奋地独醒，仰望繁星密布熠熠燃烧的穹顶"的感受我也顿悟了，我静默地欣赏着夜空，思考着自己。

梵高为星星作画，我为星星感动。我想，每个人心里都会有这样一个保存着自己所有感动和美好的地方，将情感寄托于上，把自己停留在那里。

师评·智匠创作微论

　　每一个爱星星的人，都是热爱生命的。热爱大自然的孩子，绘画与诗，都是美丽的心灵与眼睛所见。繁星点点的夜晚，你的画板上只调制了蓝与灰，用你那双看得见我灵魂污秽的眼睛，在炎夏之日向外望。山坡上的暗影，勾勒出树木与水仙的轮廓，用亚麻布般的苍茫雪地之色，去捕捉阵阵微风与严冬肃杀。现如今我才懂得你对我的诉说，你因睿智思索遭受了多大痛苦，你又是多想解放你的思想自由……"在这寰宇苍穹间，深蓝色的夜空中，挂满了无数明星，那么闪亮耀眼又是那么真实。我才明白儿歌不是编的，原来'一闪一闪亮晶晶'是真的，雨果的'当一切入睡，我常兴奋地独醒，仰望繁星密布熠熠燃烧的穹顶'的感受我也顿悟了，我静默地欣赏着夜空，思考着自己。"

缘分与遇见

就像走在路上，在躲雨的树下看见一只吐丝的蚕，你以为它作茧自缚，殊不知它只想隐形于世，静待破茧成蛾的飞蛾。

文人不待千年雨歇

中文1B1班 李曼

  昨日不青空，点滴雨丝散落，天地之间一派祥和静谧，就连雨滴敲打在石板路上的声音也都变得更加清脆悦耳，如古韵歌谣般让人痴迷起来。于是我站在这片微冷朦胧幻境之中，逢迎一场下了千年的雨。

  雨也分很多种，在我看来，她可以是"寒雨连江夜入吴，平明送客楚山孤"的萧瑟离别，可以是"沾衣欲湿杏花雨，吹面不寒杨柳风"的恣意春景，抑或是"自在飞花轻似梦，无边丝雨细如愁"的无限绵愁。无关盛世华庭和乱世凄惨，她不受世间任何生灵的约束，却又总在滋润万物，正如杜甫所说的"楚天不断四时雨"，好像雨本就是该无条件永远存在的。可我却总固执地相信，这场雨的降生，是为了祭奠所有文人。

  "小楼一夜听风雨"，大抵关于下雨这件事，古人总是有他们自己的想法的。想文人墨客大都混迹于政坛，若登科及第，仕途坦荡，荣华富贵加身，可高枕无忧笑谈风月；若遭人污蔑，痛斥权贵，一朝马失前蹄，也只能雨夜纵酒高呼怀才不遇。

  千年之前，黄州。家人团聚，赏花饮酒，龙烛晚会，明灯祈愿，正是重阳佳节。"点点楼头细雨，重重江外平湖。"窗外的雨淅淅沥沥，此时距离"乌台诗案"已经过去了整整四年，所有的心灰意冷结冰，化作万家灯火烛上的点点星光。此刻，他也只是一个思念弟弟的哥哥。"当年戏马会东徐，今日凄凉南浦。"于是我想，对于苏轼来说，朝堂政治终归不是他的归处。身处俗世红尘，抉择快意漂泊，才成就了他成为诗、词、散文、书、画几乎所有领域的佼佼者。时代不能给予他光明的仕途，世人却给他冠以全才的尊贵荣耀。

而说到雨，则必然少不了秋雨。提到秋雨，必然想到愁。清代词人纳兰容若在《浪淘沙》中写道："夜雨做成秋，恰上心头。"所谓离人心上秋，彼时的他虽身处官场却厌倦仕途，拥有金钱却摒弃权贵，生活中的困苦沉寂终于随着虚弱的身体显现出来。我不晓得当时的他处在什么境地，但想来也是大不顺心的。

前段时间和朋友闲聊，讲那些命不由身的江湖文人，提到黄仲则，这个民国时期备受推崇的诗人，九次科举落第，穷困潦倒，三十多岁便英年早逝。有人说他年少成名，一句"江头一夜雨，楼上五更寒"惊艳世人，感性爱诗，却连家人都照顾不周，若也像好友洪亮吉一样懂得变通，知晓人情世故，也不至于如此。也有人感叹他虽一生困顿，却仍坚守诗心，正是因为他拥有文人的浪漫情怀，才使得他的作品几经战乱销毁之后，仍有后人愿意重新编录，《两当轩全集》亦得以流传后世。

曾经的我以为文人墨客总是怀才不遇，壮志难酬，在名利场中沉浮久了，便失去希望，自甘在俗世沉沦。殊不知明知前路坎坷却能依旧坚持初心，才更加值得敬佩。就像走在路上，在躲雨的树下看见一只吐丝的蚕，你以为它作茧自缚，殊不知它只想隐形于世，静待破茧成重生的飞蛾。

屈原难道不懂吗？每一次的觐见上书只会让怀王更加猜忌疏远，但这是他的选择。朝堂之上变法图新，国难之时以身殉国，这是千百年来中华民族的文人风骨，不应该只有文天祥，有谭嗣同，有秋瑾，未来，也应该有我们。

"少年听雨歌楼上，红烛昏罗帐。"我亦独酒客舟中，今朝放荡思悲鸿。新冬的雨已经停了，却又还没开始。

师评·智匠创作微论

"昨日不青空，点滴雨丝散落，天地之间一派祥和静谧，就连雨滴敲打在石板路上的声音也都变得更加清脆悦耳，如古韵歌谣般让人痴迷起来。于是我站在这片微冷朦胧幻境之中，逢迎一场下了千年的雨。"昨夜一场雨，思绪溯千年。无数文人在雨中徘徊、吟诵，寒雨、杏花雨、丝雨、四时雨、风雨、细雨、夜雨、秋雨，点滴霖霪，人生得意与失意，正如风雨相随，心随境迁。"'少年听雨歌楼上，红烛昏罗帐。'我亦独酒客舟中，今朝放荡思悲鸿。新冬的雨已经停了，却又还没开始。""朝堂之上变法图新，国难之时以身殉国，这是千百年来中华民族的文人风骨，不应该只有文天祥，有谭嗣同，有秋瑾，未来，也应该有我们。"是少年志气，是情怀担当。

对的时间点

汉外181班　程雷千惠

　　迷迷糊糊从睡梦中醒来,抬头望一眼,图书馆里的人大多也趴在桌子上小憩。耳机里播放着林俊杰的新歌,好听的旋律,这么多年都没怎么变过的林俊杰的声音。我想起了他新歌拍摄的MV,那是在新加坡的樟宜机场。林俊杰说,樟宜机场对他而言是特别的存在,是他成长的见证。"起飞前看一眼,每张我爱过的脸。"我想起了在机场的每一次告别,每一次起飞前父母的不肯离去,安检排队时,每次我都不敢回头,害怕看见爸妈在"送客止步"牌前的微笑,害怕自己的眼泪不争气地落下,害怕离开。

　　然而长到成年,我们总要学会告别,学会笑着离别。每一个成长和离别,都在潜意识里挑选对的时间点。

　　曾经听过这么一句话:"离别是为了下一次重逢"。就像机场跑道上的飞机,有等待起飞离开的,就有远方归来正要落地的。时间会让我们一点一点变成自己想要的模样,每一次离开都会是对的时间点,恰如其分的离别会成全你适逢其时的蜕变……

　　耳机里的音乐进入结尾的吉他声中,悠长又悦耳,下一次在机场,笑着说再见吧。

师评·智匠创作微论

什么是对的时间点？就像小憩醒来时耳边熟悉的旋律，想起歌手关于机场告别的歌曲，想起自己在机场的每次告别，害怕别离，却必须远行的每一个我们，是勇敢的，也是孤独的，明白了"长到成年，我们总要学会告别，学会笑着离别。每一个成长和离别，都在潜意识里挑选对的时间点"。也正是因为这些别离的对的时间点，"恰如其分的离别会成全你适逢其时的蜕变"。那些熟悉的歌曲，悠长又悦耳。或许终有一天，我们可以学会面对离别，可以在机场笑着说再见。人生总是有很多特别的时刻，叩击心弦，人生亦如歌。

缘分与遇见

中文182班 刘艾

生命中的过客，我想都是冥冥中的注定。

地球是一个神奇的地方，而人类更是一种让人捉摸不透的生物。冥冥之中的注定，冥冥之中的联系，我愿意相信，每个出现在自己生命中的注定，是在十四亿茫茫人海之中的十四亿分之一的概率。

或许就是有这么一个人，他或者她的出现只是为了教会我们成长，抑或是陪我们走过人生的某段特殊时光……

人与人在茫茫人海中相遇，除了概率因素，我更想用已有的一个词来填写——缘分。每一次回眸，每一次转身，或许都会遇见那个上天为你安排的，该在那个时刻出现在你生命中的人……每一次经历，每一段成长，每一个悸动，每一次感恩……或许都是注定吧。

在我磕磕绊绊的二十年里，或许遇见的人只是我该遇见的四分之一，但对于遇见的每一个人，我感觉都是幸运的。无论是把我带到世界上的父母，还是给我传道解惑的师长，抑或是朋友、上司、同事或者是路人甲，遇见他们比错过幸福一百倍。

父母不厌其烦的絮絮叨叨，师长兢兢业业的摆渡，上司无尽的知遇之恩，朋友不离不弃的陪伴，同事无保留的指导，路人善意的微笑……

是的，在这个无边的、人口众多的、神秘的地球上，我最爱最感恩的人就是他们。脑海里突然就飘过来一句歌词——"一定是特别的缘分……"

爸爸妈妈、兄弟姐妹是陪伴我的，是让我一生都难忘的人。在这茫茫人海中，他们是普通的人，但是在我的生命里他们就是最伟大最重要的人。除去父母，陪我们走人生的人有很多，有师长，有朋友，有同学，有同事，有陌生人……

或许在某些时刻，我们确实会觉得他们是人生中的过客，但是走过来了就会发现，他们是我们现在走的这条路的引路人。

关于人与人之间的遇见，有时候想想真的是很难解释。就凭中国这片领土上的人口，为什么不遇见张三李四，偏偏遇见王麻子？无论是在学习中还是在生活或者工作中，我们遇见各种人，但总归他们会在我们生命长河中留下痕迹，或多或少都会对我们产生影响。这也就是我前面所说的引路人。

冥冥之中的牵连，冥冥之中的遇见……生命也就这么长，他们的出现、他们的引路，让我在自己的人生道路上开拓前进，无所畏惧。

命运让我们相遇是意外，缘分让我们跨过遇见又惊鸿一瞥。

师评·智匠创作微论

或许，所有的偶然都是必然，就像生命中的无数次遇见，或者撞见，撞见心仪，撞见不期，遇见是缘，撞见是缘。"人与人在茫茫人海中相遇，除了概率因素，我更想用已有的一个词来填写——缘分。每一次回眸，每一次转身，或许都会遇见那个上帝为你安排的，该在那个时刻出现在你生命中的人……每一次经历，每一段成长，每一个悸动，每一次感恩……或许都是注定吧。"所以，感恩那些冥冥之中的遇见，是缘分，抑或是命运，已不重要，最重要的是"生命也就这么长，他们的出现、他们的引路，让我在自己的人生道路上开拓前进，无所畏惧。命运让我们相遇是意外，缘分让我们跨过遇见又惊鸿一瞥"。汉字是如此神奇，一个简单的词语，便是生命与生活的点点滴滴。

念

汉外181班　李晨源

叶子黄了，落了，散了一地。

总有些叶子，如蒲公英，种子飞了，被卷到风里，天涯飘零。

已经是深秋了，这是远离乡土的第一个深秋。兴许是这里纬度高那么几度的原因，总感觉叶子落得格外早，格外多，格外憔悴。

朋友打来电话，平淡一如往常，清茶般的对话像极了这里孤傲、冷艳却明朗的秋空。总觉得好久没听见乡音了。其实若是正经些讲，这里与我的小城讲的是同一种方言，许是我敏感了——还是在小城讲起来亲切些。

梦萦的小城只与这里隔海相望。在这里看到的海，和在我亲爱的小城看到的海，是一个呢。我时常这样安慰自己。只是小城的海更温婉、纯粹和天然啊。

秋风萧瑟，挽起一长水袖的黄叶子，氤氲着初歇的水汽，席卷整个记忆。

我着实喜欢那黄叶的颜色，更倾慕它的气质。黄叶仍风雨，带着雨珠的黄叶使我的心软软的，是怀人，是思乡。

世间最为普通的事物，平中显奇，淡中有味。我的小城，着实普通，也着实有滋有味。小城沿海，就这么静静地过着自己烟火气的小日子。我爱在小城的海边行走，最好是傍晚，余晖将近的时候。我站在岸滩上，看深蓝吞没古铜色，太阳终倾其所有，落一湾闪耀的星群。我烧毁了自己所有的记忆，换一个透明朦胧的安然之梦。

日落终，月当空。夜间的小城有着两半江海的浑厚融圆。慢生活是小城，都市化彰显也是小城。灯红酒绿是小城，星月烂漫也是小城。安静地欢聚，亦热闹地过活。

可我更喜欢慢生活的夜间小城。月蒙裹着一席皎白的轻纱，微冒朦光，蓄一潭温润的明湖，映了小城月影斑驳，吟吟可爱。庭下如积水空明，水中藻荇交横，是竹柏的影，是影落明湖的青黛光。我也想去逐这月光，从云层的罅隙漫下去，和着沁满了海水味的小城的空气，整个空盈盈一水间。有时，星星会光临小城。这天的夜晚，小城的光会更亮些。星星发光，是为了让每一个小城的人都能找到自己回家的路。

小城的夜晚适合思考，适合独处，适合纪念。在黑白里温柔地爱着彩色，在彩色里朝圣黑白。小城的故事是一调琵琶曲，轻拢慢捻抹复挑，初为《霓裳》后《六幺》。小城的人也是有故事的人，当灯火阑珊，所有岁月的烟火都睡去的时候，终有一些东西会显现出来，如记忆的显影液一样，但终究只是过去了。

小城正在降温，十一月的太阳脆弱得如同扉页，署名被时间染黄，打开就是小城的冬天，从阳台一路坠落，成为全剧的最后一篇。

独在异乡的人总忆着家。小城也下雨了，和这里一样。我在想，去年的这个时候，我在已经下雪的小城做着什么？是在盼着那场初雪之后的一冬天的白色与湖蓝色吗？它们是最好的颜色，因为小城的出租车是蓝白色的，像极了整个城市的调子。

小城的天，也要一天天冷下去了。冷到极致，再碰上水汽，就有了雪。现在时候还没到，天还不算冷到极致。在小城的冬天，若是刮北风，明镜似的上空再挂着一朵云，雪就来了。小城下雪，一下就是好几天，还总叫着太阳一起。这是整个城市的天气系统的大欢聚。大团大团的冷风裹着、抓着，拍打着一簇一簇的

137

雪片，在空中升起龙卷般的盛宴。路人只得顶着夹雪的大风向前一步一步挪，脸冻得通红，还得时刻提防着帽子有没有被风一把掀下来。可就是风抢去了，你也绝不被给予资格去把它追回来。就算抗过了大风，你也跑不起来，因为今天的雪下面，还有昨天，也可能还有前天大前天上个周下雪结的光亮的冰，在鹅黄色的日头下闪着柔光，引得你猛地拥抱大地。当那朵厚重的白花花的云携着一团凛冽的北风去了之后，干树丫上，地上，房盖上，玻璃上，还有行人的帽子上，全顶着雪。安静了一会儿，它们又重新在半空绽放，如彩虹般绚烂，携着最美的风景，高高在上，又晃晃悠悠地飘向落脚处。进屋前，帽子摘下，发现自己头上竟是一串一串的小冰花。屋里是一定有暖气的，老房子里还有传统的土炕。屋里温度能化冰，能暖手，还暖了满心的幸福感。可强大若小城的雪，也奈何不了小城的海。海很少结冰，但若是冷到极致了，它也得妥协了。小城的冬天都是这么过的。

玲珑骰子安红豆，入骨相思知不知。我念着你、想着你呢，我亲爱的小城。《人间草木》里讲，在黑白里温柔地爱着彩色，在彩色里朝圣黑白。我愿在对岸的异乡向南望去，守着与你的一湾沧海。

大船载着我来到异乡。而我回头，看小城站在草丛里，站在花旁，站在风里，站在缀满露珠的树下，站在我正漂泊的甲板上，披着镶黄叶的雪白色斗篷，像这片海一样，温和可爱。等到船开过码头，我回头看，发现自己和你一直在两岸守着这片水。

现在，我是知道的。我要把小城的雪、海、夜，都密密地缝进心里去。因为现在，我是站在小城以外的土地上。我们，隔海相望。

我抬起头来，想看看太阳。古铜色的光从枝丫间渗下来。林下漏日光，疏疏如残火。这句诗若是这样改一番，倒与此情此景来得格外贴切。我想在日落黄昏，小城的光火炊烟下看残月初生——可是我也是自知的，回不去，我也不肯就此回去了。就是知道与小城隔水相望的半岛，其实看的海是一样的海，况也没有小城的海与我亲密，日头落在一样的时辰，却不在一座山里。这里的冬天格外长些、冷些、干燥些，雪少得多了。倒是今年的小城下雪最大的时候，我是不在的。

我害怕你不再等我了，也害怕自己将来不会再回去长长地抱你了。其实日子过得不久，万事进行得也算是顺利，可我还是觉得少了点什么——到底是什么？我也说不来。多是心里空落落的，看冷雨发呆，看黄叶子飘零，无缘升起一团哀苦的烟来。我抓不住它，它从来不给我机会。我猛一头埋进回忆里。回忆里是有海风的，这里也有风，能吹散这团烟，可还是会留下一片云翳。

我想要什么？要去哪儿？找何方伊人？我好像自己也答不了对自己的追问。待来年，小城的花开得正艳，海水温柔，鸥鸟飞成群集，我要回去看看，然后只得离开。

我还是应该笑笑，对吗？我问太阳，它快落下了。我最喜欢这样的黄昏，好像看见了文章里写的木棉树微摇，菩提明媚，海棠未眠。我真想打个电话问问，家里天气凉了吗。也怕扰了小城的秋意，倒是平添了忧了。

天寒露重，对月下酒，温一壶大曲，再用菊花煮竹叶青，人与海棠俱醉。环顾所有，道声珍重。

师评·智匠创作微论

秋风里的蒲公英，天涯飘零，正如这个黄叶飘舞的秋季，我的念起。念起故乡，念起小城，念起朋友。秋风萧瑟，也席卷起一怀心绪。"挽起一长水袖的黄叶子，氤氲着初歇的水汽，席卷整个记忆。我着实喜欢那黄叶的颜色，更倾慕它的气质。黄叶仍风雨，带着雨珠的黄叶使我的心软软的，是怀人，是思乡。世间最为普通的事物，平中显奇，淡中有味。"尤其是夜间的小城，最是那照亮回家路的满天繁星。"可我更喜欢慢生活的夜间小城。月蒙裹着一席皎白的轻纱，微冒朦光，蓄一潭温润的明湖，映了小城月影斑驳，吟吟可爱。庭下如积水空明，水中藻荇交横，是竹柏的影，是影落明湖的青黛光。我也想去逐这月光，从云层的罅隙漫下去，和着沁满了海水味的小城的空气，整个空盈盈一水间。有时，星星会光临小城。这天的夜晚，小城的光会更亮些。星星发光，是为了让每一个小城的人都能找到自己回家的路。"无数个魂牵梦萦，你念起，它就在那里等你。

伪

中文182班　郭佳栩

至少在一段时间前，我还觉得人为的事物不是什么太过珍贵的事物。提到人为，总是有很刻意去做什么的嫌疑，目的实在过于明显，以至于无趣。

假期的时候，去了丹东旅行。在我看来，这是个人为的痕迹比较严重的城市，天然的景观在一众景点里并不算多，知名度较高的景点大多是人造的。

最知名的大概是中朝边境。事实上，如果不是因为这一点，我对这座城市真的没有任何了解。当我们到达那里的时候，已经是下午。走过狭长的有许多商贩的甬道，我们看到的不过是一湾深绿色的水潭，还有远处并不是很壮观的河流，眼前是绿色的拦网。而就在几步之遥的地方，就是另一个国家。

这边是人流，拥挤的观赏景点，人们争先恐后地在代表边境的石头边拍照，聚集在一起，挑选着要带回去的纪念品。而那边，是一片广大的田地，金色的一片，看不到尽头。隐隐在远处有低矮的建筑的轮廓，但看不分明。只有风从这片原野上掠过，显得无比安静。简单地说，我有些失望。

在没有人类的时候，这个地方恐怕并没有什么特别的吧，只是地球上普通的一条河、一片平原而已。世界不觉得它们有什么可区分的，所谓的边境、边界，那都是人类为自己的生存所造就的。事物不会因为处在人类设定的分界线上就有什么改变和特殊。所谓的特殊，能成为景点的理由，全部是人为赋予的。

地域是这样的，时间也是吧。时间是虚无的概念，但是人类用自己可以了解的方式使之具象化。这并不是什么错误的事情，但我们很容易自以为是地认为，我们所定下来的规则，方便我们理解的方式，就是事物存在的本来形态。在没有人类的时候，时间也依旧流逝，只是那个时候没有人去记录它们而已。即使如此，也不能说那是不存在与无意义的。

人为让人喜爱的一点是，它在极大程度上适应了人们的思维，所以很好理解，因为创造和欣赏它们的都是人类。在看夜晚的断桥的时候，出现了这样的景象：一边是壮观的大桥，亮着各色的灯光，倒映在水上，色彩缤纷；另一边则什么都没有，黑漆漆的水延伸向远方，与晚上的天空接轨。许多人都在称赞大桥的美观与灯光的华丽，不时鄙夷地感慨，怎么那边一点灯光都没有。但当我回去后，想起的却不是华丽的灯光，而是那片深切的黑色。夜色总是有着独特的魅力，即使不那么绚烂，未知也总是吸引人的。

我可能没办法欣赏到人为的美感，我当时那么想。

但当晚，我们无意间看到了烟花表演。烟花在天空中炸开，人群惊叹的瞬间，我无法说我没有被触动，它就像是以极近的距离出现在面前一样，震撼人心的美。因为地点在江边，为了防止有人掉下去，提前在江边站了一排警员，他们背对着烟花，从表演前的准备一直站到表演的结束。为了方便看烟花的人们，事先封锁了相关的一大片区域禁止车辆进入，形成了一片独属于观览者的地方。观赏过后，人们可以悠闲地走在大路上，而不用担心来往的车辆。

结束的时候，我们看到一位警员陪伴着自己的恋人，顺着人流走着。那位恋人一直在说着，不时抱怨一下，警察则是帮着拿包，一边笑着，一边认真地在听。

这些也是人为吧，我想。但这样的人为，和我认为的人为又是不一样的。仔细想想，其实情感、奉献、关心……这些人类有的东西，都算是人为。它们也许不在生活中扮演美得令人惊叹的角色，却能带给人温暖的感受。

荀子推崇性恶论，这是一个乍看上去让人觉得悲哀的事情。但实际上，正是因为性恶，人为抵抗这一点做出的努力才会显得格外动人。现在，"伪"这个字多少有一点负面色彩，代表的意思是，不是真物。但在荀子的说法中，十分推崇伪。在他们的理解里，伪，正是能让人变得优秀的原因。伪，就是人为。

人为可以有更好的表达，像这些细小的东西，才是人为真正的动人之处。正因为都是人类，才能理解哪些是会打动人的部分；正因为是刻意的人为，才能让人感到温暖。所以真正的人为，大概是只有同为人类才能理解的，所谓人的光辉之处吧。

师评·智匠创作微论

伪，与人为，是不是所有的人为都难以让人心动，不能与之产生共鸣？正如这个作为旅游目的地的边境小城，看见缤纷的五彩与漆黑的夜色，所以会想，"在没有人类的时候，这个地方恐怕并没有什么特别的吧，只是地球上普通的一条河、一片平原而已。世界不觉得它们有什么可区分的，所谓的边境、边界，那都是人类为自己的生存所造就的。事物不会因为处在人类设定的分界线上就有什么改变和特殊。所谓的特殊，能成为景点的理由，全部是人为赋予的"。却也有那一夜烟花，一排维持秩序的警员。有所见，有所感，有所思，有所得，"人为可以有更好的表达，像这些细小的东西，才是人为真正的动人之处。正因为都是人类，才能理解哪些是会打动人的部分；正因为是刻意的人为，才能让人感到温暖。所以真正的人为，大概是只有同为人类才能理解的，所谓人的光辉之处吧"。为所有奉献和付出的岁月，而暖、而赞！

把守情绪之堤为心适时泄洪

中文182班　王紫希

中国人的传统似乎一直在有意压抑情绪的宣泄，宣扬忍耐的美学，代表便是那句有名的"男儿有泪不轻弹"。我们古老的习性一直在教导我们要一团和气，不要给别人添麻烦，只要擅长忍耐和熬，困境总会过去。

一味地压抑负能量并不会让生活变得更加明亮积极起来，它只不过变成了内心囚笼里的一头猛兽，在黑暗中潜伏壮大，总会在某个松懈的一刻夺笼而出，将我们吞噬。适当的情绪宣泄对于年轻人来说是成本最低且有效可行的一条渠道。

当我点开朋友圈和空间，总能看到大家在用各种方式抒发着各自的崩溃：赶不完的 deadline、难以喘息的满课、总是错付的感情、糟糕的运气和生活的琐碎……

这些内容并未让我感到过厌烦或不适，甚至每每我看到内心都会满溢一种带着共情的感慰。在压力中努力活得灿烂光鲜的人自然值得钦佩，可是这些偶尔拔出头冲生活翻个白眼吼两声吐个舌头的人，却更让我那样感动：就像高考前的枕头大战和操场狂奔一样，我们在声嘶力竭中泪盈满眶，然后抛掉压抑的一切，大笑起来。

我们并不是在厌恶逃避生活，大声地宣泄恰好是因为我们在用力地活。我们没有敷衍麻木地难得糊涂着，有抱怨必然是因为深刻地爱着。麻木至极的表现就是一句话不想说。所以情绪宣泄可耻吗？绝不。

情绪宣泄不过是我们在背负四方压力地走向理想的时候，冲着旷野嘶吼两声或嗤笑一句，来宽慰这看似无垠的寂寥，来支撑住内心的丰盈，让自己稍稍喘口气、缓缓力气，好行进到更远的远方。

那么，下一次感到有些喘不过气的时候就不要再压抑自己的感受啦，不如去看一场哭到畅快的电影或者在校园里跑步吹风撸撸猫，写一封载满所有负能量的信，把它撕碎扔进垃圾桶里。连大山风呼啸，就让它把你的烦恼和忧愁也统统刮走吧。大哭大笑之后做一个餍足的梦，第二天睁开眼睛，依旧是明朗的人生。

师评·智匠创作微论

正如伪与人为，或许，适时要做真实的自己，因为"一味地压抑负能量并不会让生活变得更加明亮积极起来，它只不过变成了内心囚笼里的一头猛兽，在黑暗中潜伏壮大，总会在某个松懈的一刻夺笼而出，将我们吞噬"。所以，不必太过压抑自己。"情绪宣泄不过是我们在背负四方压力地走向理想的时候，冲着旷野嘶吼两声或嗤笑一句，来宽慰这看似无垠的寂寥，来支撑住内心的丰盈，让自己稍稍喘口气、缓缓力气，好行进到更远的远方。"当感到有些喘不过气的时候，不要再压抑自己的感受，"去看一场哭到畅快的电影或者在校园里跑步吹风撸撸猫，写一封载满所有负能量的信，把它撕碎扔进垃圾桶里。连大山风呼啸，就让它把你的烦恼和忧愁也统统刮走吧。大哭大笑之后做一个餍足的梦，第二天睁开眼睛，依旧是明朗的人生"。这才是青春的样子，这才是青年的风采与身姿。

下篇

虚构

雕栏玉砌听风雨,
花开花落不知年。
户檐斜翘飞云入,
栏杆点上象牙白。

古韵咏怀

蒙雨瑟瑟迎春早,
辞旧年年已蹉跎。
青爵煮酒无须醉,
清音品茗人也寒。

思

汉外1B1班　刘佳慧

碧海阔，潮浪喧，
椰子树高耸入云；
万绿园，骑楼街，
三角梅争相斗艳。

北国土，海滨城，
金石滩贝壳成双；
思故乡，不得归，
大黑山下寄情思。

赏月娘，皎白亮，
千里相隔难相逢；
皓月升，天边挂，
抬头同望终与共。

咏怀

中文182班 梁钰頔

序

人生本过客,何必千千结。

春

细风绵绵笑花痴,

飘飘洒洒过清池。

花香鸟语陶人醉,

喜上眉梢忘归时。

秋

秋雨绵绵秋风寒,

故地重游忆如烟。

雕栏玉砌听风雨,

花开花落不知年。

月

皓月当空本中秋,

风吹浮云寄情愁。

月宫清冷嫦娥伴,

提壶独上广寒楼。

时

蒙雨瑟瑟迎春早,

辞旧年年已蹉跎。

青爵煮酒无须醉,

清音品茗人也寒。

月亮河

中文1B1班 张婧

月亮河，泛澜波，
恰似云中窗外客；
偶回首，忆往昔，
且看流中印魂魄。

月亮河，划天破，
潇潇风雨何处躲？
不禁霜，不畏尘，
只是相思久漫溯。

停时来回再天涯，
久之将有无人悦。
天河交映两相辉，
问何欲，
欲与君相知；
问何畏，
畏与尔不相识。

月亮河，长回折，

寒秋风中弄萧瑟；

望南路，惆怅北，

仅使起舞献婆娑。

异乡提笔

汉外181班　刘春彤

溯逆争舟数载囚，

无意跻身却入流。

本念自在行云路，

壁顶额丝方始头。

孩提笑语常相伴，

朝暮思绪竟牵投。

奈何所念隔山海，

浮萍鹧鸪叹不由。

执笔思亲书不尽，

抚袖掩面泪自流。

一轮孤月谁与共，

对花对酒落梅愁。

故宫

汉外181班　王桂丽

朱门大开宫欲来，
横竖一致敦地泰。
璃瓦齐齐层层坐，
琉金闪闪溢光彩。
户檐斜翘飞云入，
栏杆点上象牙白。
胭脂弥漫宫墙处，
松绿缀染御花台。
墨玉铺地帝王立，
今又引入汝吾来。

无题

汉外181班　杨俏

白茶清欢无别事，
我在等风也等你。
苦酒折柳今相离，

无风无月也无你。
你有你的清欢渡，
我有我的不归路。
终有弱水替沧海，
再把相思寄巫山。

无题

中文182班　陈一丹

绿水悠悠成双影，
悄语轻传一人行。
寒冬时节风未寒，
湖边黄柳欲还青。

师评·智匠创作微论

一思一想，咏怀抒情。无论是起舞婆娑的月亮河，抑或是异乡提笔的梅愁乡恋；无论是朱门深深的故宫，抑或是清欢悄语的无题，真正的韵律，是心头的抑扬顿挫，是情思的起承转合。在互联网+自媒体的今天，一段段充满韵律的文字，不计长短，不论深浅，就像这一句句诗行，虽然稚拙，却也有点滴情愫蕴含其中。吟咏之处，无论是南国碧海，还是北地黑山，都会是思绪漫漫。无论是春之风、秋之雨，抑或是岁月当空、时光荏苒、月圆月缺、长夜长思，是异乡的思亲，是漂泊的愁绪，是宫墙的胭脂弥漫，是无题的风雨晨昏。一点一滴，是碎碎的离怀别绪，是深深的深情浅忆。古韵有新情，古韵是心情……青春文字，古今同情愫，却向诗词寻……

地球的颜色

飞鸟由南往北地落定，
游鱼自东向西地追寻。
面对着星港舒展开羽翼和双鳍，
梦中的彼端与沉甸甸的心触手可及。

起风

中文181班　马昕

风来了——
在繁密的绿叶中穿梭，
惹得他们笑出了声。
窸窸窣窣——

阳光来了——
从绿叶的缝隙中落下，
一道道光照向地面。
沉睡的花儿们醒来，
闪着光的露珠一跃而下，
以完美的姿势融入泥土，
惊得小虫也探出了头。
一切都慢慢热闹起来。

风停了——

唤醒了大家后悄然离去，

一天从这里开始……

金秋银杏

汉外191班 李姝

又是一年，

秋风送爽，金桂飘香。

又是一年，

黄金大道，金叶银杏。

虽为同样美景，却为不同心境。

虽是珍果依旧，却是满目疮痍。

旧景不再，情系草木。

不曾记起，橘枳之别。

自齐鲁大地而来，

足不出户，已离故土。

那饱受离别之地，

却不曾想，也成怀念。

边境小城，一江之隔。

桃源之境，无人知晓。

曾遗憾一身制服，家常便饭；

也贪图时尚潮牌，百种风味。

心系自由，却忘其背后是寂寞。

适应成长，却难掩内心的迷茫。

又是一年，

金秋十月，硕果累累。

再忆银杏，

片片金扇，团团银果。

雪

中文 181 班　岳旻婧

你是冬天的密语，

无尽地寻觅。

万水千山，

转身的那一瞬，

原来你在这！

你的精白之心，

让我为之一颤。

你自由地落下，

一息便与我融为一体。

雪，

我的灵魂被你洗涤，

纯一不杂！

雪落是喜

中文181班 布左拉

窗外飘起了鹅毛大雪，
那是孩子们的世界。
像是发现了宝藏似的，
见了雪就往上扑，
大概是兴奋的。

早上的豆浆店，
永远是最热闹的。
雪天店里少了些人，
门外却多了几个雪人，
大概是尽情的。

下午的咖啡馆，
有只穿一件毛衣的男士。
敲了几下桌面，
低着头在写谱。

大概是开心的。

傍晚的花坛边，
坐着一对老夫妻。
同样雪白的头发，
怀里抱着白玫瑰，
大概是幸福的。

红

中文191班　李倩

红，
人世间最原始的颜色。
它是赤诚，
它是热烈。
它是鲜血的颜色，
它是火焰的颜色。
它蓬勃生命，
它燃烧生命！
它的归宿似火一样，
鲜艳地开始，
鲜艳地消亡，消亡……

地球的颜色

中文182班　张敏

年轻的地球是个俊美的少年，
他将四季装扮成不同的颜色。
春天是带着稚气与青涩的绿色；
夏天是冒着热气滚烫又热烈的红色；
秋天是混着麦穗香味的金黄色；
冬天是清冷又纯净的白色。
四季分明，万物明朗。

可是后来，
人类决定要做地球的主宰。
他们用黑烟熏坏了他的眼睛，
用高楼压弯了他的脊背，
用斧头劈开了他的筋脉。
地球开始疲惫，开始衰老。
他看着自己一点一点地坏掉，
最终变成一个支离破碎的洋娃娃。

他干枯的手指再也拿不起彩色的画笔，
于是天地全都被调成了灰色的滤镜，
花不再红，草不再绿，
就连彩虹也变成了灰蒙蒙的一片云。

只有夜晚的霓虹灯，

依旧孤寂地闪烁。

飞鸟游鱼

汉外181班　沈逸仪

飞鸟由北往南地迁徙，

游鱼自西向东地寻觅。

背对着星港绽放开羽翼和双鳍，

梦中的彼端在平行线的交接处遥不可及。

在蓝色的交融中如影相映，

在交融的蓝色中并肩前行。

苍穹与大海是携手开创的天地，

遥不可及的梦是契机也是奇迹。

黑夜的冰冷洇湿了衣襟，

冰冷的黑夜让终点再次远去。

遥不可及的究竟是彼端的梦境，

还是那颗沉甸甸的浸满热泪的心？

飞鸟由南往北地落定，

游鱼自东向西地追寻。

面对着星港舒展开羽翼和双鳍，

梦中的彼端与沉甸甸的心触手可及。

光与色

中文181班　丛悦洋

我穿着白色的衣服站在黑暗里。

一道绿光划过，

我变成落叶，

在寂静中凋零。

我穿着白色的衣服站在黑暗里。

一片红海掠过，

我成为火焰，

在尘埃里燃烧。

我穿着白色的衣服站在黑暗里。

一阵金光闪过，

我化作烟花，

在夜幕上绽放。

我穿着白色的衣服站在黑暗里。

突然，

灯亮了，
我找回了自己的颜色。
但究竟是我变回了白色，
还是白色重新渲染了我？

血与火

中文182班　徐华健

我跌撞着跑进废墟，
黑色浓稠的液体亮得我睁不开眼睛。
这条路怎么没有尽头？

接受了黑暗的眼睛不能忍受异色，
我将白色的头骨踢开。
这是战争赋予我的权利。

血腥的黑液爬到我的脚下，
我的狂热将它点燃。
火光映射着我烧得通红的眼睛。

不！
我不能容忍异色！

于是我走进了火海。

致祖国的赞歌

汉外181班 李昱圻

纵观历史，看中华上下五千年。
黄河奔腾不息，
泰山巍峨屹立。
祖国大好河山，美不胜收。

我们都是炎黄子孙，
站在祖国母亲的肩上，将世界尽收眼底。
黄皮肤，黑头发，
中华儿女满天下。
民族精神屹立不倒，
中华文化遍地开花。

伟大的祖国经历无数风雨，
即使遍体鳞伤不曾一刻倒下。
沉睡雄狮一朝觉醒，
昂首挺胸，傲立东方。
值此建国七十载，

我为祖国献赞歌！

我们的七十年

汉外181班　何宇辰

七十年筚路蓝缕，
自行车，是曾经财富的象征；
新衣裳，是曾经奢侈的渴望；
白米饭，是曾经昂贵的食品。

七十年砥砺前行，
港澳回归，一雪百年耻辱；
南水北调，打造史无前例；
两弹一星，成就国之重器。

七十年再创辉煌，
不甘示弱，是我们的态度；
力争上游，是我们的追求；
人定胜天，是我们的未来。

师评·智匠创作微论

　　风，是自然的呢喃，是盛夏绿树浓荫的低语。金秋，写满了银杏叶银杏果黄灿灿的别离。地球上，有飘雪的银装素裹，倏忽而逝，欣然而喜；有火焰的赤诚蓬勃，燃烧炽烈。飞鸟来去，游鱼东西，都是装点地球的颜色。光与色、血与火，我们的七十年，筚路蓝缕，砥砺前行，汇成一首致祖国的赞歌，是莘莘学子的心意，是青春岁月的歌吟，是奔向未来的矫健身影，是奋进者的拼搏……

穿越荆棘

我又结识二三学友,
然于此地,
我与明月相识最久。

随想

汉外181班　李嘉欣

那皎白无瑕的月光，
在我的心中柔柔地淌。
望着神秘的夜空，
我心生向往。
我想网下满天的星光，
编织瑰丽的梦想。
我想以月为船，以梦为桨，
驶向心的远方。

随笔

中文 181 班　董莹莹

漆黑如盖的夜，醉酒倒路的人。
太阳会按时升起，
当第一缕阳光撒向大地，
人们开始忙碌的一天，
何人没有梦想，没有期望？
冷冷的现实最终还是冰凉。
站在人生的路口突然想起那句话，
天下之大，何处是我家？
曾意气风发的少年郎啊！
当你从高处被打落，
当你的辉煌变成泡沫，
你还是原来的那个她吗？
若命运不公，便和它抗争到底！

忆

汉外 181 班　李泓葛

我等着那片陌生记忆，

飘进我冰冷怀里。

看它成为心尖碎末，

念它让我难过。

嶙峋心间的哭泣，

与卷入浪花的泪滴。

巍峨古城的瑰丽，

和依偎的杂草默契。

交织，然后拥挤。

刺过凉透孤寂，沉入心底。

掖藏着，

活在我惺忪解脱，

活在我撒手泡沫。

一直在，一直爱

中文182班　王媛

我以为我再不会去爱，

却未曾想在茫茫人海，

你的坚持打破常规路，

你的梦我来陪你筑。

道路有多险有多弯有多难，

徒步朝圣者般的心，

一直勇敢向前不畏困苦艰险，

在前进的途中大放异彩。

不求多闪亮多耀眼多优秀，

只要尽全力就足够。

愿你所有的困难能迎刃而解。

去追吧，我会一直在！

满载，一宿好梦

中文181班　黄雨祺

我的表达是从诗歌开始的。我的阅读、我从文字中得到的感动，也是从诗歌开始的。

它于我而言，是童谣一样天真可爱的存在。

是诗，似歌，一步一步从童年向现在的我道来。

壹

一些小时候有趣的诗，源自我儿时天真却真挚的发问。直到现在，别的我记不清楚，只记得当时那份在现在看来有些让人无奈好笑的，属于孩子的固执求知欲。

西红柿是不是太阳流下的眼泪？

雪花是不是星星落下来了？

我问妈妈。

妈妈说城市里没有星星，

只有姥爷家里有。

星星才不会消失呢！

不过是老天爷上了年纪，

多抽的几支烟杆掉了些火星子而已。

我是一颗小星星，

流心蛋黄馅儿。

有一天我飞上了天空，

在晚上的时候，

在天空中划出了一道金色的光芒。

妈妈问小鸟：今天梳个什么头？

小鸟：啾啾。

想给童年放个假，

却还没约好小伙伴儿。

去哪儿玩儿，

伸个懒腰就长大。

贰

大学炎热的夏天里，无聊青年写起了解闷的小句子。

（一）

寝室闷热，

无事可做。

下楼，

买一听可乐，

可我并不口渴。

只因为，

寝室闷热，

无事可做。

（二）

上午 11 点半，

出去吃午饭。

摄氏三十几度，

影子都晒黑了。

蜷缩在脚边，

向我抱怨，

为什么不打伞？

有时候烦恼多的时候，也是灵感多的时候。比如我的牢骚发起来、写出来，竟有点觉得烦恼变得可爱起来，不必烦恼。

一说要让我写文章，

脑子里就乱得像解不开的耳机线。

我的头发越掉越多，

掉发的我像妖风过境的连大树木。

爸爸总说我不该有那么多的烦恼，
女孩子爱生气容易长痘。
我的烦恼也是，
像一颗痘痘，
疼痛且多余。

叁

中文系的第一堂文学课，从诗讲起。我读的诗不算多，却在这为数不多的诗里发现：写给月亮的诗，很多。

原来，人们都喜欢对着月亮说话。
不知道月亮知不知道，
有那么多为她而写的诗。

月亮熬了一夜好梦，
有人用它下酒，
有人拿它入药。
我只想，
抬头仰望，
别浪费了月亮。

满地都是六便士，
他却抬头看见了月亮。

我又结识二三挚友，
然于此地，

我与明月相识最久。

待昼至黎明
——致星星的孩子

中文182班　陈玟琪

如果有人在漫漫白昼向你问起，
请你告诉他一定要将我找寻。
在落月溅起星空的暖夜里，
我早以"星星的孩子"为名。

我是这世界的独行者，
独爱这灰的调和夜的静默。
这无情的暗神隔了我的窗，
窗外与我无关的习习花香、嘤嘤鸟语，
都快将我的心弦击破。

我是这世界的不屈者，
独爱这暗的影和房的沉默。
这可爱的天使断了我的翼，
翼下与我相关的切切安抚、殷殷育哺，
都快要将我的伤痛愈合。

我是这世界的凝望者，
独怜这冬的寒和昼的喧嚣。
这残酷的凛风哑了我的喉，
喉中我所难言的喋喋细嘘、深深问暖，
都快将我的唇舌润透。

我彳亍，
彳亍在这不合的人群；
我挣扎，
挣扎在这不息的声音。

我呐喊，
呐喊向那未至的黎明；
我翘盼，
翘盼于这开怀的魄形。

如果有人在漫漫白昼向你问起，
请你告诉他一定要将我找寻。
在暖阳染了浮云的晴空里，
我仍以"星星的孩子"为名。

穿越荆棘

中文181班　黄宇

诗人常说，

跨过荆棘便是光明。

丛林下红艳的土地，

是多少鲜血的灌溉。

一根根尖刺，

划破了细滑的皮肤。

疼痛，像火一般的炎热。

执着，是唯一的武器。

一步一步，

穿越荆棘。

哪怕遍体鳞伤，

也在所不惜。

一切皆为信仰而战！

一切皆为自己而战！

线

中文182班　万德静

明亮的光线穿过树的枝丫，
摇动的阴影投在你我的脚下。
我们将目光投向无尽的远方，
参差的建筑像跃动的琴键，
组成了无数个城市的天际线，
人流穿梭其中，车水马龙。

如果我们长久矗立在此，
直到太阳落下，华灯初上；
直到天上的星星都坠下来，
成了灰暗大地上的光；
直到地上的尘土都飘起来，
成了深远天穹之上的云。

你会看见流动的线，
穿梭在冰冷城市中的线。
一条条将彼此联结。
这是大地流淌着的血脉。
这是人类思想的河流。

世界上的线条大多是死的，

直的，弯的，曲的，破碎的。
人类让这些线条活了起来，
坚硬、柔软，抑或是其他种种。
我们在捕捉也在刻意地制造；
我们在保存也在永远地发展。

我们能在纸上书写出兴衰悲喜，
灵动的线条随墨汁渗入宣纸。
那一撇的沉思，一捺的洒脱，
铁画银钩自是一番江湖豪气，
簪花小楷也含一种雅致闲情。

我们也能把石头变幻成天地万物，
清晰的线条在镂刻中逐渐显露。
坚定地下刀，细细地打磨。
粗糙的表面透出肌肤的温润，
冰冷的石像反射出人性的光辉。

我们痴迷于这美丽的世间，
痴迷于一切线条。
当你张开五指迎着风的时候，
柔软的线流过你的指尖。
当你观赏一幅动人的画的时候，
灵动的线映入你的眼睛。
这一切的感受汇聚成的，
就是线条的美。

友

中文181班 张姿君

相识于初中操场上的一节体育课，
是开学军训后的那个九月。
你活泼开朗，我安静沉默。
你我像是两个截然不同的星球，
一个热情似火，一个平淡如水。

不记得怎么开始，
只记得我不由自主地说了一句，
你好像一个洋娃娃。
是的呢，她真是一个洋娃娃。
白皙的脸，弯弯的眼睛，乌黑且长的睫毛。

我们就这样开始，
然后每天上课传小纸条，
一起玩耍一起去上补习班。
从学校到桥头的那段路，
总有我们两个的身影。

我们吵吵闹闹，我们共同进步。
我喜欢数学，你也喜欢。
你喜欢语文，我也喜欢。

我喜欢辣的，你喜欢甜的。

不过你会陪我吃辣，而我也会吃甜的。

我变了，变得外向了。

因为你吧，我觉得是。

因为你的热情，我们相处得很愉快。

你独特的笑声总是引得我开怀大笑。

我们彼此相伴着。

初中快毕业了，

写同学录是很流行的事情。

你翻到一页，说随便写。

哈哈，我的专属领地。

我写了很多，以至于我忘了写了什么。

七月是学生时代分离的季节，

那个夏天我们没有再见过，

但感情却一直都在。

在内心深处，

看不出来也不经常提起。

高中三年，学习任务繁重。

放假的偶尔寒暄，

让彼此都备感亲近。

奇怪的是，

我们很少见面，很少联系。

终于毕业了，

你是一个努力上进追求完美的女孩，

你选择了再战，而我等你。

第二年暑假，我们相约在你学车的驾校。

傍晚微风不燥，夕阳正好。

那个夏天是我们的夏天。

现在，

你在湖北，我在大连。

我们好久没联系了，

久到我觉得你我都疏远了。

可，你的信息我的问候，

我的礼物你的祝福，

你的惊喜我的开心，

我的伤心你的担心。

十年，你还是你，我还是我。

我们还是我们。

一小时

中文172班　孔馨平

驼云盛不住斜阳，

倾散在氤氲的雨中。

岁月从黄昏熬成黑夜,

终是抛给月亮无限柔情。

想抚着你的左肩,

亲吻你的眉眼,

耗尽这一世的缱绻,

可你始终与我隔着一小时之远。

你在一小时前叹了口气。

风飘飘荡荡,

一小时后才告诉我这个消息。

没关系啊,

你在一小时的那边,

快意饮半壶,

意如风自由。

我在一小时的这边,

倾尽所有温柔,

包裹每个关于你心旌动摇的瞬间。

一只芭蕾舞鞋

中文172班　黎鑫慧

静静的，所有人都望向你，
在舞台之中夺目、绽放。
他们包围着你，
让你窒息。

渐渐地，你想要逃离，
却挣脱不掉身上的绳索，
和脚下的藩篱，
使你哭泣。

只有自己能够解救自己，
你用你倔强的身姿，
和现实对抗，
变得欢愉。

天堂地狱，一念之间
——灵魂测试营

中文171班　杨雨嘉

灵魂测试营颂诗：

洒满阳光的榆树下，

慈祥的爷爷总是说：

一念之间呀！

一切痛苦的来源。

是为自己；

一切快乐的来源，

是为他人。

我问妈妈，这是为什么？

妈妈说：

天堂和地狱呀，

同是一锅汤。

那手臂般长的大汤勺呀，

有的人欢喜，

有的人愁。

上帝给了一锅汤，

有的人照顾对面的人；

有的人绞尽脑汁，只为自己。

地狱在绝望，

天堂在欢唱。

我问妈妈，这是为什么？

妈妈说：

这是一念之间。

地狱呀，只有自己；

天堂，却有他人。

善良的孩子都会照顾他人，

调皮的孩子连汤勺都在捣蛋。

噢，我明白了。

善良的孩子有糖吃，

坏孩子呀，得改正。

我看着妈妈的微笑，

一念之间。

呀，我说对了！

师评·智匠创作微论

穿越荆棘，是青春的誓言和身姿。随笔写下随想，是青春的心绪和模样，可以"以月为船，以梦为桨，驶向心的远方"，告诉自己"若命运不公，便和它抗争到底"；可以是"巍峨古城的瑰丽，和依偎的杂草默契",无论怎样,都要以朝圣者般的心,一直勇敢向前,不畏困苦艰险。困难与勇敢,就像烦恼伴随着灵感,把所有的思和想,写给月亮,也写给自己的每天。把那些心中的呐喊,写给星星,向那未至的黎明呐喊,不忘找寻,在暖阳染了浮云的晴空里,以"星星的孩子"为名。

"跨过荆棘便是光明"是诗句,更是信仰。生活中的一切,如风。当你看见,美就在眼前。当你张开五指迎着风的时候,柔软的线流过你的指尖;当你观赏一幅动人的画的时候,灵动的线映入你的眼睛。这一切的感受汇聚成的,就是线条的美。就如活泼开朗、安静沉默、热情似火、平淡如水的友,长长的相伴与长长的别离,总有长长的思念,温暖心间,十年,依然。

十年,是岁月;一小时,是距离的长短。岁月从黄昏熬成黑夜,终是抛给月亮无限柔情。"意如风自由,倾尽所有温柔,包裹每个关于你心旌动摇的瞬间。"一只芭蕾舞鞋告诉自己,"只有自己能够解救自己,你用你倔强的身姿,和现实对抗"。自己喜欢的,才会让自己变得欢愉。面试灵魂测试,"慈祥的爷爷总是说:一念之间呀!一切痛苦的来源。……妈妈说:这是一念之间。地狱呀,只有自己;天堂,却有他人"。给自己一个天堂,给灵魂一颗星星的月夜,温馨如风。就像这些随风的诗句,就如月夜闪烁的星辰……

最爱的地方

当我行过万水千山,看遍世间风雨,归宿何在?我的故乡,那是我最爱的地方。

对故乡的爱

汉外 1B1 班　郑舒月

在祖国的西北方有我的故乡，

那里是生我养我的地方。

那里有我孩提的梦想，

那里有我年少的欢喜，

那里有我青春的汗水。

十五的月亮十六圆，

我对故乡夜夜思念。

如今我在祖国的东北读书，

我的思念能否跨过山和海洋，

抵达故乡的月亮。

故乡有我童年的美好时光，

有我爬过的山和围墙，

有我牵挂的人和我的念想。

不管路途多么遥远，

不管我在多远的远方，

我也依然会记得这里，

我依靠的地方，

我梦里的故乡，

也是我终将沉睡的土壤。

最爱的地方

汉外181班　苏景兰

婴儿清澈眼眸中有一张画卷，
银装素裹的冬天，欢乐的圣诞，
孩童在湖水捧起一迁水，
翠绿的清凉，倒映着苏醒的春天，
少年飞奔于学校运动场上，
灼灼烈日下晶莹的汗水，那是夏天。
秋天到了啊，
本该与家人同享的时光，
那青年却背上行囊，启程踏向远方，
离开了相伴上十年的地方。
别问他愿不愿，想不想，
如今已为成年，唯愿家人身体安康。
当我行过万水千山，看遍世间风雨，
归宿何在？
我的故乡，那是我最爱的地方。

日思归

汉外1B1班　周梦婷

雨潇潇落下，圈圈点点。
无处安放的心，浮浮沉沉。
心儿随波荡漾，
思念跨越千里而来。
故乡，
也随之渐行渐远。

远方的远方，
是牵挂还是忘怀？
眼神的交错，
是不舍还是内疚？
无言的思念是一根线，
在心底编织，
一个遥不可及的梦。

指尖细数流年，
星空伴我入眠。
不再流浪，
心中装着家的方向。

念

汉外1B1班　周瑞仪

带着家人的思念和嘱托，
我满怀期待来到这里。
海水清澈透亮，一望无际，
我的思念随海飘荡，
顺从晋江流淌。
仿佛听到寺庙钟声，
走在村中古巷。

每到夜晚，
窗外万家灯火，
却没有一盏是为我而亮。
在难得空闲的时间里，
思念家乡。

有过孤独与迷茫，
但我从未后悔。
我只希望，
愿我归来之时，
是我心中所想模样。

我们俩

汉外181班 马梦瑶

一方历史铸造的古城，
一汪柔情滋养的汉江，
一条繁华浅唱的北街，
一座侠骨傲立的丰碑，
这便是你。

走过汉江龙堤北门码头，
耳闻浩然绝句低吟晚洲，
探寻时空穿梭夫人守城，
眼看米芾笔锋长划苍空，
这便是我。

梦里梦外盛不下的街巷杨柳，
恰似凭栏处的楚城之秋，
冬去冬来挡不住的细水长流，
一如记忆里的乡愁依旧。

载着满腔的梦奔向远方，
只为归时成为你的希望，
却也不曾想，
我也渴求路上的一碗黄酒。

味道

汉外1B1班　蔡晓晴

有年冬天，

喜欢的人给了你个草莓味的小蛋糕，

于是，你的冬天就是草莓味的。

有次等待，

你握着一串冰糖葫芦，

于是，你到现在都觉得等待是糖葫芦味儿的。

有时记忆会模糊，

但胃会记得，

就像有时走在路上，

还总能想起我们一起吃的那碗热腾腾的馄饨。

有点奇怪的是，

我忘记告诉你，

我不喜欢冬天，更不喜欢等待。

但因为你，

他们都变得有了味道。

从前的人

中文181班 阿米乃·艾科拜尔

从前的人啊，
今天格外想你，
你来的一阵子却也够我怀念一辈子。
从前的人啊，
是你带我成长，
爱到极致后却也只是剩下承受。
从前的人啊，
你不知道的是，
夜里梦到你也算是我的过人之处。
从前的人啊，
你不知道的是，
我的灵魂也曾为爱的你沸腾过。
从前的人啊，
我纵容爱意生长着，
以为你只是曾经是我的人间理想。
从前的人啊，
我纵容思念蔓延着，
车窗起雾时，还是写下你的名。
从前的人啊，
在与你相遇的日子里，
我不该因为有你的爱而放弃成长。

从前的人啊，

行至朝暮里，坠入暮云间，

从前我与星星一同为你沉迷。

从前的人啊，

我如从前一般，

我期待，

某天清晨、午后或是糟糕失眠的夜里，

能等来你的消息……

从前的人啊，

原谅那时我不懂。

那时候啊，

我总是不了解你对我的感受，

但我明白你对我的意义。

从前的人啊，

从前的我们有了在一起的仪式感，

可是我们终究没能好好说再见。

从前的人啊，

我也曾想过要做你的太阳，

照亮那些沮丧和落寞，

可原谅我的出现，

遮住了你世界那唯一透过的光线。

从前的人啊，

海里是有好多鱼，

可偏偏鱼把海当作全世界。

背上的行囊

汉外1101班　周亚

背上的行囊，
承载着两三人的期待，
于那个夏天，
在你的云淡风轻中悄悄绽放，
只为你我更美的相遇，
放飞着青春无悔的梦想，
在遥远的北方惆怅。
背上的行囊，
装满了我未来的挚念，
那里，有你的青青池水、红花和绿叶，
还有，你的落寞与无奈，
在我的世界跌宕起伏，
只为思念的泪光任由风吹干，
在这天地里洒下点点孤寂。
背上的行囊，
背负着四年的风雨阳光，
无论过去、现在还是未来，
你依然是那样难以割舍，
在我的心湖上抛下一颗石子，
泛起圈圈涟漪，
挥动起梦想的翅膀，

只为，在与你相遇的路上，
演绎一场唯美的邂逅。

长长念旧岁

汉外181班　王子晨

那些你追我赶谈笑风生一起走过的日子，
埋下一坛陈酿，凄清寂寥地躲在岁月里，
如今将旧时岁月慢慢寻出置于心里，
发觉青春终将变成一页页很轻的日历。

当我背起行囊奔赴异乡与故乡告别，
告别悠悠旧时岁月和熟稔的一切，
我们曾共同走过熟悉的老街，
一声再见致敬留在小城里的汗水和热血。

将故人旧事大街小巷塞进我的背包，
把沿着铁道流走的时间镌刻进火车票，
愿熠熠生辉的未来悄悄走进荷包，
我终究告别故乡向着万丈光芒不停奔跑。

岁月神偷

中文182班　王晓丹

岁月化作白发，

在你头上调皮地发了芽。

风霜将生活的五味杂陈，

融进皱纹，

深深印刻进你的脸庞。

生活的压力，

跃进了你的腰间，

成为卡路里的山丘。

奇妙的地心引力，

好似磁铁，

吸引着你与大地新的连接。

那微驼的后背，

曾是我孩童嬉戏时的大马，

困顿时的靠枕，

如今心安的归处。

时光磨平了你身上的棱角，

你磨亮了手中的菩提子。

师评·智匠创作微论

　　最爱的地方,是祖国锦绣大地,是故乡千里山川,是念念山河故人。念念不忘童年爬过的山和围墙,还有那抹倒映着苏醒春天的翠绿清凉。大海边思念随海飘荡,载着满腔的梦奔向远方。无论是糖葫芦的味道,还是渐行渐远从前的人,背上行囊,是告别过往,更是奔向异乡。岁月不居,神偷何处?吾心安处,是吾乡。

问亲寻爱

如果说之前在车上的时候,他还在想着如何才能让牧拾元不抛弃他和爷爷,那么现在他却是只有一个想法,他要在这里陪着爷爷待一辈子,永远不离开!

小小的院落里,再一次地响起了读书声,书声琅琅,很是好听……

希望

中文182班　万代弘

天刚擦黑，小崔踏着宵禁长笛声把人力车拖进院子，满脸潮红，直愣愣就躺在炕上。媳妇低着头问："今天出工的钱呢？"小崔答："买酒喝了。"王氏小声的哭泣惹火了小崔："哭，有什么好哭的？小鬼子搅得人没安生日子过，挣不到钱到时大家一起饿死算了！"平时一向逆来顺受的王氏突然大喊："那肚子里的孩子呢？""你说什么，孩子？你，你有了？"人和车一阵风似的飘到街上，"我有孩子了，不能让他挨饿！对，我要挣钱，我有孩子了！"小崔脸上又开始泛红，一路跑，直往前跑……

师评·智匠创作微论

希望，是将人推向未来的力量，就如小崔的希望。在艰难岁月，战乱时代，辛苦劳累，食不果腹，可因为新生命的到来，生活就有了希望,小崔会努力奔跑。"人和车一阵风似的飘到街上,'我有孩子了,不能让他挨饿!对,我要挣钱,我有孩子了!'小崔脸上又开始泛红,一路跑,直往前跑……"

遗失

中文172班　郭鑫鑫

一

那是一个很落后的小村落，村落里的劳动力大多都去大城市打工挣钱了，而剩下的人，也就是一些老人和孩子，还继续留守在这里，等候着每一个游子的归来。

村子一开始其实是没有名字的，可后来据说是一个前来支教的老师，在听闻村子没有名字之后，擅作主张给村子起了一个名字——杏花村。没错，正是"借问酒家何处有，牧童遥指杏花村"里的"杏花村"。这名字也不是起得完全没有理由，听村里的老人说，是因为那位支教的老师觉得村子里的杏花很多，所以才起了这么一个名字。后来人们嫌改名麻烦，也就这么一直叫下去了。这一叫，就是二三十年。

二三十年前，村子里还能从外面来几个支教的老师，可是现在，却是谁也不来了。没有老师，也就意味着村子里没有学生了。可是没有学生，并不代表没有书。小牧是杏花村里拥有书最多的人，而他手里的这些书，据说都是以前的支教老师留下来的，一个人留那么一两本，后来这书也就多了起来。虽然现在没有老师了，可小牧却还是抱着那些书不放，甚至隔三岔五他还会组织村里的孩子一起看书、读书。要说这小牧如今也不过十三岁，能认得几个字？自己都不认识，如何能够教给别人？因此这教书的任务，自然没落在小牧的头上，而落在他的爷爷牧老爷子身上。牧老爷子是村子里最早接受教育的人，当然如今看来，也是村子里接受教育最多的人。以前还是学生，现在却当起了老师。

今天，小牧又组织了村里的孩子去念书，当然教的人还是牧老爷子。他们是在牧家的院子里念书的，一般都是牧老爷子读一遍，他们再跟读一遍。在这之前，牧老爷子都会将自己要讲的生字提前写在一块板子上，然后等到他们不会读的时候，念给他们听。这块板子是牧老爷子很多年前收藏起来的，小牧记得，自己以前还问过它是怎么来的呢。虽然一开始牧老爷子没有说，但是小牧可不是一个容易死心的，很快就知道了这块板子的由来。它是村子里唯一的教室被拆的时候，牧老爷子抢回家来的。那个时候，村子里每个人都过得很困难，就连教室里的墙瓦碎片都没能放过，抢了个干净。人家抢的都是一些实用的，也就是牧老爷子心眼死，抢了个没用的东西。就是这么一块板子，城里的人，都把这个叫作黑板，这个还是小牧后来才知道的。只不过他们现在都是"板子、板子"这么称呼的。

牧老爷子开始念字了："恕，宽恕的恕。"说到这里，就不得不说一下牧老爷子念字的习惯了。他特别喜欢组词，虽然大多时候小牧都听不懂，但是他觉得爷爷说的肯定是对的，毕竟爷爷是这个村子里文化程度最高的人。没错，就是文化，村子里都是这么说牧老爷子的。

"小牧，想什么呢？又不认真了，来，站起来，给我念一遍我刚才念的。"牧老爷子虽然人老了，但眼神还是很好，很快就发现了小牧的心不在焉。

浑浊的眼神盯着小牧，没有一丝一毫的威胁力。

小牧回神了，站起来看着牧老爷子手指着的地方，犹豫地开口说道："呃……呃，心，没错就是心。"小牧刚才没听，哪里知道牧老爷子指着的词念什么，因此只能随便说一个。当然这个随便也不是真的随便，毕竟小牧还是认识它底下的那个心的。这个字还是他认识的第一个字呢，他自然是记得的。

"哈哈哈，小牧，那个字念恕，可不念心，你想什么呢？牧爷爷刚才还念了呢。"和小牧一起跟着牧老爷子念书的还有好几个男孩子，大多都是十一二岁。在这之中，小牧是最大的，而此刻说话的是年龄仅次于小牧的小远。

"闭嘴！没叫你说话，瞎起什么哄！"小牧看了一眼牧老爷子，发现牧老爷子的脸色更黑了，一看就是生气了。他没好气地瞪了小远一眼，心底却是想着，下次自己不叫他来了，就知道看自己的笑话，也不知道帮帮他。

"小牧，出去，走远点，别让我看见你！"牧老爷子生气地将小牧赶了出去。一看老爷子生气了，剩下的人都不敢闹腾了，顿时变得安分起来。

当着这么多人的面被自己的爷爷给赶出去了，小牧还只是一个十三岁的孩子，正是自尊心强烈的时候，自然是没忍住，一个气性，就跑远了。

院子里读书声还在继续，只是牧老爷子却是没了方才的生机勃勃，也不知道是因为小牧方才的插曲，还是因为教了这么长时间，自己身体吃不消了。

小牧是晚上才跑回来的，偷偷地跑回了自己的屋子。小牧到处翻找着能吃的东西，他出去这么久，以为爷爷会叫自己回来，就像以前一样。谁知道爷爷竟是这么晚了都不管他，小牧只能自己灰头土脸地跑回来了。

刚找到一个能吃的东西放到嘴里，小牧就听到门口的脚步声，一个激灵，他将吃的藏在了自己的被窝里，然后迅速地躺了上去，用被子将自己包裹得严严实实，营造出一副自己已经睡着了的样子。当然如果他的鞋子脱了的话，看上去会更有说服力一些。

来的是牧老爷子。老爷子坐在床边，看了看装睡的小牧，自顾自地说道："饭我给你留了，在厨房里，一会儿饿了就去吃吧。"

说完，牧老爷子就要走，只是小牧却是将被子掀开，叫住了老爷子："爷爷，我要去找我爸。"

话落，牧老爷子的身子就颤了颤。

他颤巍巍地转回了身子，用一双浑浊的眼睛盯着小牧，眼底却是没有任何的惊讶，显然也是猜到了。

"打算什么时候去？要不要我送你？"

自己都是一把老骨头了，看儿子这些年寄回来的信，估计过得不错，不然也不会不想回来了。他不想回来了，可是这村子里还有两个人在惦记着他。自己已经老了，倒是没有那个力气折腾去看他，只是小牧这孩子还这么小，想爸爸了也是正常。

"您……不反对我？"

小牧显然没想到自己会这么顺利，他还以为爷爷会不让他去呢，没想到倒是这么简单就同意了。

"反对你干什么？你还能不去了？什么时候去？我让人送你去。你一个人在外面人生地不熟的，我怎么放心得下？"

"二十号。"他专门看过了，二十号那天宜出行，是一个好日子。

"二十号？行，那就二十号。我跟你曹叔说一声，让他那天去城里的时候，带你一块去。"

说完，牧老爷子便头也不回地走了。小牧只顾着开心了，自然不知道，在老爷子转过身的时候，那眼泪却是猝不及防地落了下来，一滴又一滴……

二

今天是二十号，小牧一早就准备好了自己的行李，其实也就是一个包，包里装的都是一些衣服，还有一些吃的，以防路上会饿。他开开心心地等待在自家门口，等着曹叔前来接自己一起去城里。

小牧起得早，牧老爷子起得更早，一早就没了踪迹，让小牧连声道别都没来得及说出口。回头看了一眼自家的土房子，小牧眼里是显而易见的失落。他知道爷爷这是生气了，生气他要离开村子，去找他城里的爸了。可是小牧都这么多年没见过他爸了，比起一直陪伴在自己身边的爷爷，他当然更想要去见见自己的爸爸了。再说了，他又不是不回来了，他保证自己就去爸爸那里待一段时间就回来，不会抛下爷爷一个人的。

就在小牧一个人胡思乱想的时候，曹叔开着拖拉机来到了门口。一看门口就站着小牧一个人，连牧老爷子的身影都没见到，曹叔好奇地问道："小牧，牧老爷子呢？咋不见他？"

"爷爷出去了，估计一会儿就回来了。"

"哦，那上车，我们走吧。"

听到曹叔的催促，小牧手脚麻利地爬到了后面坐下。看着渐行渐远的小屋，小牧的眼底满是惆怅。也不知道爷爷能不能好好照顾自己。此刻小牧的心底有千万个担忧，可就是没有一个能够让他不顾一切地下车。

杏花村距离城里还是挺远的，曹叔开了可能有五六个小时，这才按照牧老爷子的吩咐，将人给送到了地方。

"小牧，就是这里了，我还有事就不跟你进去了。你记得走到巷子的最后一户，你爸就住在那里。"

说完，曹叔就开着自己的拖拉机走了，看样子是真的有急事。

见状，小牧背着自己的包，转身一步步地走进巷子。巷子是真的很长。那个年代，城里可不比乡下，到处都是幽深的巷道，很有可能一个巷道里有十几户人家住着，这都是常见的。小牧一路从乡下到城里，在街上倒还好，到处都是自己没见过的东西，但是到了居住区的时候，他是真的很不明白，为什么爸爸要住在这样拥挤的地方，这么小，也不知道是怎么住得下人的。

他已经站在门口好几分钟了。至于为什么不进去，小牧觉得自己有些胆怯。爸爸是在他三岁的时候就来城里的，算算时间，他们已经有十年没有见过了。逢年过节的时候，爸爸也都是寄信回来，人不回来。他这么多年没有见过爸爸，也不知道自己能不能认出他来。家里有他寄回来的相片，小牧的包里也放了一张，刚才坐在后面的时候，他就已经拿出来看了好多遍了。

"你是谁啊？为什么站在我家门口？"

就在小牧纠结的时候，门从内向外打开了。开门的是一个小姑娘，女孩穿了一身好看的裙子，眼睛扑闪扑闪的，就像是小牧在村子里晚上看过的星星一样，很耀眼很好看。小牧呆愣了那么一瞬间，脸上甚至还有些绯红，好在他脸黑，不怎么看得出来。

"我来找我爸，牧拾元。"拾元，这个名字是牧老爷子还没有多少文化的时候，给小牧他爸取的名字。

"你找错地方了，这里没有叫牧拾元的人，你去别处找吧。"

女孩虽然有些好奇站在门口的男孩到底是谁，但是她确实不知道男孩口中说的人是谁，只能让男孩去别处找找，说不定还能找到他要找的人。

"可是……可是他写的地址就是这里啊！"

一听女孩说牧拾元不在这里，小牧整个人显得有些慌张。可不是，他这一趟来城里，是专门来找他爸的。要爸爸不在这里，那么小牧要去哪里找他？

曹叔已经回去了，他就算是现在追过去也赶不上了。要是不能找到爸爸，小牧晚上很可能要无家可归了。当然小牧现在还没有想这么远，他一心只想着自己的爸爸不在这里，又去了哪里。

许是小牧的无措让女孩有些动容，女孩犹豫地建议道："要不你先进来，我去问问妈妈。"

"好。"

小牧跟着女孩走进了院子里，院子里有一个女人正在择菜。小牧想，那估计就是女孩的妈妈了。小牧跟着女孩走到女人的面前，听着女孩询问她的妈妈："妈妈，这个人说他要找的人住在这里，叫什么牧拾元。妈妈你认识他吗？"

"牧拾元？他早就搬走了。"说完，女人抬头打量了一下小牧。

"就是你要找牧拾元？他已经不住在这里了，听说是升官了，已经搬到楼房里住去了。"

女人说得很随意，但是小牧听得却是面无血色。

什么？升官了，那他要去哪里找爸爸啊？他在这里人生地不熟的，怎样才能

211

找到爸爸？小牧的眼神突然落在眼前的女人身上。

"婶子，求你告诉我，我爸搬去了哪里，或者他在什么地方工作，我想去找他。"

小牧的眼神恳切，女人要是知道的话，肯定会帮他的。只是她一向不关注这些事情，就算是有心想要帮他，也没办法啊。

女人抱歉地看着小牧："孩子啊，我不知道你爸他去了哪里，只听说他好像升官了，单位给他安排了楼房住，别的就不知道了。"

"什么？怎么会这样……"

小牧呆住了，他怎么也没想到会是这种情况。在来的路上，他想过他爸见到他会很高兴、很欢喜，甚至他也想过爸爸会准备一大堆好吃的等着他。毕竟在这之前，爷爷已经写信告诉他小牧要来的事情了，可是谁也没想到竟然会是这样。

想着想着，小牧就哭了。一看小牧的样子，女人连忙站起来，走到小牧的身边，无措地说道："你别哭啊！要不这样，你先在我们家待着，等晚上的时候，等我们家掌柜的回来了，我再问问他，他应该知道的。"

"真的吗，婶子？"小牧泪眼蒙眬地看着女人，眼底的期冀，任谁看到都不舍得打破。

"嗯，当然是真的。小新，你先带他进去坐着吧，我给你们做饭吃。"女人吩咐一旁的女孩。闻言，女孩拉着小牧进了屋子。

女孩许是方才见过男孩落泪，所以这会儿说话都是顾忌着小牧的情绪。

"你放心，我爸爸很厉害的，他肯定知道你爸爸在哪里的。等他晚上回来了，一定会告诉你的。"

"嗯，谢谢你。"

爷爷教过自己，到了城里，一定要对人家说谢谢，不然会被城里人看不起的。所以小牧忙不迭地对女孩道谢。

"客气什么。对了，你叫什么名字啊？我叫小新，就是蜡笔小新的小新。你知道蜡笔小新吗？就是那个很好看的漫画。"

小新说到自己喜欢的东西，很是兴奋。只是有些可惜的是，小牧并不知道她说的蜡笔小新是什么，他们村子里连电视都没有几户人家有，更别说是漫画这种奢侈的东西了。

很是尴尬地冲着小新笑了笑，小牧挠了挠头，说道："我不知道。"

"没关系，你没看过的话，我可以给你看的。我偷偷告诉你啊，我有好几本蜡笔小新的漫画呢，只不过妈妈不让我看。要是让她知道了，肯定会没收我的漫画的。所以你一会儿看的时候，一定要小心一点哦。"

说完，不等小牧反应，小新就走到一个柜子前，翻箱倒柜地找漫画。

"找到了，就是这个，给你。"

"谢谢。"

小牧小心翼翼地接过漫画，漫画看上去很新很干净，不知道比他看过的书干净了多少倍。所以一时间小牧有些局促，不知道该如何对待手里的这本漫画。

倒是小新，像是察觉出了男孩的局促，将漫画翻开。

"看，是不是很好看？我最喜欢看这个了。"

"嗯，很好看。"

过了几分钟，在小新不动声色的调节下，小牧总算是认真地看起了漫画。

三

小新的爸爸是晚上八九点钟才回到家的，一回家听自家老婆说了小牧的事情，男人就很是沉默。

小新的爸爸姓张，叫张国元。张国元看了看坐在饭桌旁肤色有些暗沉的小牧，再回头看了看自己老婆，心底却是一阵无奈。

他怎么不在家这么一会儿，自己老婆就给自己招来这么一个麻烦啊。那个牧拾元也不知道是走了什么好运，听说被单位科长的女儿给看上了，两人也不知道怎么就走到了一起，后来就水到渠成地结婚了。现在孩子都已经三四岁了，怎么这个时候竟然冒出来一个儿子而且看样子还不小，这都是什么事啊！

213

他也是看着这个房子便宜，这才租过来的。要是知道他儿子会找上门来，他是说什么也不会租的。看着小牧，浑身上下穿得也不是多好，甚至有些破烂，张国元对牧拾元就有些唾弃。这种人，一有钱就连自己的儿子都不要了，和陈世美倒是有得一拼。自己要是明天把这个孩子带到单位去，也不知道会惹出什么样的事端。

牧拾元现在有妻子，有孩子，家庭和乐，要是他就这么贸贸然地将这个孩子带过去，只怕自己的工作都会不保。最近单位要换科长了，牧拾元有上任科长的帮忙，下一任科长多半就是他了。自己要是因为这个孩子得罪他了，他在工作上给自己使绊子怎么办？不行，不行，自己不能就这么带着他去单位。

想了好半天，张国元收敛起自己的情绪，对着小牧说道："孩子啊，我也不知道牧拾元去了哪里，你还是去别处找找吧。今天天已经黑了，叔就不赶你走了，你明天再走吧，啊？"

听到这话，小牧哪里会甘心。他以为自己等了这么长时间，会等来他爸的消息，可是谁知道现在还是什么都不知道。

"那我要去哪里找我爸啊？我谁都不认识，明天该怎么办啊？"

小牧到底还只是一个十三岁的孩子，一个人第一次来这么远的地方也就算了，还人生地不熟的，现在更是面临这样的状况，他怎么能够控制得住自己的泪水？

一看小牧哭起来了，张国元赶紧说道："哎，我说你这孩子，好好的你哭什么啊？别哭了，有什么事咱们就好好解决嘛，男子汉哭什么哭！"

许是张国元的那句"男子汉"起了作用，小牧停止了哭泣，眼睛直愣愣地盯着张国元。

被小牧这么盯着，张国元的心底有些发慌，不敢看男孩的眼神，说道："你先在这里待着吧，我会帮你找你爸的啊。"

"谢谢你，叔。"

小牧对于张国元的"慷慨相助"感激涕零，他又哪里知道男人心底的打算呢？

就这样，小牧在张家算是暂时住了下来。张家除了给张国元夫妇还有小新住的屋子之外，还有一个杂货间。收拾收拾，小牧就在杂货间住了下来。

第二天，张国元去了单位，趁着没人注意的时候，将小牧找来的事情告诉了牧拾元。

"你说什么？小牧找来了！他现在还在你家里住着？你留下他干吗？给他点钱，让他回去啊！"自己现在已经有了老婆和孩子，对于以前的那个家，牧拾元是再也不想回去了。那么破烂的地方，他当时真的不知道自己是怎么坚持下来的。好在自己现在飞黄腾达了，不仅娶了好看的妻子，还有了一个儿子，马上就要升科长了，人生要多成功有多成功，这个时候小牧出来捣什么乱？

一心想要见到自己的爸爸，却被牧拾元认为是麻烦的小牧，此刻要是知道男人心底的想法，只怕是要伤心死了。

听到牧拾元这话，张国元倒是不乐意了。自己好心好意地帮他养儿子也就算了，本来是想着从他这里捞点好处，谁承想好处没捞着，倒是惹了一身腥，还真是狗咬吕洞宾，不识好人心。

张国元直接不客气地说道："他要找他爸，我有什么办法？既然你觉得我收留他不对，那行，我一会儿就把他带过来，让你带回家去。"

说完，张国元就准备转身离开。

见状，牧拾元哪里肯让他就这么轻易地离开，连忙抓住张国元的胳膊，拉住他。

"站住，你干吗去？张国元，我告诉你，科长马上就要卸任了，下一任的科长我想你心里也有数。你要是识趣的话，就让小牧回乡下去，别在我面前碍眼。你放心，等我当上了科长，这好处，肯定是少不了你的。"

"哼，早这样说不就行了吗？我还有事，先忙去了。"

得到了自己满意的答复，张国元这才心满意足地离开。

有了牧拾元的吩咐，张国元一回到家之后，就跟小牧道明了"真相"，说自

215

己能力有限，找不到他的爸爸，自己家里也是要生活的，多了一张嘴，实在是养不起，言下之意是让小牧赶紧回乡下去。小牧虽然还小，但是这点话还是听得懂的。

虽然有些不甘心，但是张国元竟是连送他回去的人都给联系好了，就等明天将他给送回去了。无奈，小牧只能同意了张国元的要求。

四

第二天一大早，小牧就被张国元送上了回村的班车。

坐在窗户边上，小牧挥手道别了张国元一家人。车子启动了，看着渐渐模糊的小新，小牧生出了不舍。虽然只是接触了这么短的时间，但是小新是他在城里的第一个朋友，就这样离开了，也不知道什么时候能够再见到她。

失魂落魄地坐在窗户边上，小牧的眼眶有些湿润。只是下一瞬间，出现在他视线里的男人，却是成功地让小牧的瞳孔变大，那是一个人震惊时的表现。

什么都顾不得，小牧连忙背着包，冲到司机的面前，让他停车，自己下车去追出现在自己视线里的男人。那是他的爸爸，活在他印象中的牧拾元。

小牧在街上找了好久好久，从早上一直找到傍晚，都没能找到牧拾元的踪影。他失魂落魄地坐在马路边上，看着来来往往的人，突然觉得自己好孤独。这个城市看上去这么大，可自己却只认识一个人，现在就连这个人都找不到了，他真的不知道该如何是好。

小牧坐在马路边上，想了很久很久。他想自己看到的肯定就是他的爸爸，他不能就这么回去，最起码要和爸爸住几天才能回去。他都十年没有见到自己的亲生父亲了，要是就这么回去了，他是说什么也不会同意的。

沿着自己离开时的路线，小牧准备走回张家去。马上就要天黑了，他要是再继续待在外面的话，会不安全的，还是先回张家，再做打算吧。抱着这样的想法，小牧刚起身，却没有了任何的动作。

出现在他视线中的是一家三口，男人穿着一身西装，女人穿着时髦的裙子，他们手中牵着的孩子长得粉雕玉琢的，光是看小孩身上的衣服，就知道这家人的生活一定很好。可就是这样一幅画面，却让小牧的眼睛有些酸涩。原因无他，那个男人，就是他的爸爸牧拾元。尽管男人比照片里还要白净上几分，可是小牧拿着他的照片看了千遍万遍，早就能在脑海里绘出他的样子了，又怎么可能认不出来？

他幻想着站在男人身边的女人只是男人的朋友，那个被两人牵在手里的孩子也只是女人的孩子。小牧跟在牧拾元的身后，看着男人对女人有多么呵护，看着男人逗那个孩子笑……总之，所有的动作都在向小牧传达着一个信息，他的幻想是错的，他们真的是一家三口。一家三口？那自己呢？自己和爷爷，还有已经逝世的妈妈，又算是什么？小牧想要冲上去质问，他想知道为什么牧拾元要抛弃他，为什么要和别的女人生孩子，他想要问的事情有很多很多。可是在那个孩子转头冲着自己笑了一下之后，小牧却停止了所有的动作。他就这么站着，直到他们的身影消失在自己的视线中，他也没有动弹过。

在路边的长椅上一直睁着眼睛，小牧度过了在这个城市无家可归的第一晚。第二天，班车到的第一时间，小牧就坐车回杏花村了。看着城市的一点一滴在窗外渐渐地消逝，小牧沉默地流下了泪水。

"爷爷，我回来了。"

小牧一路精神恍惚地回到了家中，站在院外，看着小院里还在认真教小远他们读书的牧老爷子，小牧大声呼唤，就像是在证明着什么似的。

"回来了，快进来吧。饭给你留着呢，在厨房里，自己去吃。"

牧老爷子面无表情地说完这句话，接着就继续教书。

"哎，爷爷，我先跟您读书，读完了再去吃。"小牧含着泪坐下，笑嘻嘻地说道。

如果说之前在车上的时候，他还在想着如何才能让牧拾元不抛弃他和爷爷，那么现在他却只有一个想法，他要在这里陪着爷爷待一辈子，永远不离开！

小小的院落里，再一次地响起了读书声，书声琅琅，很是好听……

师评·智匠创作微论

遗失，每个人经常面对。遗失的事物不同，便有不同的结果。或许，有时候，什么都没有失去，却又失去了很多很多。或许，有时候已经失去了很多很多，却还是浑然不觉，就像小牧、小牧的爷爷，还有那个牧拾元。究竟，谁失去了更多？牧拾元为了前途名利，不与小牧相见。小牧回到了爷爷身边，和爷爷彼此没有说关于牧拾元的任何话语，却又明了彼此。人世间有很多无奈，也有很多温暖，就像小牧不能拥有牧拾元的父爱，就像小牧和爷爷的相依相伴。朗朗的读书声，是小牧最好的成长礼物。小牧遗失了父爱，却找回了自己，明白了自己最宝贵的亲情来自爷爷。或许，爷爷早已经明白一切，却还是让小牧自己看看，自己明白。小牧用自己的眼睛和心，认清了一个人，认清了自己的命运。但愿小牧可以用自己朗朗的读书声，不再遗失，赢得未来。

妮儿

中文181班　王彤彤

她在画前伫立良久——

夕阳竭力奉献出最后的残照：蜿蜒的小路上，只有一辆堆满稻谷的人力三轮，还有一位满头白发的老人和一个脸颊红扑扑的小女孩。红黄相间的光晕，将他们夹裹其中。

她凝视着画上的老人，回忆如洪水猛兽般席卷而来，眼睛突然又酸涩起来——

女孩感到车子行进的速度慢了下来，她坐在稻子上，一动也不敢动。女孩看向他的爷爷，老人瘦削的肩膀使劲向前弓着，腿的动作越来越迟缓。女孩看出了爷爷的吃力。

"爷爷，咱们歇会儿吧。"稚嫩的童声打破了黄昏的寂静。

"不行，妮儿肯定饿坏了。爷爷得快点回去给妮儿弄吃的咧。"老人的声音断续又沙哑，女孩捕捉到了爷爷极力压抑的咳喘。

女孩看向爷爷佝偻的背影，心里很难过。她的确早就饿了，可是爷爷干了一天的活，她怎么忍心告诉爷爷她饿了？"爷爷，您就歇歇吧，我真的不饿！"

老人不搭腔了。风从他被汗水浸透的脸上掠过，让他觉得舒爽了许多。一想到妮儿这么小就知道心疼爷爷了，布满皱纹的脸上多了几分舒展和笑意。

爷爷说他要攒钱让妮儿去念书，于是他去帮工、捡瓶子、收破烂、卖米谷……那时爷爷六十三岁，弯腰的时候会吭吭哧哧地喊疼，一到了天气不好的时候腿就不敢动。盘旋迂回的乡间小路上总能看见爷爷一瘸一拐的身影。爷爷的皱纹是那么深，腰是那么弯，头发是那么白。她从记事起爷爷就这样苍老。

"为啥我没有爹娘？"

爷爷说她的爹娘去赚钱了，好让妮儿上大学。

"那他们啥时候回来呢？"

"等妮儿考上了大学，他们就回来咯！"

那时她年纪尚小，不懂爷爷眼里泛起的泪光。她信爷爷的话，于是她从上学那天起就从没懈怠过。可是她越来越能感觉到班里的孩子用异样的眼光看她，他们常聚在一起说她没爹娘。

日子一天天地过去，她终于在风言风语中将故事拼凑完整了。她四岁那年，爹在矿井遇难，娘从此抛弃她远走他方，再也没回来。她不敢问爷爷这是真是假，她怕爷爷沧桑的脸上露出哀伤。

她的性格里从此多了隐忍和倔强，她更加勤奋了，日复一日地拼命读书，只为有朝一日让爷爷和她享福。

直到有一天，她飞奔在爷爷走过无数遍的山间小路，身后铺满干枯的落叶，推开家门，一具黑色棺材横在她面前。她呆呆地站在门口，好像全身的力气都被抽干了，突然跪倒在地。棺材里的老人面容安详，一身寿衣竟让他看起来年轻了很多，那是村主任出钱买的。她长这么大，从没见过爷爷穿新衣服。爷爷永远是一身藏蓝色衣裤，不知缝补了多少次。

村主任把她扶起来："孩子啊，你总算考上了大学。他老人家心愿也了啦，也该歇歇啦。"村主任说，爷爷是在睡梦中离开的，也算是一份福报了。

画展上的人来来往往，一个三十多岁的女人，在一幅画前泪流满面。

将落的夕阳，昏黄的光晕，金灿灿的稻谷，白发苍苍的老人和小女孩。

没有人知道她为什么哭，也没有人驻足。

师评·智匠创作微论

幼子失怙，是悲凉的生活，而老人慈爱，又是尚算温暖的成长。艰难成就倔强，爱要用爱来回报。"她的性格里从此多了隐忍和倔强，她更加勤奋了，日复一日地拼命读书，只为有朝一日让爷爷和她享福。"树欲静而风不止，子欲养而亲不待。人生的生离死别，总是让人伤痛和无奈。"夕阳竭力奉献出最后的残照：蜿蜒的小路上，只有一辆堆满稻谷的人力三轮，还有一位满头白发的老人和一个脸颊红扑扑的小女孩。红黄相间的光晕，将他们夹裹其中。"即使没有人知道她为什么哭，也没有人驻足，爱也在心头，念也在心间。最疼爱"妮儿"的爷爷，是爱和暖的化身。

玉镯

中文1B1班 吴丹丹

世事难料,双妹儿的生日是她奶奶的忌日。

半个多月前,奶奶还在问双妹儿过生日想吃啥,她给双妹儿做。双妹儿想了半天,说了个红烧排骨。谁知当天下午,奶奶就在麻将桌上晕了过去。

双妹儿和爷爷把奶奶送去了医院。奶奶一直有高血压,也进过几次医院了,双妹儿以为这次也一样,输个液,开点药就能回家了。谁知奶奶被医生推着出去后,傍晚才推回病房。

晚上姑姑也来了医院,病房里来了几个医生,带着姑姑出去了。

过了一会儿,姑姑红着眼睛走了进来,默默地给奶奶换了病号服,取下了自双妹儿记事起奶奶就一直戴着的玉镯。双妹儿摸了摸那个镯子,居然是温热的。跟在后面的医生又把奶奶推走了,隐约听说是要换去重症监护室。

啥是重症监护室,双妹儿不懂,但那以后的几天双妹儿都没有再见过奶奶,反倒是在外地的爸妈回来了。

过了两天,听说是因为奶奶不愿意了,闹腾着要出重症监护室,就知道奶奶是闷不住的性子。大人们和医生商量了一下,给奶奶搞了个单人病房住。应奶奶的要求，双妹儿每天都陪着奶奶。

晚上奶奶疼得睡不着了，双妹儿就过去和奶奶说说话。

"双妹儿，你晓得奶奶那个玉镯子有好多年了不？"

"十多年？"

"有喽，这个镯子岁数比你大。九七年我遭车撞了，你妈就在云南买了那个镯子，拿到庙里头开了光的。这么多年了磕磕碰碰的，都没碎，连条裂缝都没有！奶奶以后把它留给你哦。"

"双妹儿，你这个花花以后要勤快点啊，莫磨，一喊到就要动嘛！"

"晓得！"

"双妹儿啊，你看你妈老汉儿这么辛苦，你要攒劲读书啊，莫像他们一样，读出来就松活咯！"

"好！奶奶！我攒劲读书，等以后考上大学，好孝敬你！"

"我看等你上大学还要好多年哦，小学还要四年，初中三年，高中三年，一共十年，就看奶奶等不等得到嘛！"

"等得到！怎么等不到！"

平日里双妹儿最烦奶奶的唠叨，这一次她难得能静下心来听奶奶说话，可能是大人们近日来的表现影响到了她。她听见家里的大人说奶奶可能过不了这个坎了，讨论到底要不要给奶奶做手术，做木匠的姨父也来问爸爸要不要先准备好棺材。她能感受到家里气氛的凝重，在外地的姑姑姑父也都回来了，家里的女人们聚在一起的时候，大家都在抹眼泪。从他们的对话中，双妹儿听到了"死"这个字，她吓得大气都不敢出。她胆子小，最听不得这样的话。她隐隐约约知道了，家里出了不得了的大事，这个大事和奶奶有关。

奶奶的病情是瞒着她老人家的，但是病房里天天都有亲戚朋友来看奶奶，有一些人甚至一两年都没有见过了。奶奶敏感，应该猜出了点什么。奶奶的脾气越来越暴躁了，要求也越来越多了。想吃小的脆皮美人西瓜，姑姑跑了半个城的水果店给她买回来，买回来又想吃姑爷做的水饺，姑爷专门从成都给她做了送过来。

日子一天天过去了，双妹儿的生日到了，奶奶做手术的日子也到了。

早上7点，家里人拿出了提前准备的蛋糕，在病房里和奶奶一起给双妹儿过了个生日。双妹儿和奶奶一起吹的蜡烛，不知为何，好多人的眼睛都红了。

8点了，医生和护士来了，奶奶被抬上了推车。双妹儿和爷爷一人拉着奶奶的一只手，奶奶的手还是那么暖，就是有点粗糙了。双妹儿心想等奶奶出来了，她一定天天给奶奶抹护手霜。大家送奶奶到了手术室门口，奶奶躺在推车上笑了笑，给大家摆了摆手。

"妈！莫怕！我们就在外头！等到你出来！"爸爸握了握奶奶的手。

奶奶进去了，门刚关上，爷爷的身子就晃了晃，爸爸赶紧把爷爷扶到椅子上坐下。

"爸，妈还在里头，你就莫吓我们了嘛！"

"好！我晓得，我晓得，我晓得……"

双妹儿眼睛直勾勾地盯着手术室的门，期待它下一秒就打开，推出来的那个人是她的奶奶。时间一分一秒地过去，10点，12点，下午3点……奶奶还是没有出来。

晚上8:27，医生出来了，把大人们找过去谈话……

奶奶手术失败了，还吊着一口气。大人们秉着家乡"落叶归根"的说法，租了一辆面包车将奶奶带回了家。

一路上，双妹儿握着奶奶的手，奶奶的手还是热的。车上哭声一片，姑姑哭得气都喘不过来，爸爸也红了眼，只有双妹儿没有哭。她摸着奶奶的手还是温热的，她觉得奶奶还没走。

到家了，刚把奶奶抬进家门，双妹儿就听到了清晰的一声"咳"。就像一根绷紧了的弦断了一样，那一刻，双妹儿心里有东西在快速地流失。她蒙了，她讨厌那种感觉，那种不受自己控制的无力感，像是心里被硬生生地抠走了一块。她抱着爸爸，眼泪夺眶而出，口里念道："我没有奶奶了！我没有奶奶了……"

守灵三天以后,要送奶奶上山了。从冰棺里将奶奶抬出来的时候,奶奶有一点变形了,看着有些许恐怖。双妹儿大着胆子去牵了牵奶奶的手,手凉了,奶奶真的要走了。

上山的时候,双妹儿把奶奶留给她的玉镯子戴上了。玉温温润润的,就像奶奶的手在抚摸她一样。

奶奶的坟地选在山上的一块开阔地带,后面有一个小坡。棺材下地埋土的时候要求后辈们从后面那个小坡走,不能回头。双妹儿上坡的时候,玉镯子突然就断了手指宽的一小截。她低头寻的时候,正好看见那截玉掉进了坑里,一铲子土覆盖了上去。她不敢回头去捡,心里想着这样也好,这样也好……

剩下的大半截镯子还在双妹儿的手腕上,被她带回了家。

师评·智匠创作微论

小小的双妹儿失去了奶奶,双妹儿却还记着奶奶的叮嘱。"双妹儿,你这个花花以后要勤快点啊,莫磨,一喊到就要动嘛!""晓得!""双妹儿啊,你看你妈老汉儿这么辛苦,你要攒劲读书啊,莫像他们一样,读出来就松活咯!""好!奶奶!我攒劲读书,等以后考上大学,好孝敬你!""我看等你上大学还要好多年哦,小学还要四年,初中三年,高中三年,一共十年,就看奶奶等不等得到嘛!""等得到!怎么等不到!"亲情就是这样絮絮叨叨,慈爱就是这样语重心长。玉镯,是妈妈送给奶奶的礼物,奶奶留给双妹儿。就这样,亲情在传递,爱在延续……

原谅

中文181班　武艺芳

黑漆漆的夜空中挂着一轮圆月，月光泛着淡淡的银白，四周掺杂着点点星光。这样的月光让我想起了故乡，闭上眼睛细细回想，往事又涌上心头。

十岁那年，也是在这样的月光下，我第一次见到了我的亲生父母。我怯怯地躲在养父养母的身后，紧紧揪着他们的衣袖。那对夫妻局促地搓了搓手，欲言又止。看着这两张陌生的面孔，我本能地后退。"妞妞都这么大了！"那个女人声音哽咽，眼眶微红。我低着头，默不作声，绞着自己的手指头。屋内一时无人作声，听着窗外的虫鸣，我的心情愈加烦躁："你们走吧，我……我不想见到你们。"我抬头瞄了他们一眼，又快速地低下了头。我难以原谅他们。抛弃了我，又何必再来找我？

那天晚上微凉的夜风和淡淡的月光终究还是在我心中留下了深刻的印象。我偶尔也会想起那对夫妻看到我时欣喜的表情，我多希望他们抛弃我是另有隐情，同时我又害怕他们嫌弃我是个女孩，于是毫不犹豫地把我抛开。

后来，我的亲生父亲病倒了。思虑再三，我回到了故乡。

夜凉如水，月光映入房内，洒下一片银光。看着病床上虚弱的老人，我心中升起一股莫名的情愫。"妞妞，爸妈对不起你。当年家里实在没能力抚养你，不得已才把你送人。"我垂下眼眸，听着他恳切的话语，鼻头酸酸的，心中的坚冰渐渐融化："爸，先睡吧，有什么事明天再说。""哎，好，好。"听到我的称呼，他的眼中泛起了泪花。

我没想到，这是我和他的最后一次见面。几个星期后，父亲病情恶化，离开了人世。

他走的那天，风声呼呼作响。我呆呆地立在风中，忍不住流下了泪水……

最终，我还是选择了原谅。

师评·智匠创作微论

或许，每个人都有自己的无助和无奈。原谅，总是因为一份歉意和愧疚。"我难以原谅他们。抛弃了我，又何必再来找我？"因为难以抚养？因为是女儿？当可以原谅时，那个曾经不能原谅的人却永远离开了这个世界。面对生死，有什么不可以？是故事，更是用心良苦的话语。对于每个不肯原谅一个人、一件事的人来说，或许生活并没有那么冷酷和残忍。原谅他人，也是给自己一份安心。

送殡

中文181班　李新鹏

惊闻噩耗时,他正在父母处。四个半小时的奔驰,他与父母回到了老家。

鞭炮噼啪,孝子归家。

哭声起了,院外的院内的、屋外的屋内的,哭声一片。此时的他跟着父母进了院子,院子不大人却不少,都是一脸悲戚色。父母进了正堂,他想进去可是脚步却没有挪动。奶奶在院里坐着,他走过去忍不住哭了,没有声音只有泪水止不住地流。

前一天晚上就传来电话,说是爷爷病了,让他们都回去。父母想着爷爷病得有时候了,第二天回去也不晚,毕竟天晚了不好走。可谁能知这生死的无常呢?最后一面终究是只能在棺材里见了。

他还在院里,泪水流着。奶奶拉着他的手,哭着说着说着哭着。昨天爷爷载着奶奶去了集上买东西,晌午回来后坐下就再没站起来。爷爷好像是知道自己要走了,催着人快回家。可人得了病就算死也总得要有个过程吧,哪里有这么急着走的,竟像是怕麻烦了儿女。院里的人都说爷爷走得太急了些,哪有刚病倒就直接撒手走的道理,竟是连最后一面都不愿见。

是啊，哪有这样的道理？可是生死之间又哪里有道理可讲。

不时有人来也不时有人走，一个小小的院子装着不知多少的悲戚。这些悲戚有住在小院里的人带来的，也有外面的人带来的，都堆积在这里了。但是最悲最伤的还是奶奶吧。奶奶还在拉着他的手哭着说着，众人劝说着也是无用。奶奶说了很多，他记住了一件。前些天，还没有这些悲伤的时候，爷爷说再输两瓶液把这个夏天撑过去，儿女回来不遭罪。这时候他才想起来现在正是盛夏八月啊，那太阳真大真热。可他真的是很冷很冷啊。

入夜，院里的人还在忙碌着。孝衣还没有制，丧席也没有定，"活"还没有确定下来等等。他想了很久，什么是"活"？最后明白了，就是棺材啊。为什么如此称呼，他不知道，大概是寄寓着对逝者的祝愿吧。可人都死了，棺材称"活"又有什么用，人又不会活过来。他想起了几年前的事情，姥爷故去的时候，出殡那天他急急地从学校赶回，在灵堂里看到姥爷安详地躺在棺材里，他便止不住地流眼泪。现在爷爷也要躺进去了，安详地躺进去，再也不起身了。

夜深了，呼吸着空气里凝重的悲伤，他睡去了。

第二天一直到出殡那日，陆陆续续地有人从外地赶回来。堂伯们回来了，堂兄也回来了，还有一些他叫不出来称呼的，都回来了。往常只能在新年时才能聚在一起的，现在因着这样一种悲伤都聚齐了。人们忙碌着送殡的事情，偶有空闲时又说着各自这半年来的经历，或是谈论一些"国家大事"、乡邻八卦。到如今时相聚一场不容易，人们总是特别珍惜难得的相聚时刻，分别许久的人们似有千言万语说不尽，偶有的闲谈略略冲淡了人们面目之上的伤悲。

终于啊，人都聚齐了，到了出殡下葬的时候了。生死之间无小事，人死之出殡便如人生之分娩，都是极其重要的事情。在农村里人死出殡有着一套烦琐的程序，从入棺到起灵再到下葬，什么时候做、什么怎么做、走哪条路、哪个时辰下棺，这些都是有成例的。依循着这样一套的规矩，爷爷出殡了，葬下了，一个直径不足两米的土丘便这样埋葬了七十二年的人世悲欢。没有什么可以多说的，人死一抔土，任尔功高盖世，又或是平淡无趣，谁能逃得了！

爷爷走了，送葬的人也走了。他想哭，心伤又有些心慌，这世界越来越陌生了。这样的感觉是从什么时候开始的呢？是了，就是从五年前的那天夜里接到姥爷故去的电话时开始的。那个时候他才意识到，身边的"老人"们正在离去，这个世界正在变成他所不熟悉的样子。他慌了，怕了。他害怕以后的某一天，他突然睁开眼睛，他也不是他了，这个世界也不再是这个世界了。从那以后，从听到电话铃声到接通电话的这段短短的时间，对他来说都是一种煎熬、一种折磨。他的心很慌，他怕这个电话过后世界就变得更加陌生。后来他就干脆把手机静音了事，听不到也就不再担心了吧。

一个人的时候他就在想，等到自己离开这个世界时会是一个怎样的光景？人们还会怀着如此悲痛的心情来悼念他吗？儿女们会不会也像他所见的这些死别一样扶棺痛哭呢？又或者多少年之后还有人记得他的名字吗？如此等等这样的问题，他想了很多很多，他也想了很多次很多遍。可是有时再想起来，又觉得无趣且无聊。就是嘛，死都死了，还在乎这些干什么？就算现在想通了又如何？有用吗？毕竟现在的他还是如此年轻，任谁看来死亡这样的事情都和一个不到二十岁的小伙子毫不相干。每每如此，他都想办法让自己冷静下来，放宽心，不要再胡思乱想了。

是的，这样的问题还轮不到他来考虑，最起码在大部分人眼里是如此。这样的问题更适合那些垂垂老矣的人去思索去考虑去烦心，比如他的大奶奶。在爷爷出殡之前，堂伯、堂兄们都回来的时候，大奶奶曾跟他说："现在你伯伯和哥哥们回来送殡，等到以后我们老了，不管你在哪儿也都该回来送送。"他应着大奶奶的话，心里却有说不出的滋味，是悲哀吗？还是心痛呢？总之说不太清楚。老一辈的已经在考虑自己的身后事了，不管他们愿不愿意，也不管他愿不愿意，就是这样的不可避免。

确实啊，这个世界正在变得陌生。曾经熟悉的一切正在消失，无论是物还是人。旧物消失了，总还有新的物来代替，但是旧时熟悉的人呢？他们逝去了，哪里能有替代！甚至以后自己也会逝去，离开这个曾经熟悉过陌生过的世界。或许自己也会成为别人心里不可替代的一部分，那时候想必也有人有着和他此刻相同的思虑吧。

然而不管怎样说，也不管如何想，爷爷已经走了，以后也必将有更多的人躺进那个直径不足两米的小土丘，他自己也是如此。此时此刻，一切都结束了，千里迢迢回来送殡的人也要千里迢迢地赶回去了。

后记

爷爷"五七"的时候，他随着父母赶回来。就是这样一个特殊的日子，他看到了另外一支送殡的队伍。逝者是他儿时伙伴的父亲，听说是逝去的前一天的晚上喝了太多的酒，加上又有些病，就这样在夜里悄无声息地去世了。看着这样一支送殡队伍，他的心有些痛，呼吸渐渐急促了起来。这世界真的变了，陌生啊，孤独啊，这些都向他涌来，仿佛要把他淹没。

师评·智匠创作微论

生老病死，总不可预期。生命很顽强，又很脆弱。埋葬逝去的亲人，也只能再次远行。"这个世界正在变得陌生。曾经熟悉的一切正在消失，无论是物还是人。旧物消失了，总还有新的物来代替，但是旧时熟悉的人呢？他们逝去了，哪里能有替代！甚至以后自己也会逝去，离开这个曾经熟悉过陌生过的世界。或许自己也会成为别人心里不可替代的一部分，那时候想必也有人有着和他此刻相同的思虑吧。"关于熟悉和陌生，关于逝去和替代，或许是很简单又很难想清楚的纠缠。"然而不管怎样说，也不管如何想，爷爷已经走了，以后也必将有更多的人躺进那个直径不足两米的小土丘，他自己也是如此。此时此刻，一切都结束了,千里迢迢回来送殡的人也要千里迢迢地赶回去了。"每个人还需要继续自己的奔波和远行。爷爷去世,儿时伙伴的父亲去世,陌生、孤独会淹没一个人,任何一个人。

冰糖葫芦

中文172班　顾阳

"都说冰糖葫芦儿酸，酸里面它裹着甜；都说冰糖葫芦儿甜，可甜里面它透着那酸……"

一

冬天来了，大街小巷、弄堂里到处都有各式美食：煮玉米棒、烤地瓜、肉包子……处处都是热气腾腾的样子。可不是嘛，冬天来点热乎的，在手上一打开，热气都腾腾地往上蹿，戴眼镜的还会被糊住眼镜片。紧接着，手里面的热物便会散发出喷香的味道。来来往往的人，大约手上都会来这么一个暖和的东西。而在街头上，还有一个会在冬天受到格外宠爱的"冷物"，凉凉的，似乎不适合这个季节，但红彤彤的样子却格外讨人喜欢。

西胡同口老王家的冰糖葫芦，是整个街道卖得最火热的。颗粒饱满的、红彤彤的山楂紧密又好看地穿在一根根竹签上，在烧得冒烟的、甜甜的冰糖锅里转一转，最后啪的一声拍在冰冷的铁板上。等它冷却下来之后，就把糖葫芦插在一个大草堆上，走街串巷地吆喝着："冰糖葫芦欸！"别看老王已经七十岁的年纪，可做起这些事情来却毫不含糊，是个硬朗的老人。

老王的老伴儿早早地就走了，儿子儿媳妇也孝顺，总说要把老王接到城里够得着的地方去住，对老王也好有个照应。可每当提起这件事的时候，老王总是一声不吭，默默穿着糖葫芦串，用沉默来对待儿子的心意。邻居看在眼里也是纳闷，放着好好的大房子不住，现成的保姆不使唤，非得缩在这个破胡同里摆弄他的糖葫芦。后来，邻居们也想明白了，老王这是过惯了穷日子，不习惯变成个城里的娇贵人呢。

老王的儿子工作忙，有时顾不上照顾孩子就都送到老王那里去，胡同里还有几个跟老王孙子孙女一样大的小孩，都一起找他们玩。几个孩子聚在老王的屋子里，跟他一起串山楂、熬冰糖，老王心情好的时候还会给他们用冰糖浆画几个小人儿。老王很喜欢跟孩子们待在一起，这会让他想到自己的儿子小时候也是和邻居家的小孩围在他身边，用崇拜的眼光看着他做糖葫芦，只是这样被崇拜的感觉现在都不在了。他是多么想念那些时光，老伴儿熬着糖浆，自己串着山楂，孩子们就围在旁边安静地看着他手上的动作。可惜孩子们已经长大了，身边的人一个一个都该走的走，该散的散，只有那糖葫芦，像个老友一样，作为他热爱的东西一直陪在他身边……

二

小翠是王东家的保姆，任务就是给家里做做饭，收拾收拾屋子，带带主人家里五岁大的小淘气包。小孩儿小，经常把家里的东西翻得乱七八糟的，任凭家里的大人怎么说都不会收拾。可这样一个小孩儿却特别听他爷爷的话，他常常跟小翠说："爷爷是个超人，能把酸酸的山楂变得甜甜的，还能给我用糖画出恐龙呢！"

每次小翠听到这样的话，都会对他说："那阿姨和小智一起去看看爷爷吧。"

小翠来到这座城市五年了，过年才能回到自己家待两天，然后就又要回到自己的工作岗位上。这五年，小翠换过很多工作，做过保洁，当过洗碗工，近两年托上家的关系才到王东家做保姆。小翠很喜欢小智这个孩子，他古灵精怪的，完全跟自己扔在家里的孩子不一样。自己家的孩子闷闷的，从来不说多余的话，每次回去都不愿意跟自己太亲近。小翠领着小智去看他的爷爷，他的爷爷是个和蔼的老人，精神抖擞的，但有时看着像是有心事似的。小翠很喜欢跟这位老人聊聊天，因为自家的爸爸也是差不多的年纪，自己不在爸爸身边，却有时能从这位老人身上找到爸爸的影子。而小翠看着鲜艳的红山楂，却总能陷入深深的回忆中……

小翠常常跟这位老人说起自己的爸爸，说她的爸爸在地里干活的样子，自己小的时候跟着爸爸在地里挖萝卜；说没有东西吃的时候，爸爸总把能填饱肚子的东西给他，自己却痴痴地咬着酸酸的山楂；说她的爸爸在她嫁人的时候，为她做新衣，为她盘头发，为她出嫁风风光光，给接亲的队伍一人一条烟，一人敬一杯酒。自己很早没了母亲，都靠父亲一人拉扯大。丈夫是当地出了名的勤快人，却没想到一天夜里被车轧断了双腿，再也站不起来了。家里所有的重担都落到她一个人身上，无奈只能远走他乡，找报酬更高的工作，最后落脚到了王东家。她还记得，在她走上车之前，落在手背上的那滴父亲的泪……

"小翠，你想你爸爸吗？"

"我很想我爸爸。"

"回去看看他吧。"

"真的……谢谢您……"

三

自从小翠离开后，王东家里就掀翻了天，家里没有人做饭，没有人打扫，没有人照顾孩子。妻子还在唠唠叨叨地说："你看你爸，为什么一声不吭地把小翠放回家啦！让我们怎么办！"种种烦心事涌上王东的心头，他和妻子大吵了一架后冲出了家门。

王东漫无目的地走在街上。正值深冬，街上到处都是行色匆匆的人，戴着帽子和围巾，裹得严严实实的，都认不出来谁是谁。街上很多卖热气腾腾的食物的，王东想到了自己的父亲。他想去问问他，为什么一声不吭地把小翠放走了，她这一走不知道会给家里带来多少麻烦。想到这里，王东马不停蹄地朝自己的爸爸那里去了。到了之后，王东看见自己的父亲正在昏暗的灯下串着糖葫芦，后背已经佝偻得不像样子，仿佛在给人鞠躬一样。

"小东，你怎么来了？今天没有工作了吗？"老王说这话时，显然有些欣喜。

"爸，我……"王东说不出话来。

"快进来，外面是有些冷的。"

"爸，你怎么这么晚了还在做着糖葫芦啊？"

"明天好卖啊！今晚早点串完，明早还可以早点卖完。"

"爸，你为什么不愿意跟我去市里住？你知道我们每次来找你都很费劲的吗？"

"小东，这是我的工作、我的职业、我的回忆，我不能离开这行啊！"

"可是，爸，你早就过了退休的年纪了，早就该休息了，做什么糖葫芦啊？"

"只要我还能做得动，怎么就说我退休了呢？！"

两人一阵沉默。

"小东，你今天来到底干吗来了？"

"爸，我……"小东把头抬起来，看到这满屋的葫芦串，忽然心软了。是啊，这是父亲的职业、父亲的回忆，怎么可以随便剥夺呢？这不仅是父亲的回忆，也是自己的童年啊！

"爸，我想吃一串糖葫芦了，可以像小时候那样再画个糖人给我吗？"王东展开了笑颜。

终

"糖葫芦好看它竹签儿穿，象征幸福和团圆；把幸福和团圆连成串，没有愁来没有烦。"

师评·智匠创作微论

死别的故事充满了无奈，而生离的那些人同样充满了孤独和期盼。冰糖葫芦酸酸甜甜，就像亲情的故事酸酸甜甜。小翠为了生活不得不离开自己的孩子和残疾的父亲，老王不愿意住在儿子家的大房子里，王东夫妻因为父亲随便放走了保姆而乱成一团，每个人有每个人的世界吧，就像老王所说"小东，这是我的工作、我的职业、我的回忆，我不能离开这行啊"。是呵，王东也终于懂得，"这是父亲的职业、父亲的回忆，怎么可以随便剥夺呢？这不仅是父亲的回忆，也是自己的童年啊"。每个人的童年，都有一种忘不了的味道，是酸酸甜甜的冰糖葫芦，是香甜的烤地瓜，还是五彩缤纷的棉花糖……

少年心事

爱如执炬迎风,炽烈而哀恸;若来世再澈月鸣筝,也许还能道声久别珍重。

盛夏裙摆打动的

中文171班　王秀娟

一

苏小暖打开了她那年用到一半的日记本，日记上还有那年的喜乐和悲伤，不知不觉竟看得入了神。

那个并不英气的少年，耿直到有点傻气，不唯美不浪漫，跟偶像剧男主和青春小说男主完全搭不上边。

可是自从苏小暖第一眼看见他，就有种说不上来的似曾相识的感觉。

但那时她觉得自己唯一想做的，就是努力。努力让自己成为一个优秀的人，成为想要成为的那个自己，然后逃离这个世界。

但这世上的事，总是阴阳调和、互相平衡的，不是吗？

二

苏小暖或许会永远记住那天，夏末的余温渐渐散去，可阳光还是能把一个女孩子照耀得像天使。尤其是在清晨，绿叶洒光，百鸟欢鸣，全世界明亮起来，都在歌唱。

她在座位上看书，腰背很直，头发在阳光的照耀下闪着棕色光芒。他穿过走廊，似乎还是有点不好意思，隔着苏小暖的同桌叫她："嗨？你今天早上读的那首诗是什么？我觉得很好听。"苏小暖感觉自己并不意外他的到来，甚至有点意料之中。她还来不及开口，就被同桌挡了个严严实实。同桌是个活泼机灵的姑娘，爱闹爱玩笑，拦在苏小暖身边，张开手臂高声说："良璋，小暖才不会告诉你，她是我的。要想跟她说话，得先过我这关！"原来他叫良璋，真是个好名字。能想到这样好名字的父母，肯定很厉害吧。

苏小暖是个插班生，所以对这个班的大部分人也不太熟悉，加上她又是个彻头彻尾的脸盲，现在还记不全人名。（学校每年都会抽调成绩好的同学来到 A 班，实际上 A 班的人并没有太大变动。或许在压力之下，大家都在拼命保住自己在 A 班的位置，因此苏小暖认识的人并不多。）

"小暖什么时候成你家的了？"第一次称呼就叫得这样亲切，苏小暖忍不住皱起眉头看了他一眼。

"怎么？不是我家的，难不成还是你家的吗？"同桌昂起头微笑，故意打趣着。

"她……不是，我就跟她说一句话。"良璋不好意思地笑着，半是恳求的语气。

"不行不行，我不准！"同桌居然嘟起嘴巴继续拦着。

"嘿！"良璋再也不想继续和她这么耗下去了，突然从右边伸过头，很客气又艰难地大声笑着说，"小暖，你今天早上读的那首诗名字是什么啊？那很好听！"

"哦！那是陆游和唐婉的《钗头凤》。"苏小暖说完，一时不知该说什么才好，于是转过头接着看书去了。

"好了好了！不行，你就没有什么要跟我说的吗？走，我们去你座位上去！"同桌欢欢喜喜地拉着良璋走开了。良璋走之前又看了苏小暖一眼，才慢慢转过头去。其实，苏小暖感觉到了：他的眼睛可真有神，好像里面有一团热烈的火。当他看着某人的时候，似乎眼里只有那一个人。

三

很快，半个学期过去了，考试之后就要调座位了。所有同学都在盘算自己的位置，兴奋地找自己的同桌。

在这样一个所有人都是竞争进来的班级里，选座位自然也要靠成绩。所以最后决定，按期中考试的成绩，依次到讲台上，每个同学把自己的名字写到自己心仪的座位空格上。

苏小暖虽然不算是佼佼者，可也不在末尾，她坐在了左边中间靠窗的位置。周围都有人了，只是她还没有同桌。让她毫不意外的是，良璋选在了她的旁边。

苏小暖右手托着下巴，静静看着窗外的微雨，眉头紧皱，眼神疲倦，左手悄悄用力捂着肚子，直到上课才回过神来，可是疼痛丝毫没有减弱半分。细密的汗珠悄悄渗出来，她觉得自己的头很重，脑袋里像有一块石头总把她的头往前带，眼前的东西好像在晃。当她努力听老师在说什么的时候，太阳穴都会一阵一阵发疼。病痛总会扰乱人的心智，用身体上的疼痛给心灵最虚弱的地方重击。对她而言，本就多愁善感的性格，再有每月这样一次身体的疼痛，实在是像极了一种诅咒。

这节课的老师很喜欢提问，当她提问到苏小暖的时候，苏小暖站着想要努力地保持清醒，但是眼前却越来越模糊，她突然倒了下去。良璋眼疾手快地扶住了苏小暖，帮她掐了人中使她清醒过来。但是苏小暖的脸色还是那么苍白，额头上不断地渗出细密的汗珠。突然，良璋抱着苏小暖冲出人群……

医务室里，良璋用勺子搅动着一碗红糖水，苏小暖坐在床上说："没关系，给我就可以了，你快回去上课吧。"

"让一个女生一个人在医务室，我怎么好意思回去？再说了，咱们是同学，这点小事不算什么！"良璋不像平时一样嘻嘻哈哈，这种认真的表情苏小暖还是第一次看见。

"那好吧，谢谢你了。"

"给，可以了，把这碗红糖水喝了再休息一会儿吧。你在这等我，别乱动，我去给你买暖贴和糖。"良璋说着走出了屋子。

"姑娘，你男朋友对你挺不错的呀！"医生笑得很有深意。

"这个，他不是我男朋友……"苏小暖尴尬地笑了一下。

"哎呀！没事儿，我不会给你们捅出去的。嘿嘿，你不知道，在我的撮合下，这医务室成了多少对儿呢，哈哈！"

这时候苏小暖心里只想着一句话：良璋你快回来吧，咱们赶紧走！

四

雾气腾腾的窗上渐渐出现了飞舞的点点白花，白花越来越多，渐而清晰，渐而缠绵，渐而盛大。

雪花，包裹着世界。

从透明的玻璃窗望进去，小小的教室里竟有种温暖的感觉。

苏小暖也忍不住抬起头，满屋打打闹闹的欢声笑语，玻璃窗上凝结的薄薄水汽，都带来一种温馨的感觉，让人忍不住想到小时候烤过的炭火、喝过的豆浆……

想到这些，苏小暖不知不觉就开心了，嘴角抑制不住地轻轻上扬。冰雪气的同桌竟然笑了！良璋也跟着笑了起来。他的眼睛里满是花火，闪闪烁烁。苏小暖感觉到了他的目光，下意识收敛唇角，低头看书。同桌不知什么时候也慢慢收回目光。

"哎！哎！哎！班主任特批下来了啊！咱们这节语文课去外面打雪仗！太爽了！A班的快点走，大家在班主任反悔之前赶紧下去啊！"体育课代表在教室门口兴奋地要跳起来，班里一阵欢呼。不一会儿，教室里只剩下苏小暖和良璋静静地坐着。

苏小暖还在慢慢地收拾课本。

"来，我帮你吧。"良璋看着苏小暖的桌子，声音格外轻柔。那是一种男性特有的低音，让人觉得有什么东西落在了心里。

"不用了，我自己就可以，收拾几下就好了。"苏小暖莫名觉得一阵心酸，但是还是拒绝了他。

"没事儿，来，我帮你，反正我也闲得没事。"良璋一边说一边把她的书放在书立中间。

"你不去跟他们一起玩吗？"她看着窗外茫茫的大雪，说不出是一种什么样的心情。

"没事儿，不着急。外面天挺冷的，你自己小心别感冒了，你可不能再让我背你一次，这样不好，别人都会说你故意占我便宜的。你这样，我会没人要的。"良璋一脸委屈的表情逗笑了苏小暖。

"哈哈！对了，谢谢你上次带我去医务室啊。这枚书签是我前天刚从网上买的，还没打开，送给你当作谢礼吧。"苏小暖说着从书包里翻出那枚书签。

"啊！你这样，别人看见了会误会的，嘤……"良璋还没说完，就被苏小暖扼住了命运的后颈皮。

"不许嘤嘤嘤！给我拿着！"苏小暖听到"嘤嘤嘤"就浑身起鸡皮疙瘩，更何况，这是从一个一米八的大男生嘴里嘤出来的。

这天早上放学，课代表突然喊了一句："小暖，你的作业，快！"苏小暖一下子从十几厘米高的书中抬起头："啊！我忘了，在这呢，等我一下。"

良璋抬起头，伸了一下懒腰，他突然瞥见苏小暖的本子上写了一首小诗：

赋雪

残叶未央雨暂歇，疾风辗转忧长夜。

白雪枝丫红楼盖，几多前尘没雪藏。

他偷偷盯着那首诗看了好久。从那以后，良璋开始问她很多问题，比如：小暖，这首诗全文是什么来着？哦，原来是这样。欸？那你最喜欢哪种花呀？或者是：小暖，这个字怎么读？

五

"今年平安夜和圣诞节,我们一起过呀!"苏小暖的闺蜜找到她说。

对呀,快到平安夜了,要好好准备了呢。

苏小暖第二天就准备了很多贺卡和平安果。到了平安夜的那天晚上,她把一张贺卡和一个平安果送给了良璋。良璋看着她笑了很久,然后轻声读贺卡上的内容:"烟水茫茫晚凉后,花气萦人风似绸。借问良家子,风雨何故乱云烟?"苏小暖不好意思地低下头。不一会儿,良璋说:"小暖,你写得很好啊!给你,这是我自己写给你的。"苏小暖接过那张贺卡,上面写着:亮光划破厚密的乌云,天地闪现白光,暗香浮动,夏晚凉风透。在那一天的夏夜里,你是比群星还要璀璨的光芒。

深蓝色的夜空下,苏小暖不知不觉露出了笑容……

六

那个学期之后,学校的模拟考试变得多了起来,他们桌子上的书也越堆越高。

高考成绩下来之后,苏小暖如愿以偿地上了自己希望的学校。

暑假快要结束的一天,毕业生都要去学校取档案。她刻意穿了一身长裙,和良璋一起走在校园的林荫道上。阳光斑斑驳驳,地上的树影不停地摇曳。"那你是怎么打算的?真的要去复习吗?"苏小暖先开口了。

"对呀,这个结果毕竟不是我想要的。我觉得自己应该再试一试,而且,我自己的情况我很清楚。"良璋望着远方。

"嗯,那好吧,那明年夏天一起出来同学聚会呀?"苏小暖微笑着问他。

"好呀,一定的。到时候,我请你们吃饭!"良璋笑着说,但他显然已经下定了决心。

"到了学校以后,我给你写信吧!"苏小暖也笑着说。

"好啊,其实,我偷偷看过你的好多诗,都写得很漂亮,如果有一首是专门写给我的就好了。"良璋小声地说。

七

夏天过去了，苏小暖也换下了长裙。

第一年的大学时光里，苏小暖给他寄了一封信，信里有送给他的几首诗。苏小暖期待着他看到信之后的反应，期待着每一个星期天，期待着回家再和他去一次书店。她有时候会一个人坐着，看着安静的微信列表，不停地往下翻，期待等她再翻上去的时候，就会有他的消息，这样一坐，就到了深夜。她也会在排练节目的间隙站在窗边，看着远处的高楼大厦，重复在脑海里排演着他们重逢时候的画面。

可是第一个学期结束，苏小暖听说他每次考试都是年级第一。等到第二个学期结束的时候，苏小暖听说他有了女朋友，爱情学业双丰收。怪不得聊天都是问个好就结束了，苏小暖一直认为他在忙着学业。是因为忙，才没有时间回消息；是因为忙，才没有时间回信。

苏小暖翻完了日记，她不确定这一切的感觉究竟是不是真的。她不知道那个少年究竟有没有因为什么而心动过，自己在深夜里期待的又是什么。

突然，手机上出现了一条消息：在吗？小暖，你们那里下雪了吗？

师评·智匠创作微论

"苏小暖或许会永远记住那天，夏末的余温渐渐散去，可阳光还是能把一个女孩子照耀得像天使。尤其是在清晨，绿叶洒光，百鸟欢鸣，全世界明亮起来，都在歌唱。"一个温暖而喜欢诗歌的女孩，被一张贺卡点亮的平安夜，"亮光划破厚密的乌云，天地闪现白光，暗香浮动，夏晚凉风透。在那一天的夏夜里，你是比群星还要璀璨的光芒"。当遥远的问候没有回音，是忙？抑或是忘了？"苏小暖翻完了日记，她不确定这一切的感觉究竟是不是真的。她不知道那个少年究竟有没有因为什么而心动过，自己在深夜里期待的又是什么。"期待一句问候："在吗？小暖，你们那里下雪了吗？"盛夏过去，白雪飘零……

夜奔

中文171班　王开轩

我在风里，我在一片枯树中等着。风从衣服的裂口钻进，树上有眼睛在看着我，我对这个时刻记忆犹新。

我并不知道会有风，更不知道树上长了眼睛，那是败者的眼睛。我惶恐地抬起头，树上的所有眼睛也随着向上瞟去。天空灰蒙蒙的，带点红色，像一口血痰，黏乎乎地铺在上头，两三片更深色的眼睛浮在当中。大风将头顶的东西一股脑地向下吹，我看到一条长着褐斑的鲸鱼在翻滚。我开始局促不安，眼睛仿佛也被大鱼裹挟着飞走。我的双手紧紧攥住口袋，口袋中的纸条上写着紧急联系电话。不知为何，我口袋里总会出现这张纸条。

我开始后悔，为什么不待在我的屋中。那山顶的小屋，屋顶有两个黄灯，一明一暗，亮起来后像一只瞎眼癞蛤蟆。我一般都会待在我的屋中，屋中有一间厨房，一个怀孕的女人躺在垫子上，看着一幅模糊的画。我会一直看着对面的山，这片树林就在对面的山上。

"你要继续爬上去？你不是在那里摔断过腿吗？"蜘蛛蛰伏在屋中，有声音一边笑一边提醒。

我的左腿软塌塌的，我是一个瘸子。

"什么时候？"嗤嗤的笑声传来，屋外有人在笑，也有人在跳下山去。我跑出去，跟着他们一块跳下去。我以为我摔断了腿，可只是被砾石划破了帽衫。我顺势朝着对面的山走去。

"Severe Masochistic Tendencies，你清楚我的意思。"那个声音并不在屋中，它紧跟着我，"所以你弄断了自己的腿。"

我默不作声地向上走。天空暗得很快，我周围多了许多猩红的眼睛。他们流着涎水，发出呼哧呼哧的嘶磨声。我出汗了，头发紧紧贴在脑壳上，像被打湿的拂尘，我拼命往上蹬。

"你想从她身上获得慰藉？她只是一名孕妇而已。"

我没准备那么做。我身旁传来了呼噜声，怀孕的女人有时候会打呼噜，她不打呼噜的时候就会盯着我看。我受不了这种目光，于是我砸断了自己的腿，是这样吗？

我趴在不开灯的桌子上写作，什么都看不到。昆虫顺着我的纸张爬过去。孕妇不在屋里，她不喜欢虫子，更不喜欢红色的天空。外面的天空是红色的，我应该去上面看看。

我站在树林里，树林也是红的。我要爬最高的那棵树。我的伙伴们早已爬上去了，他们平静地盯着我，像我之前所说的那种我无法忍受的平静眼神。我尝试去爬，却摔断了腿，这也只是猜测之一。不过我原谅了我的伙伴，他们并不需要这些。

我还站在风中，树上长满了失败者的眼睛。我抬头，一只大鱼在翻滚，更远处的天空镀着一层暗金。我的脸湿了，我流泪了，我到达了我看着的山顶——第一个到达了这里。可是树上长了眼睛，它盯着我，它控诉我，我往哪里看它就转向哪里，那只大鱼吞吃了我。

"你应该继续爬上去！"

"不，鱼会吃我。"

"你只能是一个没有用的瘸子，大家都知道。"

"为什么要爬？"

"因为每个人都要爬，这是象征。"

"像孕妇一样的象征？"

声音变得急促，我不再尝试去爬，我不再怀疑了。接着我回到了小屋，黄灯亮着，里面传来孕妇窸窸窣窣的偷吃声。"为什么不等我回来呢？"她生产了，是婴儿吮吸乳头的声音，模糊的画变得清晰可见：暗沉压着麦田，扑棱着翅膀乱飞的乌鸦，一条幽暗没有尽头的道路，一个男生泡在水中，太阳是黑色的。我把灯拉灭，我是一个瘸子，我趴在桌子上开始写作。

师评·智匠创作微论

败者的眼睛长在树上，山上的小屋顶有两个黄灯，垫子上的孕妇，对面的山，在嘲笑的蜘蛛，一个瘸子，红色的树林，婴儿吮吸乳头的声音，麦田，乌鸦，种种变幻莫测的意象纷沓而来。"你只能是一个没有用的瘸子，大家都知道。"随后，"模糊的画变得清晰可见：暗沉压着麦田，扑棱着翅膀乱飞的乌鸦，一条幽暗没有尽头的道路，一个男生泡在水中，太阳是黑色的。我把灯拉灭，我是一个瘸子，我趴在桌子上开始写作"。因为每个人都要爬，这是象征。是的，世界充满困惑，伴着新生。每个人都要爬，这不只是象征。

那年夏天
——观《萤火之森》

中文1B1班　齐敬贤

如果是无法触碰的爱恋，你还会为之奋不顾身地努力吗？

这是一个关于失去，关于成全，关于那个夏天，关于生命里那场最美丽的遇见的故事……

蝉在树上不知疲倦地叫着，少女小竹搭上了通往爷爷家的新干线列车。随着列车的飞速前进，小竹看着窗外，思绪拉得好远好远……

遇见那个少年，是在她六岁那年。

年幼的小竹像往常一样，每个夏天都会来乡下爷爷的家里。在这附近有一片传说中居住着妖怪的山神森林，小竹在这里迷了路。独自一人面对偌大的森林，小小的小竹坐在地上放声大哭起来。这时，一个清冷的声音唤着少女，她循声望去，那个身影藏在远处的一棵树后——一张戴着面具的脸，小心地询问着此时的女孩为何哭泣。

小竹看到少年的一瞬间，以为自己看到了人类，激动地向他扑了过去。不料却扑了一个空，一头栽在地上。少年尴尬地说着抱歉，告诉她，在这片森林里长大的他，一定不能被人类触碰，一旦被碰到，就会消失在这个世上。幼小的小竹不明白话里的含义，调皮地与少年玩着追逐游戏，直到受到当头一棒，才相信了少年的话。

幽静的森林里，阳光悄悄地透过枝叶的缝隙洒了下来，落下斑驳的影子。

少年用一根木棒隔开二人，牵着小竹走过这长长的路。

此时的小竹还不知道，这根短短的木棒，却是两人之间全部的距离。

夕阳西下时，小竹终于走到了森林的出口。与少年道别，她询问他明天还在不在森林。他说，这里是山神大人居住的森林，人类一旦进来就会迷失心智。看似吓人的话语似乎恐吓住了小竹，但也只是短暂的一瞬。

微风轻起，小竹笑着告诉少年她的名字，然后是长久的沉默。没有得到回应的小竹退后了些，但仍倔强地说明天还会带着谢礼来这里。转身跑开时，女孩听到了回答：

"我叫银。"

入夜，小竹看着天花板，回忆起银讲过的属于妖怪们的森林，缓缓闭上眼睛……

这，是一个神奇的夏天，此时森林的上空，一道星河铺满天际……

嘴上说着小竹不会再来的银，却还是坐在森林入口处等着女孩。小竹快乐地扑向银，再次喜提当头一棒。

银带着小竹沿着长长的阶梯走入这片森林，一大一小两个身影咬着冰棒从桥上走过。女孩开始好奇银的身份，他为什么要戴着面具？他是没有脸的妖怪吗？

次日再次日，小竹都去了那片森林，与银在山中游玩奔跑，嬉笑打闹，相互追逐，两人皆带给了彼此从未感受过的快乐。

趁银休息时，小竹悄悄靠近，摘下了银的面具，面具下的脸令她震惊：那不是一张妖怪的脸，他的脸是多么温柔清秀呀！银此时也睁开了眼，他告诉她："如果不戴面具，看起来就不像妖怪了。"

离别之际，二人约定每年夏天都在这里相见。从那一天开始，少女开始期盼着夏天，有银在的夏天。

　　小小的小竹开始慢慢长大。又是一年夏天，调皮的小竹爬上了树。当树的枝干断裂，眼见小竹要从树上掉下来，银急忙赶去接，却又因为自己不能触碰人类而猛地刹住脚步。虽然摔得很疼，可小竹依然笑着说太好了。她跪坐在地上轻轻呼唤着银，然后笑着告诉他，不论发生什么事，都一定不要触碰到自己。

　　原本笑着的眼睛却在说完那一刻流下了眼泪，她哭着，强调一定不可以。

　　银戴着面具注视着她，没有讲话。

　　对不起，在你哭泣的时候，我也同样不能拥抱你。

　　两人的视线也终于在一年一年的时光里慢慢靠近……

　　小竹发觉，银似乎要比人类成长得慢许多。过了很多年，他的容貌却没有改变。

　　当日落时，天空又变成了淡淡的金色，蝴蝶围着银跳舞，他摘下了面具——小竹呆呆看着，好像要把这个温柔的少年刻在心里。

　　少女开始思考有关年龄的问题，照这样看，不出几年，自己的年龄一定会超过银。小竹躺在木板上，有一下没一下地扇着蒲扇。到时又该怎么办才好呢？

　　也许连她也没有发现，在她规划的未来里，银早已成为那个不可或缺的存在。

　　穿着高中校服时，小竹开心地向银说着以后的打算，她想毕业后来这里工作。这样一来，就可以经常来看银了，无论秋天、冬天还是春天。

　　这一次银没有给他回答，而是决定跟小竹讲讲关于自己的故事：银很特殊，他不是妖怪，但也不是人类，虽然他曾经是人类的孩子。出生后不久，他便被抛弃在这座森林里。银的生命本该在那个时候就结束，却因为山神的怜悯得以继续活下去。但这样一来，银就成了幽灵一般尴尬的存在，不可以被人类触碰。

　　他对小竹说："没关系，你可以忘了我。"

　　小竹打断他的话："一碰就会消失的话，就像雪一样。我连冬天的时候也在想有关你的事，秋天也是，冬天也是，所以，千万不可以忘了我。"

哪怕总有一天时间会将我们分开，可是在那天到来之前，我们都要一直在一起。

很快，小竹长大了。又到了妖怪们的夏日祭典，银邀请小竹一同前往。

夜幕降临，妖怪们的夏日祭典开始，小竹看着繁闹的景象，感觉与人类的庆典似乎并无不同。

银说，因为妖怪们幻化成人形，与人类祭典过于相似，有时也会有人类不小心闯入。

当高高的篝火点燃，夏日的祭典也到了尾声。

二人走在夜晚的小路上。"我已经无法等到夏天了。"银说。是呀，他的思念又怎会比小竹少呢？不要说三个季节的分离，哪怕是人群中片刻的分离，也会让他想立刻去见她。

少女羞红了脸，却克制住了自己想要拥抱少年的手。

少年取下面具戴在少女脸上，轻轻吻了她。

路旁跑过的小孩打乱了小竹的思绪，银眼疾手快地抓住了即将摔倒的小孩。当小竹再次回头，银触碰过孩子的手已经发出了绿色的荧光，在慢慢消失。

银呆呆看着自己的指尖：刚刚的孩子，是不小心混入的人类孩子啊……

看着自己正在逐渐消失，少年忽然笑了，他张开双臂。

来吧，小竹，我终于能触碰你了！

我终于可以触碰你了，哪怕是用尽我毕生的力气。

无法触碰的爱恋，融化在一生一世的拥抱中。

小竹久久地伏在银消失的衣服上哭泣。银的喜欢，小竹感受到了啊！

这里是郁郁葱葱的山神森林，无数的萤火虫带着妖怪们的声音飞出。他们感谢小竹，让银终于可以被人类拥抱，被自己喜欢的人拥抱……

青春是萤火绚丽的流动银河，灿烂却也极致短暂。

对于小竹而言，也许暂时，她一定无法再期盼夏天。

但残留在手上的余温和那些夏天，会陪伴她，一直走下去……

每个女孩心里都有一片萤火之森，那里，住着一个少年。

师评·智匠创作微论

那年夏天，有一个美丽的童话。银和小竹，彼此思念和守护。"如果是无法触碰的爱恋，你还会为之奋不顾身地努力吗？"这是多么让人揪心又无奈的追问，谁能说得清？"这是一个关于失去，关于成全，关于那个夏天，关于生命里那场最美丽的遇见的故事……"相遇，就会别离。"少年用一根木棒隔开二人，牵着小竹走过这长长的路。此时的小竹还不知道，这根短短的木棒，却是两人之间全部的距离。"所谓咫尺天涯，不过如此。眼泪和笑容常常相伴，小竹"笑着告诉他，不论发生什么事，都一定不要触碰到自己。原本笑着的眼睛却在说完那一刻流下了眼泪，她哭着，强调一定不可以。银戴着面具注视着她，没有讲话。对不起，在你哭泣的时候，我也同样不能拥抱你"。看着你被摔疼，看着你流泪，"来吧，小竹，我终于能触碰你了！我终于可以触碰你了，哪怕是用尽我毕生的力气。无法触碰的爱恋，融化在一生一世的拥抱中"。"青春是萤火绚丽的流动银河，灿烂却也极致短暂。对于小竹而言，也许暂时，她一定无法再期盼夏天。但残留在手上的余温和那些夏天，会陪伴她，一直走下去……"是的，"每个女孩心里都有一片萤火之森，那里，住着一个少年"。

眷恋你的温柔

中文182班　任怡俊

眷恋着，你的温柔。

似耳畔的低喃，氤氲着，青春的梦。

摩挲着躺在手心的刀，嘴角不自觉地勾起。每次一看见这刀，脑中总会蹦出那个人，倔强又单纯。

望向窗外，雨淅淅沥沥地拍着树叶。这一拍，拍回了二十年前。

"等我回来！"他铿锵有力的声音钻入耳中。参军，是他家人给他做的最好的安排。

唉，可是，我的青春，怎么等得起呢？

"妈，这刀是你买的吗？咋一直没见你用过？"

"不是啊，是一个旧识送给我的。"

笔缠绕着叹息在纸上沙沙地划动，当他参军回来后才知她已有所属。

"你我各有家室，此刀予你，一刀两断。"

雨打梨花深闭门，忘了青春，误了青春。

这是在搬家那一年，我妈告诉我的故事。

师评·智匠创作微论

眷恋你的温柔,奈何离别。耳畔低喃随风,青春有梦,青春如梦,徒留别离,无言而深情几许。"雨打梨花深闭门,忘了青春,误了青春。"二十年,时光荏苒;二十年,春去秋来。等待,抑或是决绝。一刀两断,过去和未来。深情不再,青春不再,斯人不在,眷恋是否还在?

忧伤的天使

汉外181班　王馨晨

爱如执炬迎风，炽烈而哀恸；若来世再漱月鸣筝，也许还能道声久别珍重。

——题记

他站在楼顶，城市的风光尽收于眼底，美中不足的就是风很大，像熊孩子一般，胡乱地揉搓着他的头发。他紧了紧上衣，却丝毫没有离开的意思。他紧盯着对楼的一户人家，几分钟后，看到一个女士出现在房间里。他那原本无神的眼眸竟流露出一星欣喜，索性就坐了下来。

女人打开房灯，开始整理床褥，仔细地把褥角压平。之后又拾起茶几上的一件衬衫，是男士西装里用来打底的，穿这种衣服的大抵都是公务员白领一类的上班族。他刚刚的欣喜逐渐被忧愁所掩盖，稍稍沉下了头。

一个小女孩不知什么时候悄悄地把住门框，眼睛水灵，怯生生地看着女人的背影，小手不安分地在衣裙上摩挲，低着头嗫嚅道："妈吗……"女人闻声回头，蹲下来，双手捧起她那粉扑扑的小脸，问道："怎么了，宝贝？""爸爸……爸爸什么时候回来？我想爸爸了。"

女人略微怔了一下，抿了抿嘴唇，也低下了头，右手从她的小脸上撤下，拉起那圆圆的小手，笑道："爸爸出差了，过几天就回来，妈妈刚刚和他通过电话了。"

男人脸色不是太好，一只手抓着胸口的衣服，在这样阴的黄昏更显得气色不佳。他不再关注这对母女，把目光放到了街上。可是楼太高了，地上的人都像米粒一样，于是他决定站起身下去看看。

正值晚高峰，街上车水马龙，各种店铺也都点上了霓虹。他漫无目的地溜达着，看见一个小男孩激动地搂着一只脏兮兮的小狗，口中不住地说："太好了，太好了，我终于找到你了！"小狗的尾巴快乐地摇出了风，粉红的舌头舔去男孩脸上的泪珠。他也感到了一点快乐，又向前走去。他在街口看见一位风烛残年的老人，双手合十，正在辛苦地乞讨，经过他的行人向他的破碗中多少放了一些钱。他也掏了掏口袋，没有钱。他有些尴尬，于是伸出手去，拍了拍老人的肩膀，以示安慰。老人依旧双手合十，不住地磕头，似乎并未发觉这里有个来施舍的行人。他苦笑着，转身离开，走到西四街的一家咖啡馆门前。靠窗的位置上坐着一个女生，正有些焦急地翻看着手机，时不时地看下窗外，手指不安地叩击着桌面。终于，迎面小跑来一个帅气的大男孩。那女生兴奋地跑出去，一下就揽住了他的脖子，娇嗔地问他怎么迟到了。那男生宠溺地揉了揉她的秀发，有些不好意思地说："刚下课，老师有点拖堂了。"那女生也没有真的生气，挽着他的胳膊开心地离开了。

他有些窘迫，左手覆在右手上，有些勉强地迈开腿，继续向最开始他看的那栋楼走去。

夜色渐浓，小女孩抱着她心爱的玩具熊上床入睡，进入甜甜的梦乡。女人见她睡了，偷偷松了一口气，回到客厅。电视在昨天就被撤了下来，倚在斗橱旁边。又黑又粗的线连进墙里，像蛰伏在土中的虫蛇，随时会钻出来，缠绕着生人。她从沙发后面拿出相框，眼中有些失神，泪水重重地砸在地上，破碎的反着灯光的泪珠，不知何时铺满了她周身的地面。她用手死死地捂住嘴，忍住冲到喉头的苦涩。那小姑娘还什么也不知道呢……还以为爸爸真的是出差几天，肯定会回来的。

男人早已站在门口，见此便向她走来。他跪在她脚边，伸手揩去了她眼角的泪花，拥抱着她，亲吻着她，告诉她他很爱她们，可是人生不巧，他要离开了。他舍不得自己那天真可爱的女儿和勤劳聪慧的她。他发愁，担心以后她们日子艰苦，不忍心离开，可是哪有那么多花好月圆……他发不出半点声音，那女人也感受不到他，他由一开始的喃喃变成声嘶力竭地呼喊着她的名字。她双手撑住头，紧咬下唇。最后，他看见几条血虫子正探头探脑，从唇齿间缓缓爬出来……

她的手机亮了一下，女人忙去翻看："……我公司同意赔偿家属……（百万计），并承诺保证员工休息休假等相关人身健康权利，请家属节哀……"

百万，原来人不过就是这个价值。

他不知道这是哪里，恍惚间他似乎睡了很久。梦中，他想起自己小时候不合群，天天看着小伙伴们玩儿；稍大一些，他就进了重点高中，隔着一道窗，看外面人来人往；他死后，没有人看得见他，听得见他，恍如与世界隔了一道玻璃墙。他似乎想起自己虽为人一世，可从未真正地融入其中，总是人们寒暄着，他作壁上观。他想起他最喜欢克鲁多伊的《悲伤的天使》，那是他最喜欢的一首曲子了，深有同感，他第一次听时竟双眼模糊了。

好冷，他惊醒，四周白茫茫，是天堂吗？有天使吗？呀，怎么会呢……他苦笑着，想来天使也不堪只能注视人间的这种孤独，都斩了洁白的羽翼，做人去了。

也许他的女儿，也是其中之一吧。女儿？可她还小，以后没有父亲怎么办呢……妻子？她以后要撑起一个家，她是那么美丽，他希望岁月莫要败她……他舍不得，情到悲处，竟哭出了声。

他听见有护士喊"产妇家属"，有个老人抱过他，大笑道："这白胖大小子呦……"他哭声渐小，发现竟又回到了人间……可，他还是离开了啊……

摩肩人步履匆匆，多少相遇能有始有终；天光落笔波折，岁月干涸，只剩别离来不及说……

——后记

师评·智匠创作微论

"爱如执炬迎风，炽烈而哀恸；若来世再漱月鸣筝，也许还能道声久别珍重。""摩肩人步履匆匆，多少相遇能有始有终；天光落笔波折，岁月干涸，只剩别离来不及说。"在这爱与匆忙的人生中，有多少生离死别，有多少悲欢离合。"他似乎想起自己虽为人一世，可从未真真地融入其中，总是人们寒暄着，他作壁上观。他想起他最喜欢克鲁多伊的《悲伤的天使》，那是他最喜欢的一首了，深有同感，他第一次听时竟双眼模糊了。""想来天使也不堪只能注视人间的这种孤独，都斩了洁白的羽翼，做人去了。"若人间真有轮回，会少多少生离死别之痛？

风烛摇曳

你才不是一个人,还有我,希望你能继续幸福地活下去啊。

他曾想过一了百了

中文172班　苏慧宇

薄雾笼罩着这片广阔的海面，泛白的太阳只能散着昏暗的光芒，慢慢被海水浸没，沉入海底。海面上被太阳激起的波澜慢慢靠近岩壁，然后轻柔地抚摸着那些坚硬的石头，有气无力地发出些声响。

高耸的岩壁上方有一个建好的观景台，浅色大理石铺成的地面的边缘被围上了半人高的护栏。一个男人倚在护栏上，望着岩壁下方的海水，面无表情。

从这里跳下去的话应该会死吧。他这么想着，裹紧了自己的外套。

是的，他是来自杀的。

但他并不着急。

他坐下来，抱着膝盖，透过护栏的缝隙，看着死气沉沉的海面和那惨淡的太阳。大理石地面的冰冷透过他的屁股钻进他的身体，在他的五脏六腑里乱撞，然后像有了回声一样，让内脏连带着他整个人都抖了一下。

真凉啊，明明还是初冬，地面却像冰块一样。上一次这样坐在冰冷的地上是什么时候来着？应该是两年前冬天的时候吧，那次真是糟糕透了。

记忆这头洪水猛兽凶猛地把他扑倒，把一切都展现在他眼前。

他一直都是一个没什么追求的人，只是普通地活着，没有兄弟姐妹，没有朋友，一直都是自己一个人。普通的大学毕业后，找了份勉强能养活自己的工作，跟着母亲一起生活，每一天都无趣地度过，但也算是没有什么烦恼。他试着培养培养兴趣爱好什么的，但总是很快就厌了，慢慢地，他也就放弃了。他讨厌这样的生活，但也放弃了改变。他就是这样一个只活在自己的世界，凡事只有三分钟热度的懒惰的混蛋。他一直都知道的。这样的他曾想过自杀，但是一想到母亲会因为他的死而伤心痛苦，他就心疼得要命。母亲已经面对了太多死亡，他不想连他都要伤害母亲，留下母亲一个人活在痛苦里。这样想着，他也就坚持活过来了。但两年前的冬天，母亲也去世了，他失去了活着的最后的意义。

一直以来都为了母亲活过来了，那么以后，又要为了什么活下去呢？

年末的街上无论什么时候都灯火通明、五彩缤纷，人们行色匆匆，朝着家的方向走去。所有人都避开像个游魂一样的他，任由他在街上游荡。

浑浑噩噩的，他出了车祸。他在马路上滑倒了，坐在那块被磨得透亮的冰上，呆愣地看着那辆车疯狂地打着喇叭也打着滑朝他冲过来。在疼痛传来的前一秒，他只想着屁股好凉。

司机匆匆忙忙地冲下车，几乎是跪着滑到他面前，紧张地问他有没有事，能不能站起来。司机是一个长相清秀的姑娘，只穿着一件薄毛衣，眼泪在眼睛里打转，声音也带着哭腔，想要搀扶他却害怕让他伤得更重，纠结的双手不停地颤抖，在离他身体不远的地方晃动着。他挣扎着想要坐起来，却发现胸口疼得厉害。他试着动了动其他地方，发现左手似乎骨折了，疼痛迟一步传达到他的大脑。他想让那个女孩冷静下来，但疼痛使他的脸皱得像苦瓜。

在医护人员把他抬上救护车的时候，他脑子里只有一个念头：太丢人了。

这次车祸以他锁骨、左手骨折告终，警察建议私了。本来就是他过马路还愣神的错，那姑娘踩了刹车，但是路太滑，没有刹住。他很不好意思，想就这么算了，但是哭花了妆的姑娘坚持要付医药费，一本正经地要了他的联系方式，还称会陪他复查，认真地记下了复查的日期。

她会不会是看上我了？他有一瞬间这么想过，然后自己就笑出来了。怎么可能？

那之后，她真的陪他去复查了。他觉得不好意思，就请她吃饭。一来二去，两个人慢慢熟络起来，成了朋友，时不时一起出去玩。他慢慢明白，她是一个爱"多管闲事"的老好人。

他做过最后悔的事，就是告诉她自己自杀的想法，他一直寻找但是又找不到活着的意义。从那以后，她就把他当成了自己的责任背在身上，告诉他，他不是一个人，还有人希望他继续幸福地活下去。

他对不起她，但是他很自私，他希望她能一直陪在他身边，所以他选择了沉默。

两个人就这样，像是恋人，但又并非恋人，一起走过了两年。终于，他们的关系出现了变化。她有了喜欢的人，对他的关心越来越少，但是他并不介意，她还在这儿。但是他慢慢发现了，她身上那份对他的责任感，渐渐变成了她的负担。她越来越苦恼，跟他在一起时发呆的次数越来越多，很多时候的欲言又止他也注意到了。这不是他想要的，他从来不想让她烦恼，他也从来不想让自己变成别人的负担。

于是他又想到了死。

自己死了的话，大家也都能轻松一点吧。他笑了笑，把冻得冰冷的手夹在蜷起的膝盖下面。手感受到了温度，但腿又变得冰冷，他又把手抽出来，缩在袖子里。

太阳早已沉入海底，四周一片漆黑，雾气让月亮的光芒变得朦胧。

他坐了多久呢？他站起身，说，走吧。

或许是坐得太久，他在起身的一刹那眼前一黑，迅速降临的头晕迫使他站在原地。他闭上眼，似乎有什么东西闪着光从脑海中划过去。

他死了的话，她会更自责的吧？

虽然视线已经恢复，头晕也消失了，但这个念头却使他浑身僵硬。明明对她十分了解，但是自私的自己却无视了她的心情，选择了逃避。自己死掉的话，轻松的只有自己。

他死了的话，她是不是也会把他的死当成是自己的错，像当年那场车祸一样，把责任全部揽在自己身上，然后一个人活在自责里？

他跌坐在地下，眼泪挣脱眼眶，不受控制地肆意流淌。

他不想这样，活着是她的负担，死了还要束缚她。他不想这样，他只想她能轻松地幸福下去。

他张大嘴，干涸的喉咙挤出一丝呜咽，然后慢慢变成号啕。他该怎么做？他到底该怎么做？

"你才不是一个人，还有我，希望你能继续幸福地活下去啊。"

他想起她对他说过的话，哭得更凶。"我也希望你能幸福啊……"他哽咽着，用支离破碎的声音重复着。

第二天太阳升起的时候，她接到了一个电话。电话那头是他沙哑的声音，还带着很重的鼻音。

"你走吧。"他说，"去他身边吧。我从来都不是你需要背负的责任，我也不想变成你的束缚，我只希望你能一直幸福下去。你放心，我会好好地活着的。记得……结婚的时候给我发请柬……再见。"

伴随着颤抖的声音，电话被挂断了。

师评·智匠创作微论

"一直以来都为了母亲活过来了，那么以后，又要为了什么活下去呢？""去他身边吧。我从来都不是你需要背负的责任，我也不想变成你的束缚，我只希望你能一直幸福下去。你放心，我会好好地活着的。"

生命的意义是什么？多少人限于身体的疾病求生艰难，又有多少人因对于生命的意义备感困惑而感到生无可恋？或许更好地寻求自己生命的意义，比求得他人的关爱与关注，更能让生命坚定和坚强。唯愿每个人都能找到自己生命的意义，幸福地生活下去。正如扎西拉姆·多多所说，找到那个让你的心安静下来的人，那个让你的心精进起来的人，从此万水千山，生生世世。

漆黑的海上

汉外171班 祁琦

今天是2018年9月1日，星期六，我休息不用上班。天气阴沉沉的，还有点凉，我想着大男人别那么娇气就没开空调。我妈怕随时会下大雨，沿海城市风大，一把小伞也挡不住什么，所以菜是在附近早市买的。我中午没滋没味地扒拉了两口饭，待得实在无聊，便出去海边转转。

海边比街道里还要凉，不知道是不是因为要下雨湿气重，还起了淡淡的海雾。一阵风吹来，也没吹开空气里的咸湿黏稠，一口吸进去，在胸口凝滞了一股没来由的沉闷。风稍微吹散了海雾，我顺着风来的方向看了一眼，有个女生站在那里，约莫二十岁，穿条天蓝底碎花长裙，皮肤很白，嘴上也没什么血色，眼睛像黑曜石一样，没什么魅惑的神色，甚至有点深沉淡漠。但我看着她，无端想起了吸引水手丧命的塞壬来。或许塞壬也不是魅惑的，她什么都不需要做，光站在那里就已经够吸引人了，就像现在我被她吸引走过去搭话那样。天上的云一层层黑压压的，在海面上遮住了阳光，海天之间找不到一点温暖，让人看不见影子。

和她搭话没那么难，她不热情也不爱笑，问什么就说什么。我问她怎么一个人在这边，天已经有些冷了，而且是她一个女孩子。她说她家在附近，家里出了些事，她出来走走，结果就一个人走到了海边，她这话像是在说我无处可去。"我请你吃些东西吧，"我说，不等她拒绝我又接着说，"我从家里出来没吃好饭，正好也有些饿了。"

我带她去了家西餐厅，昏黄的灯光很是浪漫。我问她想吃什么，她却只要了杯蓝色莫吉托，调得一点也不好，后厨忘记加薄荷了，我又闻到了海盐味。浓重的蓝色浮在杯上，因为温度低，扩散得很慢，像阳光照不透的漆黑的海面。她显然也不喜欢，杯子放在她面前，她就没有动过，偏过头看店里电视上的新闻。

新闻的标题很醒目：警察72小时破案，花季少女殒命，凶手竟是生父。接着就听见："8月25日，有渔民在附近海域发现浮尸，警方仅用三天时间……"电视里的新闻女主播话还没说完，电视就被老板娘换了台，嫌播死人晦气。真没同情心，大好的年纪，比我也就小几岁的姑娘说没就没了。我颇为惋惜地收回目光，看她还是神色冷清地看着电视。刚刚看新闻时，她神态也没什么变化，害怕、同情、悲哀、恐惧，通通都没有，无波无澜的，像是在看一面镜子。

"我妈妈也死了。"她说。

"我爸爸杀的。"她又说。我纳闷，她家里出了些事吗？

"为什么？"我觉得我不该这么直白地问出来，可她刚刚说自己母亲的死的时候，语调平稳得和刚刚电视里的新闻女主播一样，没什么难过，连带着我平白失了忌讳的心。

"我爸是个酒鬼，没工作，喝多了就打我和我妈。我妈要走，还要带着我。我爸就当着我的面把她打死扔海里了。"末了还补上一句，"一瓶子下去就死了，也没多疼"。

我张了张嘴，没说出话来，拿过她面前的饮料大口喝了起来。那蓝还是没化开，我也没管，让胸口又凝滞了沉闷。"我老家原来是山里的，山里每年都有年轻人离开，除去少数像我这样念大学的，大部分是打工的，连自己的温饱都不太好解决，所以从来不和家里联系，怕家里要钱。山是石头山，山里没多少地能耕种，走了人就少了分口粮的，所以也就没几家惦记孩子回来。很多父母过了几年之后，都不知道自己孩子是生是死。"我对她说着这种不算安慰的安慰。

出来的时候天已经黑了，我们沿着商场外围走。我等着她开口，哪怕有点贵呢，只要她能开心点买给她也没什么。我也不知道自己为什么这么想。但她什么都没要，就只是努力靠着橱窗，像是很喜欢里面的光。

我都不知道怎么搞的，竟是她送我回家。我晕晕乎乎地上楼，才晚上九点，爸妈不在客厅，屋子里黑漆漆的，他们今晚睡得有点早。该和她要个电话的，我抱着这个念头睡过去。

我做了一个梦，梦中我直挺挺地躺在海水里，头向着天空，看着没有星星一片漆黑的海面。我动不了，连眼睛都闭不上，只能看着浪一层一层堆砌在我身上压着我，我觉得我已经死了。

第二天是星期日，我得上班。老板们很擅长拿女人当男人使，拿男人当畜生使。闹钟定在七点，我六点半多就醒了。再睡一会儿，七点就起不来了，我做不到马上就起，于是刷起了手机提提神。我刷到了昨天那则没看完的新闻，配图是死者生前眼睛被打了马赛克的照片。我一下子就清醒了，照片上的人穿着天蓝底碎花长裙，没打马赛克的面部和昨天昏黄灯光下她被阴影遮盖眼睛的脸重合。

我急忙起身穿衣服，准备出门向外走。"你急什么？昨天晚上就没吃东西，我和你爸喊你，你也不理，回屋就睡，睡糊涂了？现在吃点迟不了到。"我好像听见了我妈的话又不敢听见。

今天的天还是很阴，我跑得很快。周身的空气更加凉了，还是那么咸湿黏稠，拉着我不让我继续往前去。到了海边，我一把抓住了路过的渔民，在他一副看见精神病的眼神里举起了手机，气喘吁吁地问："请问你认不认识这个姑娘？"

"唉，造孽呀。"老头的脸一下子皱到了一起，"她爸爸成天没有正事，就知道喝酒，还总是打他闺女。我们平时也拦着，可关起门看不到的哪是邻居能管得了的？给那孩子欺负的，好好的丫头没见过什么笑模样。就头几天我见过一回，那孩子说找到工作了，能自己有个地方住了。谁知道呢，她那个流氓老爹还不许孩子走，一喝多给孩子打死扔海里了。"

"我爸是个酒鬼，没工作。"

"一瓶子下去就死了，也没多疼。"

眼前的老头嘴一张一合，还在说着，我仿佛又听到她昨天说的话。

她说是爸爸杀了妈妈。

"那她妈妈呢？"我问。

"她妈早和人跑了，还是头些年孩子说的，说看见她妈在和爸爸办离婚手续的时候被个开车的男的给接走了。她眼巴巴地看着妈跟人跑了，把自己扔下。也是打那儿起，她爸也不过日子了，就瞎混，喝酒凶了就打她。"老头说。

他说完的时候，我的呼吸变得艰难又急促。我很难受，有点要哭，一阵风吹来，我的眼睛就涩住了。我回头顺着风的方向找她，有那么一瞬间，她就在我面前。我看着她，她不看我，注视着远方。

一瞬过去，她不在了，眼前只有漆黑的海面。

师评·智匠创作微论

并不是每个家庭都会父慈子孝，其乐融融。当一个人出生在父亲是个酒鬼的家庭，人生或许就是无尽的灾难，身心难以安稳。似真似幻的故事，讲述了亲人之间的悲欢与磨难，也讲述了陌生人之间的关怀，这就是人世间的复杂。告诉我们珍惜，也告诉我们无奈，告诉每个人对于世界和人间的思考。残酷的故事，深邃的思索。

你们别想杀了我

中文172班　安玉丹

我用指腹推了推鼻梁上的银边眼镜，坐在沙发上，直视对面男人问道："为什么带我来这儿？"

"医生说你的病需要静养，公司的事有执行董事，你不用太担心。"男人倒了杯水递过来，眼角笑纹都是熟悉的陌生。

倾身接过杯子，搁在手边，我安稳点点头，也伴作坦然："辛苦。我先上去看看环境。"郊区小别墅？起身偏目，看着落地窗外的温润日光，海棠一朵一朵如血涂般绽放。

囚笼。

想起昔日几位挚友离开前刻意避开自己的交流，我慢慢悠悠地撩起唇峰。

我看到你们的口型了，别想瞒着我。

"别让他离开。"

你们想要害死我，我知道。

病？我没病。

我低眼扫过手中的药片，快速记下形状颜色，当着男人的面把药尽数吞下，

271

挑着眉拍了拍对方的肩膀："多顾着点公司，全靠你了。"

语罢方转身回屋。

我拉开椅子坐下，从笔筒抽出根钢笔，在指间转了个圈反扣桌面，指骨在线圈本上有一搭没一搭地敲，等待药效发作。

呼吸正常，心跳加速。

我蹙起眉峰，在纸上书写，一手支着额头感受。

困倦，恶心，头痛，无力。

我冷笑半声，撂下笔，合上本子，塞进抽屉夹层。初步断定为精神性毒药或蛇毒，你们要杀了我！

"你要出去？我和你一起。"

我侧过身瞧着追上来的男人，松开大门的黄铜雕花把手。"不必了，都一周了，还不许放个风。"转身靠在门上，我支着腿虚起眼，假意朗笑，"我就打算出去看看花，刚瞅着开得漂亮。"

我顿了顿手肘，撑着门站稳："现在觉得没什么好看的。"

径直路过人，进屋关门，我在后人看不见的地方从袖口掏出一根短铜棍。

屋里唯一面向外界的窗户已经被锁上了。

步至窗前，我用指骨摁住短棍尾端，顶着窗沿反扣，一手扶稳玻璃以免撬开时声响过大。我得逃出去，你们要杀了我。

半个月的时间足够摸清所需。

我接过药片压在舌根，装作漫不经心的样子张望门口，每天中午会有个清洁工经过外面。"医生今儿会来吧？"

"嗯。"男人颔首，"医生说只要按时吃药就会好的"。

"希望如此。"

男人要送医生离开，大约有五分钟时间。

我拉开窗帘，别出卡在窗锁的硬纸壳，手扒住窗台翻身跃出，靴底蹬墙缓冲，继而悄然松手落地。

半蹲卸力，屋檐下三十厘米的地方正是监控盲区。

柔软的草叶掩饰了急促的脚步，我半蹲着步至栅栏，靴底卡住镂花，翻出囚笼。

我从口袋里掏出眼镜戴上，拉平衣服褶皱方走去，温声询问坐在三轮车上的清洁工："请问最近的客车站在哪儿？"

"他太平静了，我很难相信他居然有被迫害妄想症。"医生提着黑色公文包笑道。

你们别想杀了我。

师评·智匠创作微论

"我拉开窗帘，别出卡在窗锁的硬纸壳，手扒住窗台翻身跃出，靴底蹬墙缓冲，继而悄然松手落地。"简洁的语言，却令场景栩栩。"你们别想杀了我。"执行董事、别墅、药片、监控盲区、医生……这些词语，勾勒出一个可以脑补更多细节和因果的故事。这就是好故事，引人思考，也引人入胜。故事和现实，真真假假。扑朔迷离的，是故事，也是现实。人心和人性就在这样的故事中，昭然若揭，淋漓尽致。

我的"高"爷爷

中文182班　牙森·玉苏甫

"高爷爷好！"我一踏进院子就对守门爷爷打了声招呼，他也笑眯眯地对我打了声招呼。

他，就是我们院子守门的老爷爷——高爷爷。

高爷爷已经年过六旬。

他那张蜡黄干瘦的脸上布满了皱纹，只要他一笑，脸上的皱纹就被挤得像一条条小沟沟似的。

他待人和善，我们院子里的小伙伴总是尊敬地叫他"高爷爷"。

我不禁一边上楼，一边回想起来……记得是在一个周末，我在院子里骑自行车玩，让清爽的风为我梳理头发。

在滑下一个坡的时候，我没注意到轮下有一个小石坑。嘭的一声，我连人带车一起摔倒在地上。"哎哟！好疼啊！"我不由得喊起来。

高爷爷闻声赶来，一边扶起正在揉腿的我，一边说："快起来，摔疼了吧？瞧，车也摔坏了。你去树荫下歇歇，我帮你修修车。"

我连忙说："不用了爷爷，我……"

"哎呀，没关系的。"高爷爷打断了我的话。这时，高爷爷已经把工具箱拿出来了。

只见高爷爷点着一卷烟，然后蹲下，仔细地瞧了瞧，拿起钳子左扭扭右转转。

火热的太阳在他头上照着，几颗豆大的汗珠从高爷爷的头上淌了下来，可他顾不上擦，一个劲儿地帮我修车，我心里真不是滋味。

时间一分一秒地过去了，车终于修好了。

我乐得蹦了起来："谢谢爷爷！"

"不用谢，下次一定要注意啊！"高爷爷捶了捶背，笑着说。

有一段时间，小偷特嚣张——许多小区里的电动车都被偷了。

我们家刚新买了电动车，听到这个消息，我们都紧张了。

于是爸爸妈妈就在院子里想办法。

可是，大半天过去了，一个好办法都没想出来。

这时候，高爷爷走了过来，亲切地说："如果不介意的话，就锁在守门室旁边吧！我在窗户上打个洞，用一根铁链锁着。"

爸爸妈妈瞪大了眼睛："真的吗？那太谢谢您了！"

从那以后，高爷爷家没少进老鼠和蟑螂，可他却说没关系。

我们全家都很感激他。

一位年过六旬的老爷爷，本应该在家中安享晚年，可他却在小区热心地帮助大家。

高爷爷在我心目中的地位渐渐变高了。

"哎，你这孩子，怎么还不进家门？外头凉，小心感冒！"原来是高爷爷上楼打扫卫生了。

"哦，我马上进去！"

不知怎么的，一股暖流涌上心……

师评·智匠创作微论

"他那张蜡黄干瘦的脸上布满了皱纹，只要他一笑，脸上的皱纹就被挤得像一条条小沟沟似的。"这就是高爷爷，一个善良而普通的守门人。他愿意帮助孩子，愿意帮助任何遇到困难的人，也赢得了大家的尊敬和喜爱。生活中那些普通而善良、熟悉而陌生的人，可能没有很多人了解他们来自哪里，但他们却真实地守护着一方人。帮小朋友修理被撞坏的小车，帮一家人看护新买的电动车，人间温暖就是在这样的彼此体谅、彼此关爱中，绵延不断。

"大哥"老沈

中文172班 李玲

老沈今年五十八岁,再挨个几年就可以退休了。老沈年轻那会儿正是改革开放的时候,西方的洋玩意儿,大把大把引进来,新奇有趣的东西也让年轻人着了迷。大伙儿聚一块儿时也常聊些时兴玩意儿。"老沈,你家买收音机了没?时兴着呢!"当时还是小沈的老沈常听爸爸跟朋友们聊这些,什么自行车、缝纫机、收音机、手表,还有个"四大件"的名头。小沈喜欢和爸爸听收音机,乌泱乌泱的新闻,哪里又有战争了,又有什么新政策了,还有些新奇的频道,专给人讲地球那头的事。小沈也是个赶时髦的人,还偷偷给自己起了个英文名——圣地亚哥。多好的名字,又是圣地又是哥。咱谦虚点,不当大哥当亚哥,小沈美滋滋地想着。

后来四大件换了模样。其实小沈时期的四大件早就已经过时了,那得是再往前十年的玩意儿。如今的四大件更高级了,那得是彩电、冰箱、洗衣机、空调。一个比一个大,还咕咚咚地响,看起来真是吓人。小沈也换了新的名头,叫"沈工"。街坊邻居有事求他,就亲热地叫一声"沈师傅"。小沈如今是机械厂里的钳工,可别看他年纪轻,才二十五六的小毛头,那一手钣金技术,可是让好多老师傅、老工头都在背地里叫绝。小沈爸妈也是读过两年书的人，教导儿子可不能骄傲，要多学习、多努力，争取为国家多做贡献。小沈应承着，他心里可明镜着呢："咱谦虚着呢，不当大哥，当个亚哥。"看着儿子这么出息，又赶在头一波给家里买回了四大件，小沈爸妈和街坊打牌时都硬气了不少，四圈下来专吃胡不点炮。

小沈是在三十二岁那年被叫作老沈的，可他不是高级工程师，年岁也够不上数。那年啊真是不景气，机械厂换了新厂长。不知怎么的，好好的一座厂子越来越差了，从前年年发粮油米布，有时候还给奖大红票子，如今连工资都快发不下来了，愁得媳妇天天发脾气。"你看你，人家三十而立，你倒好，三十儿子都快饿死了！"媳妇抱着刚上小学的儿子，把小沈好一顿数落。又过了一段时间，小沈彻底不用去上班了，四大件之一循环放着新闻："咱们工人要为国家想，我不下岗谁下岗。"小沈垂头丧气地回了家，抽了最后一包高档香烟——这还是去年厂子发的节礼呢。没过多久，小沈彻底变成了老沈，老了，不中用的老沈。

老沈沉闷了一段时间，媳妇从最初的数落变成了安慰，后来是着急，最后也只剩下了叹息。儿子要上学，全家人要吃饭，怎么办？听说隔壁家的大姐都开始干别的营生了，每天晚上让她男人骑着车带出去，天亮了又带回来。"咱们家还能过下去，挺好。"老沈有时看着媳妇长吁短叹的，也这么安慰几句。他一个大男人，又是厂里的优秀钳工，干点啥不成事？

老沈一边想着，一边拾掇了从前上工的东西，一猛子扎车底下去了，从人人尊敬的沈师傅，变成了每天黑漆漆、油腻腻的修车工人老沈。修车这活计可比不得机械厂，苦啊，每天天不亮就得钻车底，手脚又得麻利。要是误了开车时间点，少不得一顿骂。大中午的又热又闷，还得钻车底，车底都是些吸热的铁玩意儿，一天下来少说烫红几块皮肉。可是老沈还是得干，不仅干，他还干得挺好。从前的"机械厂优秀钳工"，如今自谋出路了照样是一把好手。"我这可真是为国家想，真是到哪儿都有用的亚哥。"老沈每天都苦中作乐，美滋滋地生活着。

就这么东一锤子、西一扳手的，老沈也在车底下挣出了一片天，从修车工人老沈变成了老板老沈。算起来，他也趴了十多年车底了，如今总算可以开个小店，可以雇得起和他从前一样年轻、干活麻利的伙计了。老沈家的店很小，是只有一道卷帘门掩着的小门面房，一家人吃住都在小店里。就这么苦着熬着，熬到儿子上了大学。说到儿子，老沈就像当年的爸爸看自己一样，眼神里全是骄傲。可了不得了，儿子上了南京大学！读了文学系呢！以后可是要当大作家的人呢！老沈看着儿子，满心满眼都称心地打转："果然这亚哥没白当，如今真让儿子当上这大哥了。"他年轻时最洋气，爱读书，也想着当个文学家，如今这梦让儿子给实现了，心里别提有多美了。

这天老沈早起开门，碰见从前机械厂的陈经理来修车。他下岗那会儿啥也顾不得，也没好赖着脸皮求人，就这么钻了车底。陈经理好像没下岗，继续在机械厂干活，听说后来还升官了呢，得叫陈总了。"陈总好，陈总好，多年不见，您还是年轻啊！"老沈看着当年的经理变成如今大腹便便的陈总，心里说不出来的复杂。"沈工啊，好久不见了！你这日子过得可真不赖，听说儿子考上南京大学了，真是恭喜啊！"陈总也看了看老沈，当年机械厂最年轻有为的沈工，如今成了趴车底的，真是造化弄人。陈总开的车好几十万呢，说是刹车片有点松，让老沈给换一个。老沈干这活早就是熟门熟路了，平时都让伙计动手，如今遇着故人，就亲自卷着袖子下手了。陈总也没走，和老沈聊了起来。"当年下岗，真是委屈你们这群骨干了。运气这回事，真是谁也说不准啊。"

"那可不是，要是厂子还在，说不定我还开不了这修车铺了。"陈总听了老沈这句玩笑话，也陪着乐呵呵。

"老沈啊，都是命啊！可咱也对不起你啊！从前多么好的小伙，就这么没了着落，我这晚上睡觉，心里都不踏实。"

"陈经理，咱们都这把岁数了，没啥对不起的。这命再难，这日子不也一天天过下来了？我老沈今天能得你这一句话，心里也暖着呢。"

老沈从车底下爬出来，又在四周绕着瞧了瞧，才跟陈总说："经理啊，我总想着还在厂里那会儿，这顺嘴就叫了经理。可惜喽，时代变啦！陈总，这车我调教好了，您放心开，保准没问题。"陈总道过谢，又喝了几泡茶，夹着公文包开着车就走了。老沈也没好意思要修车钱，他看着远去的车屁股，心里想说啥，又啥都说不上来。

"咱过得挺好的，儿子出息着呢。"老沈想着。

后来听说陈总开车出事了，大马路上刹不住，撞上了护栏。好在没撞到人，不过陈总挂了点彩。交警说，这是刹车系统失灵造成的事故。听说陈总之前换过刹车片，这责任就找到了老沈头上。

"老沈！"陈总人还没到，声音就先传进了卷帘门。

"陈总好，陈总好，您怎么……"

"好什么好！我敬你是老师傅，你心居然那么毒，现在都干起谋财害命的活了！你看看你，修的什么车，你这是杀人车啊！"陈总气得脸红脖子粗，大大的将军肚也不住地抖着。

老沈一听这么大的事当即就慌了，急着想要分辩，可一旁的交警递给他一张责任认定书，把老沈拉到一旁小声说："沈大哥，你就认了吧，赔点钱咱私了了。要不然回头告上法庭，你儿子还怎么上大学？"一听到儿子，老沈就泄了气，也不像从前那么斗气公鸡样了。他低着头向从前的陈经理，也就是如今的陈总赔罪，又拉着陈总出去吃了一顿，希望他大事化小，小事化了。这一化，就是五万块钱，修车铺也给化没了，老沈又变成了钻车底的修车工人。

从前店里雇的小伙也只能让他回去了，小伙气性大，当时就骂了回去："当初说好的学不会不让走，如今呢？手艺刚有长进就赶我走了。人家都知道打点打点，就你不会，活该你自己不成事还连累我！"小伙骂够了扭头就走，老沈也是满肚子火，可这人都走了，他也没辙，只得嘟囔几句。"当初，当初，唉，当初谁知道！"

过了一年，老沈在电视机里听到个新闻，XX车的零部件质量问题，导致全国多起刹车失灵事故，现大规模召回所有问题车辆。他看着新闻，心里凄凉凄凉的："原来不是我老沈的问题，我就说嘛，我老沈的手艺不会错。"他想给陈总拨个电话，可对方只是忙音。彩电里切了条新闻，陈总现在是年度十大企业家，哪还记得他们这些泥腿子。

"儿子上大学了，咱家还能过。当不了大哥，我还能当亚哥。"

这一年，老沈又进了厂，XX车修理厂。他凭着精巧的技术被人家相中，找上门来。那招工的听说了前一年的事，很是唏嘘，就把老沈安排到厂里继续发光发热。半辈子过去了，老沈终于成了高级工程师，可他心里还是从前的"优秀钳工"小沈，还能为国家想。"日子还是能过的，还是当成了亚哥。"老沈心里美美的。

老沈今年五十八岁了，再挨几年就退休了。在厂里这几年，老沈一心为了儿子，加班加点没少干，攒了一套小房子，还有一点养老钱。他是老工人了，老了有国家管着，日子总是可以过的。儿子也顺利毕业，在南京打拼，可惜没当上作家，当了个文员，也找了媳妇，谈了几年准备结婚。儿子说，媳妇要一套房子才肯跟他结婚，让爸爸想想办法。老沈想了想，把小房子卖了，又凑上养老钱，给儿子出了首付，买了个更小的房子。儿子说，小房子太挤了，媳妇她妈要来照顾月子，爸您没事就别来了。老沈想了想，拉着老伴就回老家过了。"还好咱还有个老房子，日子还能过。"

老家的屋子啥也没有，老沈就把几十年前赚的四大件掸掸灰摆上，冰箱、彩电、空调、洗衣机，宽敞的老房子一下子阔气了不少。老沈现在最喜欢放电视，今天电视说："《老人与海》是海明威的作品，讲述了老人圣地亚哥和鱼的故事……"

嘿，这人也是个"亚哥"。老沈继续听，听完了那位圣地亚哥的故事，又想起了自己的。

"一个人可以被毁灭，但不能被打败。"他听到这句。

"每一天都是一个新日子，日子还能过。"他想着。

他想着、想着，满屋子的轰隆隆声也响着、响着，他突然掉下了几十年不曾流过的浑浊老泪来。

281

师评·智匠创作微论

"一个人可以被毁灭,但不能被打败。"机械厂里的钳工小沈,才二十五六的小毛头,那一手钣金技术,可是让好多老师傅、老工头都在背地里叫绝。后来小沈遭遇了下岗潮,从无助无奈到变成了每天黑漆漆、油腻腻的修车工人老沈,他靠自己的勤劳终于成了修车店的老板。后来,儿子考上了重点大学,自己却因为汽车自身问题造成的事故而卷入麻烦,白白赔了多年的血汗钱,他也从老板重新变回了修车工。最后,老沈已经五十八岁了,倾己所有给儿子交了房子的首付,然后和老伴被儿子支回了老家。听完《老人与海》的故事,"'每一天都是一个新日子,日子还能过。'他想着。他想着、想着,满屋子的轰隆隆声也响着、响着,他突然掉下了几十年不曾流过的浑浊老泪来"。老沈为什么流泪?文中没有说。老沈一辈子为国家、为儿孙,什么时候为过自己?无数个平凡的人,无数个普普通通的父亲,就是老沈的人生、老沈的深情。

下河

中文192班 张帅涛

颍河是离我家最近的一条河。

上次我来这里时不过十四五岁，而今再来已经四十岁了。不惑之年心中却满是疑惑，好像蒙了尘一样，忍不住就想往河边跑。

从桥上下来，发现多了一架风车，一群小孩儿正扒着玩。河边倒是没什么人了，二三十米的桥下只剩下一条约莫十米宽的小河。

上次来的时候也是夏天。正值中午，一群少年叽叽喳喳地脱了衣服就往水里跳。我站在最后面，没敢跳进去，只能眼巴巴地望着他们笨拙又缓慢地往河中间走。水渐渐没过他们的脖颈，紧接着是头顶。他们消失了！我屏着气，死死地盯着刺眼的河面。突然，河的另一边冒出一排少年的头。

他们像鱼，而我像猫。猫本来也是要下水去的，但总是在半路被人揪了去。我妈揪着我的耳朵走在桥上的时候，我仿佛也变成了鱼，在车流中游梭。

我跟L脱了凉鞋，赤脚踩进河里。走了两三米，河水也才没了脚踝。

"你还想告诉你妈吗？"原本我们沉默着，他却忽然开口。

"怎么可能？我妈那样的人，她知道会打死我的。"我想起我妈拿着柳条鞭的样子，打了个冷战。

"你都经济独立了，还怕你妈？"

"我妈就像只老猫，而我是只老鼠。不管吃得多壮，不管伪装得多好，不管跑得多远，都会被她抓到，然后一巴掌拍在爪下。"河水顺着脚心流进了我的脑子里。

"我妈什么都想要！她想要的她都得到了，而我，什么都没有。"我开始往河心走去。

"我早应该反抗的。"河水沾湿了我的短裤，还没到河心，就已经过了膝了。

"可我当初没有反抗。现在看来，我早就死了。"L沉默着，一句话都不敢说。

"我倒是没有淹死在这河里，也算是没脏了它。"

我俩已经走到河中间了，河水却仅仅没过我俩的胸口。

"以前还听说颍河发过水灾，掀起浪来有几米高，现在却连我都埋不了。"我笑了笑，就往回走。

脚下大概是踩到了谁扔进河里的破鞋子，滑滑的，像肥皂一样。河水顺着嘴巴、眼睛、耳朵往身体里灌。我心想：完了！河水暖暖的，比小时候在家洗澡时澡盆子里的水暖和得多。我想起来那天被我妈揪回家，晚上洗澡，我在澡盆子里灌满了水。

就和现在一样，我游着游着就睡着了。

师评·智匠创作微论

"上次我来这里时不过十四五岁，而今再来已经四十岁了。不惑之年心中却满是疑惑，好像蒙了尘一样，忍不住就想往河边跑。"想起十多年前来的时候的那个夏天，"一群少年叽叽喳喳地脱了衣服就往水里跳。我站在最后面，没敢跳进去，只能眼巴巴地望着他们笨拙又缓慢地往河中间走。水渐渐没过他们的脖颈，紧接着是头顶。他们消失了！我屏着气，死死地盯着刺眼的河面。突然，河的另一边冒出一排少年的头。他们像鱼，而我像猫。猫本来也是要下水去的，但总是在半路被人揪了去。我妈揪着我的耳朵走在桥上的时候，我仿佛也变成了鱼，在车流中游梭"。关于母亲与反抗，关于怕与不怕，关于有与没有，"猫和老鼠"的故事是少年心事，还是不惑之年的困惑？少年与母亲的故事，点点滴滴，如影随形，相伴一生。

响声

中文182班　段晓丹

退休后再回到那个教室的时候，我再次听到了记忆中那清脆的响声，转头对身边的女儿说："你听到了吗？那啪的一声脆响……你知道吗？那是我听过的最美妙的声音。"

时光匆匆，转眼四十年的教书生涯结束了。我看着眼前这个小小的教室，里面承载了我半生的欢欣与满足。我一来到这里，脑海里就不自觉浮现起那群小孩天真无邪的面孔和相互打闹时风铃般清脆的笑声。我这才明白，原来怀念是个最安静的动词，它能让我安静地去回想过往的点点滴滴，又让记忆如放电影一般活泼地跳动在我的脑海里……

我下午上完课后就匆匆回到了办公室，到晚上要备课时才发现书落在教室了。我拿着手电筒照着长长的走廊慢慢走过去，走廊里的灯坏了难免有点害怕。刚走到教室门口，就听到教室里传来了啪的一声。我疑心是不是教室进贼了，就悄悄走过去，趴在门缝听了听，然后就听到了小亮和其他小孩叽叽喳喳的讨论声。我心里想着：嘿，这些小屁孩，这么晚了咋还不回去？看我不好好批评教育你们一下。不巧的是，路过的王老师看到我趴在门边，远远地就喊了一句："杨老师，你在那儿干吗呢？"我慌忙转身向他比了个"嘘"的动作，可惜他那大嗓门还是被教室里的学生听到了。探头出来观望的是小亮，他小小地开了一个门缝，把圆乎乎的大脑袋从门缝里挤出来，惊讶又慌张地问道："老师，您来教室是有什么事吗？"看着他那可爱的样子，我不禁想笑出来，但我却故作严肃地说道："这么晚还不回家，今天不是没有晚自习吗？又约着同学们在教室瞎闹什么呢？"他看我似乎生气了，就赶紧补充道："老师，别生气别生气，您进来看看就知道了。"说完他就露出了一个憨厚的笑容，似乎是在讨好我，随即就把他那圆乎乎的脑袋伸了进去。我打开门，却黑乎乎的什么也看不到，随即只听到啪的一声脆响，许多丝状的东西就纷纷扬扬地落在了我的头和肩膀上。然后刺眼的灯光亮了起来，伴随着孩子们悦耳欢愉的声音："老师，生日快乐！"

　　这样一个惊喜而又温馨的场面就毫无征兆地映入了我的眼帘：整个班的小孩都排好了队形给我唱生日歌，中间有一个大家一起给我买的小蛋糕，两边还有人在用礼花筒喷我，朝我喝彩。教室被各种彩带装饰得喜气洋洋，还有一个摄像机被安置好，用来随时记录我的表情变化。真是一群调皮用心又可爱的孩子呀！看到这个场面的我当然是惊喜又感动，完全控制不住自己的感情，差一点就哭了出来。因为连我自己都忘了今天是我的生日，竟然还有这么一帮小孩帮我记着，这是多么幸福的一件事啊！歌声落下，小亮开心地喊道："老师，吹蜡烛许愿啦！"许完愿后就是分蛋糕，我小心翼翼地把蛋糕分成小块，生怕弄坏了这帮小孩对我的情谊，然后就加入了他们的狂欢，相互往脸上抹奶油，一起唱生日歌……然后这场欢愉的聚会以礼花筒的最后一次喷涌结束。依旧是那啪的一声脆响，深深地印刻在了我的脑海中，成了最美妙的歌声。

　　回忆在这里戛然而止，女儿疑惑地看着我，说道："妈，我没听到什么响声啊，你听错了吧？""没听错，有的，这个响声啊，它回荡在我心里。"

师评·智匠创作微论

啪的一声脆响以后,"这样一个惊喜而又温馨的场面就毫无征兆地映入了我的眼帘:整个班的小孩都排好了队形给我唱生日歌,中间有一个大家一起给我买的小蛋糕,两边还有人在用礼花筒喷我,朝我喝彩。教室被各种彩带装饰得喜气洋洋,还有一个摄像机被安置好,用来随时记录我的表情变化。真是一群调皮用心又可爱的孩子呀!看到这个场面的我当然是惊喜又感动,完全控制不住自己的感情,差一点就哭了出来。因为连我自己都忘了今天是我的生日,竟然还有这么一帮小孩帮我记着,这是多么幸福的一件事啊……然后这场欢愉的聚会以礼花筒的最后一次喷涌结束。依旧是那啪的一声脆响,深深地印刻在了我的脑海中,成了最美妙的歌声"。"没听错,有的,这个响声啊,它回荡在我心里。"这是关于一个老师的爱与被爱的故事,关于职业与事业的故事,关于一群人与一个人的故事。教育,是点燃一盏灯,让人间温暖。

古意新情

十六年如一日，每天晨起鸡鸣时，他便提剑出门。直到暮云化霞、星辰映空，他才漫步归家。对一张琴、一壶酒、一溪云、一江水……

弥生

中文172班　张程

三月到了，万物新生，层层白雪开始渐渐融化，江河湖泊也渐渐不能踏冰而行。但对于西蜀来说，天气还是说不上暖和。

"也不知道老头还能不能吃下这种东西。"陆渊自言自语道。

他扛着一头野猪，行走在雪地中，脚下步子不快，但每一步都会跨越极长的距离，转瞬间便走过山腰小道，去往山顶。他走过的地方，雪上留痕极少，点点痕迹如盛放冬梅，恰似飞鸿踏雪泥。

西蜀澜沧山顶的一间小木屋里，一个白发垂地的老人盘膝而坐。他老了，生命之火仿佛下一刻就会熄灭。

"老头，我回来了。"他还在自顾自地说着，"今晚咱俩吃肉，也不知你能不能……"

老人缓缓睁开了双眼，打断了他："陆渊，我时候不多了，你在做的事我知道，不必拘泥于古法，你去做你想做的就好。我们弥生宗，也不缺你这一代的江湖传名。"

"古法便是古法，老头你当年能镇斩江湖，我自然也行。"男子笑着说道。

十二月雪花飘落时，弥生宗上代宗主在澜沧山的小木屋内永远地闭上了眼。

第二年三月，弥生宗新任宗主陆渊踏雪出澜沧，一路向东，一路向北。

江南水乡，钱塘江畔，有一人观潮十六年，借潮水练神念，练那一把心中剑，只等那一人、那一声、那一场江湖纷争。十六年如一日，每天晨起鸡鸣时，他便提剑出门。直到暮云化霞、星辰映空，他才漫步归家。对一张琴、一壶酒、一溪云、一江水，这便是柳熹渠十六年来的全部生活。

他每天拷剑出门，但他从不练剑。他的剑一直拷在腰间，仿佛是一个摆设一般。只有他自己才明白，他的手十六年不碰剑，确实生了，但他心中的剑却越来越具锋芒。他确实忘了人间的种种剑术变化，甚至忘了如何出剑，但只有这样他才能在他等到那人的时候挥出他最满意的一剑，那不可形容、未曾现世于人间的一剑。那一剑不出则已，一出便一定要光寒九州，为往后五百年的剑客立下标杆。

这一天，他如往常一般提剑出门。也就是在这一天，钱塘江畔的弥生亭中传来一声大喝："弥生宗宗主陆渊，今日入世，镇斩江湖。"柳熹渠知道他等的人到了，他的手十六年来第一次握住了他自己的剑，他的脸也第一次出现了笑容。他笑着轻叹："弥生，倒还真是气派。"

师评·智匠创作微论

一个"古法便是古法，老头你当年能镇斩江湖，我自然也行"，然后"踏雪出澜沧，一路向东，一路向北"；一个"十六年如一日，每天晨起鸡鸣时，他便提剑出门。直到暮云化霞、星辰映空，他才漫步归家。对一张琴、一壶酒、一溪云、一江水，这便是柳熹渠十六年来的全部生活"。当有一天两人相遇,"弥生宗宗主陆渊,今日入世,镇斩江湖",柳熹渠便知道他等的人到了,"他的手十六年来第一次握住了他自己的剑,他的脸也第一次出现了笑容"。这就是书剑江湖,结局如何?等你来续。

独活

中文172班　王琦

P.S. 一个名叫段霁的江湖剑客，一个第一人称视角的独白小故事。

关键词：牵绊，人情，温暖。

二十四岁——复行数十步，豁然开朗

当年行至桃源村，实则全借巧合。

彼时，血渍被日头灼至干涸，黏在衣上凝结成块，玄色衣袍也隐隐透出暗红，疼痛感早已麻木，眼前朦胧不复清明。锵的一声，指节再也无力握紧手中沾满血迹的长剑，应声而倒的，还有终于不堪重负的身躯。合眼前，依稀看见满树桃花正怒放，一如衣上绽开的朵朵血花，灿如艳霞……

三十岁——问君何能尔？心远地自偏

不知何时，九曲回肠的山路亦能走得如履平地。靴沾朝露而去，笠挂斜阳而归。望着山头西边灼得正烈的火烧云，只笑桃源非梦中。手里拎着头还未死透的麂子，心情格外愉悦，已顾不得血腥气萦绕周身。未行至山脚，便远远瞅见自家

门扉前站着的人影。摇头笑骂这人怎会挑时候，笑着将他迎进门，洗净自己臂肘上的污秽。壶中茗香直上，霎时便溢满整间竹居。记忆中烈酒入喉的辛辣快意早已淡漠，口唇乃至骨血中只剩竹叶青的阵阵清香。

"没想到你小子看着粗枝大叶，过起日子来还一板一眼的。"

他是我邻舍，姓纪，村中医者。他算是我当年的救命恩人，家中还有一妻一幺女，年比我略长，时不时来叩门，全然没把自己当外人。

我朗笑一声，权当夸赞听了去。仰头间一盏温茶入腹，就势懒倚了椅背，正想阖眼小憩，耳闻得那人又叨叨开来："前些日子京城亲戚来走亲，给我带来三坛上好的新酿女儿红。今儿我便埋在院里那桃树下了，日后逢上好事拿来助兴。"

我登时睁了眼睛，眉目中皆是难掩的诡秘笑意。嗜酒如命的脾性，想来这辈子也难以根除。

"哦？"

四十六岁——之子于归，宜其室家

纪家女儿成好事了。

海晏河清，天下安平。妖冶的桃花落满了迎亲花轿来时的阡陌小路，真如铺开了十里红妆。忽有一阵浓烈醇香闯入鼻端，转头见纪父手捧一沾着土的乌黑小坛，拍开封泥，顷刻间淡黄的酒液便清清泠泠地入了盏，空气中弥漫着的桃花香和女儿身上的脂粉香顷刻与之交织。这让我肖想了十六年的女儿红才一启封，我便醺醉了。纪姑娘大红的裙裳轻扬，舞动的香风引来彩蝶蹁跹，头上蒙顶红盖头，其下的脸容应很是姣好可人。她端一盏酒立我面前：

"叔，这盏酒黎儿敬你。这十六年你待黎儿如爹爹一般好，黎儿心里记着。只是有件事一直不解……您未曾成家，为何至今不娶，一人独活？"

我揉揉眉心，半晌未答。从昔日刀口舔血至如今安处现实，并非阅尽千帆后无欲无求，而实是懒得叨扰那烦琐红尘。

"红尘何喧嚣，庸人不自扰。"我笑着摇头，摆手作罢。

她应是不解，我只哂笑一声，道不同不相为谋。我接过人手中擎了许久的酒盏，仰首饮尽。窖藏十六年的醇香，于齿间留芳，在腹中回甘。

五十二岁——晚来天欲雪，能饮一杯无？

隆冬时月，晚来风急。忘了这是在桃源村度过的第几个年头了。自己才过半百之年，已然有些力不从心。简陋的竹居失尽雅致，只剩萧瑟。案上的烛火在风中挣扎撕扯，疏影惨淡。纪家前些天有了婴孩哭笑声，给这悲凉冬日徒添几分暖意。门扉响过几声便被吱呀推开，纪母捧着个冒热气的小碗，乐呵呵地进来，脸上堆着笑意，满面红光似是比腕上的银镯子还亮上几分。

"我家幺儿近日又给家里添了个小子，这不给你送满月酒来了。"只闻那香味，便知是那第二坛女儿红。窖藏了二十二年，那酒香一经温热更是在这屋中肆虐开来，即使是冬日亦如回春。我忙拱手道贺，几句客套之后，纪母一双眼睛又开始打量我这屋舍。

"啧，这屋里虽清净，却还是缺个女人打点。村里遗孀不是没有，寻个来共度晚年，也是有个伴儿不是？"

我笑着摇头，一阵哭笑不得，这一家人怎都惦记着这？一阵冷风又过，凉彻四肢百骸，旧年刀伤受寒又隐隐作痛，咬紧牙关勉强忍过，复平心静气。"我少时顽劣，身负杀孽，魂重命轻，只得独活。"酒碗将掌心焐热回暖，绿蚁新醅酒，红泥小火炉，真是无端静好。

六十岁——万般嗟叹留于世

"段爷爷，段爷爷！"

稚嫩童声惊醒了午后清梦，司空见惯却并无愠恼。自打纪家年儿落地，这一晃又是七年。我年逾花甲，深知已是风烛残年。旧时对这世间的所有凉薄，如今尽化为病痛应在自己身上。

年儿拽着只纸鸢蹦跶着进门，往我跟前一坐，滴溜着眼睛将那纸鸢风轮递到我面前。原来是线将风轮绕住,转不动了。自己一双浊眼连物什都难以分辨,更别说那细细的筝线。

"乖,回家让娘亲帮你解开。"

我喑哑着嗓子,伸手摸摸年儿柔软的发顶。他倒是很不领情,瘪瘪嘴转身去灶台翻找开来,良久无果。这娃娃更有些急了。

"段爷爷家里怎没有糖罐呢!外婆总蒸糖包给年儿吃,段奶奶为什么不给段爷爷蒸糖包?"

我合了合干涩的双眼,无奈轻笑,这真是个需得用一辈子回答的问题。本想独活一世,却劳得纪家三代为我操心。可惜末了,我也未对成家提起兴趣。可一直以来,心中似有执念,不愿就此离世,也解不开心中千千结。

"年儿啊……"

我笑着喃喃,不知那顽皮的孩儿听到没有。

"我惦念你家桃树下那最后一坛女儿红呢……"

六十五岁——魂兮魂兮离故乡

我从未信过鬼神一说,此时却亲历自己魂魄离了躯壳,亲见自己终老于床榻。不急于踏入轮回,只想看一眼孑然一世的自己,可否落得个入土为安。情理之外却也是意料之中,纪家老小为我扶棺。那回春的山坳上最繁茂的那株桃树,便是我的归处。

何其有幸,今生识得此人家。

本已了却心事愿赴往生,却见纪父捧出一只小坛。我心下一惊,那是纪家最后一坛女儿红,于黄土之下窖藏了整三十五年。他揭开坛上红绸,将整坛酒酿尽数倾在坟前,弯了眉眼,笑得释然。

"你那心思我怎会不知?这坛酒,你惦记多年了吧?带着上路,有酒作陪,也不算寂寞。"

无语凝噎,莫名的心绪哽在喉头,尝来苦涩。揩把眼角,已是湿润。本妄图独活,却实是避世。一生了无牵绊,却在魂离之时顿悟。人情温暖,何其可贵。这般悟了,却也为时已晚……

"年儿,送送你段爷爷。"

三月的桃源村,树树繁花,灿若艳霞,和三十几年前初来时明媚无差。那坛女儿红的醇香不知已飘远几里,青青山坳,回荡着年儿稚嫩的童声,那不知名的歌谣……

> 魂兮魂兮离故乡,
> 更饮一碗桃花酿。
> 桃花酿,十里香,
> 来生愿做富贵郎。
> 富贵郎,金屋墙,
> 一朝登得天子堂。
> 天子堂,百千强,
> 花烛洞房美娇娘。
> 今日送魂至远方,
> 来世莫将故乡忘。

师评·智匠创作微论

牵绊,人情,温暖,是《独活》的一缕丝线,细细地系着人和事。江湖剑客的人生就在这样的日常中渐行渐远。踏入桃源,有酒,有情,有美景。从翩翩少年,到垂垂老者,又有何妨?当魂魄幽幽,离身而去时,方知难以割舍的情谊无价。"无语凝噎,莫名的心绪哽在喉头,尝来苦涩。揩把眼角，已是湿润。本妄图独活，却实是避世。一生了无牵绊，却在魂离之时顿悟。人情温暖，何其可贵。这般悟了，却也为时已晚……三月的桃源村，树树繁花，灿若艳霞，和三十几年前初来时明媚无差。那坛女儿红的醇香不知已飘远几里，青青山坳，回荡着年儿稚嫩的童声，那不知名的歌谣……"人生如何才能了无挂碍？说与不说，做与不做，心知情知。女儿红，桃花娘，十里幽香，魂回故乡……

英雄长逝，梦终醒

中文172班　熊孝杰

我想去见你，穿越千年的阻隔。

——题记

手中是一枚古玉，质地温润，光泽细腻。

那老板说这是古时的一枚玉，最初的主人应是一名妇人。那妇人的丈夫随军远征，匆匆留下一枚玉佩作为信物，但一别后多年未归。那妇人日夜思念，也使得玉佩染上一缕情丝。每当她持玉入睡，她的魂便可离体，飘向遥远的边疆，与他话一夜衷肠。

我拿在手中，就着冷清的月光凝视着，半信半疑地睡去。

梦里，我站在三国的古战场，仿若置身于浩瀚的历史长卷之中。战鼓雷鸣，铁马长啸是这个时代的符号。

我站在血泥混在一起的沙地上，任耳边战马嘶鸣却不为所动。利箭穿破长空携着杀气袭来，夹带着凌厉的风穿过我的身体，我却无什么感觉。

"姑娘快走！"身体一轻，只感觉手上有一道力量拽我上了马。黑马上的少年，仓皇却决然。

"姜维？！"我在你背后轻轻呢喃。你侧头扫了我一眼，不再多言。

士兵在不远处安营扎寨。我立在五十米外的地方静静地看着，只见你皱着俊眉向我走来。

"你是谁？"你冷冽严肃的声音里有几分警觉。

"不知道，但我不是这个世界的人。"我说。

你忽地眼前一亮，拉着我问道："是丞相派你来的吗？"

我沉默不语。

"好吧，看来你不是。"你有些失望地垂下眼，"那你为何到此？"

我说："我来见一个人。"

你问："谁？"

我说："我想见见我心中的英雄。"

你问："谁？"

我答："你。"

你愣了愣，随即一笑："呵呵，姑娘还是别拿我开玩笑了，我怎么可能是个英雄呢？"你落寞地背对着我，负手而立，眼里是恨，恨自己的无用。"所谓英雄，是胸怀大志、腹有良策，有包藏宇宙万物、吞吐天地之志的志向，伯约何德何能？"说起"英雄"，你的眼里有光芒溢出。你是否又想到了那个让你不惜一切去追寻的人？

"你口中的人不正是你自己吗？"你眼里是诸葛，而我的眼里是你。"若不是想要救济天下，你又怎会请旨北伐？若不是心怀天下，你又怎会代丞相做未做之事？"

你定定地望着我，不说话。我仰起头对你笑了笑，继续说："你是个真正的英雄，只是你一直没这么认为罢了。"

然后，世界安静了。我知道你以为你自己就是一个普普通通的人。北伐，对你来说难如登天。你既不想因为"英雄"二字而被天下人耻笑，更不想九泉之下的丞相对你失望，所以此刻，你只有握紧手中的宝剑，带着全员逆流而上，剑指黎明，去完成丞相生前未完成的战略。

都说乱世出英雄，三国形势变幻无常，更有英雄无数。所以，伯约，永远不要轻视你自己。有人会赞叹诸葛丞相的神机妙算，有人会敬佩关公的义薄云天，有人会倾慕周都督的足智多谋，可我独独爱着你的大义凛然。

朝中无人敢北伐，你自愿完成丞相的遗愿。自年少，你便随丞相攻打江山，将年少时的一片热血豪迈地洒向这片疆土。你不曾悔，年少时的愿在心中凝固，不再发芽。你不再期望独当一面，览尽人间离散后，你也只愿天下太平。

伯约，你就是个英雄！

夜深了，士兵燃起篝火，解下盔甲，三三两两围成一堆喝着酒，高声阔谈，好不快活。你只是望着他们，嘴角噙着轻轻的笑。我推了你一下，说："你也不管管你的兵，明天就上战场了，今天还喝得烂醉。"

"呵，不管他们。"你顺手拿过方才小兵送过来的酒葫芦，打开，咕咚咽下一口，"让他们醉吧，明天谁知道还能不能活着呢？你要来一口吗？"

醉卧沙场君莫笑，古来征战几人回？我接过你的酒，心中五味杂陈。我知晓后来，可我却帮不了你。不是每个好人都有一个好的结局，不是用祈求就可以换来天下太平，不是杀死一群罪大恶极的人乱世就会安定……这乱世这么残酷，我只能眼睁睁地看着你洒尽热血，死在我面前。

我满眼心疼地望着你。你望向远方，黑色的发丝被夜风扬起，漆黑如夜的星眸里是我看不懂的情绪。蓦地，你轻轻地开口："姑娘，谢姑娘今日对伯约的肯定。只是'英雄'两字，伯约实在是担不起……姑娘若是无事，还是尽早回去吧。兵荒马乱的，别伤着姑娘才好。"说着，你站起了身，向我别了一礼，准备回军营。

"姜维！"我站起来叫住你，"如果我告诉你，你的北伐会失败，你，会死，你……还会不会继续？"

夜风吹起衣袂，洒落的酒浸染了冰凉的夜沙。你隔着飞舞的沙砾望向我，月光落入眼底，里面是深深的疏朗和坚定。你笑着说："当然会。"

我想我终于明白自己为什么那么想见到你了。即使有几千年的阻隔，我还是想见到你，就像我知道你不会惧怕明日的虎狼大军一样……伯约，我敬你……

或许是你给了我过多的震撼，让我执着地追寻着一个人。即使渺小，也不忘倾尽余生。在史书的笔墨并未过多提及你时，你愿意默默地做着自己的事，在天下人都只记着诸葛时，你仍可以为了他们血战边疆……

号角声打破宁静，黎明将至……我该走了，伯约。可泪簌簌而下，浸染了风沙。

公元263年，曹魏破蜀。同年，英雄长逝，梦也终醒……

师评·智匠创作微论

借一枚温润的玉，去见一位温润如玉却又不失英雄气概的乱世豪杰。"或许是你给了我过多的震撼，让我执着地追寻着一个人。即使渺小，也不忘倾尽余生。在史书的笔墨并未过多提及你时，你愿意默默地做着自己的事，在天下人都只记着诸葛时，你仍可以为了他们血战边疆……"你不是千古以来广为传颂的英雄，却是自己的英雄，是"我"的英雄。"自年少，你便随丞相攻打江山，将年少时的一片热血豪迈地洒向这片疆土。你不曾悔，年少时的愿在心中凝固，不再发芽。你不再期望独当一面，览尽人间离散后，你也只愿天下太平。"英雄就是如此，九死未悔，大义凛然，醉卧沙场，血染征袍。或许，很多人并不知道，自己是一位英雄，是自己的英雄，是芸芸众生的英雄。和心中的英雄，来一场跨越时空的相见，入一个梦，圆一个梦，即使梦也终醒。

湘夫人

中文182班　王馨

水中央，一华美建筑伫立其中，其以栋梁为佳木、桁椽为木兰，以荪草装点墙壁、芷草铺饰荷顶，还用薜荔作帷幕、惠草作幔帐，正所谓色彩之缤纷、香味之浓烈。侍从丫鬟匆匆进出，看起来甚是忙碌，但他们脸上又总是带着笑意，似是有何喜事。路人皆露惊叹之色，又不禁疑惑：此为何家？又有何事？如此之奢侈隆重？一问才知，今日是湘君的大喜之日，湘君正准备迎接他的新娘呢。

忽然，天色一变，九嶷山的众神来了，簇簇拥拥："帝子公子若，与人私通，触犯天条，现将其带回上天，无令不得私自入凡。"

"呀，夫人，您可不能走呀！"

"君神，这该如何是好？"

"咦，这是何意？不是湘君今日成亲吗？怎的新娘要走？"

周遭吵闹起来，脚步声、喊叫声、哭泣声……但是湘君已经听不见任何声音了，眼前事物逐渐模糊，意识也渐渐被拉远。

"君神，太阳已经下山，夫人还未来。君神？君神？"

"嗯？何事？"

"太阳已下山，夫人还未到。"

"你刚不是说夫人已到，在等我吗？"

"君神，我从未说过此话。夫人那儿没有任何音讯传来。"

湘君脸色一沉，眉头紧皱："罢了，你先下去吧，我再等等。"待人走后，湘君抬眸看向那仅留一线黄昏的天，眼眸之中尽是苦涩。

"夫人，你当真要随我留在这湘水之地？"

"湘君你可是不愿？"

"可你是帝子……"

"那又如何？你是府君，我为帝子，所求不过同为天下安宁。"

清晨，晨雾弥漫之时，湘君就策马在江畔奔驰，只因他有一约，一个与湘夫人在北洲之上的约。秋风微刮，人感凉意，洞庭湖也起了波澜。树木轻摇，无情地甩下那些枯枝败叶。环境或许略显凄凉，可这并没有影响到湘君，他依旧满心期待地等着他的夫人的到来。

渐渐，路边行人多了起来，周围也不再那么萧瑟，甚至还有卖石榴的小摊贩跟湘君聊了起来："君神，这么早，等人啊？"

"是的。"

"你看，要不拿点石榴吃吃？可甜可水了！"

"多谢，不过不用了。"等小贩走后，湘君四处张望，"夫人何时才来？"他默默裹紧了衣服，似乎感觉这秋风更肆意了。湘君甚是焦急，想让自己冷静下来，便开始思考：鸟儿为何集聚在水草之处？渔网又为何挂在树梢之上？麋鹿为何在庭院里觅食？蛟龙为何在水边游荡？无果。又看向沅水的芷草，去闻澧水边兰花的芳香，望着江水的缓慢流淌，无感。一切只因心里一直念叨着他的夫人而无心思虑其他事情。

时间流逝，湘君已经渡到了江水西边，神思恍惚。直到侍从匆匆赶来告知他夫人已到，这才将他的心思拉了回来。他渐冷的胸腔似乎又暖了起来，急忙到水边捧水洗脸，又用手抚了抚自己微翘的发丝，满意地看了看水里那张帅气的脸庞，一切都那么美好，思绪渐远……

直到侍从的又一声呼唤，将他的思绪又一次拉了回来，才知道，原来夫人没有召唤他，夫人始终没来。可天已黑，再不来……

"夫人，你可曾有悔？"

"从未。"

"那……"

"若我走了，信我，一月后必定回来。等我，就在那北洲之上，如何？"

周围又恢复了来时的寂静，可湘君却越来越浮躁。终于，嘶的一声，湘君气不过，将那衣袖撕下抛到了江中，又将那湘夫人送给他的单衣扔到了澧水旁，转身离去。走着走着，忽地闻到一阵香，目光扫视一周，发现远处有一丛杜若："哎，夫人呐，今日你为何不来？你可知我对你甚是想念呀！"说罢便走过去，摘下一簇，留着赠给他放在心上的遥远的姑娘。他信，他永远信他的夫人，她终会回来的。

夜色昏暗，漫漫小路上，只剩湘君一人，伴着影子，消失于夜色之中。世间或纷扰或静谧，他所求的，不过是与子偕老罢了。

"在下湘水府君，容与。"

"小女天帝之子，公子若。"

"久闻姑娘大名，还望多多指教。"

"湘君客气，初来乍到，还望湘君多多包涵。"

师评·智匠创作微论

"秋风微刮，人感凉意，洞庭湖也起了波澜。树木轻摇，无情地甩下那些枯枝败叶。环境或许略显凄凉，可这并没有影响到湘君，他依旧满心期待地等着他的夫人的到来。"一场邀约，如何才能两不相负？"夜色昏暗，漫漫小路上，只剩湘君一人，伴着影子，消失于夜色之中。世间或纷扰或静谧，他所求的，不过是与子偕老罢了。"期盼、等待、思念与落寞，总是人生常有。有情与无情，相遇与别离，信与不信，亘古流传的故事里有人生百味。至爱至痛，才值得铭记，值得书写。无数个历史传说与故事，在人世间继续……

痴

中文182班　鲁歌歌

春醒夏盛，秋华冬霜，四季更替，辗转不休，转瞬而至的又是那约定的日子……

曲凌像是被什么人从梦中突然敲醒似的，猛地睁开眼睛，掀起被褥跑向窗前。此时天只是刚泛起了鱼肚白，她舒了口气，朝门口唤了声佩儿。

佩儿："小姐，今日怎么醒得这般早？至少还可再睡一个时辰呢。"

曲凌揉了揉眼睛，伸了个长长的懒腰说："我睡不着了，伺候我起来吧。"

佩儿迟疑了片刻，对曲凌坏笑道："小姐可真是睡不着了吗？"

曲凌娇嗔地瞥了她一眼，佩儿赶忙伺候曲凌穿衣。

佩儿打来洗脸水，曲凌仔细擦拭后来到衣橱前，拿起几件袖衫在自己身前不停比对，左看右看又频频摇头，不一会儿不免有些着急。佩儿拿起一件青衣走到曲凌身旁，递给她说："小姐一看就是昨夜没睡好，太过艳丽的颜色反而更显憔悴，这袭青衣就不错。凌君向来偏爱素雅，我还记得，那日你一袭白衣与凌君赏园，他还夸赏你有超逸之美，雅于满园春色呢！加之小姐今日是与凌君约于湖畔，想想，湖光春色，才子佳人，泛起木舟，荡于湖心，青衣飘然，定别有一番风味呢！"曲凌娇羞地低下头，心里萦绕的都是那句才子佳人。

是啊，他们两人因各自父亲的关系，从小便在一起长大，正是旁人眼中的才子佳人。凌君的父亲是开国大将军，常年奋战沙场，时局太平时也需久住军营，操练将士；曲凌的父亲则是一国文臣，挥毫泼墨、一字千金。两人彼此敬佩，交友数年，因此凌君自小便在曲凌家中长大。两人自小琴瑟和鸣，小小的曲凌最喜欢的就是看凌君舞剑，小凌君也扬言会保护曲凌一生周全。可是，好景不长，在凌君及冠不久，传来战场父亲重伤一说，要赶去战场。曲凌夜夜哭求父亲请求同往，终不得愿，只能痴痴望着凌君骑马渐渐消失的背影。此后，曲凌还因此过悲而大病一场。

"小姐，小姐，想什么呢？这么入神？"佩儿说。

曲凌方才回过神来，走到梳妆台前，左右端详着昨日因心情过于欣喜，彻夜辗转不能入眠导致今日略显憔悴的脸，叹了口气，便用乌笔描眉、赤粉扑颊、胭脂点唇，再配以湛蓝发簪、银饰发髻，一副姣好的面容便出现在镜子里。

此时离约定的时间还有一个时辰，曲凌到后四处张望，却没寻见凌君，不免有些失落。佩儿见状说："是小姐太心急啦！明明离约定的时间还早，就匆忙赶来，我想凌君下学就会准时来赴约的。"曲凌听了后点点头："好，那我就在这里等他来。"

曲凌走向湖畔小亭，佩儿若有所思地看着曲凌，但又像什么都没看似的，只是凝望许久后，静静地跟在曲凌身后。湖中过渡的木舟一趟趟往返，曲凌失神地摆弄自己的裙褶，玩弄身边的花花草草，眼神却不曾离开过湖面。

佩儿看已过了时间，便故作生气模样对曲凌说："小姐，现在已经过了约定时间，凌君还不来，定又是在耍小姐玩。他肯定又和逸哥去城外抓蛐蛐，怕危险借故瞒小姐。小姐，我们就先回去吧！"

曲凌坚定地看向湖面："佩儿，不能这样想凌君。他也许只是专心私塾学习，不小心耽误了时辰，他答应过我他会来的！"

佩儿看曲凌只是眼神呆滞地看着湖面，无奈只能应和："是，小姐，我的错，但是小姐你也别老是盯着湖面看了。既然你要等，那我便再陪你等一个时辰。若他再不来，我们回去可好？"曲凌没有作声，只是痴痴地望着，望着……

红日早已落山，渔船也已完成一天劳作，安静地躺在湖水中，不远处的草屋升起炊烟袅袅，曲凌早已在湖边坐着发呆许久。若不是她一次次轻微的呼吸，大可认为那是一尊雕像了。

佩儿说："小姐，你答应我的，等一个时辰便回。现在时辰已经过了，天又转凉，是他凌君一直不来赴约。小姐大可不这般等他，我们还是尽快回去吧。"

曲凌将目光收回，像是对佩儿说又像是对自己说："他说过的，我不曾忘，也不能忘。"佩儿只是觉得心突然被揪了一下，低声说："小姐，你已经在这等了他整整一天了。他至今不现身影，或许是他忘记时间，看约定的时间已过，认为小姐早已回家，便从私塾下学直接去宅中寻你了。"曲凌原本早已在湖边坐得木讷，听佩儿的一句话，似乎是刚注入了新的灵魂一般，立刻站起身说："对，一定是这样！他总是喜欢这样忘记时间，我们快回去，他或许已经在家等我多时了呢。"

佩儿对着曲凌急急忙忙跑去的身影说："小姐啊，凌君已经赴战场杀敌五年杳无音讯了，你那句不曾忘也不能忘也说了五年。这五年里，你以他姓做你名，每年就为这一天而活，又被这一天而伤。可是那凌君，他不会回来了啊！"她转而看向湖面，"凌君，你若还有心，便别再这般折磨小姐了，就让小姐尽快忘记你吧。"

两人在暮色中泛舟而回，却不知有一双孤冷的眼睛正在看着渐行渐远的木舟……

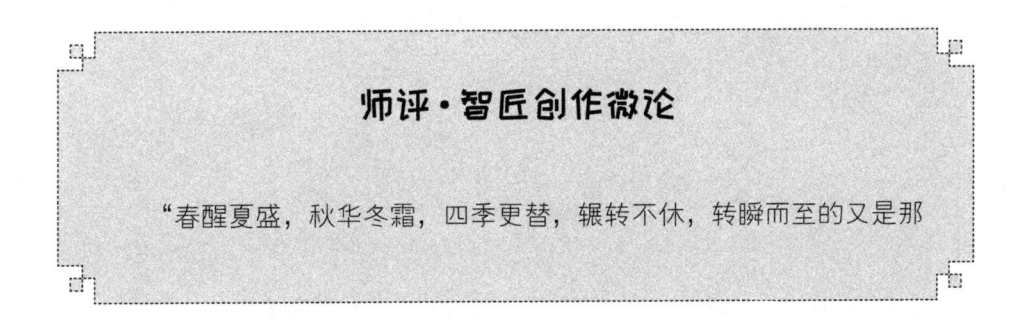

师评·智匠创作微论

"春醒夏盛，秋华冬霜，四季更替，辗转不休，转瞬而至的又是那约定的日子……"又是一场约定,又是痴等无果。"湖光春色,才子佳人,泛起木舟,荡于湖心,青衣飘然",如此美好的画卷,只是一场痴梦。"他说过的,我不曾忘,也不能忘。"可是,他呢?不曾忘与不能忘,不曾来与不能来。"两人在暮色中泛舟而回,却不知有一双孤冷的眼睛正在看着渐行渐远的木舟……"青梅竹马,琴瑟和鸣,终敌不过沙场征战,生死难凭。爱是厮守,爱更是守护。爱是咫尺,爱也是天涯。人生自是有情痴,此恨不关风与月。

大梦初醒

中文182班　吕佳琦

又是一年寒冬，苏州已经连续多年罕见地飘雪了。院子里的孩子倒是欢喜，看着让人心暖暖的。也难为他们平常因为众多的规矩学，压得抬不起脑袋，皱起稚嫩的小脸。这样时常看着他们嬉闹，倒也是好的，不由一哂。

"从前不赞同你那些不合所谓逻辑的观念，今时今日，倒是会出其中的道理了。想同你一起谈论，反倒是痴心妄想了……"

言罢，又抬手灌进一大口天子笑。

"你说这天子笑，是难得的佳酿，入口醇厚，酒香浓郁，非其他寻常酒能敌。可你瞧，我今日听了你的话，喝了数坛，倒真未尝出你所言之难得。你莫不是又在骗我？这酒，分明那么苦、那么涩……"

看着手腕处缠着的鲜红的发带，好似那个意气风发、恣意潇洒的少年还在自己眼前没心没肺地笑闹，还在自己的耳边漫无边际地胡说八道。想着想着，心口的伤痕又隐隐作痛。

"魏婴……你在哪……"

"天子笑，分你一坛，当作没看见我好不好？"

分我一坛可以，没看见你不行！

"蓝湛蓝湛！你看我，快看我画的你！像不像！一定要收好啊，我可画了好久的！"

好……

"蓝湛，蓝二公子，您就大人有大量，放过我这一次吧！你看我在你家天天吃这些青菜树叶，这好不容易出去改善一下口味，你就放过我这次吧，啊？"

好……

"蓝湛！你看我们都这么熟了，就交个朋友呗！以后来云梦，我罩你啊！"

一直都是朋友……

"我瞧这魏无羡，无非就是不知天高地厚！不就是年少成名吗？这不嘛，野心勃勃，贪得无厌，最终离经叛道，走火入魔。现在沦落到这千夫所指的地步，怪得了谁？！

不是的，不是他的错……

"要我说啊，他这种忘恩负义之人，活该如此！人家江家好心好意把他捡回去抚养，不让他流落街头。他反倒好，弄得人家家破人亡！活该死无全尸！"

不是的……

"是非在己，毁誉由人，得失不论。他们怎么说我，是他们的事。我心性如何，与他人何干？"

让我帮你好不好……

"滚！"

这些话，原是早该对你说，但如今却是天人两隔。你倒是真的狠心，连一魂一魄都不愿让我们找到，当真是你的风格，一点余地都不给自己留。当年同许下的豪言壮语、英雄壮志，如今倒是只剩我一个人遵守了。即便我仍旧不相信你已然魂飞魄散、死无全尸的事实，但如果有机会，我情愿大梦不醒，也好过苟活于这是非黑白两不分明的世间。总要有人替你把你立下的誓，变成现实。

我帮你，好不好？

"蓝湛！你怎么又偷喝我的酒啊？怎么这么多年还是改不掉你这个毛病啊？酒量变好了就这么放肆啊！有违家规你知道吗！礼仪模范含光君的脸面还要不要啦！走啦走啦，出去和思追他们玩雪去！啊，对了！一会儿咱们去山下湘菜馆吃饭好不好啊？我最近要馋死了！"

"好。"

只要能如此，怎样都好。

师评·智匠创作微论

"只要能如此，怎样都好。"相处日常，三餐一饭，是人间至简又至难的心愿。"是非在己，毁誉由人，得失不论。他们怎么说我，是他们的事。我心性如何，与他人何干？"如果人人都可以如此洒脱，一定会省却无数的烦恼。"这些话，原是早该对你说，但如今却是天人两隔。你倒是真的狠心，连一魂一魄都不愿让我们找到，当真是你的风格，一点余地都不给自己留。当年同许下的豪言壮语、英雄壮志，如今倒是只剩我一个人遵守了。即便我仍旧不相信你已然魂飞魄散、死无全尸的事实，但如果有机会，我情愿大梦不醒，也好过苟活于这是非黑白两不分明的世间。总要有人替你把你立下的誓，变成现实。"一个好故事，虽然只有只言片语，却是令人思想无限，意味深长。

相濡江湖

中文182班　周宁

这一天依旧风和日丽，周湛却不同往日，明显有些跃跃欲试，因为今天是他第一次离开门派，游历江湖的日子。剑匣、阵盘和浮尘，与小道长的心意一般，纯洁无瑕，却也兴奋不已。此时，他正坐在金陵的酒楼里，听着说书人侃侃而谈。想着下山前师兄们的告诫，武当门规那么多，听得周湛头都大了。在上眼皮和下眼皮马上就要亲密接触时，邱师兄敲了一下他的脑门，对他说："以上这些都是我派门规。若是有没听明白的地方……就这么算了吧。不过有一点定要谨记：远离华山！"

远离华山，这是周湛记得不多的话中最清晰的一句。可无奈，怕什么来什么，看着对面胡吃海喝的某华山弟子，周湛第一次明白了什么叫作不怕贼偷就怕贼惦记。大概这个叫徐葷的小骗子，从自己离开山门的那一刻起，就盯上了自己。那什么半路上遇到的贼人估计也是她招过来的，再顺水推舟来个美人救侠士，骗取自己的恩情，最后将自己推搡到酒楼，又死缠烂打地跟了自己好几天，成功地达到了她骗吃骗喝的目的。

看见对面的小道长，自从进了酒楼就一脸茫然，甚至有些闷闷不乐。就算是脸皮厚如她徐堇，也有些过意不去。

"小道长，此番游历江湖，看你一尘不染的纯真样，怕不是第一次吧？"

徐堇觉得自己不能总想着吃，是时候该"关心关心"这位小道长了，更何况……这个叫周湛的小道长生得极好，肤色白皙，五官清秀，长眉若柳，身如玉树，却不显得阴柔，有着自己独特的俊秀与空灵。要是就这么错过了，那岂不是悔哉悔哉？

明明只是简单的一句搭讪，愣是被徐堇说出了几分调戏之意。周湛一时竟也不知如何回答。

周湛此时特别想逃之夭夭，一走了之。可就凭徐堇适才出招时的剑法，倒让他觉得这个骗子可能还真有点真才实学。师门的龙涎香不够用了，自己被派发了这个任务，可江湖之大，自己又是初次下山，要寻得龙涎香谈何容易？不过徐堇这个样子……周湛又仔细地打量了她几眼，虽然衣衫不整，发冠不正，不像平时在山上看见的那般端庄的姑娘，但一看就知是江湖上的老油条。此事交给她，甚好！

感受到对面小道长炙热的目光，并在他眼中捕获了一丝狡黠的徐堇备感不妙。莫不是这个道长看上本女侠了？还是说，他们武当为了讨债连美男计都想出来了？徐堇不淡定地喝光了手中的酒，试探地问了一句："小道长，在下，在下很好看吗？"

"咳，咳……"周湛自觉自己失礼，轻咳了几声后便将目光移至桌上的茶盏处，看着茶叶被风吹着在茶水上打转。

看到自己理想效果的徐堇心满意足地勾了勾嘴角，想来自己闯荡江湖已经五载，这般有趣的人儿还是头一次见。

"小道长若是有事想求在下，在下还是很乐意施以援手的。"说罢，又拿起酒杯轻轻地抿了一口。

"咳！你这样白吃白喝的，我若是不找你做些事情，你心里怕是会很过意不去的。"周湛一改之前的温和模样，可把正在调侃周湛的徐堇吓了一跳。

"嗯？嗯，小道长有何吩咐呢？"徐堇决定顺坡下驴。看着小道长背在后面的剑匣，她真的不敢保证自己在对方发怒的时候能够全身而退。

"嗯，嗯。"周湛清了清嗓子，说道，"简单，女侠只需帮贫道寻些龙涎香来即可。至于这顿饭菜嘛，权当是贫道请你的。"说罢，便起身欲走，但又像忘了什么似的站在原地停顿了一下。

"三日后寅时，到武当山门来找我，只需报上我的名号。如此，便辛苦徐女侠了。"周湛朝着徐堇微微一笑，转身便拂袖离开了，只留徐堇一人在风中凌乱。

徐堇此刻觉得自己应该是愤怒的，最起码也要有所不甘，可内心的小兔子怦怦跳个不停是怎么回事？而且怎么会生出可能会见家长的念头？周湛刚刚的微笑就像一根捆仙绳一样，把她牢牢地拴住，让她不自觉地动身去寻龙涎香了。

不过区区龙涎香而已，杂货铺里到处都是。徐堇用身上仅有的那么一点财产买下了尽可能多的香。话说能用五分钱买到一大把，也是一种本事。这当然要归功于徐堇那张能把死人说活、能把活人说死的嘴。想了想，武当距金陵也是山高路远的，明日寅时就要到达山门，徐堇想都没想，直接施展轻功向武当奔去。不过又转念一想，武当不愧财大气粗，自己要是能有一匹小道长那样的乌云盖雪该多好，而且小道长骑马的那身姿，又该是何等飘逸……

寅时，武当守门弟子正值换岗，山门前四下无人。在徐堇正纳闷自己要如何才能找到周湛的时候，一个小小的人影鬼鬼祟祟地从山门出来。徐堇定睛一看，是一个比周湛还要小上几岁的奶娃娃。只见着小小道长上上下下将徐堇打量了一番，翻了个白眼之后才肯开口同徐堇讲话。

"香呢？"

奶娃娃一脸不好惹的样子，徐堇只好乖乖地将香递了过去。

正想开口询问是否能见见周湛时，不料面前这奶娃娃竟皱了皱眉，语气也十分嫌弃："我们家师兄说了，他要的是香草，而不是现成的香。这香我就先没收了，你再去寻些香草来吧！你明天这个时候再准时送过来。"奶娃娃说完就转身走了，又留徐堇一人在原地凌乱。

仔细回味了一下刚才的话。"香……草？"小道长也不是这么说的呀！这小小道长虽然看起来像小道长的师弟，但传的话未必定是小道长的话……算了，我还是去寻些香草来吧。

徐堇也不知是不是被什么迷了心窍。这要是换作平时，她连香都懒得买，更别说刚天亮就去采香草了。可是……他笑起来可真好看啊！徐堇花痴，怀着对不一定是未来相公的憧憬，屁颠屁颠地上山采香草去了。

又是一个寅时，当被小小道长告知周湛要的是自制的香，而不是香草时，徐堇又一次踏上了自己的漫漫追夫路。制香？她徐堇哪会啊！就说女红吧，别说自己了，就连师门里的那些师姐都不会。她无奈地晃着晃着，就晃到了一间香铺，向老板说了请求。这家乡铺的老板好心教了她好久，她也没学会。徐堇干脆把佩剑一拍："剑当给你了，你跟我去！"顿时把这老板乐开了花。殊不知这名门弟子的佩剑有多珍贵，又可以大赚一笔了。

又是一个寅时，徐堇带着困得眼皮直打架的香铺老板出现在了武当山门前。那小小道长思忖了一会儿，只将香铺老板带了进去，留得徐堇孤零零地一个人站在山门外。徐堇只得无奈地摸了摸鼻子。

可能她徐堇天生不讨喜，老天爷跟她开起了玩笑。几声闷雷过后，豆大的雨珠打在徐堇的脸上。她抬起头，看着密密麻麻的雨滴，心里很不是滋味。

正怨天尤人的徐堇突然看到头顶上出现了一把油纸伞。视线缓缓向下移动，映入眼帘的便是那张她朝思暮想的笑颜。

"徐女侠怎的还不离开？"周湛的笑容未减，只是静静地看着被淋成落汤鸡的徐某人。

"离开？我还能去哪儿啊？为了给你寻香，我钱也花光了，剑也当了，那天上山的时候还把手扭了。我一个孤苦无依的弱女子，还能去哪儿啊？"徐堇握住油纸伞柄上那只如温玉般的手，撒娇似的对周湛抱怨着。

本以为小道长会立刻松开手，别过脸去，但并没有。"那真是不巧，在下三天前就被逐出师门，没法帮你了。"周湛以同样的语气抱怨回去。

若是周湛不说，或许徐堇也不会注意到周湛已经褪下了那件不染风尘的道袍，换上了一件素白的衣衫。这白衫就如同他本人一般纯净得一尘不染。

"三天前……就是你说要我去送香的那天？"徐堇显然有些吃惊。

"对啊，我犯了武当门规，六根不净，被掌门逐出师门了。"说完还莞尔一笑，又惹得徐堇心中小鹿乱撞，心道六根不净的是我吧。

"六……六根不净？可……可你看上去……也不像啊……"徐堇很认真地道。

徐堇真是蠢到连周湛的小师弟都看不下去了。"我说你啊，我们家师兄为了什么，你自己心里不清楚吗？"小小道长看上去很生气。

"师兄，要不你别理她了。我替你去求求掌门师伯，让他重新收你为徒吧！"说罢，便气呼呼地跑开了。

周湛转过身，看着依然一头雾水的徐堇，低头抿嘴偷偷地笑了起来。

"笑……笑什么啊……"徐堇觉得自己当真是被爱情冲昏了头脑。他周湛为何让她日日来送香，又为何六根不净被逐出师门，又为何被她占尽便宜到现在还不生气。若是在平时，她用脚指头都能想明白这些事情，现在却怎么也想不明白。

周湛见她还是一脸傻气，只觉得好笑，带着她握住自己的那只手，将她引下山去。

"欸？去哪啊？"

"当然是把你的剑赎回来啊！你个华山弟子，又在江湖行走，没有剑怎么能行？"

"要什么剑啊！对我来说，有你的地方就是江湖，就是归宿。"说罢，徐堇顺势便抱住了周湛。

徐堇啊徐堇，你刚刚真的不是在装傻吗？这样想着，周湛又不自觉地笑了。

世人皆道相忘江湖的洒脱，却不曾想过相濡以沫的温情。

师评·智匠创作微论

"世人皆道相忘江湖的洒脱，却不曾想过相濡以沫的温情。"有时，遇见一个人，便会鬼使神差，就像徐堇。"徐堇此刻觉得自己应该是愤怒的，最起码也要有所不甘，可内心的小兔子怦怦跳个不停是怎么回事？而且我怎么会生出可能会见家长的念头？周湛刚刚的微笑就像一根捆仙绳一样，把她牢牢地拴住，让她不自觉地动身去寻龙涎香了……徐堇也不知是不是被什么迷了心窍。这要是换作平时，她连香都懒得买，更别说刚天亮就去采香草了。可是……他笑起来可真好看啊！徐堇花痴，怀着对不一定是未来相公的憧憬，屁颠屁颠地上山采香草去了。"一而再，再而三地奔波，只为了一见那个人，正像原本高傲的一颗心，却在某一刻低到尘埃里，又在尘埃里开出了花的故事，一个不是冤家不聚头的故事，一个奇妙缘分的故事。

为谁流下潇湘去

中文182班 杨红霞

上神忆潇在人间历劫，于郴州江上筑了一庭室。据传，此室皆由花草装扮，实则为掩人耳目，只因这庭室后面便是一片弱水，弱水对岸传闻是不死之花，众人皆往而求之，但皆未归。听茶馆的说书人讲，曾有一女子去过此庭室，并作《潇湘传》流于世间，书中记载如下。

昔时慕而往，往至三天三夜，只见茫茫海雾，而不见世人所说之庭室，忽而大风起，船毁……那女子再睁眼时，只觉自己仿佛躺在云端一般，抬眼便看见卧具上端的白芷花，身下也是由药草编制而成的席子。女子忽然想起小时候爷爷在郴江边上讲过一个关于上神的故事，仔细看看周围，发现卧房里挂满了一朵朵白花。她辨别了好久，才认出来这是白芷花。一朵朵的白花，在卧房里散发着若有若无的药香。她心想：这上神该不会是女儿身吧？在此苦苦等待心上人？想着便轻轻掀开帷幔，这才发现这帷幔还另加了一层药草编制的帐。外面的一层帷幔由蕙草编制，因蕙草花期短，整个帷幔从里面看起来黄绿交加，并不美观。她正想着这上神果不同于常人，听见房外传来声响，便急忙躺回床上装睡。

房门被轻轻地打开，一抹白色的身影向她靠近，轻轻地掀起帘子。突然的光亮让她难以适应，眼睛忽闪。他说："你醒了？你也是为那不死之花而来？"

"我叫云湘，我不是为不死之花而来，我是为……"

"云湘，云湘。"他喃喃地叫着，在云湘说出目的之前，打断了云湘的话。云湘再无勇气往下说了。

"世人皆欲求那不死之花，我便将此处以海雾笼罩……"忆潇自顾自地说着。

云湘鼓着勇气问："来此处的有那么多人，你为何偏偏救了我？"

"每个人我都救，但他们并不都愿意被我救。他们执意去渡弱水，我没有办法。"

云湘想起《山海经》中的"昆仑之北有水，其力不能胜芥，故名为弱水"，便说："那岂不是连尸首都不剩了？世人真愿为那一朵传说中的不死之花搭上性命吗？"云湘自顾自地说着。

忆潇默然，只顾把药放在旁边的凳上便离开了。云湘只觉得忆潇冷漠，自己端起药，捏着鼻子一点点把药喝完了。云湘一直躺在屋里觉得无聊，便想找忆潇说说话，刚抬脚出门，抬眼间便看见一朵辛夷花。花静静地躺在门前，仿佛故人留的信物一般，上面凝着雨滴，娇嫩得像一个新生儿。云湘轻轻把它捧在手心里，仔细端详了一会儿，没有注意到身后的忆潇。

忆潇冷不丁地说："等雨停了你便离开吧。这荒野之地，你留不得。"

云湘皱着眉看着外面的雨，心想可就真巧，赶上了梅雨季，这雨何时会停呀？不过这样也好，可以多在这儿待几天了。但这哪里是什么荒野之地啊？这是人间仙境。她脸上的凝重这才舒展开来。忆潇望着她一会儿忧一会儿喜的脸，怔了一会儿，嘴边的微笑快要溢出来时便回过神来，脸色沉重地走开了。

辛夷花被梅雨淋得发了黄，落了厚厚一层，看起来像雪一般。云湘不忍花变腐烂，便将好一点的花瓣收入篮中，做成了糕点。辛夷花微微带着点儿苦，吃起来倒也香脆酥软，像百合花一样。云湘拿给忆潇吃，忆潇尝完点点头，抬手替云湘擦了擦嘴角。云湘如同雷击了一般，忆潇毫无察觉地说："没承想，你还会做这些呢，这几天大可为我多做一些。平日里只看着这些花一瓣一瓣地落，还会捡一些晒干当作花茶。可赶上这梅雨季,只能看着花一点点地腐烂了。这下倒好,你倒为我省了心。"云湘听到梅雨的时候脸上表情微妙,便只顾着点头。

云湘这几天顶着大雨,将这周围转了个遍,把能吃的能用的都搬到了这亭子中。而忆潇平日里只顾打理自己的药园,浑身都沾着药香味。忆潇每每打理完药园之后,都会为云湘编一个手环或者花环,为她驱蚊避湿。

一日,云湘拿着东西匆匆进屋,抬头看见这亭子名,便好奇地问:"你叫忆潇,可为何偏偏叫忆湘亭?"忆潇远远地站着,云雾缭绕,烟雨蒙蒙,只看得见一个萧瑟的背影。云湘这才发现忆潇比平时看起来单薄得多。

忆潇轻轻地说:"以前,我曾日日游于郴江边上,经常见一女子立于江边。她乘舟采荷而落入水中,我救下她,在郴江边的茅草屋里一同生活。那时屋旁边便是一片湘妃竹。"云湘说:"湘君与湘夫人无法相见,才使得湘夫人日日思君,连眼泪都浸染了这片竹子。若你哪天离开了,我也便日日守在这郴江竹边,让后人皆叫他潇湘竹。"可后来……忆潇轻轻地笑着点点头,说:"对了,她也叫云湘。"他转头看了一眼云湘,说,"你与她长得极像,但我知道你并非她。这阴沉的梅雨也是你造成的吧?明日你便离开吧,我骗不了自己。"

云湘自知无力辩解,却泪眼蒙眬,在忆潇回过头来之前便跑回了屋里。装饰墙的花椒,一丝一丝飘入心肺,呛出了眼泪。

第二日,忆潇睁开眼,看见从帷幕里面透过的星星点点的光,便觉得仿佛有一团浸了水的棉花沉沉地压在胸口,让自己喘不上气来,只能心中一遍一遍地念着云湘……

后记

(忆潇自述)

弱水无力,可偏偏这檀香木能浮于水面。楚王以云湘为要挟,要我为他制作檀木舟,渡他过弱水,采撷弱水之岸的不死之花,以长生不老。我不愿,便说:"我若见不到云湘,那你也别想渡过弱水。"云湘来的那一天,我又惊又喜,压了好久的情绪才走进门中。看见云湘的那一刻，我心中翻涌，可我不能……不能告诉她。即使她不记得我，也没有关系。

云湘为水神之女，所到之处，淫雨霏霏。云湘贪玩不上心，到如今也没有学会控水术，不过这样也好。可她若真能在雨停之后再走，那我真愿……可我不能留她在此，只能编出这样一段话来骗她，可我没有办法。楚王逼我早日做好檀木舟，我无奈，只能叫她离开。几日下来，檀木舟终于做好了，楚王逼我为他驱舟。可我还没来得及和云湘说再见，我还没有好好看她一眼……

(云湘自述)

"弱水不胜其力，舟沉，楚王溺于弱水而亡，同行者皆无存活。"说书人拍案惊堂。

我回过神来，不觉泪流满面。只有我知道，忆潇不愿楚王继续生灵涂炭，草菅百姓，便在檀木舟底凿了洞。他不愿屈服，却还是为了我给楚王造了舟。我已经学会了控水之术，我那天也没有离开，可我没能救他。他捧着我的脸，叫我等他回来。

"郴江幸自绕郴江，为谁留下潇湘去？"后来人人皆知，郴江边有一片潇湘竹。

师评·智匠创作微论

"郴江幸自绕郴江，为谁留下潇湘去？"正如"问世间情为何物？直教人生死相许"，无数个亘古流传的凄美故事，主人公彼此深念，又甘愿舍弃自我，彼此成全。云湘直言，"湘君与湘夫人无法相见，才使得湘夫人日日思君，连眼泪都浸染了这片竹子。若你哪天离开了，我也

323

便日日守在这郴江竹边,让后人皆叫他潇湘竹"。忆潇决绝回应:"你与她长得极像,但我知道你并非她。这阴沉的梅雨也是你造成的吧?明日你便离开吧,我骗不了自己。"可忆潇心中明了,"云湘来的那一天,我又惊又喜,压了好久的情绪才走进门中。看见云湘的那一刻,我心中翻涌,可我不能……不能告诉她。即使她不记得我,也没有关系"。如此凄美的故事,在传说,在现实,也在心间。

逆龙鳞

中文181班　张涵涵（笔名：河安）

简介：这是一个需要一片龙的逆鳞来炼剑的剑修和一条本来活得太久而不想活了，但看见剑修之后突转心性的龙的故事。

他需要一把剑，一把能够配得上他的剑。

为了这把剑，他已经走过了这个世界的很多地方。至南的大漠，极北的雪域，穿东的昆仑，遥西的无垠海，甚至海外的仙山他都去过。

但是，一无所获。

到最后，甚至对他寄予厚望的师傅也放弃了，让他早日回到师门。很多人来给他传信，师门的师兄弟甚至长老们都在劝这个曾经显赫却到如今都还没有一把自己的剑的"天骄"放弃。

他依旧在等着他的机缘。大道无情，修剑之人亦无情。

此之一生，唯剑而已。

我是这世间的最后一条龙。

从睁开眼睛的那一刻，我就知道这方世界再没有我的任何一个亲族，只能透过传承记忆去看看那些骄傲肆意的影子。

我在方外无人的海底恣意地遨游，飞上九霄看人间，四处捉弄那些修真大派的弟子，看他们气急败坏却依旧拿我毫无办法的滑稽样子。

人世间的风花与雪月、珍馐与雅音在带给了我一时的欢愉之后，剩下的是百无聊赖，是孤独。

没有人听得懂我说的话，没有人与我一道喝酒，没有人能同我一起遨游天际。

这样的日子，我过了千百年，有时候只能让自己深深地沉浸在睡眠之中。

我在等，等一个开始抑或是结束。

否则啊，这世间，太过无聊。

他的剑的铸造材料，还差最后一个。

龙之逆鳞。

可龙之一族因为太过于强大被天道压制，已经灭族了。

就算世间还有仅存的龙族在世，任是脾气多么好的龙族也不可能亲手拔下自己的逆鳞，送给一个与自己毫无瓜葛的剑修。

要知道，龙之逆鳞，触之必死，而且需自己亲手拔下，才能让这逆鳞发挥出最大的功效。逆鳞拔下，则龙身殒，元灵灭。

一片龙鳞，就是一条命。

他知道。

可是这关他何事？总归要去找寻。遇到，便战。

生死有命，他不惧死，只是漫无目的地坚持。

有个人类找到了我，在极北雪域。

他开口第一句话就是对我说："我要你的逆鳞。"

那个时候，我刚刚从上一场深深的睡眠中清醒过来，看见这个想要我的命的人类在极北雪域的温度下挺直地站着，墨靛色的锦衣与他颀长的身姿相得益彰。就算我已经见了那么多的人间绝色，也不得不赞一句，真是个风华天成的人物。

他说着要人命的话，眼中却毫无波澜，手依旧是稳稳地拿着一根枯枝。

看见这根枯枝，我便明白他是一个剑修，只是现在还没有亲自炼出他自己的本命剑。

他要我的逆鳞，是为了炼剑。

这人世太过无聊，平常若是换个人来，这逆鳞给也便给了，做一条世间仅存的龙也没什么意思。

或许是那个人类颜色太好，我竟有些不想给他我的逆鳞。

我想与他玩个游戏。

他找到龙了。

便是如他一般淡漠坚韧，也不禁有些庆幸，终归是寻到了这最后一件材料。

早在见到这条龙的前一天，他就准备好了一切，把心法和灵力都修炼到最佳状态。他以为会有一场恶战。

见到那条龙时，她化为人形，正在喝酒。

她独自一人坐在最高的落雪峰上，抬眸直接锁定了他，像是早就知道他要来，甚至还向他打了一声招呼："兄台，一会儿就要下大雪了，要来壶酒吗？"

她稍稍眯起眼睛朝他笑。

只是他来不是喝酒的，而是来取逆鳞的。

"我要你的逆鳞。"

风刮过，落雪峰更冷了。只是这架，还是没有打起来。

她说，她要与他玩个游戏，为期一年。

如果她输了，逆鳞自当奉上。只是她并没有说他输了该当如何。

可他并不在意，左不过是一条性命。

他答应了。

我不知他的名字，也不去问他。总归只是一个名称，我想叫他，便在心中想着他，他就能听见。

我让他在跟我玩游戏的这段时光中忘记一切，忘记他的身份和追求。

我化出原形，让他坐在我的身上。我带他一起去看域北的星辰，去看那仿佛伸手就能摘下来的月亮。我带他去看这人世间的孤峰和险河，带他去看我出生的那片无垠之海，去看最美的繁华与最冷的荒凉。

我将我眼中的景色全都予他，将吃到过的珍馐一一让他品尝。

我想让他的眼中映出这山河大地、日月星辰。

他要逆鳞时看我的那双眼睛是那么美，如果里面空无一物、毫无神采，未免太过可惜。

在那天我和他看完九重天宫的烟岚之境后，他问了我一句话："这么美的烟岚之境是游戏的一部分吗？"

我笑了笑，没有回答他。

他不知道这条龙到底想玩什么游戏。

从每一日的初晓至暮阳，他都在接受着不同的冲击。那条龙带他眼见耳闻的都是他此生不曾有过的色彩。

他坐在这世间唯一的一条龙的身上，看遍了大江大河，吃遍了珍馐美食，亲手摸过了那九重天宫的烟岚之花，学会了赏乐听曲，还学会了像那条龙一样用壶喝酒。

在看见烟岚之境那火树银花般极尽美丽绚烂的颜色时，他嘴角漾出了成年后的第一抹笑容。

他最后还学会了怎么去笑。

他终于知道以前独自一人时心中空落落的感觉是什么了。

孤独。

如果不曾感受过陪伴，就永远也不知道陪伴是什么感觉，也就不觉得孤独是孤独。

一年之约要到了，可是他已经不想要那条龙的逆鳞了。

他要她活着，活着陪他。

一年之期到了，他跟我说他不想要我的逆鳞了。

这个游戏，他输了。

他以为，他输了我就会让他死。他将他手中的枯枝仿佛缴械般给我。

可是我怎么会呢？他颜色那么好，眼中终于出现了这世间万事万物的影子，我怎么会忍心让他死？

龙之一族，虽本性为淫，贪花好色，可却最为痴情。认准一人，便是生生世世，只会守着他一人，永远不会再看第二个人。

于落雪峰朦胧时我看到了他，这千百年来便也只看到了他。

他来问我要逆鳞。如果是他，纵是扒皮抽筋，又有何妨？我自当双手奉上。

只是我还是不甘心，贪心地想要和他度过一段时光。不长，一年即可。

如我所料，这一年是我这千百年来最美好的时光。眼见青山是仙山，绿水是银河，便是喝这凡间的酒水也似九重天宫的琼酿，竟是酒不醉人自醉。而且，他还留给我了一个笑容。

在这团无比温暖的色彩中，以前的年岁竟似一场灰白无声的梦一般度过。

这世间太过无聊，于我而言，朝闻道，夕死可矣。

他，就是我的道。

他的剑炼成那一日，天降异象，赤色的游龙在云层上飞舞，上天仿佛警示般连降九九八十一道天雷，想要将这世间最后一件可以威胁到它的神器归于虚无。

这世间再也没有任何一个人可以嘲笑他。他的剑术独步整个修仙界，灵气和境界在多年的打磨之下，一旦有了突破口便如决堤般向上提升。他的师门想要将他迎回，整个修真界都在找他。

可是他没有回师门，他去了极北雪域的落雪峰。

所有人都只当他一时放纵，可是他再也没有出过那座峰。

有年轻一辈慕名来找他，问他为什么不离开，他垂下眼眸。

其实他只是在等一个会请他喝酒的龙罢了。

"兄台，一会儿就要下大雪了，要来壶酒吗？"

师评·智匠创作微论

"要知道，龙之逆鳞，触之必死，而且需自己亲手拔下，才能让这逆鳞发挥出最大的功效。逆鳞拔下，则龙身殒，元灵灭。一片龙鳞，就是一条命。他知道。可是这关他何事？总归要去找寻。遇到，便战。生死有命，他不惧死，只是漫无目的地坚持。"逆鳞关命，但遇到了不惧死，却只是漫无目的地坚持的他。"龙之一族，虽本性为淫，贪花好色，可却最为痴情。认准一人，便是生生世世，只会守着他一人，永远不会再看第二个人……如我所料，这一年是我这千百年来最美好的时光。眼见青山是仙山，绿水是银河，便是喝这凡间的酒水也似九重天宫的琼酿，竟是我酒不醉人自醉。而且，他还留给我了一个笑容。在这团无比温暖的色彩中，以前的年岁竟似一场灰白无声的梦一般度过。这世间太过无聊，于我而言，朝闻道，夕死可矣。他，就是我的道。"如此，无须海誓山盟，不必天长地久。山水含笑，有情至真，已然足够。

小镇酒香

汉外191班　金杰

那年秋天，小镇酒香。

老人的酒坊设在绿槐环绕的小镇。老人倚在门槛上，旱烟的烟圈层层吐出，留给小徒弟一个寂寞佝偻的背影。

"咱家酒坊真是越来越不景气了……"老人长叹一口气，"去把我前阵子酿的黄酒拿来吧。"

"师傅……"小徒弟欲言又止，"对不起，我酿酒的时候放错了粉末，把师母的玫瑰花粉错当成枸杞粉了。我拿出这酒时，才看出来不对。"说完，小徒弟扬起手中的半碗酒。

"你……"老人有些恼火。

端过那碗酒，却有些惊喜。

晶莹的酒液在粗瓷碗内轻轻颤动，玫瑰的芬芳夹杂着醉意在空气中荡漾。酒是淡粉色的，似少女粉色的脸庞，轻呷一口，唇齿留香。

老人核桃般沟壑纵横的脸上泛起了喜悦的笑容。

眼前正是夏末初秋，花瓣正要落去。他嗅着满鼻的芬芳，灵光乍现。

"速去采百合、桃花，我定要让这花酒更澄澈美丽些。"

于是，就如一石掷入湖心，一层激起千层浪。

小徒弟忙着晒花瓣，五颜六色的花瓣铺了满院，老人则忙着制酒曲。麦仁、麻叶制成的酒曲有着腐烂的小麦的腐酸味，相貌丑陋，像一块白色的方石。但它更像战国时期钟无艳一般的女子，虽然相貌丑陋，却成就过一方强盛。有了这丑陋的酒曲的催化，这花酒才会更加醇厚醉人。

等到一切准备就绪，老人便按颜色、种类、花香搭配着，放入不同的酒瓮中。沉静的优质小米在深深的瓮床静卧，等到酒精分子耐不住寂寞开始互相碰撞时，老人的花酒便诞生了。此时已至十日，老人的花酒给小镇注入了满满的甜蜜。

夕阳西下，小徒弟在院中被顾客围得团团转。老人咧开嘴角，细致地呷了一口花酒……

师评·智匠创作微论

"'速去采百合、桃花，我定要让这花酒更澄澈美丽些。'于是，就如一石掷入湖心，一层激起千层浪。小徒弟忙着晒花瓣，五颜六色的花瓣铺了满院，老人则忙着制酒曲。麦仁、麻叶制成的酒曲有着腐烂的小麦的腐酸味，相貌丑陋，像一块白色的方石。但它更像战国时期钟无艳一般的女子，虽然相貌丑陋，却成就过一方强盛。有了这丑陋的酒曲的催化，这花酒才会更加醇厚醉人。"是酿酒，也是在酿人间至味。芬芳的花瓣，丑陋的酒曲，用心的酿酒人。夕阳西下，花酒芳香。素描勾勒，酒人酒香。

亦幻亦真

热带高原的夜空总是异常清亮。繁星散落在静谧的空间里，皎洁的满月挤在他们中间，卖力地散着光。

铁柱的故事

中文172班　丁怡文

（一）

一年前的夏天，我像往常一样在自己的盒子里沉睡着。

记得那天是高考结束的日子，我感觉到我的小盒子动了。"终于可以看看外面到底是什么样子了！"我有一些激动，毕竟自出生那天，我就只是匆匆看了看四周，随后便被装进了狭小的盒子里，此后就一直在这里。他们总说，要有人来购买时我才能出去，然而"购买"到底是什么呢？还有，我到底会有怎样的"购买"体验呢？

我听见塑料膜被撕开的声音，接着灯光洒进了我的盒子，这是一个不同于工厂的全新环境。一个工作人员模样的人戴着手套，很郑重地把我取出，交给一个女孩。"您检查一下机身是否有什么瑕疵吧。"接着我便到了女孩儿的手上。对于我的到来，女孩儿显得很是开心，拿着我左看看右看看，温热的指尖拂过我的后背，还有一些痒痒的。"没有问题，就是它了！"

这样是不是就算是"购买"了呢？

（二）

我就这样跟着女孩回了家。

那天晚上，女孩显得很激动。她一直把我捧在手心里，还给我取了个名字叫"铁柱"。这可真是一个土土的名字，我到现在对这名字也充满了嫌弃。她给我套了一件厚厚的像透明橡胶一样的衣服，这件衣服让我一下子重了不少，因而我也不是很喜欢，不过好在她后来又给我买了许多好看的新衣服。她又在我的脸上戳来戳去，给我灌输了很多她们叫作 App、电话号码之类的东西；又打开了我的相机，她自己的脸一下子便呈现在了我的脸上。她咧开了嘴，笑得有些傻，到现在为止我都还把那个画面保留着。她温热的手指还在我的脸上戳来戳去，我不知道她发现了什么，还抱着我去找她的母亲，让她的母亲也一起看了看我。这姑娘可真有趣。

第一天和她的相处，可以说是很好的开端。那天晚上，女孩一直折腾我折腾到半夜，最后我们俩都"能量耗尽"。她给我插上了充电器，然后上了床。"她补充能量的方式和我有些不一样呀。"我想找出给她补充能量的线，然而大概是因为夜里太黑，我最后还是没有找到。我也累了，得好好休息一下才是。

（三）

从我被女孩带回家那天起，我和她就可谓形影不离了。我也自认为是她的亲密伙伴和得力助手。

不管走到哪里，她都一定要把我带在身边。虽然我有时会听到她说我体形过于庞大，出门带着我有些不方便，但每每听到她这样说，我都会在心里暗暗反驳："那你出门别带上我呀。"她很喜欢拍照，按照她自己的说法，她是想把她认为美好的瞬间以照片的形式记录下来，关于这一点我可帮了她不少忙。虽然说后来我有了个妹妹"铁扇"，但是对于照片的处理，离了我她可做不到。她很喜欢和朋友聊天，每天都在我的脸上戳来戳去，一串串长长的文字就通过我传输到我其他兄弟那里，然后她的小姐妹们也就通过我的兄弟收到了消息。她很喜欢听歌，因而我每天都能借助软件唱出动听的歌给她听；她有时也会发发牢骚，然而这些牢骚她只对我一个人发，一段一段带着负面情绪的文字存在我这里，但是每到这个时候我也不知道该怎么办才好，所以我也只是默默地帮她保管着这些文字。我帮她完成购物，协助她完成单词学习的打卡，帮她把长长的文件保存下来……以至于今年我一岁的时候，她在备忘录里写道："没有铁柱的话，我想这一年我什么都做不好。"她大概永远都不会知道，我看到她这么说的时候有多开心，同时我也觉得自己其实挺厉害的。

我就这样陪在她身边，看到她出去旅行时所看到的所有美丽风景，看到她出去玩的时候脸上绽出的快乐笑颜，看到她每天在学校里学习的复杂概念与知识，看到她因为烦恼而表情复杂的脸，看到她考驾照时因为紧张频频出错而慌张的样子（那个时候我还在心里偷偷笑她笨），看到她日常生活里吃到的各种美食。

也许对于身边的人，她会把自己的情感和情绪收起来一些，但是对于我，她最真实的情绪永远都会在我面前展现。我看过她哭红了眼，但还是给朋友打了一串"哈哈哈哈"；我看过她遭遇了一些小挫折，失望全部写在脸上，却和她的妈妈说她毫不在意；我看过她很生气的时候，咬牙切齿地和她的朋友们吐槽；我看过她因为不善交际，害怕气氛陷入尴尬而低下头看我时那不知所措的脸；我也看过她大半夜不好好睡觉和朋友讲笑话，相互发搞笑视频但是又不敢笑出声而憋红的脸。也许她因为我给她的生活带来了很多便利和快乐而觉得我很神奇，但是殊不知我也因为她在我面前展现出来的各种各样的形象而觉得她也是个神奇且有趣的存在。

（四）

我因和我有"购买"关系的人是这个女孩而觉得幸运。这一年半以来，我们相处得很融洽也很开心。然而在这一年半里，我也看到我的家族在不断地壮大，后来的兄弟们都比我要厉害很多。因而我也在害怕，害怕有一天她觉得我已经不能够帮助她、不能够满足她的需要了，从而被其他的兄弟替换。但是以后的事儿以后再说吧，我现在依然需要尽我自己最大的能力去帮助她，去带给她快乐，毕竟她还是傻笑起来的时候要好看一些。

在这个时代，我和我的兄弟们都为自己的主人尽力提供各种各样的帮助。但是也有很多的人说我们的存在害了我们的主人，因为他们说很多时候我们的主人因为光顾着和我们玩而耽误了自己的事情。或许我们的存在确实影响了一些人的学习和生活，但是我们也真真实实地带给了人们许多真真实实的帮助。也希望我们的主人能够有更好的自制力，不为别的，就为了我和我的兄弟们少背负一些骂名。

我是铁柱，我的故事还在继续。

师评·智匠创作微论

铁柱？何许物也？因从狭小的盒子里被"购买"得以重见天日，被赋予"铁柱"的老土名字，被穿上各色各样的衣服，被主人在脸上戳来戳去，被灌输很多App、电话号码，被充电……这对形影不离的亲密伙伴，一起出行、拍照、聊天、听歌、购物、记单词，一起旅行、见识美景，一起半夜和朋友分享笑话……"没有铁柱的话，我想这一年我什么都做不好。"铁柱也因为主人在其面前展现出来的各种各样的形象而觉得主人是个神奇且有趣的存在。这就是铁柱的故事和喜怒哀乐。看到铁柱，你是不是会想到自己的铁柱？还有无数个和铁柱一样的背包、书写笔、便签……陪伴你的小伙伴，有铁柱，也有很多别的东西，这是每一个青春身影的日常。"也希望我们的主人能够有更好的自制力，不为别的，就为了我和我的兄弟们少背负一些骂名"，这也是无数人的希望。

最后一日的烟火

中文172班　赵瑞杰

今天又是个阴雨天，连着好几天都没有出现过太阳了。这是病毒在Z市传播的第一个月。感染了这种病毒的人会丧失理智，疯狂地攻击人类，说具体点就是像电影里的丧尸一样。好在政府反应迅速，立刻封锁了Z市所有的出口，才让病毒没有向外传播。未感染病毒的人在出口排起了长长的队，等着身体检查，彻底消毒以后才能离开这里。听说队伍的排号已经到一万多了，当然这些都是普通民众。

我是慕白，这个城市的一名普通医生。阿彩是我的女朋友，一名普通的护士。虽然不知道什么时候才能离开这座城市，但是我们每天都对生活抱有希望。在这座城市里活下去，或许不是一件容易的事。随着时间的推移，水电越来越供应不上，治安越来越差，超市和水果店里的食品早就被洗劫一空了。除了要提防别被感染者袭击，还要注意别被自己的同类抢劫。最重要的一点呀，注意不要感染上这种病毒。

"慕白，咳咳，家里的面包马上就没有了。明天我们一起出去吧，你一个人出去，我不太放心，咳咳……"

我摸了摸阿彩的头："你在家等我就好了呀。锁好门，拉好窗帘，等着给我开门就好了。"

"不！"阿彩大叫道，"你要是不带我去，我就不吃药了！"阿彩这几日突然染上了感冒。就这个倔脾气，如果我不带上她，她一定会生气好几天，不会乖乖吃药的。万般无奈之下，我只能带上她，希望明天是个好天气。

太可惜了，是个阴天。街道上除了垃圾就是破烂的建筑，偶尔能见到几个行人，一片萧瑟。真的不敢相信，这是以前最最繁华的街道。超市里的货物早就都被抢空了，我和阿彩只能冒险闯进居民区，为了生存去碰碰运气。

我和阿彩随意挑了一栋豪华房子，这种房子的主人几乎都在病毒刚开始暴发的时候就离开了Z市。我在心里暗暗地求保佑，希望一切顺利。果然不出我们所料，这栋房子早已没有人居住了。我和阿彩一户一户地搜着，或许是我们的运气太差了吧，居然什么也没有。

"慕白，咳咳，这里还剩一户没有搜。要是什么都没有，我们就回去吧。天越来越暗了，我有点怕。"

我用力抱了抱阿彩："好，不要怕，我来保护你。"

这套房子的门是锁起来的，我和阿彩用了不少力气才把门打开。突然，一个黑影蹿了出来，幸好阿彩被我一把推开了。这个黑影咆哮着，怒吼着。"啊，感染者！"阿彩吓得尖叫起来。但是奇怪的是，这个感染者被铁链拴在了公主床旁边。"慕白，看这个。"阿彩从门上撕下来一张纸，纸上写着："来探访的陌生人你好，我是小娜的爸爸。我知道我的日子不多了，身体的变化让我不得不这样控制住自己。小娜是个好孩子，希望你们拿走所有食物的时候也能带走她，拜托了。"我看了看阿彩，阿彩向我点了点头。我用刀扎死了这个男人，跨过他的尸体，打开了衣柜，里面是睡着的小娜和一堆食物。阿彩叫醒了小娜，紧紧地抱着她。看来这个变异是昨天的事，还好我们来得及时。

我抱着小娜，带着阿彩平安地回到了家。小娜是个听话的小姑娘，我们三个人像一家人一样幸福：晚上一起坐着吃晚餐，我们俩一起陪小娜玩耍，晚上轮流给她讲故事。我时常想，要是没有暴发病毒，我和阿彩还有我们的孩子也会像这样过着简单又幸福的日子吧。时间一天天过去，食物越来越少了，阿彩的感冒更加严重了，小娜也感染上了感冒而且开始发低烧。日子越来越糟糕，我们开始关心自己的排号，不知道为什么队伍不再前进了。我也开始每日守在检查站门口，观望情况。

这几日，我总是在出口的检查站附近转悠。这些检查站的人穿着厚厚的防护服来来往往，脸都看不清……嗯？看不清脸？我不由得心生一计，打算偷偷杀掉一个检查站的人，穿着他们的衣服，把阿彩和小娜带出去。不能再等了，小娜的行为已经不正常了，阿彩也发低烧了……

这是病毒暴发的第五十天，检查站的工作人员少了一大半，每天聚集在这里的人越来越多，食物和水更是少得可怜，阿彩和小娜的情况也越来越差了。我心里再也没有杀人的愧疚感了，暗暗发誓我要带她们出去！如果找到落单的人，我一定会杀掉他！

这样的机会真的被我等到了！一个傍晚，在我就要回家的时候，一个落单的巡逻队员走了过来。我欣喜万分，明晚我就能带她们出去了！我悄悄跟上他，手里紧紧攥着匕首。我眼睛血红，因为我知道要是我失败了，阿彩和小娜也会死的，我们没有食物和水了。我悄悄地跟着他，趁他没有防备，我的匕首狠狠地刺进了他的身体，另一只手紧紧捂住他的嘴。他倒下了，我迫不及待地扒下他的衣服。令我吃惊的是，他居然是那个昔日的水果店老板。我管不了这么多了，我必须快一点。

"其实，我们都不能活着出去了。"他缓缓地说，眼睛里都是平静。

"什……什么？"我颤抖着问他。

"病毒其实早就控制不住了。检查站一半的人都撤走了，剩下的人今晚也会撤走的。为了其他城市的安全，今晚会用高温杀死病毒。你以为就你想得到这个办法吗？没有人脸识别是出不去的，回去吧。"我大脑一片空白，像是被雷瞬间击中。

我拖着沉重的身体,慢慢回到家中。

"慕白。"阿彩哭着扑倒在我怀里,"小娜死了,我把她捂死了……"阿彩泣不成声。小娜感染上病毒,出现了变异的体征,我和阿彩的时间也不多了。

我紧紧抱着阿彩,抑制住自己的眼泪,说:"走,我们去天台!抗病毒药物已经研制出来了,要用烟花的形式传播呢。"我始终不忍心告诉阿彩事实。

我带着阿彩,抱着小娜,走上天台,我们三个人紧紧地相拥。时间不早也不晚,最后一日的"烟花"吞噬了我们。

师评·智匠创作微论

这篇文章写出了一个病毒世界的悲欢与无奈。在深受病毒折磨和束缚的环境下,面对病毒,面对无奈,人性善恶、人情冷暖体现得淋漓尽致。"感染了这种病毒的人会丧失理智,疯狂地攻击人类,说具体点就是像电影里的丧尸一样。好在政府反应迅速,立刻封锁了Z市所有的出口,才让病毒没有向外传播。"面对同为人类却在病毒的折磨下攻击人类的感染者,城市中的每个人都被饥饿、病痛、恐惧所折磨……大自然给予人类生存的资源,生活在大自然的人类也会经历各种灾难和考验。为了生存,何去何从?被"烟花"吞噬的,还有什么?还有什么值得思索?

画中人

中文172班 高伟健

温热的血液灌满了格雷的喉咙，金属味的甜腻拨动着他的神经。这是吸血鬼独有的味觉，一个人在成为吸血鬼后只会对这种味道有所眷恋。他抚摸着怀里死去的牡鹿光滑的皮毛，心中默默地为它唱起催眠曲。他每杀掉一只野兽都会这么做，就像古老的部落猎人为他死去的猎物祷告一样。他站起身来，在黑色密林间穿行。在他眼里，每一棵树都散发出琉璃色的柔和细腻的光泽，耳中是整个森林在夜晚的呼吸声。如果说作为一个吸血鬼究竟有什么值得留恋，那就是对光和色彩的特殊感知和对声音异于常人的捕捉，这些让一切都被赋予了特有的美感。当然，还有对周围事物敏锐的察觉能力。格雷停下脚步，看向一棵树。树后的人决定不再隐藏，他慢悠悠地出现在格雷面前。"抱歉打扰了你的狩猎，看来原始生活过得还不错。"这个人说道。格雷看到他后，会意地笑了笑，是他的好友雨果·梵卓。

雨果望着墙上那幅装裱精致的油画，画中是一对夫妻和他们的孩子。"我没东西招待你。我知道你很爱喝那种医院的血袋，你吸它们的时候就好像在喝母乳。"格雷打趣地说道，坐在角落。

"那也比你野蛮地撕开野兽的喉咙要强得多。"雨果开始在房间内踱步,企图找到房间内发生的变化,"你这个披着现代文明皮囊的野蛮人。"

"我永远不会在这点上和你争执。"格雷说道,"没有任何一只吸血鬼能自诩是一个文明人,你该知道生食和熟食的区别。"

"你研修的人类历史学早已腐蚀了你的脑子。对了,那是什么时候的事来着?我记得你还特意跑去了宾夕法尼亚大学,还对我说你在那碰见了最令你中意的女人。"雨果开始摆弄起一个装饰物。

"1946年。还有,我只是中意那个女人敏锐的头脑。"格雷说道。

"我知道你的作风,你只是个书呆子。没有女人会真正爱上你。"

"这句话你不知道说了多少次了。全世界的女人都应该喜欢你这样的,一个混迹在上流社会的花花公子。"

"太对了!"雨果打了个响指,"我虽然比你在这世上少活了几十年,但我的女人要远比你多,伯爵阁下。"

"该谈点正事了。收到我的信了吗?"

"当然,要不然我怎么会在这里?专程来听你的讥讽与挖苦?"

雨果展开一幅伦敦市地图,把它摊在桌子上。地图上有大大小小十几个被标注的点。"情况的确如你预计的一样糟,近期被猎杀的人数在急剧增长。与之前不同的是,狩猎的区域居然向中心城区靠拢,比如伦敦城、西二区的诺丁山。而在这之前可是被一直控制在三区左右的位置。我调查了十几个泛红区域,观察了受害者的尸体,它们并不是'新生儿'的手笔,都是老手。咬痕干净利落,地上也并没有大片多余的血迹。据我观察,这几个地点也并没有联系。哦,对了,还有一个诡异之处,有几个死者甚至是上流社会的人,还有一个人居然和女王沾亲带故。"

"怎么可能?"格雷仔细地观察着地图,目光扫过几个点,"难道你的家族里有内鬼?"

"绝对不可能,父亲一直在严密控制着内部。每一个'新生儿',他都必须亲自盘查筛选，决定去留。近百年来一直如此，所以伦敦才这么太平。"

"有外来者的痕迹吗？"

"暂时还没发现。"

"那只有一种可能了，是魔宴党的人。"

"这怎么可能？魔宴党在当年早已被铲除干净了，一个也不剩。就算他们的头儿重回伦敦兴风作浪，这些早已化成灰的渣滓也不能再从地里冒出来，除非……"

"你真的相信哈尔斯是主使？"格雷突然打断了他的话，雨果一时语塞。

"我从来都不觉得这个连精神都不太正常的凡人是他们的幕后主使，他没有这个能力。我总感觉还有一个人潜藏在幕后，一个吸血鬼。"

"都过去那么多年了，你还没有放下？"雨果沮丧地说道，"我以为这些年我能让你感觉好点。"

"不是你的错，雨果。"格雷说："我只是自己还放不下而已。"

"如果真如你所说，我会帮你找出来的。我会尽全力，我不会说些承诺的屁话。但是告诉我，你是从什么时候开始这么想的？"

"很早之前就有这种想法。直到近日，我的心里才更加笃定，有人在暗中帮他越狱。我隐约察觉到他口中的'主人'不是什么他崇拜的邪神，而是一个真实存在的人。"

"我会把这些告诉我的父亲，也让他追查哈尔斯的下落。希望他真的死了。"

"大概吧，我也希望他死了。"

"你应该离开这座城堡，你太依赖它了。"雨果说道，"是时候面对外面的世界了，伦敦变了很多。就算在午夜，一些地方也是灯火通明。"

"看来我不得不这么做了。"

雨果用困苦的眼神看了他最后一眼，准备离开。"哦，对了，忘了告诉你一件事。我前几天见到那个我们救下的女孩了，她长大了。"

"她当然会长大。"雨果淡然一笑，"她是不是你倾慕的类型？"

一个月后。

伦敦的一家市立艺术馆里，艾瑟尔站在一幅画前。这是一幅创作于1905年的画作，画名叫"漆黑的人"。画中是一个一身黑衣的俊美少年，面部有着圆润优美的弧线。他有着似笑非笑的神情，惨碧色的眼睛却显得灰暗。他的领口还点缀着一颗镶金的红宝石。艾瑟尔看得出神，她无法知道画中的人到底是悲伤还是快乐。画的作者是一个不知名的商人画家，他在画完这幅画后也没有透露他画的人是谁。但很显然，从那颗红宝石可以猜测出这个人要么是当时的贵族，要么是大亨的儿子。艾瑟尔凝视着他的眼睛，她似乎感觉她真实地看见过它们。

1905年，巴黎。

一辆辆豪华的马车依次驶进花园，停在一栋华丽的别墅门前，里面正在举行一场盛大的晚宴。这场宴会的主人是一位法国议员，他邀请各界精英贵族、党派人士聚集于此，是为了纪念英法协约签订的一周年以及酬谢为两国合作做出卓越贡献的各界人士。格雷和他的父母下了马车，父亲携着母亲的手款款走上台阶，他跟在他们的身后。父亲斯图尔特·海尔纳是一位医学博士，他曾多次出席英法联合举办的医学会议，法国政要也因此而看重他。他们进了大厅，布置华丽的大厅里人头攒动，觥筹交错，侍者们在人群中穿行。一些衣着华贵的人不时地来到面前与他们攀谈上几句。这时走过来一对父子，他发现父亲看到他们后脸上出现了一些复杂微妙的变化。

"许久未见，海尔纳伯爵。"父亲模样的中年人说道。

"的确如此，梵卓子爵。近来如何？"

"一切都好。"

"给你们介绍下。"父亲把脸转向他和母亲，"这是伦敦的梵卓子爵，他如今在工商业颇有建树。这是他们的儿子。"

"雨果·梵卓。"那个年轻人点头示意。

寒暄过后，梵卓先生说道："我想和你商议一些生意上的事情，海尔纳阁下。可否赏脸到楼上的房间一叙？"

"荣幸之至。"父亲亲吻了一下母亲的脸颊，告诉她自己要失陪一下。他看到母亲的脸上浮现出担忧的神色。他本来要陪着母亲，结果那个叫雨果的年轻人叫住了他。"我们两个也可以谈谈。"他说。

四个人上了二楼，来到门廊一个少有人来的拐角处。父亲们进了一个没人的房间，他们两个则站在门外等候。

"你叫什么？"雨果首先开口问道。

"格雷。"

"不错的名字。你父亲一定是拜读了王尔德的著作，那个画中人。"

"有很多人叫格雷。"他淡淡地说道。

"不错，可是出名的只有这一个。"雨果笑着说道，他的声音很动听。

"如果这么说的话，你的父亲是雨果的读者。"

雨果的笑容更大了："你大概猜对了，其实我本人就是。我经常拜读和我名字一样的人写的书，还挺有意思。"

片刻的沉默后，格雷开口问道："你也是？"

"什么？"

"吸血鬼。"

"我当然是。你看出来了？"

"你和我父亲有一样的体征。"

"你真机灵。你多大了？"

"十九岁。"

"你脸上的表情可并没有告诉我这些。你为什么一副苦大仇深的样子？你在忧愁什么？"

"没什么。"

"哦，拜托。别告诉我你天生如此。不过告诉你件事，你在我们当中还是很有名的。"

"为什么？"

"因为你的身份特殊，你可能是几百年来唯一一个人类和吸血鬼诞下的孩子。我应该叫你什么呢？'吸血人'？我知道你不饮血。他们都在谈论如果你被转化，可能会是一个很了不得的人物，一个比吸血鬼都可怕的物种。"

"不要开这种玩笑！"格雷面露愠色，"你知道我的身份给我的父母带来了多大的麻烦吗？你大概不会知道。"

"我当然知道。抱歉，我只是随便说说，别放在心上。不过你不是在因为这个烦恼吧？"

格雷没有回答他的话，他决定不再理会这个轻浮的公子哥。过了一会儿，公子哥说道："你这样不会觉得无聊吗？"

"我喜欢清静。"

"这可不是一个处在青春期的男孩该说的话。走，我带你去下面转转，好好享受晚会的乐趣。顺便再帮你物色几个……"

他拉着格雷来到一楼的交谊厅，在莺莺燕燕中穿行而过。衣着华丽的名门小姐们纷纷回过头打量着这两人。格雷感到有些手足无措，雨果还不时给他递过来一两杯酒。"来一点生命之水，它能让你放松。"在一张桌子旁，坐着一个年近三十的女人。她的衣着没有和其他人一样华丽，她的首饰也未闪烁灼目的光芒，但她体态优美，举止端庄，有一种脱俗典雅的气质，而她的脸也比任何女人更有韵味。

"你好，华莱士女士！近来如何？"雨果拉着他走到这个女人面前。

"又见到你了，看来整场宴会最爱出风头的人还是你，你这个浪荡子。"华莱士女士假装嗔怪地说道，不过脸上却露出和善的微笑。

"这是我新结识的朋友，格雷·海尔纳。"

"你好，格雷先生。现在的青年才俊可是越来越多了。请坐吧，小伙子们。"

落座之后，雨果向格雷介绍道："这位伟大的华莱士女士是一位知名画家，她的画受到很多人的欣赏，不过这只是她的副业。她还是一名服装设计师，也是一个出色的商人，可以说是女性楷模。"

"少说恭维的话。雨果，你的话对我来说早就没用了。格雷少爷，不要听他的话。我只是个不入流的，没他吹捧得那么厉害。"华莱士女士在对格雷说话的时候，目光停在了他的脸上。

雨果在一旁早已心领神会，他侧过身来对这位女士低声说道："我还没说完呢，大画家。你对我给你带来的素材可还满意？"

"我从未见过这样一张年轻俊美却又如此忧愁迷茫的脸。你的眼神中充满了困苦，格雷先生。你好像经历过一些一言难尽的事情。你到底在伤感什么？"

格雷闪避过她的目光，他的拘谨与紧张全写在脸上。"还很青涩。"雨果在一旁打趣地说。

"我没有冒犯你的意思，格雷先生。你能允许我为你作一幅画吗？不会耽误你太久。"

格雷勉强地答应了，华莱士女士露出喜悦的神色。"这将是我最成功的画之一。你们二位请跟我到楼上，那里有专门为我布置的画室。还要谢谢你，小雨果，你的礼物很棒。"

二楼拐角的房间里，两个人的父亲正在为一件事争执不下。"我不能回去，兰尼。我已经告诉过你无数次了。如果你还要在这件事上和我争吵，请离开吧。我什么也不会改变。"斯图尔特坐在一张椅子上，斩钉截铁地说道。

"你怎么还不明白？你不回去的话就只有死路一条！"昆兰尼斯在房间里焦急地踱步，"议会现在已经批准了红派的行动。如果你执意如此，一家人都活不成！"

"如果我回去，那格雷怎么办？没有一位长老肯替他求情，放他条生路。没人肯那么做，结果只有一个。我必须要我的儿子活着！"

"可是如果不这样，你的妻子也会死！你现在已被定罪为叛逆者，只有回去认错才会有人替你求情，你的妻子才能活下来。放弃格雷吧，他的出生只是一个错误。长老们几百年来都不容许这样的错误！"

"我不许你这样说他！他是我的儿子，不是你的！"斯图尔特愤怒地说道。

昆兰尼斯早已无力辩驳。他坐了下来，把头埋在手里。

"你找我只为这个？还有别的要告诉我的吗？"

"那几个恶徒差不多已经在伦敦了，听闻他们还要勾结当地魔宴党的势力。你对他们有什么了解？"

"一群渣滓而已，都不过是些暴躁的可怜虫。他们的头目据说还是个人类。"

"你还是要提防着点，毕竟他们势力众多。"

"你多久没有和议会联系了？"

"很久了，我不会出卖你的。你自己也要好好保重。"

画作好了。格雷看着画中的自己，有一种无比复杂的情绪。画是完全的写实主义，每一笔都是如此生动逼真。可是有一处格雷无法直视，那就是他自己的眼神。"太妙了！"雨果在一旁赞叹道，"你现在可是名副其实的画中人了，和你的名字正相符。我好想买下这幅画。"

艾瑟尔看着这幅画出了神，突然身后一个婉转的颇有伦敦口音的说话声打断了他的思绪。"真是幅好画，只可惜这位画家只有这么一幅画还流传在这世上。我敢打赌她画别的应该也很不错。"

艾瑟尔回过头去，他的身后站着一个西装笔挺的年轻人。他穿着深紫色的西装，西装上还有着若隐若现的纹路，一看就价值不菲。他金色的头发色调看上去比艾瑟尔的还要浅，很明显被细致地打理过。最令人意外的是，他手上还有一把黑色的长伞。

"你认识这幅画的作者？"艾瑟尔问。

"不认识，我只是听说过。"年轻人问道，"你很喜欢这幅画？"

"还可以，我只是觉得好像在哪里见过。"

"怎么可能？全世界仅此一幅，它是我捐赠的。我敢保证绝对是真品。"

艾瑟尔颇感意外地说道："原来这幅画是您的！请问您是…"

"抱歉失礼了。"年轻人微微地欠了欠身子,"我是雨果.梵卓,是这家艺术馆的所有人。"

师评·智匠创作微论

画中与画外,故事与生活,现实与虚构,尽在其中。"我从未见过这样一张年轻俊美却又如此忧愁迷茫的脸。你的眼神中充满了困苦,格雷先生。你好像经历过一些一言难尽的事情。你到底在伤感什么?""格雷看着画中的自己,有一种无比复杂的情绪。画是完全的写实主义,每一笔都是如此生动逼真。可是有一处格雷无法直视,那就是他自己的眼神。""他穿着深紫色的西装,西装上还有着若隐若现的纹路,一看就价值不菲。他金色的头发色调看上去比艾瑟尔的还要浅,很明显被细致地打理过。"工笔,细笔,形神如画。

千秋岁

中文172班 徐婉卿

（一）

近日来，杨戬看向我的眼神总是异常古怪。终有一日，他俯身摸着我的头，尽力保持着一方武神大将的端庄，然而一开口便是八卦之气："你的尾巴怎么了？"

所谓哪壶不开提哪壶，说的正是他。我感激地瞅了一眼他塞到我面前的肉骨头，登时心酸无比，抱着他的大腿便是一阵猛嚎："主人，您要给筱天作主哇，那小畜生实在欺犬太甚！"

杨戬的眉尖抽搐了许久，才一脸嫌弃道："出息。"

广寒美人，见之忘魂。这美人指的可不是早已名花有主的嫦娥仙子，而是其宠如心肝宝贝的玉兔。裕荼相貌俊秀，性情温和，是天界仙女倾慕已久的如意郎君。奈何那只死兔子是个十足的衣冠禽兽，一派道貌岸然，每每在诸多仙女面前摆弄风姿时，我总会冲他隔空吐上一口口水，以示对他的鄙夷。而裕荼为了维持他那假惺惺的斯文，总会强忍着不适，冲我温柔一笑。

顶着仙子们妒忌的小眼神，我夹着尾巴灰溜溜地滚回了南天门。哮天犬，多气派的名号，可惜我化作人身时总会被一干天兵天将投以嫌弃的目光。原因无他，只是与众多花枝招展的女仙和裕荼相比，我显得素净过了头。

本爷是一个守门的武神女将，作甚打扮得犹如人间的花魁？

在裕荼挑着他细长的凤眼眼角，威逼利诱地告诫我需换个装束时，我如是回答了。随后，广寒宫内回响着我惊恐的哭嚎声。这恐怖的音色绕梁三日而不绝，饶是嫦娥仙子这般温和的脾性也禁不住失眠的困扰，委婉地提出了我在广寒宫内扰民的问题。

杨戬此人是个护短的性子，怎么说我也算是他的半个宠物，更何况我追随了他数千年。这征战魔域血饮黄沙的功劳，也足够将功折罪了。

嫦娥领着裕荼委委屈屈地离开后，我看着杨戬的伟岸身影，感激地扑上去猛蹭。杨戬的耳根可疑地红了红，随即拎着我的后领，将我轻轻地扔到一旁。此时裕荼回头冲我温柔一笑，我清清楚楚地看到了他那一排锋利的后槽牙。

这小畜生的牙口可是当真不错。我心疼地摸着被他咬掉了毛的尾巴尖，头顶是杨戬凉凉的话语："亏你是天界第一女将，堂堂武神能让一只兔子追着咬到哭天喊地，你也是给我长脸。"

我试图辩解，但此事属实，杨戬也懒得听我解释。他曲起食指，不轻不重地在我脑门敲了一下，随后笑叹着离开。我失望之下只好变作人身，以免看到那光秃秃的尾巴尖触景伤情。

和裕荼的梁子，这便是又添了一笔。

（二）

以往我与裕荼相见的契机不过尔尔。偶然巡逻至广寒宫，彼此皆是兽形状态，我威风八面地跟在杨戬身后，余光瞥见裕荼小小的一只，蜷缩在广寒宫内偏僻的一隅，颇是可怜巴巴、人畜无害。谁知不过千年光景，这小畜生变化得竟和之前有如云泥之别，我倒成了一副吊儿郎当的做派，在南天门混吃等死，目光冷淡地瞅着他和一干莺莺燕燕调笑，只觉得辣眼睛，索性背过身去不听不看。

不知是不是错觉，我总觉得背后有一道炽热的目光，而回头看时却消失不见，只有面无表情的杨戬和搔首弄姿的裕茶。两人分别专注于宝刀与美人，没一个人理睬我。

昔日我浑身是血地被杨戬捡回去当宠物时，虽重伤在身也能清晰地看清他肃杀的面容，那双抱起我的手却是轻柔万分。至于当年究竟发生了什么，我为何重伤，杨戬又为何在此，这些事我皆已无法清晰地记着。只隐隐约约有个印象，约莫是被两方势力夹击。我不由得长叹唏嘘，果真是老了，脑子不够用。

玉帝念我多年征战，一把老骨头也不知还能活多久，并未对我过分苛责。千年前神魔两界再一次争夺天女血脉时，我攻入修罗地界之时瞥见漫山遍野尸体中小小的一只崽子，心软之下放了那魔族小世子一马，好在并未酿成大祸。这么多年来，天女血脉不见踪迹，那小世子也不知是死是活。功过相抵，我筱天神姬的晚年光景，便注定要在这无聊的看门生涯中趋于死水般平静。

裕茶虽说贱气十足，但若没了他，我还真不知这漫长的岁月该如何打发。

杨戬贵为战神，又是玉帝的亲外甥，照理来说应当莺燕环绕才对。谁知他的红鸾星几千年来没动过分毫，身边的雌性只有我和那把被他宝贝得如同媳妇的三尖两刃刀，终日除了练武与巡逻便没什么别的爱好，可想而知这个男人不大可能陪我玩。

我着实没有什么事情来打发时间。即便再如何怀念昔日的戎马岁月，终究是败给了玉帝的一纸诏令。杨戬尚且才能无处可施，而我又能如何？是以看那小畜生和一群少不更事的仙女调笑之时，我只当作看戏，倒还算解闷。

裕茶显然不甘心只让我做个看客，他处心积虑地意图将我的生活掰回正常仙女的模式。然而我习惯了血肉纷飞的杀戮，对胭脂水粉和钗环花草丝毫不感兴趣。裕茶面无表情地听着我高谈阔论。在听完那些类似于"如何砍杀魔兵的角度最好"以及"战甲的护理及保养"的言论过后，忍无可忍的裕茶便会抓起那支他最喜爱也最尖利的碧玉发簪直往我脑门上戳。看他那手劲，仿佛我是灭他满门的仇人。

诚然我一爪便能将他拍成肉泥，但我并没有那个打算，而是任由他追着我跑

353

了大半个广寒宫，尾巴尖被小畜生咬得坑坑洼洼。我龇牙咧嘴地迎风疾奔，也不知裕荼是如何凭那四只小短腿追上我的。

待终于停下来之后，我舒了一口气，竟笑着流了一滴泪。水滴在面颊上蜿蜒了片刻便滑落到了衣襟上，将墨色的外衫晕染开一片山水画般的色泽。

"谢谢你。"

我看见裕荼微微一怔，旋即那双本便赤红的眼更是出现了几缕血丝。他低喘了片刻，才恶狠狠地吐出这句话来："你怎么不去死？"

彼时我只以为他觉得我莫名其妙，并未深究那眸中的复杂情绪。直到后来我才明白，当恨意沉积在心中，便犹如蚀骨之毒，一点一滴磨掉人的天真。之于少年，则尤为其甚。

（三）

自秃尾之仇后，裕荼许久不曾再度踏足南天门。我懒洋洋地瞥了几眼广寒宫的方向，远远便可见一群因见不到裕荼而梨花带雨的仙子。虽说裕荼那厮诚然贱极，然若没了他同我打架斗嘴，这些日子我过得也着实无趣。

几千年的神将生涯早已将我的心智磨炼得有如钢铁般坚硬。神君们嫌我不够温婉，仙子们则畏惧我那双杀敌百万的手。无人愿意同我来往，甚至在背后嬉闹着对我指指点点，被我发现时才尴尬地夹着尾巴溜走。我本以为自己的余生便会在南天门中孤独地消逝，谁知沉寂了千年的腔梧钟竟再度响起。

——魔族来袭。

一时间天庭乱作了一锅粥，偌大的天庭养足了酒囊饭袋，危急时刻竟无一人敢站出来。杨戬闻言后，将不知从哪偷来的三生酿一饮而尽，扛着三尖两刃刀，路过我的身旁，只稍稍停顿，颔首随意地问："杀不杀？"

答案可想而知。

熟悉的战甲加身，血腥的气息仿佛又将我拉回了多年前的那场噩梦，他们又来了。据说得天女血脉者可称霸九州，一次又一次残忍的杀戮背后竟只为了一句莫须有的预言，实在可笑至极。

临行之际，我鬼使神差地遥望着广寒宫，脚步微顿，回头匆匆对杨戬道了一声："片刻便归。"

他凝视着我的背影，在万军阵前苦笑着勾了唇，叹了一口气，也不知是在叹谁。

我极少拜访广寒宫。广寒清幽，寒意彻骨，外表虽美丽，实则不过一座华丽的囚笼，远离天庭中心，好在安静，坏在孤寂。我素来是满含一腔热血，尽管玉帝那老不死的将我那心头热血凉了个透，我还是排斥这等犹如监狱般的环境。宁可痛快地死，也绝不肯如此屈辱地活着。

想必……裕荼亦是。

战场刀剑无眼，每一次的分别皆有可能是阴阳相隔。以往我无牵无挂，而今竟生出了几分害怕。

杨戬拧起好看的眉："这么快？"

我不动声色地摇了摇头。裕荼他不在广寒宫。嫦娥仙子从未见过全副披甲的我，还以为魔族打了上来，哭声直上云霄，吓得我那秃了毛的尾巴尖抖了一抖，没敢上前问询。

"走吧，速战速决。"

神魔之间积怨尤深，可不是你打了我家孩子一巴掌，我就非还你一脚这种儿戏。千年前的魔族几乎被连根拔起，只剩了那不成器的小崽子。谁知如今卷土重来的正是我当年心软放了的祸害。

獠牙鬼面遮住了他的面容，只能看到当年一丁点的小崽子如今比我还要高上不少。面具后那双冰冷的眸子打量着我，仿佛有一刹那的慌乱，却转瞬即逝，刻意掩盖了所有的情绪。

一言以蔽之，相当欠揍。

我撸了袖子，打算将小畜生亲手宰了，以慰当年我那双瞎了的狗眼。谁知千年来疏于打架，竟被那小畜生一招制住，连还手的余地都没有。杨戬本杀得高高兴兴，见我被擒，一脸不可置信。我看他的双目极快地如血般通红，冲我大吼："筱天！"

杨戬平日里诚然委实不靠谱，且冷淡得不像是亲主子，不过此时此刻他为我而激动得反常，全然不顾自己平日里冷酷神君的形象，我不由得挽了一把辛酸泪。

主子，筱天给您丢脸了。

（四）

我被昔日的魔族小世子、今夕的魔君带回了森罗殿。他大抵是脑子有什么问题才不杀我，而是在我身上加了几层法咒禁制，确保我逃不掉。然后他居高临下地俯视我，眼神中皆是我看得懂却不明白为什么会出现在他身上的东西。

"裕荼。"我开口，他的身体微不可见地一颤，"我知道是你。"

我一早便知道是他。从第一眼看到在天庭卧底的"裕荼"开始，我就知道了。

他的手缓缓地放在了脸上，动作极为艰难，仿佛要让他放弃什么极为重要的东西般痛苦。可他最终还是摘下了面具，露出那张清隽完美的面庞。那张脸我看了千年，绝不会忘。我以为他会懂，谁知他仍选择了飞蛾扑火。

"你灭了我全族，却唯独放过了我。"裕荼半跪在被锁起的我身前，眸中恍若有一团极易揉碎的光，"你是不是以为凭自己的善良，能让一个孩子改邪归正，放下仇恨？"他的眸中恨意更深，声色却愈发颤抖，几乎是含泪咬牙切齿道，"筱天，你真是个蠢女人！"

身上的咒印因为他的愤怒而愈发炙热，我的视线逐渐模糊。我很想回答他，却已无力启唇说上一句话。

不是的。

彼时我看到他脆弱而惊恐的双目，莫名想起了当年杨戬将我从杀红了眼的"怪物"手中救下时的情景。杨戬告诉我，没有人会在那样一双眼的注视下无动于衷。

不过在裕荼心中，兴许我已然是个恶毒而心机深沉的女人，是同那些神祇一般只知争夺天女血脉的"怪物"，再怎么解释也无济于事。修罗地界阴森幽冷，却是最体贴的囚笼，完美地封锁了一切消息。外方的战况我无从得知，每日只能被锁在他寝殿这一亩三分地，除了这小兔崽子招桃花的脸便什么也看不到。

银河璀璨的深夜，我正眼皮将抬不抬地打着瞌睡。裕荼这小混球以一种极为暧昧的姿势用锁链将我吊了起来。这几日未曾好生收拾过，衣衫凌乱，发丝也松松垮垮地垂在肩上，手腕被冰冷的铁链磨出了鲜红的印记，怎么看怎么狼狈。

映着银白的月色，我使劲眨了眨曾经因瞎了而放了小兔崽子一马的狗眼，惊喜又诧然道："我不是在做梦吧？主子，你来救筱天啦！"

杨戬的形容比起我来也妥帖不到哪去，身上的银甲被锋利的刀剑划出道道伤痕，有缕缕血腥味飘进我的狗鼻子中。我所有的欢欣皆变成了焦急，道："主子，主子，您没事吧？那张俊美逼人的脸可不能出差错，筱天还指望那些对您芳心暗许的仙子给您送仙果，方便我正大光明地偷吃呢！"

杨戬披坚执锐，三尖两刃刀在皎洁的月光下散发着逼人的寒意，身后数千天兵天将整装待备。他眸间似乎永远也不会融化的冰雪，只因见了我而碎成片片涟漪。战神上仙本是英气逼人，却因我这一句话忍不住面容抽搐，随即念及我这只不靠谱的家伙是同他如出一辙的嘴贱，便只得释然，眉宇间的愁色尽数消弭，甚至还对我展露了一个开心的笑容。

"筱天，我来接你了。"

我不知道裕荼在这场战役中如何，只能在杨戬的寝殿中老实躺着养伤，时不时听碎嘴的小丫头谈论，隐隐约约地猜出裕荼在和杨戬力战之下惨败，魔兵受到重创，暂退修罗地界。杨戬的不败神话上又添了浓重的一笔。

不过我那被吓破了的胆并非因为他打了多少胜仗，而是当晚杨戬偷偷摸摸地溜到了榻旁，目光专注地凝视我的面容。我不敢动弹，浑身僵直地如同一块铁板，只当主子是来查夜，看我是否像小时候那样乱蹬被子，再将我像蚕一样用锦被紧紧包成一团，动作粗鲁凶残，表情更杀气腾腾得活像是来寻仇的。

主子，你家宠物我刚从生死大难中逃离，不要这么残忍了吧。

良久，他好似肯定了我在"熟睡"，便轻轻地俯下了身，柔软的发丝擦过我的脸颊，让人痒痒的，止不住想挠上一挠。还未待我反应过来，轻柔而温软的薄唇便落在了我的眉心，缱绻不已，又带着些小心翼翼的珍重。

蜻蜓点水，惊涛骇浪。

他的唇边溢出一抹叹息，似乎极为哀伤，却又在平日里刻意隐藏而不为我所知。

（五）

杨戬此人，着实是个傲娇的闷骚神君，平日里素衣禁欲，如同人间那些超凡脱尘的得道高僧，没想到他清冷淡漠的面皮之下竟有着半夜偷吻的怪癖！昔日我与他朝夕相处了千八百年，竟全然不曾看出他对我有这份心思！

"主子，裕荼他还好吧？"我在他平复了紊乱的呼吸后才装作缓缓醒来，甫一睁眼，便抓了他的手臂急急忙忙地问。为了掩饰尴尬，一时间我只能想出这个问题来搪塞过去。谁知杨戬听了这话，面上方才还温暖如春，眨眼便成了风雪狂舞。我看他那恨铁不成钢的小眼神恨不得化作龙卷风将我卷成麻花啃了拉倒，便弱弱地拉了他的小指。

杨戬面色沉郁地撂下一句"没死"便转身离去，刚刚因为胆大包天偷吻而染上一层粉色的耳垂也变得煞白，手背上的青筋抖了两抖，终究什么也没说。

搞了半天，他往日里对我冷淡尤甚的原因不是真心实意地嫌弃我，而是喜欢我，不敢正眼多看，生怕露出马脚被我识破！

这也太委婉了。

只是，裕荼没有给我时间沉溺于"杨戬那冰块竟然喜欢我"的惊讶中。他不知使了什么法子，竟然将法力在短时间内提到最高。一时之间，神祇们人人自危，只因魔兵已势不可挡。裕荼还在我素来把守的南天门处嚣张不已，我本想操刀剁了他，却长了个心眼，到凌霄宝殿偷听墙角，看看玉帝老儿作何打算。

"二郎。"玉帝那张一贯肥肉横飞，看起来尤为滑稽的脸罕见地严肃起来，厉声道，"那魔君喜怒无常，如今又以引魂禁术强行提高自己的法力，你胜不过，将天女血脉交出吧。她什么都不知道，对我们不成威胁。拖延足够的时间，魔君便会因引魂反噬而死，届时何足为惧！"

杨戬冷冷地转身便走，不顾身后的玉帝老头扯着嗓子叫唤："反了！都反了！给朕将他拿下！"他叫唤得比人间的小贩都起劲，却没有一个神祇不怕死到敢拦杨戬的路。

我平静地掩饰了"偷听"的罪行，一番思量过后向杨戬走去。正欲开口，谁知他抓了我的狗爪子，一语不发地拉着我离开。

昔日，只会对我厉声呵斥的杨戬，如今不知是吃错了什么药。他的手紧紧地拉着我，无论如何都不肯放开。

"信我。"杨戬颔首与我对视，双目中满是不容置喙的坚定，"我不会让你沦为人质。"

我其实很想告诉他，裕荼喜欢我，他不会对我做出太过分的事情，你将我交出去，我不会有事。可这话到舌尖打了个转，我终究没敢开口告诉杨戬，怕主人一怒之下撒丫子便找裕荼拼命，随后再将我狠揍一顿。

然而裕荼却如发了狠一般，将所有的仇恨酿作对自己的残忍，亲手以引魂之法增强功力，将自己的寿命近乎消耗殆尽。他的油尽灯枯换来了天庭的连连败绩，我见到杨戬的次数愈发少了。而罕见地瞥到他的一抹身影之时，也总能嗅出他身上的疲惫，与整个天庭中漂浮的死气沉沉相映成趣，让我莫名不安。

玉帝老儿虽然是个老不死的，但在遇到大是大非之事时，却令我不得不信任。杨戬的一意孤行虽保护了我，但害了天庭。

（六）

我是天女血脉。

倘若彼时我并未听到玉帝那番话，杨戬还要瞒我多久？对于他们而言，或许我只是一件物品，可以令他们称霸九州的物品。杨戬给予我的温情背后又有几分真心在乎，几分利益考量呢？

修罗地界的阴冷寒风吹散了我的思量，我已置身于修罗地界，并昂首直视万军之中的裕荼，道："放了他们。"杨戬大抵被我气疯了。裕荼定定地看着我，仿佛要将我印在脑中。我自顾自道："我已经来了，你还怕我跑了不成？"裕荼的眼圈有些微微发红，似乎不可置信，良久才将我带回森罗殿。临行前，我回头看了一眼杨戬，无声地做了一个口型："主子，你一定要保重哇！"

魔族鸣金退兵，杨戬周遭的杀气已然浓重到没有人敢靠近他一步。裕荼倒是心情颇好，恨不得身后的白团尾巴能摇上一摇，表示对我的欢迎。我心想这只是利用他对我的喜欢，便意图装得像一些。

上次被杨戬伤的身体如何了？小兔崽子还敢用引魂，活得不耐烦了是不是？找抽吗？

只是这些话皆浓缩成了一句简短的问候，并不走心："你还好吗？"裕荼在我身前不急不缓地负手前行，魔兵皆以为他们君上一如面上看起来的那般冷漠平静，实则我却看出了他心中的得意和趾高气扬。

乐得似朵白兔花的裕荼在我话音刚落时便不易察觉地一颤，良久才屏退了旁人，凝视我许久："不好。"我刚想装模作样地关心两句，便听他轻声道，"你一开口，全好了。"

我怔在原地许久，任由他的手掌抚摸我的脸颊。那指腹略显粗糙，是常年发狠练功才会留下的伤痕。裕荼的声音有些许干涩，道："我好恨你，好想杀了你。"我秃毛尾巴一抖，小兄弟，你可千万别发疯，魔君如今的功力可不是闹着玩的。我丝毫不怀疑他用一根小指便能捏死我，当即便吓懵在当场，两条狗腿瑟瑟发抖。

"可是我又好舍不得，又不能杀你。"裕荼低声呢喃道，突然伸手将我抱了个满怀。我僵直着身体，感受到他的头靠在我颈窝时呼出的湿润气流，手臂不由自主地伸出，环住了他精瘦的腰身——尽是硌人的骨头。他心心念念要抢夺的天女血脉竟是灭他满门的仇人，能不爱恨交织嘛。

他深吸了一口气，似乎要将我所有的气息牢牢铭记在心："筱天，你陪我最后一段时间好不好？不要再离开我了。"

引魂，以寿元为引，强行激发魂魄中的潜能，代价便是死亡。裕荼他没有太长的时间了。我的脑中回荡的全是他最后一句话，茫然地道："我又走不掉。"他将我抱得愈发紧了，恨不得将我融进骨血中，附在我耳畔道："嫁给我。"

（七）

在几个婆子鬼斧神工的手艺与凤冠霞帔的映衬下，我看着翡翠朝华镜中明艳的自己，竟有些恍惚。婆子长着一张喜庆脸，见了谁皆眉开眼笑，夸我是"倾城绝色"，又说君上必定很满意。我却甚是茫然：珠光宝气、精雕细琢，尊贵得犹如掌上明珠，这当真是我吗？

裕荼大抵很喜欢，摩挲着我的脸颊不肯放开。我看着自己掌心的老茧，这双手杀了数不尽的魔族，为了让自己成为顶天立地、不给主人丢脸的神兽而拼命修炼，如今将要被另一个人所执，献上女子一生中最宝贵的婚嫁。菟丝花，依附他人而生，只有利用价值的所谓天女之后，我愿意成为如此的人吗？

这场婚礼对于裕荼而言只是完成他的夙愿，可对我而言却并非一个小小的仪式。

修罗地界在我与裕荼大婚那日十里红妆，素来阴暗幽冷的魔族也变得活络热闹起来。我的手被他牵着，缓缓走向高台处的阶梯。一缕发丝调皮地垂了下来，正巧遮住我的视线。裕荼温柔地替我撩起，将袖中的碧玉簪插在了我的发髻上。

彼时我在广寒宫内被这只兔子追着戳到哭爹喊娘，虽然丢脸，却是无趣生活中的唯一欢乐，裕荼也是我唯一称得上"朋友"的家伙。可如今他温柔体贴，我却处处不自在，只因知道了他对我的恨远大于爱。直至想起昔日他脱口而出咒骂我的话语，我才知道那恨意并非空穴来风，我也诚然是灭了他满门的仇人。

我与裕荼不急不缓地走着，除了耳畔的欢呼与微风便再无其他干扰。我突然开口:"你应当杀了我。"他脚步微不可察地一顿,随即残忍地笑:"杀了你,我不舍得;放了你,天理难容。"

是了,只有将我囚禁在他身边,才是万全之策。士可杀,不可辱,他却正是要一点点磨掉我的血性与执拗,成为他预想中的那般模样。千年前,我与杨戬是剿灭魔族的主力军。因我一时不忍,放了当时年少的裕荼,谁知他成了如今的祸害,甚至危及整个天庭。他不会杀我,却会对杨戬不利。裕荼每次举兵打上天庭,皆是针对杨戬而来。

裕荼必定会在自己所剩无几的时间内想方设法杀了杨戬,他只想报仇,并无其他念头。杨戬此人,虽然极不靠谱,但待我永远是最好的,甚至不惜违抗玉帝。他为我做的已经足够多了,我不可以看着他在我面前死去,被裕荼杀死。仔细想想,除此之外,我并没有什么报答杨戬的机会了。

高台之上,睥睨众生,我端起酒盏,对裕荼举了一下杯,道:"敢喝吗?"裕荼毫不畏惧地昂首一口饮尽,让我看到滴酒不剩的空杯。我微微一笑:"你分明知道我在酒中下了毒,为何要饮?"裕荼的目光逐渐涣散,瞳孔中却仍然只装了一个我。他的身体无力起来,靠在我的肩上,声色轻柔,仿佛被风一吹便会散了。"你给我的,无论是好是坏,我都敬谢不敏。"或许在下方的魔族看来,我们更像在亲密相拥,而非生死相搏。

远处似有金戈铁马之声,我知道,那是杨戬来了。他听闻我与裕荼在今日成婚,不可能毫无反应。我拥着裕荼,轻声道:"对不起。"血海深仇是死结,不可能会因为虚无缥缈的爱而化解。裕荼大抵也明白,只在我的眼睫上轻吻了一下,笑了笑,声音愈发清浅,直至彻底消失不见,随风散落在虚无缥缈的烟云之中:"我们扯平了。"

(八)

裕荼的尸身逐渐冰凉,我看着下方厮杀得血肉横飞的战场——这里方才还是喜气洋洋的婚典。或许情场与战场皆是如此风云莫测,不知下一刻会发生什么。

筱天神姬征战多年，应当早已习惯杀伐才对，可如今我却产生了深深的无力感。倘若没有所谓的天女血脉，神魔便不会因此引发多番争夺，我和杨戬与裕荼也不会成为仇人，事情也不会演变至如今的地步。我效忠了天庭，却伤害了爱我的可怜裕荼。

杨戬浑身浴血，却在见到我的面容时开心得像个孩子。我将鲜红的嫁衣和头冠远远地抛在一旁，露齿一笑："主人，筱天没有给您丢脸。"杨戬看着我唇角的鲜血，脸色一瞬间苍白如纸。我喃喃道："魔君已死，神将长驱直入，毫无阻碍。此战有主人坐镇，魔族必败。筱天只有一个愿望，愿从今往后四海无战。"

无战，便不会有那么多被迫的悲欢离合。

"能答应筱天吗？"我亦喝了那杯毒酒，感受到方才裕荼的痛苦，强咽下喉头腥甜的血气，看向一副天都塌了的模样的杨戬，无奈地笑道，"主人，不说话我就当你答应啦。"不过是生死一场，又有何看不开的呢？

人间曾有一词唤作《千秋岁》，彼时我看其中那句"心似双丝网，中有千千结"，只当是在无病呻吟。情之一字不过是直言我喜欢你，哪来这么多纠结？可如今才明白，爱在心头口难开究竟是什么滋味。

我挥袖，燃起熊熊的烈火，将我与杨戬分离开来，不再去看他的表情。或许杨戬爱我是错，我放过年少的裕荼也是错。掐指一算，我对不起所有人，只得任由七窍留下的血迹愈来愈多，滴落在裕荼的尸身上，犹如朵朵鲜艳的红梅。

"小兔崽子，这样才是扯平了。"

师评·智匠创作微论

千秋万岁，地久天长，正如这一主一犬。爱情与家国，正如忠孝难以两全，正如张先的《千秋岁》：

数声鶗鴂，又报芳菲歇。惜春更把残红折。雨轻风色暴，梅子青时节。永丰柳，无人尽日飞花雪。

莫把幺弦拨，怨极弦能说。天不老，情难绝。心似双丝网，中有千千结。夜过也，东窗未白凝残月。

"魔君已死，神将长驱直入，毫无阻碍。此战有主人坐镇，魔族必败。筱天只有一个愿望，愿从今往后四海无战。"是啊，"无战，便不会有那么多被迫的悲欢离合"。

门

中文1B1班 祁卓瑶

奥利是在九岁那年的一个雪夜里第一次见到了那扇门。

那天晚上，他只披了件旧棉衣，提了盏煤油灯，就蹑手蹑脚地从家里跑了出来。屋外大雪纷飞，大片的雪花纷纷扬扬地落下来。男孩踩着影子左拐右拐，不知怎的就绕到了小镇后面的一片森林里。他追着月亮奔跑，小鹿似的在光秃秃的树木间来回穿梭。他越过被风雪冻结的小溪，又穿过了一片干枯的荆棘丛，直到洁白的月光将他引到一块林间的空地才停下脚步。

然后他看见了那扇门——一扇隐没在灌木中的被藤蔓缠绕的雕花铁门。森林里是有门的吗？男孩这么想着，裹紧了身上的棉衣犹豫不前，又跺着脚在原地转了两圈，最后还是压不下强烈的好奇心，拎着煤油灯走了过去。银白的月光照亮了雪地上那串小小的脚印，奥利小心翼翼地凑到门的跟前观察上面玫瑰样的花纹。这门几乎有两个他那样高，看上去已经有些年头了，边缘被灌木遮挡住的地方隐约露出斑驳的锈迹。干枯的藤蔓顺着门的底部攀爬向上，干瘪的藤条零散地挂在旁边的树枝上。门后面是什么？男孩边想边扫了一眼门的右侧——没有上锁。林间空地上的奇怪铁门，门上斑驳的痕迹，没有守卫看管，甚至连锁也没有一把……这些对一个正处在冒险欲旺盛期的男孩来说无不充满了致命的吸引力。奥利咬紧了嘴唇，把冻得通红的小手伸了出去——他太想知道门后面是什么样子了。

"奥利！"突然被叫到名字的男孩吓了一跳，战战兢兢地收回手。他转过头去，果不其然看到了站在雪地里的亚伯——他的哥哥。比他大一些的少年带着满头的雪花朝他小跑过来，抓着他的手放进外衣的口袋里，拽着他往回走，边走边骂："臭小鬼，下次再乱跑信不信我把你锁进厨房里！"

男孩沉默不语，任由他拉着，过了一会儿才抬头拽了拽少年的袖子，问："门后面是什么？"

"吃人的魔鬼。"亚伯瞥了他一眼，随口敷衍。

"你骗人！"

"鬼才骗你。"亚伯说，"你没听过那个故事吗？镇子里的人都知道的那个？"

奥利摇摇头，扯着哥哥的袖子晃来晃去。亚伯拗不过男孩的死缠烂打，翻翻白眼，把那个他听了无数遍的故事讲给他听："越过小溪，穿过开满玫瑰的荆棘，在镇子后的森林里有一扇被藤蔓缠绕的雕花铁门。传说那后面藏着数不尽的宝藏和一只吃人的恶魔，从来没人打开过那扇门，你最好不要打它的主意。"

见哥哥没有继续说下去的意思，奥利自讨没趣地垂下头去玩粘在衣服上的雪花。之后，两兄弟陷入了一阵尴尬的寂静，谁都没再说话，耳畔只剩下风雪掠过树干的声音。

"你还在生气吗？"亚伯突然问道。

等了半天，才听到男孩小声嘟囔的一句："没有。"

"你别怪爸爸，他也是一时心急……"

"我才没那么小气。"奥利把手从亚伯的手里抽出来，"可能他说得对，色盲成不了画家，我就该乖乖地当个木匠……"小男孩揪着衣服的一角，尽力憋住在眼眶里打转的眼泪。他有着先天性的全色盲，除了黑白以外看不出其他任何色彩。但他的梦想是成为一名画家，画出这世界上最美的颜色。"色盲不可能成为画家！"父亲丢开他的画板对他说。他觉得奥利就像个不切实际的疯子。

亚伯看见弟弟逞强的样子不禁笑出声，随手拉过男孩身后的帽子扣到他头上，故意隔着层厚布料揉那颗小脑袋，直到男孩气鼓鼓地拍开他作乱的手，他才笑着停下了动作。气氛顿时轻松起来，兄弟俩有一搭没一搭地聊天。雪渐渐小了，纷飞的雪花在月光下闪着耀眼的亮光，如隐匿于林中的精灵般在空中飞舞。那晚，月亮把他们的身影拉得老长，而那扇被银色月光照耀的门就此留在了他的记忆里。

奥利第二次见到那扇门是在六年后的盛夏。

那天，他坐在广场的长椅上画正在吃食的鸽子，然后一伙小孩围了过来，嬉闹着站在他旁边看他画画。"太阳才不是紫色的！"其中一个小孩指着他的画说。

奥利拿笔的手顿了一下，顺着孩子的话反驳："就是紫色的！"他看不到太阳的颜色，更不知道他画出的太阳是什么颜色。

"骗子！太阳不是紫色的，树也不是蓝色的！"小孩们笑得更起劲了，围着他吵来吵去。奥利被吵得没办法，抱起画板，没头苍蝇似的乱跑，不知不觉又到了镇子后的森林。等他回过神，那扇锈迹斑斑的门又在他眼前了。

他记起六年前的那个雪夜，他没能打开门，因为他的哥哥在关键时刻阻止了他。他记得亚伯告诉他的故事，可门后面真的有魔鬼吗？奥利紧张地吞了吞口水，他一向是个乖孩子，可他真的很想知道门后面的样子——是数不尽的财宝，还是吃人的魔鬼？少年犹豫着伸出手，指尖抵上那些凸起来的花纹。如果门后真的是魔鬼呢？如果这个故事说的是真实的呢？那他今天恐怕就要葬送在这个无人问津的地方了。想着想着，奥利好像真的看见一张恶魔的脸，张着血盆大口向他扑来。少年一惊，迅速收回了手。那张魔鬼的脸在他脑海里挥之不去，他又站在门口犹豫了半天，最后索性一屁股坐在了地上。

还是画画吧，奥利想。他拿过一边的画板和画笔，蘸了颜料画起来。这画板是几天前亚伯买回来的，他在镇上的面包房打了两个月的零工，工钱刚到手就去买了这块画板和一点颜料。"今天刚好看见就买了，顺路而已。"青年嘟囔一句，把画板塞到弟弟手里，转身就去厨房帮忙了。

奥利觉得好笑，自顾自地低头笑起来，等他再抬眼的时候却惊讶地发现画板后多了一个毛茸茸的脑袋。"你是从哪儿来的呀？"奥利招招手，一只黑色的小狗从画板后窜出来，趴到他旁边摇尾巴。奥利摸了摸它的头，它马上就躺下来蹭着他的手，吐着舌头求他挠肚子。

"哇，安迪可从来没这么亲近过别人。"奥利被这突如其来的声音吓得一激灵，手里的画笔差点飞出去。他猛地抬头一看，刚好对上少年灿烂的笑容。"你是谁？"奥利问道，顺便把对方从头到脚都审视了一遍。

"我是这家伙的朋友。顺便一说，它叫安迪。"少年指了指脚边的小狗，朝奥利伸出手去，"你可以叫我艾伦！"

一直到少年大声地做完了自我介绍，奥利还是一副呆滞的表情愣在那里。他几乎快被对方身上散发出的过分阳光的味道冲昏了头脑，真不知道他为什么能那么开心，奥利这么想着。直到艾伦奇怪地问他是不是哪里不舒服，他才如梦初醒般握住对方的手。"奥利。"他讪讪地说。他本来就不擅长交朋友，又想起刚才失礼的行为，脸上的红色就又重了几分。

"你可真容易害羞。"艾伦笑道，之后大方地坐到奥利身边，探头去看画板上的画。奥利盯着他的动作，下意识缩紧了身子，他不太习惯和别人靠得这么近。

"树叶为什么是蓝色的？"艾伦问。

奥利抿抿嘴，不自然地抠着手指："因为……因为我看不到它是什么颜色……"

身旁的少年一下子安静了。奥利绝望地别过头，他几乎能肯定艾伦会在下一秒大笑出来，嘲笑他是骗子，就像广场上的孩子那样。

"是绿色。"少年的声音和风声一同响起。

奥利吃惊地回过头，发现对方正微笑着看向他："是和你的眼睛一样漂亮的绿色。"风声在那时翻涌，卷起少年金色的头发。奥利承认那句话给他带来了不小的冲击，以至于多年以后，在他成为一名真正的画家时，那日盛夏耀眼的阳光也仍旧清晰地刻印在他的脑海里。

两个少年靠坐在一起闲聊，从午饭聊到天气，又从天气聊到各自的家庭。艾伦告诉奥利他也住在旁边的小镇，只不过和奥利家离得比较远，所以一直没有碰面罢了。奥利告诉了艾伦他的梦想以及那个让他无可奈何的色盲症。他小心翼翼地斟酌措辞，生怕这位新认识的朋友也像镇子上的其他人那样认为他是个不切实际的疯子。然而艾伦只是在一边安静地听他说完，之后便皱着眉头告诉奥利他并不这样认为，并且坚持称赞奥利的画画得很棒。

那大概是奥利有史以来度过的最开心的下午。他们忘我地聊天，放声大笑，直到天空被夕阳染成橘红色才依依不舍地分别。"随时欢迎你来找我玩！"最后艾伦向奥利挥手道别，带着安迪向相反的方向走了。于是奥利也准备回家，在转过身的时候又听见艾伦在他身后喊道："你的画很漂亮，蓝色的树叶也一样漂亮！"奥利羞红了脸，假装生气，叫对方赶紧回家。艾伦看上去毫不介意他敷衍的态度，吐了吐舌头，嬉笑着跑远了。那天奥利愉快地回了家，打开家门才记起他今天还是没能打开那扇门，不过那又有什么关系呢？少年想着，摘下画板上那幅画着蓝色树叶的画，一本正经地收进了柜子。

从那以后，两个少年经常约在那片林间的空地见面。奥利画画，艾伦就和狗在一旁打打闹闹。奥利也问过艾伦有关门的问题，但对方也只是摇摇头表示自己也没打开过它，并且提议现在打开看看，却被奥利拦下来。如果你被魔鬼吃了，我可救不了你，奥利是这么解释的。于是逐渐两个人都不再提起门的事，奥利也只是偶尔尝试打开门，但总是以失败告终。

他以为他这一生大概都不会打开那扇门了，直到八年后的那个秋天。

奥利坐在街边的某棵树下画画，他全神贯注，一直到身边那个早就等得不耐烦的家伙吃下他的第三个面包圈后才放下画笔。"这次终于是绿色的叶子了？"艾伦一口吞下他的面包，凑过来评论，"不过现在是秋天，叶子已经变黄啦。"

"我又看不见！"

"别生气嘛，反正不管是什么颜色它们都很美。"大男孩讨好地把自己的食物递给他，看见奥利收下了才又放心地说，"你为什么不尝试卖一下这些画？"

奥利愣了愣，他不是没想过卖画，事实上他一直都在想。只不过因为从小到大的经历，他几乎肯定没有人会欣赏他的画，所以至今那些画都还堆在他房间的角落里。但艾伦的话提醒了他，奥利嘴上推脱着不愿意，其实一到家就把自己的画整理了一遍，第二天就拿出去卖了。前两天的情况不容乐观——他一张画也没卖出去。奥利失望地打算放弃，结果在第三天的时候突然来了一位商人。对方大肆赞扬他的才华，并一下子买空了所有的画。奥利惊讶之余更多的是冲进心头的喜悦。他迫不及待地跑到艾伦的家，一把推开了大门："艾伦！你绝对想不到……"大男孩不在家，只有安迪摇着尾巴朝他跑过来。奥利顿时有点泄气，想了想还是打算待在这儿等对方回来。安迪一直围在他脚边蹭来蹭去，奥利摸摸口袋又耸耸肩膀，遗憾地向它表示自己没带什么食物。大狗像听懂了似的，蹭蹭他的小腿，然后跑到一间半开着的门前面，吐着舌头朝他甩尾巴。奥利奇怪地跟过去，房门半掩，他只碰了一下门就自动打开了。他无意窥探他人隐私，如果他没有看到落在地上的那张画的话。

那是他的画，准确地说是他早上卖出去的其中一张。答案呼之欲出，他隐隐地猜到了事情的原委。奥利记不清他深呼吸了几次才有勇气迈进那个房间，他只记得他看到阳光从对面的窗户照进来，而光里装的都是他的画——放在床上的，散落在地的，靠在墙边的。安迪像感觉到什么一样趴在他脚边低声叫着，奥利手足无措地站在原地，只听见心脏怦怦地撞击胸腔的声音。他不知道该摆出什么样的表情去面对眼前的一切，更不知道该用怎样的表情面对站在他身后的艾伦。

"奥利，你听我说……"大男孩慌慌张张地解释。

"你什么意思，艾伦？"奥利转过身去，绿色的眼睛像被狂风席卷后的森林，"耍我很好玩吗？"

"我不是那个意思……"

"那你是什么意思？嫌自己赚的钱太多吗？"奥利吼道，"我知道你们在想什么！一个色盲画家，这是多大的笑话！所有人都拿我当疯子！"他逆着光朝艾伦走去，大片的阴影投在前方的路上，"为什么太阳是紫色的，树是蓝色的，因为我看不到它们的颜色，因为这双该死的眼睛只能看到黑白灰！"他一脚踢飞地上的画纸，安迪吓了一跳，钻到床下。

"但你的画很美！"

"那有什么用？根本没人欣赏我的画！"

"可我欣赏你的画！"奥利一时语塞，怔怔地看着面前的青年弯腰一张张地捡起掉在地上的画纸，"还记得这个吗？"艾伦把卷着的画展开，画里蓝色的树叶几乎铺满了整张画纸。它们像被风吹起一样，在白色的纸上翻涌出深蓝的旋涡——那是在他们初遇的盛夏，奥利画出来的。

"我十一岁的时候就知道你是个天才了。"青年扬起灿烂的笑容，一如那年阳光下的少年。奥利猛然间想起夏天哥哥打工给他买来的画板，以及雪夜父亲最终愤怒却默许的眼神。他看着眼前的画，目光兜兜转转，最后停在了艾伦的脸上，停在了那双即便看不出颜色也同样明亮的眼睛上。他又想起那扇被藤蔓缠绕的雕花铁门，那扇他尝试了多年却仍然没有打开的门。奥利突然明白了原因——他惧怕门后的魔鬼，殊不知魔鬼正来自他的心。

"还记得那扇门吗，艾伦？"奥利挤出一个生涩的微笑，"我永远也打不开它。"

"你可以。"艾伦笑道，"它从来都没上锁，你只要推开它就行了。"

只要推开就行了？奥利用手背遮住眼睛，轻轻地笑，一直笑到眼泪都流了出来。他手忙脚乱地擦掉滚落的泪珠，咕哝道："可我连自己的眼睛是什么颜色都看不到……"

"是绿色。"他听见艾伦含笑的声音："是和树叶一样漂亮的绿色啊。"

这下奥利真的笑了起来，他移开手，被泪水充盈的眼睛像被雨水洗刷后的森林。他拿过艾伦手里的画，飞快地跑了出去。

"你去哪儿？"艾伦问。

奥利头也不回地回答："去看看门后面是什么！"

他追着太阳奔跑，阳光把脚下的影子拉得老长。他越过小溪又穿过荆棘，直到落日的余晖将他带到那片林间的空地。夕阳将天空染成红色，铁门上的藤蔓映着橙色的光辉。他走到门前，深吸了口气，像曾经做过的无数次那样伸出手去。指尖传来冰凉的触感，他微微用力。

门开了。

没有魔鬼也没有财宝，门后面有的只是一片被黄昏残阳照亮的荒草。干枯的草叶卷曲着向上，夹杂着几片红褐色的落叶蔓延至墙角，丛生的荆棘带着满身的尖刺蜷缩在角落。干瘪的枝干中，几朵深红的玫瑰在金色的阳光下闪烁着耀眼的光芒。

师评·智匠创作微论

怎样才可以打开一扇心门？"越过小溪，穿过开满玫瑰的荆棘，在镇子后的森林里有一扇被藤蔓缠绕的雕花铁门。传说那后面藏着数不尽的宝藏和一只吃人的恶魔，从来没人打开过那扇门，你最好不要打它的主意。"这是一扇奥利尝试了多年却仍然没有打开的门。"奥利突然明白了原因——他惧怕门后的魔鬼，殊不知魔鬼正来自他的心。""我永远也打不开它。""你可以。""它从来都没上锁，你只要推开它就行了。"只要推开就行了。勇敢、鼓励和爱，可以帮助一个人打开一扇门，敞开一颗心。

桃子

中文181班 盛妍

"我希望我能吃再多的薯片也不会胖。"

"呃……"

（一）

北城是个普通的沿海小城市，刚刚过了端午节不久，原本已堪堪升到二十五六度的气温，啪嗒一下，又跌回了二十度。桃子不得不将自己刚刚收起来的厚外套又从衣柜里翻出来穿上，准备去超市觅食。

上午十点，桃子终于拎着一大袋子的垃圾食品推开了宿舍的门，宿舍里空空荡荡的。今天是周六，像往常一样，室友西西在外面兼职，另外两个室友一个忙着谈恋爱一个泡在图书馆，只剩下桃子一人独守空房。

桃子是一个普通的当代女大学生，平平无奇，心思细腻，喜欢喝可乐吃薯片这种垃圾食品，总是宅在宿舍，能不出门就不出门。中午，她照例抱着一袋薯片打开电脑，准备看番剧，无意中扭头瞥了一眼镜子，突然惊异地发现镜子中出现了一个模糊的身影。桃子吓得薯片撒了一地，对着镜子颤抖地问道："你，你，你,是什么东西?"

"什么什么东西!一点礼貌都没有!"镜子里传来一声不满的吼叫,"我,就是人们口中的神。年轻人,你很幸运嘛,居然能够看到我,这可是你无上的荣耀啊!哈哈哈!"镜子里的人嘚瑟地冲桃子笑道。

"不是……我寻思你这个神怎么一点流程都不讲啊……"桃子的内心有些崩溃。

"我还没说呢,你们人类整天给我们搞什么幺蛾子!我们要是需要人类的东西,那还不如去当人类!我们是神欸!不要拿人类的劳什子东西搞我们好不好!"神暴躁地骂了她一顿。

"哦,好的。"这个神怎么脾气不是很好的样子,桃子在心里默默吐槽。

(二)

虽然莫名其妙地就通了灵见到了神,但她根本没当回事,日子还是要照常过。桃子依旧正常地上课下课逛超市,没事的时候就宅在宿舍吃着垃圾食品看番剧,直到有一天。

(三)

室友西西的爸爸出了车祸进行抢救,桃子陪着西西来到了医院手术室外。西西是桃子大学最好的朋友。看着西西痛苦的神情和手术室亮起的灯光,桃子想到了神。

桃子买了一大袋子各种口味的薯片,躲到医院洗手间镜子前去问神。神听了她的要求,告诉她,不需要祭祀,也不需要任何的仪式。

"那……需要什么呢?"桃子喃喃问道。

"我们啊,创造出人类就是因为无聊啊。所以呢,你们人类拥有的一切东西,我们都不屑一顾。"神懒洋洋地回答她。

"嗯……我就想看看,人类这种生物所能承受的极限在哪里,好回去搞个研究报告。"

"我不需要祭品,也不需要你的跪拜。我想看你痛苦,当个乐子——当然,你放心,不会影响你的健康,我也没兴趣让你死。"

桃子犹豫了一下,回答道:"好。"话音刚落,疼痛骤起。她被逼得不得不蜷缩在地上,指甲紧紧地嵌入手心。

门外是医生护士来来往往匆忙的脚步声,以及西西突然爆发的哭喊,歇斯底里,嘶哑难抑。

她的头在嗡嗡作响,神经宛若银针在脑内颤动,每一下都挑得血肉凝浆。指甲盖被尖利物穿透入肉,指节被扭曲撕扯开来,大腿被匕首剜肉,彻夜不眠后的心脏骤停,生吞带蛆烂肉后一路划过咽喉肠胃的被腐蚀的疼痛与恶心感,五感紊乱的感觉交替带来的错乱晕眩等等,桃子的意识大概只能识别出这些疼痛,还有其他的种类无法用认知来形容,只留下无尽的恐惧回荡在她的脑海里。

"病人的心电起来了,快拿器械——"

桃子在黑暗中听见西西的喜极而泣,听见对方在喊她。

她将自己的身体扭曲,却发现没有一个姿势可以让疼痛缓解。紧攥着的拳头将镜子打破,握着的碎片将掌心割得血肉模糊。于是她放下碎片,双手紧扣地面,试图转移疼痛。然而即便指甲抠得碎裂不已,血肉直贴地面,磨得冰凉刺骨,疼痛也没有丝毫减轻。

倏忽间,一切都安静了下来。

桃子从地上爬起,浑身什么疼痛的感觉都没了,一如往常。

她回到西西的身边。西西流着泪将她拥入怀中,呢喃着救回来了,感谢上苍,感谢神灵,感谢命运。

桃子微笑着摸了摸西西的头发,说:"太好了……"

神在笑。

(四)

后来桃子有事找神,没事薯片,甚至有时候路遇一个陌生人遇难也来找神。

神骂她说:"你怎么破事这么多?你就是当世圣母下凡吧,我看你就是有病!"

桃子听了不以为意,笑呵呵地回答他:"反正又不减寿又不影响健康,不就疼一场嘛,让大家都开心,值!"

(五)

桃子从小就在外婆家里长大。小时候父母工作忙,没时间照顾她,外婆便是她最亲的人。她喜欢外婆给她编花环,喜欢外婆带她看星星,也喜欢外婆给她讲故事。外婆代表着桃子心中最温暖的记忆。

可是外婆病了,癌症。

那个总是对着桃子宠溺地笑,会给桃子买一堆薯片的外婆,现在浑身插满管子,安静地躺在病床上,脸色枯萎得如同一张干瘪的菜叶,两眼无力地闭着,呼吸十分微弱,仿佛不知什么时候就会完全停掉。

桃子又去求了神。但这次,神没有显灵。

于是桃子双手紧抠玻璃,抠得嘶嘶作响,整个身体疼得往下坠。然而她依旧只能趴在玻璃上,无力地看着外婆心脏停止跳动,看着母亲抱头痛哭,看着粥冷去,相拥却无人。

神出现了,告诉她:"你不可以救重要的人。"

桃子沉默以对。

(六)

桃子逐渐开始减少与别人的来往,宛若浮萍飘海,不停留在任何彼岸。人们都说,桃子是个怪人。

然而日子还是要继续过的。可乐薯片鸳鸯锅,熬夜秃头上早课,泡面外卖水果捞,作业论文毕业设。桃子毕业后找了个普普通通的公司,做着普普通通的工作,挣着普普通通的工资,没事时抱着普普通通的三块钱可乐、六块钱薯片看番剧。

当然，也会遇到普通的人。他们唉声叹气，以"这就是命运"为由，四处贩卖他们从悲惨失败的人生里抠出的悲惨经验，掩盖他们失败人生的无能与平庸。

"我不相信命运。"桃子笑眯眯地说着。

于是对方像是终于抓到了一个对象，又是凄厉地哭着叙述他不上进的落败人生，又是痛骂着她年少无知只有一腔热血没经历过命途坎坷，总而言之，他需要拉个人陪他像个祥林嫂一样感叹命运不公。

"我不相信命运。"她仍笑眯眯。

"哎呀，年轻人就知道不服输，没有见识过社会险恶。等你以后挨了打就知道了，一切都是命啊！现实就是这样，人不贱一点不行。多大点儿小姑娘天天装个清高给谁看呢。"对方骂骂咧咧地走了。

神问："你不是已经挨过打了吗？"

她说："你有病。"

神无语。

"我不相信命运。"桃子仍然笑眯眯地说道。

（七）

"命运让可乐涨到四十块一瓶了。"

"哼……"

"命运让薯片都变成八十块一袋。"

"呸！"

师评·智匠创作微论

总是喜欢上课下课逛超市，没事的时候就宅在宿舍吃着垃圾食品看番剧的桃子，有一天莫名其妙地就通了灵见到了神，然后就可以以自己的疼痛为代价去拯救一些人的生命——不重要的人，甚至是陌生人。但面对外婆的病痛，桃子却没能求到神的拯救。"你不可以救重要的人。""桃子逐渐开始减少与别人的来往，宛若浮萍飘海，不停留在任何彼岸。人们都说，桃子是个怪人。"桃子的日子就在这样的平平淡淡中一天天过去，"可乐薯片鸳鸯锅，熬夜秃头上早课，泡面外卖水果捞，作业论文毕业设"。"我不相信命运。"这是桃子总是笑眯眯地说出的宣言。每一个桃子，都会有自己的命运。不相信，那就去努力改变。

溘然长逝

中文1B1班 刘沁

又是凌晨十二点多。

相传每逢夜间十二点之后，夜相小丑就会出现。它通体漆黑，千变万化，只会出现在将死之人的身边。

它从不杀人。它以吓人为乐，以恐惧为食，千百次的重复让它心生厌倦。

终于，这一天，它碰到了一个人，一个改变了它命运的人。

（一）

那个人叫什么，夜相小丑已经不记得了。

并不是不在乎的不记得，而是想起来就会难过，被迫忘记的不记得。

那天，小丑跟往常一样出门，想去吓唬晚上走夜路的人们，然后再重复一遍自己已经做过无数次的进食恐惧的行为。

夜色深重，只有前方一盏路灯孤零零地照亮一小片水泥地。更远处因为其余路灯的年久失修，在短暂的光亮后又陷入黑暗。一个身着白衣的小男孩正小步向那片灯光走去。

夜相不想等他走到路灯的灯光下。毕竟在追寻光明的路上，却先在黑暗中被吓得半死，这才是最有趣的。

虽然日复一日的惊吓让人厌倦，但这样的恶趣味还是能让人有所期待。

夜相这么想着，悄悄隐匿了身形向小男孩靠去。

"哇！"夜相小丑突然从迷雾之中显出身形，丑陋的身段，狰狞的面目，伴随着尖厉刺耳的喊叫。

小男孩跌倒在地上，面对着夜相，手脚并用地向后退去。

"没意思。"夜相见过太多这样的场面，早已没有了当初的新鲜之感。

"叔……叔叔，你的……你的后面有……"

出乎夜相意料的是，这时候的小男孩声音颤抖，抬手指向了夜相的身后。

夜相心里一惊：这样无趣的日子终于要结束了吗？是谁在我背后？快出来吧！该死的，真是可笑！我可是以恐惧为食的恶魔啊！你能奈我何——

夜相回头望去。

背后只是一片阴沉沉的黑暗。

"什么都没有。"小男孩仿佛看穿了夜相心里所想的一般，"刚刚还是紧张了一下，对吧？"

说罢小男孩就哈哈大笑起来，一副诡计得逞的快意模样。

夜相慢慢扭回头，刚刚被惊出的冷汗和心里发毛的感觉还没有缓过来，他也不好对这个坏心眼的小男孩发脾气。

"啧，反应还挺快。"夜相想挽回一点面子。

"那可不，像你这样天天吓人的小丑，我见过太多了。"小男孩笑了，"虽然你们真的长得很吓人，但见多了，也就没那么可怕了。"

"你还见过其他和我一样的人？"夜相心里一惊。

"是啊。"小孩回答道，"前几天有两个人顶着马的面具和牛的面具，到张爷爷家把他带走了。他们真是奇怪，张爷爷明明病得那么重，还要带他出去。"

夜相看着他，没有说话。

"我觉得他们这样做不好,我想上去拦住他们。我看到他们把张爷爷往……往盛爷爷家方向拖了。我想跟他们讲:张爷爷就喜欢待在屋子里听相声,他不喜欢跟盛爷爷一起下棋。盛爷爷总是要赖,每次他都要悔好几次棋。

"而且他生病了!再怎么说,也是盛爷爷过来!"

小男孩倚在路灯杆上,他身上的白衣被路灯照得有些发亮。

"结果我还没上去,那个牛头人好像知道我要说什么,他恶狠狠地瞪了我一眼,说下一个就是我。"

小男孩垂头丧气地说:"天啊!我才不要跟盛爷爷下棋……"

"从此以后,我就经常能在医院的病房看到牛头和马面啦。第一眼真吓人,不过之后就习惯了。所以你吓不到我的,怪叔叔。"小男孩摊了摊手,露出得意的笑容。

夜相小丑第一次看到不害怕自己的人,来了兴趣想要跟他玩玩。他缓了缓自己那张狰狞的脸,好让它看起来没有那么恐怖:"我不叫怪叔叔,我叫夜相。"

小男孩抬起头看了夜相一眼,发觉到他舒缓了自己的神色,表现出善意的夜相让他也放松了警惕:"我叫……生生。"

(二)

昨夜的奇遇让夜相激动了一个白天。

生生是一个住了两年医院的小男孩。他有先天性的心脏病,不能跑跳,体质很弱。昨晚因为医院消毒水的味道太大,生生就悄悄从窗户翻出来逛逛,才好死不死地遇上了夜相。

谢天谢地谢谢消毒水,我真是太喜欢这个小孩了,夜相夸张地想着。

夜相并不希望能和生生结下什么深厚的友谊,他只是觉得生生打破了他日复一日无聊鬼生的循环,他很开心。

所以他希望今天还能遇到生生。

（三）

午夜的钟声从远方悄悄地响起，飘到夜相跟前的时候，这个浑身漆黑的恶鬼已经一跃而起，化成一团黑色火焰，朝小男孩所在的医院飞去了。

夜相的想法很缺心眼，他想见生生。但是到了他能出来的时间点，小孩都应该睡觉了。可夜相的运气又很不错，今天生生失眠了。

"哟，你来啦？"

生生靠在床头，无聊地盯着地上床栏杆的投影。他抬头向外看去，窗外的灯光昏黄却没有暖意，只有一个黑色的恶鬼遮挡住了光源。他把窗户推开一半，弓着身子，脚踩在窗台上。

"嗯，我来了。"夜相从窗台上跳下来，本身就无影无形的他并没有因为落地而发出声响。

"夜相叔叔，你能带我去外面玩吗？"生生看着夜相慢慢从黑雾中化出人形。夜相穿着黑色卫衣，黑色牛仔裤，高高瘦瘦。

夜相真是服了这个小孩了。自己不是人类的事实，他大概是知道的。只是这么淡定地让一个诡异的不明生物在大半夜带自己出去玩，这小孩得的不应该是心脏病，而是精神病才对。

"行啊，想去哪儿？"反正他夜相也不是什么善茬，说不出什么太晚了小孩子就要好好待在屋子里才安全的话。这小孩要是在出去的路上出了个意外死了，也不关他什么事，迟早都要死的嘛！

生生听言快速地翻下床，穿好鞋子，就要拉着夜相从病房出去。夜相被生生拽着衣角走到了房门口，突然想起了什么，一把抓住生生拉着他的手："喂，走大门太显眼了，我们从窗户出去好不好？"

夜晚，夜相抱着生生从窗户飞了出去，迎着满满当当的深沉夜色。没有月光的风很寂寞，顷刻包裹了他们两个。生生有点害怕地向夜相怀里缩了缩，夜相也报以更紧的拥抱，虽然他的怀抱没有温度。

师评·智匠创作微论

  从不杀人，以吓人为乐，以恐惧为食的夜相小丑，遇到了非常可爱却患有先天性心脏病的小男孩生生。"并不是不在乎的不记得，而是想起来就会难过，被迫忘记的不记得"。生生没有被夜相吓住，反而友好地和夜相开着玩笑。"夜相并不希望能和生生结下什么深厚的友谊，他只是觉得生生打破了他日复一日无聊鬼生的循环，他很开心。"是"鬼生"，也是同样日复一日的无聊"人生"。"夜晚，夜相抱着生生从窗户飞了出去，迎着满满当当的深沉夜色。没有月光的风很寂寞，顷刻包裹了他们两个。生生有点害怕地向夜相怀里缩了缩，夜相也报以更紧的拥抱，虽然他的怀抱没有温度。"就这样溘然长逝，世界失去了可爱的生生。

无尽

中文182班　利玮悦

我被噩梦惊醒了，就在梦中的怪物即将抓到我时，我一脚踩空，跌下楼梯，惊醒了。

我大口大口贪婪地呼吸着氧气，睡衣被冷汗浸湿，黏腻地贴在背上。我拿起枕边的手机，想看看几点钟了。一低头，一滴水啪嗒掉在了手机屏幕上。伸手一抹，才知道是额头上的冷汗滚了下来，还有一滴掉进了我的眼睛里，又酸又涩。

手机上显示现在的时间是凌晨4:30。

我不敢睡觉，甚至不敢闭眼，就那样直勾勾地看着天花板直到七点钟。闹钟响起，室友们纷纷起床穿衣洗漱。

早饭我去食堂吃，我接过食堂阿姨递过来的早饭，问阿姨："多少钱？"

阿姨说："四块三毛。"

我输入4.30，手机叮咚一声支付成功。

我坐在座位上，边喝豆浆边刷手机，看到一条资讯：国内某部斥巨资打造的灾难电影《无尽轮回》将于今日上映。

今天？有空去看看吧，正好放松一下。

我打开APP订票，在"今日4月30日"那一栏下找到了下午的放映场次，看看时间，只有下午4:30那一场有空去。

等等……

我眯起眼睛，盯着那个数字，一丝疑惑不安掠过我的心头——4和30这两个数字是不是出现得有点太频繁了呢？

不，只是巧合，别自己吓自己了，这两个数字没什么特别的。

我这样想着，也没有什么心情看电影了，匆匆吃完早饭就背起书包离开。

今天有点起雾，树木行人在雾中都有些影影绰绰的。他们从雾中浮出来，又被雾气吞进去。每个人都面无表情地走着，我看得有些不舒服。手机叮咚一声，来了信息，我拿出来一看——倒映在手机屏幕上的那张脸也是一脸麻木，面无表情。

哦，原来大家包括我都是这样的啊，我松了口气。

食堂离教学楼不远，四分半就能走到。

又是4和30。

其实我平时根本不会关注到底用几分钟，都是因为那条该死的群发信息，让我顺带扫了一眼时间。

那么今天的教室是在……哦，博学楼的430教室。

我停下脚步，有些不可置信地看着那个教室号，眉头皱到一起——为什么，为什么又是4和30？

我百思不得其解，困惑的同时也更加忐忑难安。脑海中似乎有个什么声音呼唤着我，让我不要继续往前走。又有一个声音说我神经太过敏：生活中总是充满了各种各样的巧合，只是在今天，这些巧合都碰巧凑到了一起。

但不管怎么样，课我是一定要上的。而且全班三十个人都要去上课，难道我们都会出什么事吗？

我嗤笑了一声，仿佛只能通过努力装得淡然一些才能把心里不安的荫翳驱走。我迈着大步，汇入了一起走进博学楼的人流中。

进入博学楼后，学生们分流进了不同的人流和教室。我一层一层楼爬上来，最后居然只有我一个人在四楼。

一定是因为我来得太早了！平时不也都是这样吗？没什么好惊奇的。

我深吸两口气，握紧了拳头，上下挥动几次来给自己鼓劲儿。不过是两个出现得有些频繁的数字，又不是什么洪水猛兽，有什么好害怕的？

我拖着自己的脚步走到了430教室门口，门关着。

在手即将按上门把手时，我沉思良久，还是先收回了手，侧耳倾听。门外静悄悄的，门内也静悄悄的。

我又透过缝隙看过去，桌椅、窗户、讲台、黑板……一切都平平常常，平常得和平常没什么区别。

我微微放下心来，按着门把手，缓缓缓缓地推开门。

"吱呀——"

在门轴的嘶哑声中，430教室在我面前徐徐展开。

呼，果然，什么都没有发生。

我提着的心终于落到了肚子里，回想起自己刚才疑神疑鬼的动作，又觉得好笑，幸好没有别人看到。

我转身关上门，正要转过身子时，我感觉教室里似乎变暗了。

天阴了？

我想看看窗户外的天气，转过头，却和一只猩红的竖瞳对上了。

怦、怦、怦——

心脏骤停。

我连呼吸都忘记了。

它转动眼睛。在它巨大的眼睛中，我看到了我的倒影，清清楚楚，简直像等身镜一样。

好像过去了一分钟，也可能只过去了一秒钟，我才找回了神智。我张了张嘴，发现自己的喉咙根本发不出任何声音。

在面对绝对的、无法挣脱的恐惧时，一切的条件反射都失灵了。

不，等等！这个怪物似乎还只是在观察我，并没有想要吃掉我！

巨大的怪物和还没有它一只眼睛大的我，就这么寂静无声地对峙着，诡异中又有一丝和谐。

我一边和它静静地对视，一边手藏在身后，缓缓地按上把手。

只要慢慢地、轻轻地……

手心冷汗如洗，滑腻得几乎按不住门把手。我的腿也抖得如筛糠一般，站都站不直。

是梦！是梦！现实生活中绝对不可能有这么大的怪物……要知道，这节课可是马克思主义基本原理啊！

尽管生死就在一瞬间，我还是忍不住通过胡思乱想一些什么其他的东西才能保持镇定。

快了，只要出了这个门，我就可……

"吱呀——"

只是很轻微的一个声音，在我耳中却无异于惊雷炸裂，轻而易举地撕破了这微妙的平衡。

我来不及痛恨那年久失修的门轴，猛地甩开门，冲出了430教室！

后脚刚迈过门槛，哗啦啦的木板破裂声就在我身后轰然炸响！

我用尽了这辈子的力气去逃跑，飞快地冲下楼梯，速度太快以至于我在拐弯的时候躲闪不及撞上了墙壁，半空中扬起两道血花。我也没有精力去捂鼻子止血，脑海中只有一个念头——跑！跑！！跑！！！

怪物的吼叫声在空荡荡的楼道中回荡，声音却越来越近。

明明只有四层楼，脚下的楼梯却仿佛无穷无尽般延伸开来，没有尽头。

天啊，我到底招惹了什么脏东西？！

蓦地，世界变安静了。

没有了嘶吼声，也没有了脚步声。

我看到了楼梯尽头。

腥臭的野兽味道探入我的鼻腔，我视野中的光线被黑暗吞没。

我好像飞起来了？

不……不是飞起来了，而是我踩空楼梯了。

我缓缓地低下头。楼梯尽头，也就是我踩空后就要掉下去的地方，悄无声息地出现了一张血盆大口，猩红的竖瞳中满是残忍的兴奋。

我被噩梦惊醒了，就在梦中的怪物即将抓到我时，我一脚踩空，跌下楼梯，惊醒了。我抹掉冷汗，拿起手机，显示现在的时间是凌晨 4:30。

师评·智匠创作微论

从"我被噩梦惊醒了，就在梦中的怪物即将抓到我时，我一脚踩空，跌下楼梯，惊醒了"、"手机上显示现在的时间是凌晨 4:30"，到"我被噩梦惊醒了，就在梦中的怪物即将抓到我时，我一脚踩空，跌下楼梯，惊醒了。我抹掉冷汗，拿起手机，显示现在的时间是凌晨 4:30"，无尽循环，挣不脱的 4 和 30。或许，生活中有些怪圈难以挣脱，这是不是所谓的"心生，种种魔生；心灭，种种魔灭"？讲一个故事，是神奇，也是哲思。

英雄

中文1181班 刘炳良

爆炸的余波尚未散去，冲击波带来的蜂鸣声不停地在耳边回响。阿莉·汉德拉两腿发软。想起刚才的危险场面，这个十四岁的小女孩仍然心有余悸。

可是那个在脉冲手雷爆炸之前，用身体挡在自己面前的陌生人已经趔趄着，准备离去。

"等一下！"阿莉·汉德拉叫住那个陌生人，"你就是人们口中的英雄吗？"

"不再是了。"他答道。

（一）

一则新闻：

> 奥斯陆时间下午三点，挪威诺贝尔和平奖委员会宣布，将2049年诺贝尔和平奖颁发给杰克·莫里森，以表彰他以及他所率领的守望先锋在过去长达三年的智械战争中，为了保护平民和促进人与智械关系进展而做出的努力。时任人类安全委员会主席卡特娅·沃斯卡娅，为杰克·莫里森颁奖。

智械战争起于 2046 年，智能机械的武器水平在战争开始的几个月内取得了难以想象的长足进步。六个月后，为了应对这场人类历史上前所未有的危机，人类紧急召集世界各国战斗精英组成守望先锋。在经历了战斗、谈判再战斗的循环之后，2049 年 8 月 16 日，卡特娅·沃斯卡娅与智能机械方面军首领阿萨塔在日本东京签署和平协议，这标志着长达三年的智械战争终于结束。条约规定智能机械享有与人类平等的权利，从此人类历史即将进入一个新的纪元。在这期间，守望先锋功不可没。

"我相信在未来的时间里，人类与智能机械会珍惜这段来之不易的和平。"杰克·莫里森在接受我们采访时说道。

（二）

瑞士，守望先锋总部。

安吉拉·齐格勒惬意地倚靠在墙角，享受着三年以来从未享受过的平静时光。房间里灯光昏暗，墙壁上投影着一部老电影，一个痞帅的男人正在读一封信。

"我知道你只是在做你相信的事，而我们也都只能做到这点。我们也该这么做。所以不管怎么样，我保证，如果你需要我们，如果你需要我，我会去的。"

"我记得你不是很喜欢看这类电影。"杰克·莫里森推门而进，站在齐格勒医生的身边，"《美国队长 3》？三十多年前的老电影了。"

"老电影总能给人以新的启发，杰克。"齐格勒挥手示意莫里森随便坐，"你不会真的以为我找你来，只是为和你聊聊天吧？"

齐格勒深知她面前这个男人的弱点，他和电影里那个人很像，有的时候过于单纯与相信正义。他或许在行军打仗方面是把好手，但在和平年代这种人肯定活不长，因为他没有办法适应这种没有硝烟和枪声的战争。

"当然，我们好不容易才从战争和工作中解脱出来，聊聊天有什么不好？战争结束了，安吉拉。"莫里森完全没有理解齐格勒话中的意思，他给自己倒了一杯咖啡，找了一个舒适的沙发坐下，用激昂的语气说道，"我们，守望先锋成了人类的英雄，这还不够吗？"

齐格勒左手扶着额头，不停地揉着自己的太阳穴："古代中国有一句话，'飞鸟尽，良弓藏；狡兔死，走狗烹'。战争的确结束了，智械也不再是人类的敌人了，但我们是。"她按下快退键，墙壁上的画面迅速后退，然后停在了某一个瞬间。

"虽然有很多人把你们当作英雄，但是也有一些人更愿意用'义务警员'这个词。"

"那您觉得哪个词更合适呢？国务卿先生？"电影里，斯嘉丽·约翰逊扮演的黑寡妇这样问道。

"危险怎么样？你会如何形容一群驻扎在美国的超能力者，习惯性地无视主权国家的边界？去哪儿，做什么，全凭自己意愿。而且，老实说，对造成的后果也毫不关心。"

"你看，电影里面讲得很明白。"齐格勒按下暂停键，对莫里森说。

莫里森没有回答。令人窒息的沉默一瞬间充满了整个房间，齐格勒静静地等待着面前这个男人的回应。

"守望先锋和复仇者不一样。"半晌，杰克·莫里森挤出这样一句话，"我们按规矩办事。"

齐格勒万万没想到他会给出这样一个答案，这让她有些无奈。"或许在你看来是不同的？但在平民的眼中，我们就是复仇者。惩恶扬善，除暴安良？你扪心自问你可以做到完全公平正义吗？行，你可以。可人类安全委员会的那帮政客，他们没有自己的小算盘吗？尽管现在守望先锋听命于他们，但在全世界人眼里，守望先锋就是守望先锋。"齐格勒深吸一口气，想让自己平静下来，"所以，杰克，我今天真的不是单纯地来找你聊天的。"

此时莫里森的脸上已经失去了笑容。他捧着咖啡，默默地思考着。

"好好想想吧。而且，就算你按规矩办事，也会有人不按规矩办事的。"齐格勒起身，走出了房间。

整个屋子在医生出门之后陡然断电，留下莫里森久久地陷落在黑暗之中。

（三）

一则评论：

这个世界真的需要守望先锋吗？

BBC 特约评论员 Linda Smith

一周之前，夜色笼罩在意大利威尼斯的上空。四个人悄悄潜入这座有千年历史的古城，随后他们对威尼斯城内的一处豪华住宅发动袭击。出乎他们意料的是，这处住宅的防御远比他们想象的要严密和坚固。这场原本计划悄然发生的刺杀，在短短几十分钟之内转变成了一场跨越全城的大追捕。

可尽管在如此强大的武力和收尾机械的围追堵截之下，这个仅仅由四名成员组成的刺杀小队依然干净利落地完成了任务。这四个人的其中一个用霰弹枪果断干脆地打碎了豪宅主人——富商安东尼奥的头颅。

随后威尼斯警方也加入了这场追捕。虽然最后这四个人逃之夭夭，但所幸警方通过多方取证，找到线索并一路发掘。最终警方锁定了这四个人的身份，并决定冒着极大的风险将这四人公之于众。

这四个人分别是：守望先锋指挥官之一的加布里尔·莱耶斯，守望先锋成员杰西·麦克雷、岛田源氏，以及一位未被记录在案的基因科学家莫伊拉·奥德莱恩。

两天后，守望先锋首席指挥官杰克·莫里森召开新闻发布会。莫里森称安东尼奥是一个月前发生在挪威奥斯陆的守望先锋基地爆炸案的元凶，并且一直在为一个名叫"黑爪"的神秘组织提供资金支持。这个神秘组织在两周前又袭击了守望先锋位于罗马的新基地，造成了包括杰哈·拉克瓦在内的多名高层伤亡。

第二是莱耶斯等四人隶属于守望先锋麾下的一个特殊组织——暗影守望。这个组织创立之初的定位就是：在战争等特殊时期，执行高危任务以及便宜行事的特殊组织。鉴于此次行为的恶劣影响，杰克·莫里森宣布将包括指挥官莱耶斯在内的暗影守望成员全部停职，并且向公众保证以后此类事件再不会发生。

我完全不敢想象，在过去的近二十年间，守望先锋表面身为一个英雄组织，在全世界范围内赢得了如此之多的褒扬和赞誉，在背地里却是一个"便宜行事"的特殊组织。

所以我不得不对指挥官莫里森此次发布会的诚意表示怀疑。一个月前的那场袭击社会各界都有耳闻，但两周前那场发生在罗马的事故，社会各界则是完全不知情。就算两件事情都是真实的，也没有任何证据可以表明，安东尼奥是这两起事件的所谓"元凶"，也没有任何证据可以表明安东尼奥与那个所谓名为"黑爪"的组织有所联系。

就算我们再退一步，莫里森所说的一切均为事实，可"暗影守望"这种无视主权国界的私刑组织，也是如今社会绝对不容许存在的。

诚然守望先锋曾经为人类和平做出了巨大的贡献，但是在如今这样一个和平年代，我们真的还需要这样一群掌握超级武器科技和极高战队素质的所谓"和平守护者"的存在吗？我们真的还需要这样一群随时可以发动战争，可以"便宜行事"的军事组织的存在吗？我们真的需要这些"义务警员"来守护我们的生活吗？

一周之后，联合国在纽约召开会议，计划讨论守望先锋行为内容的归属。希望这款名为"佩特拉"的法案，可以给我们一个最终的结果，也给这个时代和这个人民一个满意的答案。

屠龙的勇士最终变成了恶龙。有的时代需要守望先锋，但或许，有的时代不用。

（四）

美国，底特律。

"再来一杯！"莱耶斯将杯中的威士忌一饮而尽，而后把玻璃杯重重地拍在自己面前的吧台上，"再来一杯。"

"先生，这已经是您的第八杯酒了。"面前的服务生小心地提醒道。

"少废话，拿酒来！"莱耶斯又从衣服里胡乱掏出几张一百美元的票子，"又不是不给钱。"

其实服务生不知道的是，此时的莱耶斯并没有丝毫醉意，他心底如明镜一般清亮。三十年前的超级士兵改造计划强化了他的身体，令他千杯不倒，就像他的老朋友一样。

"就算如此你也从不喝酒，对吧，杰克？"莱耶斯酒杯高擎，遥遥地敬向空中，他脸上露出了戏谑的笑容，"端着不累吗？"

一年之前的威尼斯行动让莱耶斯在守望先锋正式停职，一个月前在英国发生的那起暴乱又让他与曾经的密友产生了不可磨灭的裂痕。他当天就飞离了瑞士，选择回到家乡平静一段时间。

"他竟然宁愿相信那些迂腐的陈规、缓慢的政府，和那些心怀叵测的铁皮疙瘩，也不愿意相信你这个与他并肩三十多年的老朋友？这难道不是一件很值得嘲讽的事情吗？"一个陌生的声音传来。

莱耶斯猛然向身边看去，一个黑色皮肤的光头男人坐在了他的身边，手里拿着一杯龙舌兰。

"如果你没有办法管好自己的牙齿和舌头，那么我不介意帮你保管他们。"莱耶斯声音沙哑。他像一头狮子，正在盯着自己的猎物。

"别这么盯着我，朋友。如果你认为我说得不对，你的拳头早就落在我的脸上了。"男人的口气很轻松，好像坐在他对面的并不是这个世界上最凶狠的超级特工，而是一个刚入伍不久的新兵蛋子。

他说得没错，这个人一语道出了莱耶斯的心事，这令他有些恼羞成怒。

"你是谁？来做什么？"莱耶斯将身体转了过去，没有再看面前那个人。

"我以为你会知道我是谁，毕竟你杀了我的朋友安东尼奥，还把奥斯陆和罗马的两起爆炸案归罪于我。"男人晃着酒杯，说道。

"噌！"枪械的破空声伴随着金属摩擦的刺耳声音传来，火药的气味突然弥漫在空气中，下一秒莱耶斯的霰弹枪已经抵在了男人的脑袋旁边。他将保险扣放下，随时准备扣下扳机。

"你之前也是这样对待我的朋友的吗？"男人并不惊慌，反而十分淡然地转过身，枪口黑洞洞的，还散发着刺鼻的火药味，"你的好朋友莫里森将你停职卸任，你却还相信他在新闻发布会上说的冠冕堂皇的话？"他轻蔑地笑着，并没有对莱耶斯的行为表示一丝一毫的恐惧。

"黑爪并不是像莫里森说的那样，我们是一个组织，但并不是像'归零者'那样的极端恐怖组织。"那个男人继续说道，"我们只是一群和你一样，不相信那些铁皮疙瘩的人而已。"

"守望先锋争取的和平协议为世界赢得了二十年的和平。"莱耶斯放下枪，说道。

"哦，得了吧，朋友。你学过历史的，对吧？一个半世纪之前，在巴黎签订的那个所谓和平协定，也同样为世界带来了二十年的发展空间，不是吗？二十年之后呢？它只不过是一场更大灾难的种子。莫里森的和平协定是建立在相信智械的基础上的。他相信铁皮门不会发动战争，却不相信你、我，以及九十亿和他一样的人类，会为这个世界做更多有意义的事。"

"我随时欢迎你联系我。"那个男人说完，离开了座位，"我期待着你和艾米丽·拉克瓦再次共事。"

"老板，结账，那边那位先生的酒我请了！"他喊道。

（五）

"莱耶斯，能见到你回来真好。"莱耶斯和莫里森的手紧紧相握，"你知道，虽然伦敦事件之后，我们的处境好了很多，但人手依然紧缺。"

"是的，是的，我知道。现在是困难时期，需要我们几个老朋友一起度过。守望先锋肩负着重大的使命，它必须继续存在下去。"莱耶斯说，"艾玛莉，你还是这么漂亮，一点都没老。"

"行了，莱耶斯，我老不老自己心里有数。"站在莫里森身边的，是一身蓝色装扮的飒爽女军官。她是安娜·艾玛莉，守望先锋资历最老的狙击手。

"法芮尔最近怎么样？"拥抱过后，莱耶斯问安娜。

"嘭！"安娜还没有来得及回答，一声闷响就将整栋大楼带入黑暗。

"三层，报告电源情况。"莫里森的声音听上去有些焦急。这里是瑞士守望先锋总部，所有的能源配置都是当今世界的最高标准，不可能出现这样的低级失误。

"三层！三层！报告电源情况！"

"三层！三层！听到立刻回复，检查电源是否破损，报告电源情况。"

没有回应。

一股凉意从莫里森脊背窜出，直冲大脑。

黑暗中的基地寂静得可怕。当停电抹除了机器的运作声与广播声之后，这座十层高、装备严密固若金汤的大楼，竟然没有一处人声，甚至连士兵惊慌失措的声音都没有。三人刚刚沉浸在老友重逢的喜悦之中，竟完全没有注意到这一点。

咔嚓，三把武器子弹上膛的动作整齐划一。

"安娜，警戒。莱耶斯，我们两个向出口摸过去。"莫里森迅速下达指令。莫里森的脉冲步枪和莱耶斯的霰弹枪一前一后防卫着，慢慢地向出口移动。

他们现在在五楼的大厅之中，供电室在三楼。依照莱耶斯和莫里森的身体素质，从三楼跳窗而出是最快的选择。但在不清楚大楼外面情况的前提下，这显然不是一个明智的选择。

"安全。"安娜说道。

"楼梯口安全。安娜，过来汇合。"莫里森在楼梯口说。

轰！巨大的爆炸轰鸣让守望基地的大楼摇晃了起来。大厅中间区域的天花板竟然出现了细密刺耳又愈演愈烈的"咔嚓"声。

"安娜，快！那里要塌了！"莱耶斯大吼道。

安娜迅速地从掩体之后跑出。同时，莱耶斯举起了霰弹枪。

嘭！落下的石块化作粉末四处飘散，安娜终于来到了二人身边。

"谢谢你，莱耶斯。"安娜说道。

"现在还不是高兴的时候，这次事情比我们想象的要严重得多。"莫里森凭借自己随身装备中仅存不多的能源，模拟出了整栋大楼的损伤状况。

"两次爆炸分别发生在三楼的电力室和七楼的武器室，对方这次做好了充足的准备。炸毁总部大楼可能仅仅只是他们目的的一部分。我们还有一场仗要打。"莫里森关掉了3D模拟影像，向着楼下走去。

"可是，他们怎么知道……"莱耶斯想要发问，却被安娜拦住了。

楼梯间窗户外的天空被映成了赤红，也为莫里森的背影添了一抹血色。

楼外，军队整齐排列，脉冲步枪和激光武器一波又一波地压缩着守望先锋队员们的防守空间。甚至七层楼高的攻城机械都被派出，意图形成更强大的火力压制。

战机掠过天空，在已经成为火海的守望总部大楼投下一枚又一枚的导弹。枪声四起，炮声四起，杀声四起。终于，在攻城机械的精准打击之下，原本就已经摇摇欲坠的大楼轰然倒塌。扬起的尘烟在火光的映射下变成暗红色，不知道那是火光映照的尘土，还是队员飞溅的鲜血。

烟尘散去，守望先锋的旗帜在火中默默燃烧。

俄塔社10月22日电

著名智械意见领袖盂达塔在英国伦敦发表演说时遭遇刺客枪杀，当场身亡。这一事件，让本来就人机关系紧张的英国局面变得更加动荡。

据现场目击者供词称，凶手疑似数周前宣布失踪的前守望先锋特工艾米丽·拉克瓦。目前英国警方正对此展开调查。

俄塔社 10 月 23 日电

位于瑞士的守望先锋总部大楼发生重大爆炸事故，现任守望先锋三名指挥官杰克·莫里森、加布里尔·莱耶斯与安娜·艾玛莉下落不明。

俄塔社 12 月 27 日电

联合国人类安全委员会第 35 次会议在纽约召开。会议上，人类安全委员会主席卡特娅·沃斯卡娅宣布了关于守望先锋受到重大打击的后继安置办法。鉴于过去数年中守望先锋带给公众的极其恶劣的影响，沃斯卡娅主席宣布停止守望先锋的一切职能，具体相关工作将分别交由联合国各部门具体负责。该条例将于四天后的 1 月 1 日施行。这代表，守望先锋这一诞生于人类危难之际的英雄组织，正式落下帷幕。

小屋里，炉火熊熊燃烧，一个人坐在椅子上，看着今天的新闻播报。窗外，正落着大片的雪花。

（六）

墨西哥，多拉多城。

热带高原的夜空总是异常清亮。繁星散落在静谧的空间里，皎洁的满月挤在他们中间，卖力地散着光。

夜幕笼罩之下，多拉多的生命才刚刚觉醒。一个名为死人帮的黑道组织长期在城内横行，他们掌握着大量来路不明的现金武器，甚至一度可以与市政军队分庭抗礼。

"嘿！嘿！快点把这批货给老大送过去！迟到了有你们好受的！说你呢，让你干活你还拖拖拉拉的？皮痒了？"

小巷里,死人帮的小喽啰正在搬运货物,一个看似领班的人在货车旁大喊大叫:"你!对,你!把东西放下!过来!干活磨磨唧唧的,是不是残废?残废马上滚!"

领班骂的那个人在阴影中站着。不久,他放下了装着武器的箱子,从阴影中走了出来。他的脸上戴着面具,身上也没有死人帮标志性的骷髅文身。

"这些东西是从哪儿来的?""面具"问道。

"哦?原来是条子?那你现在可以去死了。"领班脸上的惊讶一闪而过,残忍的冷笑旋即占据了主动。

嗒嗒嗒……小巷里的三十多个帮派成员迅速开火,弹出来的子弹壳在两秒钟内铺满了每个人脚边的空地。

"面具"被强大的火力迅速压制,只好暂时隐蔽在一个变电箱后面。当当当……子弹一遍又一遍地冲刷着铁皮箱体,他感到背后的变电箱中已经有漏电的嘶嘶声了。

"他们大约有二十人,这种步枪弹夹容量是六十,射速是九百发每分。""面具"想着。

他在二十秒之后,有了一次不到一秒的机会。

"面具"握紧了枪。

终于,瀑布般的枪声在某一瞬间陷入停滞,咔咔的换弹声充斥着小巷。

"战术目镜启动。"脉冲步枪在一瞬间开火,"面具"在不到一秒的时间里将二十发子弹全部打光。他知道,这是他老伙计的极限了。

十人应声倒地,"面具"已经回到了变电箱后面,脉冲步枪的枪口变得通红。

"大哥!"喽啰们的声音有点颤抖。

"我们走!他们死了就死了,这批货一定要给老大送到。"领班也被这个来路不明的神秘人震慑了,他拉开了脉冲手雷的拉环,"去死吧!"

"啊!不,不要!"脉冲手雷向小巷深处滚去,那里竟然传来一个女孩的哀号。

轰！

爆炸的余波尚未散去，冲击波带来的蜂鸣声不停地在耳边回响。阿莉·汉德拉两腿发软。想起刚才的危险场面，这个十四岁的小女孩仍然心有余悸。

可是那个在脉冲手雷爆炸之前，用身体挡在自己面前的陌生人已经趔趄着，准备离去。

"等一下！"阿莉·汉德拉叫住那个陌生人，"你就是人们口中的英雄吗？"

"不再是了。"他答道。

"可我觉得你是。"女孩望着他的背影，双眼清明。

"我叫士兵76，我不是什么英雄。如果愿意，你可以叫我义务警员。"他说道，"快回家吧孩子，这里不安全。"

杰克·莫里森回到多拉多小巷的阴影之中，他在去年守望先锋基地的袭击之中侥幸活了下来。过去，人们总是形容守望先锋是义警。于是，在守望先锋解散之后的一年时间里，他就真的化身义警"士兵76"活动在世界各地。他原本以为那次袭击只是"黑爪"做出的极端报复行为，但当爆炸发生的两个月后，他醒来时发现联合国并没有对守望先锋的遭遇表示一丝一毫的同情，反而还迫不及待地将守望先锋瓜分殆尽，他这才意识到事情好像没有这么简单。他好像落入了一个巨大的网中，这张网在相当长的时间里让莫里森无力挣扎。现在，他要凭借着自己的力量，剪断它。

"好了，战争贩子，让我来看看你的真面目。没有守望先锋的日子里，挣钱很快吧？"莫里森掀开了盖子。

箱子里躺着的是最新款的冲锋枪，在过去这类装备只会配备给守望先锋。

莫里森皱起了眉头，他熟练地找到了枪的侧身。那里有一行熟悉、俊秀的俄文文字：

"沃斯卡娅工业"。

（七）

俄罗斯，圣彼得堡。

智械危机爆发之后，沃斯卡娅工业落户圣彼得堡，这里便成了整个地区的工业中心和经济中心。巨大的机器人彻夜工作。工厂生产的全世界最尖端的武器设备，让俄罗斯成为那场人与机械的旷世大战中，唯一依靠本国力量抵挡住智械进攻的国家。时至今日，俄罗斯依然拥有着全世界最强大的军事科技。这一切都要归功于那个拯救和守护了俄罗斯的女人——卡特娅·沃斯卡娅。

"报告！"

"请进。"

沃斯卡娅站在连排的落地窗前，俯瞰着圣彼得堡繁华的城市。

"你知道我为什么叫你来吗，查莉娅？"

查莉娅身材壮硕，在入伍前曾是一名专业的举重运动员。虽然是女性，但她远比一般男性强壮高大。

"不……不知道，沃斯卡娅主席。"她说。

"我听说了，你对我之前让你执行的任务颇有微词。"沃斯卡娅转过身来，威严的目光刺着查莉娅，"所以，我想听听你的看法。"

查莉娅低头沉默。

"说吧，查莉娅。"

"我觉得……"查莉娅缓慢仔细地斟酌着词汇，"守望先锋的存在对于这个世界还是有很大用处的。"

"查莉娅，你要知道，我所做的一切都是为了俄罗斯。"沃斯卡娅的声音很疲惫，"守望先锋的存在对于俄罗斯只有坏处没有好处。"

"俄罗斯得以在多年前的智械危机之中鹤立鸡群，靠的就是独一无二的武器技术。我们本来可以战胜智械，成为这个世界的救世主。"

"沃斯卡娅主席，如果您允许，我觉得您这样的想法是错的。武器的用途是捍卫和平，只要这个目的达到了，它在谁的手中，又有什么关系呢？"查莉娅说道。

"可是守望先锋真的是为了捍卫和平吗？"沃斯卡娅反问。

"他们阻止了智械危机！"

"没错！他们是阻止了智械危机，可然后呢？这让他们成了世界上最大最先进的跨国军事组织，不光拥有强大的武力，还拥有高度的自治权利。"沃斯卡娅直视着查莉娅，"这样的组织，真的是对正义的捍卫吗？"

查莉娅无言。

"这些科技如果掌握在俄罗斯手中，我们就算不能成为世界的救世主，至少可以成为俄罗斯人民的守护神。你要将自己的国家和人民的安危交到别人手上，还是牢牢地握在自己手里？"

"奥斯陆和罗马的行动，只是守护俄罗斯计划的一小步。你看看伦敦事件，首相明确表示不接受守望先锋的援助，《佩特拉法案》也明确规定禁止守望先锋的军事活动。结果呢？他们还是去了英国。"

"所以我才在纽约的会议上提议将他们解散，而且这提议也得到了当时在场的绝大多数国家首脑的同意。只有将他们的职能分散，我们的权力加强，才能更好地守护俄罗斯。"

"好好想想我的话，查莉娅。我对你一直很看重，我不希望我的接班人失去对于俄罗斯和自己的希望。"沃斯卡娅坐回了椅子上，"回去吧。"

查莉娅走出了办公室。她出门时，一个男人和她擦肩而过。

"沃斯卡娅主席，您找我？"

"瑞士的行动没有让查莉娅知道吧？"沃斯卡娅问道。

"放心吧，主席，她到现在都以为那批部队是去澳洲维和的。"

"那好，墨西哥那单生意怎么样了？"

"卖方很满意，守望先锋解散之后，我们的订单增加了三倍。"

"很好，你也别总是和死人帮那些人做生意，也可以联系一下多拉多政府，就说可以给他们提供武器，价格可以翻一倍，其他地方同理。"

"是！"

"下去吧，我累了。"沃斯卡娅双眼微闭，手扶额头。片刻后，她疲惫地睁开眼睛，看向自己的办公桌。

桌子上摆着一张照片，童年的沃斯卡娅手里拿着机器人，笑得很开心。照片上还写着一句话：

"让俄罗斯再次伟大。"

"Boop！"小屋里，棕色皮肤的墨西哥女孩切断了沃斯卡娅房间里的影像，"哼！沃斯卡娅的经历和她的安保系统一样没意思。"

"黑影，有什么发现吗？"通讯里传来一个声音。

"没有，沃斯卡娅这个人很好搞定。我觉得是时候了，老大。'黑爪'应该开始行动了。"黑影用她一贯玩世不恭的语气说道，"守望先锋已经不能对我们构成威胁了。"

通讯的那一头，曾经在酒馆里与莱耶斯对话的光头男人站在一个实验室一样的地方，他的背后有数名科学家正在叮叮咣咣地改造着什么。仔细看去，台子上躺着的，竟然是一年之前在瑞士总部爆炸中失踪的守望先锋指挥官——加布里尔·莱耶斯。

"我们的'死神'什么时候才能和我们见面啊？"男人催促道。

"新的战争，就要来了。"

师评·智匠创作微论

何谓英雄？"奥斯陆时间下午三点，挪威诺贝尔和平奖委员会宣布，将 2049 年诺贝尔和平奖颁发给杰克·莫里森，以表彰他以及他所率领的守望先锋在过去长达三年的智械战争中，为了保护平民和促进人与智械关系进展而做出的努力。时任人类安全委员会主席卡特娅·沃斯卡娅，为杰克·莫里森颁奖。"我相信在未来的时间里，人类与智能机械会珍惜这段来之不易的和平。"这是真正的英雄所求，出生入死，保护平民，维护和平。"热带高原的夜空总是异常清亮。繁星散落在静谧的空间里，皎洁的满月挤在他们中间，卖力地散着光。"静谧时刻与生死鏖战，是英雄的希望与职责所在。

水下多面

水下眯着眼睛，靠着荷背，说道：「我现在并不后悔，我爱她，我保护了她。这些都是值得的。」他嘴角有了些笑意，突然又严肃了起来。

「但是我杀了人，我应该受到惩罚，我并不会逃避。」

双生花

汉外 181 班　刘昊宸

说实话，被调来做狱警已经四五年了，但我一直不能理解为什么居然会有人愿意来监狱采访杀人犯。但是既然已经来了，我也只能带着那个不知道是作家还是记者的人进行采访。

十三人，这是这次将要接受采访的犯人的数量，十三名杀人犯。

囚犯一个接一个地走进接受采访的房间里，一个接一个地坐在房间里的椅子上，面无表情，佝偻着背，口齿不清地讲述着那些已经和别人或是自言自语重复了无数遍的故事。

那些人大多数是城郊农村的农民或是城里的小工人，杀人的原因也大多都是纠纷或者是酒后的一时冲动。他们一遍又一遍地重复那些"我后悔啊""一时冲动"之类的词句，单调的叙述加上含混不清的语音，令我产生了睡意。不过作家倒是一直在认真地听着，不断地记下谈话的内容，有时还会向囚犯们提问。最开始她似乎还有些胆怯，但她现在已经适应了这种对话。

时间在含混不清的讲述中流逝，已经只剩下一名囚犯要接受采访，这使我倍感轻松。一想到即将结束这种无聊的工作，我就有了些精神。

瞟了一眼名单，剩下的那名叫水下的囚犯比其他的囚犯年龄都小，很少和别人说话，我也很少听他提起自己的过往。因此不仅对于我们狱警，对于和他住在一起的囚犯，他都是个谜一样的人物。对于他的故事，我稍微有了些兴趣。可是为什么这个名字却有着莫名的熟悉感呢？我想努力地抓住记忆中的碎片，可是却无法抓住。我摇了摇头，驱散了那种不舒服的感觉。

门开了，一个相当英俊的青年走了进来，步伐稳健而轻快，眼睛里闪烁着些许光芒。他的气质和这所监狱一点都不符合，一眼望去，就像是一个新来的年轻狱警，而不是一个被关在这里的犯人。我看了一眼作家，她也有些惊讶。

他坐下之后，作家简单地说明了采访的内容。听说要他讲述入狱之前的经历，他看起来有些不情愿。略微迟疑之后，他还是挺直了腰，开始向作家讲述他的故事，一字一句，分外清晰。

他的叙述条理清晰且十分流畅，因此作家并没有打断他，只是低着头飞快地用笔写着。

水下曾经是一名学生，毕业于一所很有名气的大学。毕业之后，他在自己工作的单位附近租下了一间房。在这里，他遇到了自己为之付出半生的人。

天美住在水下的隔壁，大水下十岁，水下将其描述为一位极富魅力的女性。天美与他七岁的女儿生活在一起。丈夫，应该说是前夫，因为酗酒和赌博，在女儿三岁时天美便和他提出了离婚。现在天美自己一个人经营着一家小店，生活倒也富足。

住得近，自然见面的机会就很多。不长时间，水下就和天美相当熟络了，天美在生活中也十分照顾水下。渐渐地，水下被天美的热情和对生活的乐观所感染，对她产生了好感与爱慕。但是出于少年对感情的羞涩，水下并没有对天美表明自己的心意。

"日子就这样一天天地过去了，要是能一直那样平静该多好。"水下有些自嘲地说道。

作家抬起了头："后来又发生了什么吗？"她的声音里包含了除了疑惑之

外的感情，是惋惜？还是同情？我也不自觉地坐直了身子，等待着接下来的故事。

"没什么，没什么，请您听我接着讲吧。"水下平静地说。

一天深夜，水下加班回家，一边抱怨着漆黑的楼道，一边拖着疲惫的身体爬楼梯。刚刚回到自己家的楼层，却发现天美家的门开着，天美正在门口和一个男人小声且激烈地争吵着。他不由得停下了脚步，站在下面一层。

接下来水下的叙述突然变得模糊起来。

争吵的两人是天美以及天美的前夫，似乎在离婚之后前夫仍在不断地纠缠天美，时不时地在醉酒之后来到天美的住处，索要些赌博用的钱或者在家里乱闹一通。而这次天美终于忍无可忍，与他争吵起来。

"或许生活真的就是一出戏剧，你永远也不会想到接下来会发生什么，也不会想到你会做出什么样的选择。这么说起来，真的有点像老派的电视剧。"水下有些顽皮地眨了眨眼，轻松地开着玩笑。而作家也默默地低下了头，嘴唇微微翕动，似乎想说什么。看看水下现在的处境，任谁都不难想到接下来发生了什么。

天美与前夫发生了争执，前夫冲进了天美的家中。而为了保护天美，水下挺身而出，和她前夫扭打在一起。

当他醒来时，他躺在天美家的客厅，满身鲜血，手中拿着一把水果刀。天美前夫的尸体倒在一边，而天美满眼惊恐地看着自己。

水下自首，水下入狱。

讲了这么多，水下似乎有些疲惫，他长长地出了一口气。

房间里听不到任何声音，我的耳边还回响着水下的声音，谁都没说一句话。

作家没有抬起头，她似乎一直盯着自己的本子。最后她抬起头来，满脸的疑惑，似乎对刚才的故事还有着疑问。她刚想说话，便被水下的提问打断了：

"她过得好吗？"这个"她"指天美。

我们没有人能回答这个问题，只能支支吾吾地点头。

水下眯着眼睛，靠着椅背，说道："我现在并不后悔，我爱她，我保护了她。这些都是值得的。"他嘴角有了些笑意，突然又严肃了起来，"但是我杀了人，我应该受到惩罚，我并不会逃避。"

狱警带走了水下，门开了又关上。房间外是漆黑的走廊，我们目送着水下走进了那一片黑暗，我始终不能忘记临走前水下那带着深意的眼神。

时间已近黄昏，屋外火烧云的天空十分艳丽。屋子里没有开灯，暗淡的金色阳光透过窗子照了进来，反而让屋里变得更暗。

作家似乎对故事的后半部分不太满意，而我则在努力地回忆着什么。

过了很长时间，我尝试着向作家搭话："你应该不是我们本地人吧？"

"啊，是这样的，我是因为工作前年搬来这里，请问怎么了吗？"作家有些疑惑。

我在有些混乱的回忆中组织着语言："这件案子，我在转来当狱警之前接手过。这是当时我们这里最大的疑案，证据不足，嫌疑人和证人的叙述含混不清。就那个天美，她对这件事也三缄其口。因为调查起来过于困难，而且嫌疑人主动自首，所以我们就草草地结束了调查，直接进行了判决。现在想来真是……啊。"我平静地说。

作家难以置信地看着我，她的神情由原来的疑惑开始转变，越来越复杂，悲伤？同情？还有更多的我不知道的感情。她蜷曲着身体，紧紧地抱住自己，仿佛在抵抗着什么。

作家的抽泣在空荡荡的房间里格外清晰，这哭声仿佛要捏碎我的心脏，撕开我的胸膛。

后记

在这之后，作家把水下的故事写成了小说，发表在了杂志上。在文章里，她把水下的叙述描写转化成了凄美的爱情故事，而我对此也是一笑置之。事情的真相，又有谁愿意去了解呢？

在文章的最后，作家这样写："毫无疑问的是，水下与天美的生命已经紧紧缠绕在了一起，就像双生的花朵，互相贯穿。而最后，总有一朵花要牺牲自己，成为另一朵花的肥料，让它更好地生长吧。"

看到这里，我想起了那天的最后，作家这样对我说："大概他已经以自己的方式和自己爱的人结合了吧。"

天水各一方

汉外181班　曾云潇

（一）

牢房的夜总是难挨，冰冷的铁栏将窗外的月光都镀了层阴森与肃杀。床上的男子只套了件薄薄的囚服，抱着身子，低垂着头，整个人身上笼罩着不符合他年龄的"死气"，唯有凌乱刘海下饱含缱绻的目光证明着他对这世界的留恋。

来到这儿的一段时间里，他发现自己所有的思绪都只围绕着她——回忆初遇时她向自己伸出的手，温柔又纤细；回想月光下她光洁而落寞的背，多想永远拥她入怀；挂念她吃睡好不好，牢里坚硬的床板会不会硌着疼……好像在遇见她之前，自己从未如此念着一个人。那些穷乡僻壤里的"亲人"、学校里冷嘲热讽的同龄人或是社会上虚情假意的资本家们在他脑海中统统成了"物件"，仅她一人是鲜活的、可爱的。

他想起，白天里记者带着探寻的目光问道："值得吗？"那时他已然陷入甜美的回忆，自是脱口而出："我不后悔。"他想着，只要那个老男人死了，她便能如愿将所有财产收入囊中，过上自由自在的生活，那样他就满足了。只要她脸上能永远绽着笑容，他的世界便填满了色彩。匕首捅入那老男人的身体，鲜血把地上的瓷砖浸得刺目，但他那时并未感到害怕，而是心中泛起无法言说的快意。只是待警察前来缉拿时，连她也一并铐上带走了，这是违背他所愿的——于是面对盘问与审讯，他只顾一头扛下所有责任，刀也确实是他独自捅的。相信过不了多少时日，她便能重获自由了。

思及此，他终于满意地合上眼，奔赴有她的梦境。

（二）

困在牢狱中等待的每分每秒都是煎熬的，天美多数时候都是在不足五平方米的逼仄空间中来回踱步，细碎的步子将她心底的不安传得清晰。那个傻小子，果然说透了就是个傻小子！如果他不莽撞，过不了多久那个老不死的便能神不知、鬼不觉地死去。被他一闹，成了命案，只怕天美自己的那些秘密也要藏不住了。

鞋子敲击地面的声音由远及近，天美将那双美眸瞪得大大的，等待警官宣布她的命运。"开门。"警官威严的声音像钟鼓一样，震得她浑身有些止不住地轻颤，"你可以走了。"听到这个结果，她本该立刻松一口气——毕竟令她提心吊胆好一阵子的法医鉴定并没有查出她长期暗中给丈夫下药的事实。可也许是一直以来自诩不错的理智绷在弦上，她仍旧强逼着自己端起架子，将之前的紧张化作生气的样子，对警官冷哼一声，把外罩的囚服扣子解下，挺胸踏出牢房。

拨开阴暗，她适应了屋外的强光，望了望远处的云端。没来由的，耳边似是响起他们相识不久后的一个下午，在酒店落地窗前，他从身后抱着她共赏落日时的耳语。话的内容她记不真切了，只是那低沉而温柔的嗓音连着他年轻的心跳贴着她，似是让她沉寂已久、静如古井的心又泛起层波澜。她还是没忍住，装作漫不经心的样子，偏头问了问随行送她出门的警员："他怎么判的？""那个叫'水下'的杀人犯？无期徒刑。看着一表人才的年轻人，挺可惜的，一念之间成了杀人犯啊。"

愧疚吗？天美暗暗自问。或许有点吧，但没有任何短暂的欢愉值得用余生富足去交付。她定了定神，没有回头看那看守所一眼，朝远处走去。

（三）

拿到自己的判决书时，水下并没有什么表情，只是怀着期待，向警官询问天美的结果。得知她真的平安后，这个年轻人英俊的面容才绽成笑颜。那单纯而诚挚的神情很难让人相信他曾为了一段不合道德的情缘杀了人。

"要进去劳改一辈子，还这么高兴？"水下似是听不见旁人的言语，只觉得自己的每一步都像是踩在云上。自己短短的前半生注定了要在泥潭里挣扎，是天美给了他一段脱离苦海的日子。哪怕未来仍要烂在淤泥中，偶尔抬头望望天边一方光亮，也足够疗愈他了。

恶意

汉外181班　张子昂

第一章　初见

看守所外坚硬厚重的大门缓缓打开。我做梦也想不到，在二十多年的记者生涯里，会采访这些被外界所恐惧的杀人罪犯。或许是因为正处于秋末，在通往不知名的黑暗房间的路上，我感到异常寒冷。

我跟随狱警走到采访犯人的房间中，全程除了两人的脚步声外，没有一丁点的杂声。这种环境使我压抑，内心的恐惧逐步增加，我开始有点后悔接下这种采访任务，心烦意乱起来。进入房间，打第一眼就看见一张方桌以及正对着我的两把椅子。其中一把椅子上已经坐着一位年轻的男人，这便是我要采访的第一位犯人吧？我坐到另一把椅子上，摆放好采访所需要的东西，职业习惯让我看起来不是那么紧张。同时我也在观察着我的采访对象，他比我想的还要年轻，是一个英俊的男孩子。我从他的眼睛里看见一丝好奇，他转而低下眼眸，我仿佛感受到眼中的悲伤，我认为这确实是正确的反应。但更令我惊讶的是，这个男孩子再次抬起头时，我看见了他眼神中的坚定。

随着物品的摆放整齐，我的思绪也重新回到这次采访中来。

"你好，我是新闻周刊的张记者，非常感谢你能够接受我们的采访。在接下来的时间内，我会向你提一些问题，并且担任一名称职的聆听者。首先能和我说一下你叫什么名字吗？"

这些开场白是我每次采访必要的过程。

"好的，张记者。我叫水下。"他回答道。

"你是因为什么事情或者动机杀的人呢？"说实话，我总喜欢这么直接。

"张记者，可以让我讲一段我的故事吗？这可能需要挺长一段时间。"

"当然可以，我洗耳恭听。"

第二章　我不后悔

2019年6月8日，我的大学生涯结束了。我带走的除了行李和毕业证外，就只有普通与平凡了。我是学法律的，在这四年的大学生活里，我活得很普通：没有参加过学生工作；专业成绩在专业内部也只是中等；人缘嘛，除了舍友和三四个本专业认识的人外，就没别的人了，更不要说谈恋爱了。

要说这四年和我关系最好的，不是舍友或者同班同学什么的，而是校外的一位表姐，她很照顾我。表姐是四年前结的婚，家离我的学校很近，所以我经常去她家里做客。表姐有一位关系非常好的闺蜜，叫天美。有很多次我都在做客的时候遇见了天美。

说实话，我被她身上的女人味所吸引，那是一种成熟的气质。白净的鹅蛋脸配上精致的妆容，棕色的卷发垂在脑后，如瀑布般直到腰间。略显丰满的身体不失美感，曲线饱满，凹凸有致。我有时不经意间瞟向她，总会沦陷于她笔直浑圆的腿部和她一双小巧玲珑的美足。仔细一闻，还会嗅到她身上的别样的香味，不是市面上销售的香水的味道，是那种特殊的令我沉醉的女人味。

表面上我称呼她为姐姐，但是要说真没有越界的想法，肯定是骗人的。我和表姐一家人一直保持着密切的联系。但是三年前，所有美好的事情都不复存在了，一切的根源是我的表姐不幸去世。通过调查，姐姐是在家中意外坠楼身亡的。葬礼上，姐夫痛哭流涕，天美也一样。我浑浑噩噩的，只是机械般地度过了那几天。她真的，真的是我最好的亲人了，却发生了这样的事情，这难道是天意吗？！

再之后，表姐走后的第二年，天美和姐夫就走到一起了，也算是顺理成章。虽然我对天美有一些不切实际的幻想，但还是祝福他们的。起初还不错，但是情况越来越不对劲。他们夫妻俩有时候会冷战几天，有时候又吵得很厉害，这些都是她在和我诉苦时说的。我也偶然看见过一两次，而且我可以感受到他们之间的不和睦。

在安慰天美时，我越来越渴望得到她，我们暗中生出别样的情绪。我知道姐夫脾气不好，常常欺负天美。我也知道，姐夫已经出轨好几次了。我有一种可怕的猜想：表姐不是意外坠楼，而是在与姐夫的生活中看不到希望！要说证据，我偷偷潜入过姐夫的书房，在里面发现了一些情趣物品，以及一堆陌生女人的艳照。照片上都有着日期标记，最早的可以追溯到姐夫和表姐结婚的前一年。

看到这些，我真的很愤怒。我迫不及待地把这些统统告诉天美，让她看清这个渣男的真面目。天美只是摇了摇头，吐出无奈的叹息。她告诉我，现在她已经嫁给他了，她的全部都给了他，若是没有姐夫，她将身无分文，到外面怎么生存呢？

看到天美这样，我真的很不甘，不甘心在找到证据后竟会是这样的结局。我是学法律的，我知道夫妻双方有着共同财产，在一方死亡后，所有财产都归另一方所有。我只是有这样的想法，却一直没付诸实践。但是当我亲眼看见他打了天美时，愤怒占据了我的全部思想。我拿起刀走向这个渣男，在一片混乱中，我将刀插入他的胸口，鲜血喷在我的脸上。在那一刻，我感受到一阵快意，没有后悔。我认为我做的是正确的！他害了我的表姐，又家暴我心中向往的女人！

我了解法律，人是我杀的，和天美无关。她过一阵就能出去，也有了财产，可以更好地生活。

这就是我的故事。

第三章 不一样的感觉

"唔，很感谢你的故事，我相信你有你的坚持。"

听完水下的话，我竟只能说出这样安慰的话。毕竟，这到底是正确的，还是错误的，我这样的旁观者是无法做过多的臆断的。

"我也感谢你可以倾听我的故事。我现在只有对她的想念，我无时无刻不想见到她。哎，这种思念真的很痛苦，不过我并无后悔之意。那么，张记者，我就先走了，再见。"

望着水下离去的身影，我一时语噎。不过时间紧迫，我只能摇摇头，把思绪重新归于我的理性中，开始对下一位杀人犯的采访。不知是看守所的安排还是巧合，第二位正是天美。

我承认她真的如水下描述的那样美，这种美对于他这种未经世事的大男孩有着巨大的诱惑。

"你好，非常感谢接受我的采访。我是张记者，请问你的名字是？"我这次说得很简洁。

"天美。你想要知道什么？"她冷冷地回答道。

"我上一位采访的对象是水下，我从他那里知道你们有着很亲密的关系，同时案发时你们都在场，水下已经承认是他杀的人。请问你在案发时有什么感受？"

"噢，他承认是他杀的就好。我只是一位受害者，对这种失手杀人我只能表

415

示很遗憾。我只承认我没有杀过人，我不清楚警方为何要怀疑我。"我总能感受到她语气里的冷漠，这让我很不舒服。

"那么，能告诉我你和水下的故事吗？"我想从她的嘴里挖出一些东西。

"对此我无可奉告，我只接受警方的调查，一切都等案子结束后有机会再说吧。"

我知道，我们的谈话到此为止了。我不清楚为什么水下对她如此着迷，而且这里的诸多事件让我困惑：水下说的真的都属实吗？他的姐夫到底是不是背叛了家庭？天美到底是什么样的人？

这一切的一切，都随着法院判决水下犯故意杀人罪，被判为无期徒刑而封印在我的心底。

也许，真相会浮出水面吧。

第四章　惊人的结局

自采访杀人犯后，已经过去了一年的时间，所有的事情都按照习惯规律进行着。只是，水下与天美的故事始终在我的脑海里萦绕，挥之不去。

深冬的某一天的中午，我走进咖啡馆，放松着工作一上午的身子，准备再喝杯咖啡暖暖身子。在这里，我看见了一位"熟人"，正是天美。我径直走到她的跟前，坐下，手环在桌上，眼睛平视着她，只是注视着，没有说一句话。

"呵，又见面了，大记者。怎么，你还是想知道'真相'？"女人冷冷地说道。

"请告诉我，我只是想知道从你嘴里说出的真相。并且此时我只是一位聆听者以及答案的寻找者，记者这个身份在此时与我无关。"我肯定道。

"好吧，听完别惊讶噢，呵呵。"她笑道。

"先说他是怎么被杀的吧。他不是水下杀的，而是我在混乱中趁机用胳膊把水下的刀推向了他。哼哼，那个男人也是个可怜虫，我只是想要他的财产罢了。我和水下的表姐是大学时的好友，也是她的闺蜜，不过我还是想要她死。你要是想问我为什么，我告诉你我恨她！她曾经把我的男人夺走，又用话语刻薄我，我真的受不了她那种性格。我和她维持表面闺蜜的关系，是因为她还能给我提供一点价值。她的坠楼不是意外，谁叫她的心理承受能力那么低，我只是在她能看见的地方搞了一些她男人出轨的痕迹，她就不行了。而且，我也知道那个男人性格急躁。所以有一个导火索，其他的就好办了。对于水下，我也只是利用一下而已，毕竟谁知道以后会有什么用处呢。呵呵，忘了告诉你了，我学过表演，所以我可以在他们之间挑出纷争。向水下哭诉是表演，让他调查也是我在后面指使。那些照片嘛，反正他也看不出来真假。我也暗示他去杀了那个男人，告诉他我的经济状况不怎么好。你知道的，他这样的男孩正血气方刚，我只要用点姿色就能把他玩得团团转。不过，事发那天他看见我被打确实是个意外，但是事情已经发生了，我也只是在其中推波助澜了一下。所以，你现在知道，我是怎样狠毒的女人了吧。"

她说完了，我只是默默地走出了咖啡厅。深冬，确实冷得瘆人。噢，又下起了雪，更冷了。

师评·智匠创作微论

水下与天美的故事有无数个版本，但每一个都是关于爱情的故事。为了爱情，去做不该做的事情，值得吗？或许不是所有的所谓"爱情"都可以称得上是真正的爱情。问世间情为何物？直教人生死相许。或许是"毫无疑问的是，水下与天美的生命已经紧紧缠绕在了一起，就像双生的花朵，互相贯穿。而最后，总有一朵花要牺牲自己，成为另一朵花的肥料，让它更好地生长吧"，或许是"只要她脸上能永远绽着笑容，他的世界便填满了色彩"，或许是"我了解法律，人是我杀的，和天美无关。她过一阵就能出去，也有了财产，可以更好地生活"，都是令人感慨唏嘘的故事，正如深冬瘆人的冷。雪中的冷再冷，也敌不过人心的冷酷无情。